Heibonsha Library

チェコSF短編小説集2

平凡社ライブラリー

Heibonsha Library

チェコSF短編小説集2

カレル・チャペック賞の作家たち

ヤロスラフ・オルシャ・jr.＋ズデニェク・ランパス編
平野清美編訳

平凡社

本著作は平凡社ライブラリー・オリジナル版です。

目次

口径七・六二ミリの白杖

Bílá hůl ráže 7,62

オンドジェイ・ネフ

一九八五年

「ご来場のみなさん、少々休憩を挟みまして、オートロデオのメインイベントとまいりましょう。われらがスーパースター、イナヅマボビーが目隠しをして、まわりの車がしかける究極の地獄を走り抜けます。ほら、みなさん、エンジンがかかる音が聞こえてきました。これから車という車がいっせいにエリアに出てきます。ごらんになったら、きっと昔の週末の渋滞を思い出しますよ。ワッハッハ……」

「オートロデオ」と「イナヅマボビー」と派手に描かれたトレーラーハウスのドアロに、黒革のつなぎに身を包んだ長身痩軀の男が姿を現した。肩と袖口にジグザグの赤い稲妻が縫い込まれている。ゆっくりと柔らかい革の手袋をはめる。ふと立ち止まった。大きなミラーサングラスに隠れた目はどこを見ているのかわからないが、何かに耳をすましているようにみえる。今日は車のエンジン音には関心はないらしい。上空のヘリの耳障りな音の方が気になるようだ。ヘリは朝から街の南西部の上空を旋回し、科学アカデミーのビルを厳重に見張っていた。ビルの中で何か事故が起きたことはもうプラハ中に知れ渡っていて、軍が付近の一部の住民を避難させたということであった。午前中にビルからくぐもった爆発音が聞こえたという人もいるが、おそらく根も葉もない噂、ただのデマだろう。

トレーラーハウスの前に、稲妻と黄色の炎が鮮やかに描かれた大きな黒い車が回されてきた。もちろんガソリン車だ。階段の前で止まると、サスペンションで大げさに飛び跳ねた。イナヅマボビーが階段を降りてくる。車から若い青年エンジニアがさっと出てきて、オートロデオのスターのためにうやうやしくドアを支えた。こうしてボビーがアリーナに走り去った。

「マルチン・ダネシュさんという方を探しているのですが」エンジニアの若者を、水文気象学研究所の所員のように無表情な男が呼び止めた。

「それなら今の人ですよ、イナヅマボビーのことです」

「でも……」水文気象学者がとまどった顔をして何か言い返そうとすると、青年は肩をすくめて行ってしまった。男はためらったが青年の後を追って歩きはじめた。

ロデオショーは不調だった。スタントマンの出来が悪かったわけではない。炎上した車を飛び越える大ジャンプ、二輪車での細い橋の走行、激しい衝突、オフロード車と人間の闘い、いずれもいつものように順調だった。つまり完璧だった。しかし客は少なく、アリーナに来た客も、エリアのスタントマンより地平線のヘリに気を取られているのは明らかだった。

マイクを持った男は客を盛り上げようとむなしく奮闘していた！

「お客様のなかでエリアへ上がりたい方はいらっしゃいませんか。十名募集します。アシスタントのブロンドのシルヴァ嬢が黒いカバーを一人一人にお渡しします。お、すばらしい、最初の方の手があがりました。遠慮しないでくださいね、みなさん、歓迎しますよ！　シルヴァさん、カバーをお客さんにお渡しして。みなさん、あわてないでじっくりカバーを点検してくださいね。まったく光を通さないでしょう。イナヅマボビーはもう運転席でスタンバイしています！」

手をあげた客たちはカバーをひっくり返して調べた。この人たちもスタンドの客と同様、イナヅマボビーの一八番、名高い目隠しレースは世紀のインチキに決まっていると信じ、トリックを見破ろうとした。ブロンドのシルヴァがにっこりほほえんで、実際にかぶってみるよう勧める。カバーをかぶった客は、エリア上で手探りし、おかしな具合によろめき、ぶつかった。昨日なら、この光景に、詰めかけたスタンドから子どもたちの歓声が上がったところだが、今日は笑いは起きず、フェンスで数人の子どもがくすくす笑っただけだった。

「もうみなさんにも、このカバーがまったく透けないこと、手品でもインチキでもないことがおわかりいただけたかと存じます。それともいや、違うという方はいらっしゃいますか」

エリアの客はカバーを脱いで、本当に何も見えなかった、真っ暗だったというジェスチャーをしてみせた。

「さてイナヅマボビーがいよいよこのカバーをかぶります。しかも一枚ではなく、三枚いっぺんにです！　シルヴァさん、イナヅマボビーの支度をお願いします！」

黒い車がエリアの中央にスーッと進み出てきた。車から降りたボビーの顔にシルヴァがカバーをかぶせる。本日のメインイベントの始まりだ。

イナヅマボビーが運転席にもどって何度か派手にアクセルを踏み込むと、下水管のように太い排気管からブンブン音をたてて黒いガスが噴き出した。車がスタートすると同時に、八台の車がまっしぐらに突進してきた。炎上する車、黒煙を吹き上げる車、火花を散らす車、荒々しくバウンドする車の中を走り抜ける、命知らずのスラロームが始まった。この狂騒はたっぷり十分間続き、今度ばかりは観客も楽しんでいるように見えた。やがてプログラムの終了を告げるサイレンが場内に鳴りひびき、黒い車はトレーラーハウスへと引き上げていった。そこには、もう水文気象研究所の所員の顔をした男がイナヅマボビーのことを待ち構えていた。ボビーはカバーを脱いでミラーサングラスだけをかけた状態で車から降りた。

「マルチン・ダネシュさんですか」

「ええ、何か?」

「失礼、ただこちらの情報ですと、あなたは……」

「ええ、目が見えません」ドライバーはそう冷たく答えると、メガネを取った。がらんどうの目のくぼみにまぶたが被さっている。「何のご用です。ピアノの調律でもご入り用ですか?」

「とんでもない」男が言った。「折り入ってお話ししたいことが」

「どちらさまで?」

「セキュリティサービスです」

三台のヘリコプターがアリーナの上空低くを通り過ぎた。

宇宙探査機明星6号の航行はもう十年めである。ボイジャー1号、2号が四十年以上も前に切り開き、識者の間で旧道と呼ばれている航路をゆっくり進んでいる。木星、土星を通り、天王星、海王星に接近するルートである。さらに、冥王星の軌道の先、太陽系の外、宇宙時代の半世紀でまだ人類が一度も知らせを受け取ったことのない荒野へ向かう。そこで明星6号も、ボイジャーや国際プログラム・インターコスモスの明星五機を含む一連の無人探査機《オートマタ》と同様、宇宙に姿を消すこととなる。

明星6号は地図作成探査機である。バイオコンピュータで強化したカメラの解像度は、初期のボイジャーの百万倍以上の性能をほこる。現在は、海王星に接近中だ。土星では大きな成果をあげた。またその頃カメラの記録が専門家に広く公開され、モスクワとシカゴと東京で『木星の月の地図』という壮大な十五巻本が出版された。これは宇宙評論家の重鎮、カレル・パッネルの言葉を借りれば、「完璧な観光特殊地図である。物足りない点があるとすれば、モーテルのマークと携帯の充電基地のマークがないだけ」であった。

明星6号が任務を終えるのはまだ先のことである。その高感度の視覚でこれから海王星、さらに冥王星の謎をじっくり探査する。その後は未知の領域、太陽系の外へ向かう。すでに習わしになっているように、機内には地球と人類についての情報も搭載していて、この点でも初期のボイジャーから飛躍的な進歩を遂げていた。磁気バブルメモリに格納されているデータ量は、百メートル四方十八階建ての図書館分に匹敵するのである。

このデータバンクは探査機の最も出費のかさむ部分だった。無駄遣いだと批判する科学者も少なくなかった。「宇宙にはわれわれしかいない」というテーゼは支持が広がる一方だったからである。さもありなん！　もう宇宙人とコンタクトを試みて五十年になるが、成果らしい成果は何もないのだから。

このような批判や疑問を口にした人々は、男と女のスケッチと太陽系の「住所」を記したレコード盤を積んだボイジャーが、両方とも受取人に届いていたことを知ったら、いったいどんな顔をするだろう！

しかし先走るのはやめよう。

カノープス《りゅうこつ座α星》を基準にして必要な軌道修正を行った後、明星6号は海王星の地表撮影を開始した。これから三日間、カメラと送信システムが作動することになる。その後、無人探査機はエネルギー源を切って眠りに落ち、冥王星の近くで目覚める予定だ。

まだ三日残っていた。

もし、インターコスモスの専門家が練り上げた計画通りにことが進んでいたら、この物語が生まれることはなく、オートロデオのレーサー、マルチン・ダネシュにセキュリティサービスの声がかかることもなかっただろう。

しかし明星6号が地図作成のために海王星の地表撮影を開始してから二十八時間三十一分後

に、思いも寄らないことが起きたのであった。

明星6号の金属の壁に、好奇心をむきだしにしたビームが当たったのである。探査機は、地球一はしこい目を持ちながら、これにまったく気づかなかった。なんということか！　これほどまでに人類の科学技術が進歩しながら、まだ引力の仕組みは解明されていなかったのである。このビームは引力検出器から発射されたものであった。

奇妙な状況だった。

インターコスモス計画の伝統的なマークをつけたこの精巧な機械が、船の引力検出器が広げた見えない網に引っかかったのである。

船と並ぶと、明星6号はワシと比べたハエのようにちっぽけだった。技術の進歩の点では人の手が作った物はさらにお粗末で、石器時代の脱穀機を電子コンピュータと比べるようなものだった。もし傍で見ている者がいたら――そんな存在がこの宇宙の虚無空間にいるとしたらだが――なぜ船が明星6号に興味を持ったのか、首をかしげただろう。

ワシはハエなど捕まえない、と古いことわざは言う。宇宙のワシである船も、まだ明星6号を捕えた方がいいのか、確信がもてなかった。とりあえず旧道を行く明星6号のルートに乗り、宇宙の尺度からするとぴたりと真後ろに付いただけである。船の重力ビームは明星6号の表面をべたべた触診し、するりと中にも侵入した。その様子は「におうぞ、におうぞ、人間どものにおいがぷんぷんするぞ」と神経質に唸っている昔話の大男を思わせた。中に人間どもはいるのだろうか。

大量の情報が船の高感度のアンテナに戻ってきた。別の太陽の下で生まれた生命体が、探索した結果をじっくり分析し始める。すぐにその正体を見抜いた。引力検出器が検知したのは、死んだメカニズムだった。つまり、先だってパトロール隊が発見したのと同様の単純な機械《オートマタ》で、製造者の正確な所在を示すプレートがついているものだ。

これはただの機械《オートマタ》だ、それ以上のものではない、と生命体は考えた。確かに前のものよりだんぜん複雑でよくできているが、いくら精巧でも、時間という川の死の岸辺にいるものにすぎない。一方、生命体が興味があるのは対岸の生命であった。

死んだ機械をつけ回す必要などあるだろうか。

生命体はためらった。しかしまだ検出器は作動し続け、情報の流入は続いていた。画面に次々に新しい機器の記録が映し出される。船のコンピュータも最大出力で稼働していた。生命体の目が映写金属スクリーンを注意深く見つめる。わたしたちと異なる考え方をする習慣の頭脳があらゆるイエスとノーをはじき出す。

船の制御室の細い金属スクリーンに、明星6号のカメラのレンズが映し出された。

生命体はこの用途を知っていた。パトロールが捕らえたボイジャーの中にレンズを見つけ、完全に分析していたのである。どちらのボイジャーのレンズも非常に単純で、粗悪と言えた。彼らの目的に使えるものではなかった。

しかし地図作成探査機である明星6号は、かつてのボイジャーよりも複雑で高価な最新カメラを搭載していた。

生命体は時間をかけて明星6号のレンズを調べ、あわせてカメラのコンピュータ、遠隔通信装置もチェックした。自分たちの船のコンピュータにもよく考えさせた。生命体はコンピュータに単刀直入に聞いてみることにした。イエスかノーか?

情報の流入が止まり、大蛇が子豚を丸呑みするように、コンピュータが事実というエサを平らげてほどなく、生命体は回答を受け取った。

「イエス」

つまり明星6号のレンズは、彼らの目的を叶えるのに十分な感度を備えているということだ。この船を造った生命体は、人の言葉の意味での感情を持たなかったので、コンピュータの報告に喜びを感じたわけではなかった。問題が一つ片づいただけであった。コンピュータが「ノー」と答えたら、明星6号に見切りをつけてさらに太陽と第三惑星に接近し、ほかの解決策を探すまでのことである。しかし「イエス」と出たからには、このまま海王星の軌道にとどまらなければならない。作戦の第一段階は明星6号に接近し、乗っ取ることだ。

明星6号、この光学科学の奇跡が、つまりは人類の世界を侵略する入り口にされるわけである。

＊

「同志・大佐、マルチン・ダネシュをお連れしました」

「結構、同志・大尉。コーヒーを運ばせてくれ」大佐が言い、マルチンに手を差し出した。

「大佐のヤロリーメクです。どうぞ、椅子はこちらです」

大佐は気を遣って盲人を椅子の方に連れて行こうとした。マルチンが小さなジェスチャーで手助けを断ったので、大佐の手は、ほんの一瞬、彼の腕に触れただけだった。それでもいかにこの目の見えない男が強靭な筋肉の持ち主であるかがわかった。男はすたすた歩いて肘かけ椅子に座った。よく観察しなければ、マルチン・ダネシュの目が不自由だとはわからないだろう。迷ったり、そっと手探りするようなそぶりはいっさい見せなかった。目が見えている人とほぼ同じように、ためらいなく自信を持って動いた。しかし大佐はこの盲人が方向をつかむ手がかりにしている小さなトリックに気づいた。まずは水兵のように歩幅が大きく、しかし決して重くない足取りである。ダネシュはいつでも方向を変えられるように、獣のようにしなやかに床を踏んだ。また腕は心持ち脇から上げているので、昔の西部劇のガンマンを思わせた。手の甲が椅子に触れると、どうやら瞬時にその感触を分析したようで、どこが背もたれでどこが台座なのか、正確に見当をつけた。椅子に座ると足を組み、単なる飾りというより目をかばうためにミラーサングラスをかけた顔を大佐に向けた。

大佐は執務机に戻り、係がコーヒーを運んでくるのを待つ間、先ほどコンピュータ端末の高速プリンターが吐き出した紙束をぼんやりと拾い読みした。

自分から話を切り出すべきなのかどうか迷った。目の見えない人を前にしたら、自分の目が見えることが気まずいかのように、とまどう人が大半だろう。

「ご用件はなんでしょう？」盲人が訊いた。

「助けてほしい」大佐が答える。

ダネシュの方から切り出してくれて内心ほっとした。さあ、どう答えるだろうか。

「助けとは？」

大した男だと大佐は感心した。ダネシュが「盲人の助けが？」と皮肉っぽく聞き返すのではないか、そして正直に言って気持ちはわかるが、体の不自由な人にありがちな痛々しい口をきくのではないかと心配したのだ。

「ご自身のことを少し聞かせてくれませんか」大佐が水を向ける。「オートロデオでスタントをしていらっしゃるとか」

「なんでお話しする必要があるんです、目の前の紙に書いてあるでしょう」

「あなた、もしや見えていて、われわれをだましているのでは！」

「メガネを取れとでも？　あまり気持ちのいい眺めではありませんよ」マルチンは顔をしかめた。「目は見えませんがね、その分、耳はいいのですよ」

「それで食べていけているわけですか」大佐が付け加える。

「そうです。音で方角をつかんでいるのです。たとえ十枚カバーを被せられてもアリーナで方向がわからなくなることはありませんよ。もちろんあれは十分に訓練を積んだパフォーマンスですからね、うまくやれるようになるまでには何台も車を壊しました。今はもういざというときに壊すだけですが。そんなわけで「闇の支配者」という目玉が生まれたのです」

「射撃はできますか」大佐が訊いた。

盲人の体が固まった。肘かけを握る手にぐっと力が入る。

「わたしの資料を読めばいいでしょう。あなたは目が見えるのですから」不機嫌そうに言った。

「読みましたよ」大佐が答えた。「射撃については何も書かれていなかった」

「わたしの父はベトナムにいました。まだわたしが生まれる前の昔のことですがね。アメリカとの戦争の軍医を育成していたのです。米軍が戦闘を北部に拡大してきても、父は危険な地域から引き上げることに首を縦に振りませんでした。そして実験用戦闘ガスの爆撃で視力を失ったのです。のちに米軍はこの事故について謝罪しましたけどね、米軍の言い分はこの時代に典型的なものでしたよ。ナビのミスでパイロットは南だと思ったと言ったんですよ！」

盲人はまるで公開討論の法廷の場で、ずらりとならぶ裁判官に向かって答弁しているかのようにゆっくりとはっきりと発声した。こぶしをぎゅっと握りしめている。顔は青ざめ、ほお骨の辺りにだけほんのり紅潮している。四十二歳とあるが、二十五歳くらいに見える、と大佐は思った。障害があると若々しく見えることがあるとは聞くけれども。

「父は目が見えなくなって帰国して」盲人は続けた。「結婚しました。その前に健康診断を受けたのですが、遺伝学はまだはじまったばかりで、遺伝学上は問題ないから子どもを作ってもよいと診断されたのです。そして生まれたのがわたしでした」

「父上はあなたに戦争を憎むことを教えたのですね」大佐が口を挟んだ。「あなたは殺すことを憎んでいる。武器を憎んでいる」

「そうです」マルチン・ダネシュが答えた。「問題ないでしょう?」

「それはまだどうだか」大佐はゆっくりと答えた。「観客はあなたの目が見えないなんて考えもしないのでしょう?」

「目隠しをして走るから、客は喜ぶのです。わたしの目が見えないことを知ったら、そっぽを向きますよ。障害者は嫌われますからね」

「だがね、われわれはあなたに射撃をマスターしてもらわんといかんのです、ダネシュさん!」

マルチンの顔色が変わった。

「何をおっしゃるんですか? わたしの書類に目を通されましたか? いいからしまいまで読んでください! 猟銃店の窓ガラスをたたき壊したこと、飲み屋で偉そうな口を叩いた将校二人を殴ったこと、軍隊の悪口を言ってとんだ目に遭ったこと! 障害者連盟の弁護士はわたしの名を聞いただけでむせかえりますよ。いいからちゃんと目を通してくださいよ、まったく！」

マルチンは椅子が倒れるかと思うほど憤然と席を立つと、ドアの方に歩き出した。迷いのないしっかりした足取りだ。どこを通ってきたかをそらで覚えている。ドアノブに手がかかった。
「ダネシュさん、あなたが必要なんだ。やつらを撃って倒してもらわないと。ベトナムのことは忘れたまえ！　われわれの相手は人間ではない。人間ではないのだよ」

ダネシュはドアノブを離し、大佐の方を振り向いた。

＊

スクリーンには明るい色が輝いていた。もう二十八時間も目を見張るような映像が続いていた。室内には五人の女性と三人の男性の八名が座っていた。五時間前にシフト勤務に入り、あと三時間で次の班と交替だった。作業はある程度機械的なルーチンワークと言えた。仮に持ち場を離れたとしても、インターコスモス・プログラムの受信センターは、明星6号から送られてくる情報を残らずメモリシステムに記録しただろう。起こりうる故障や事故はいずれも前もって計算され、代替プログラムが考えられていた。ここで彼らが待機しているのは、予期せぬ故障、あるいは予測できない故障が起きた場合に対処するためであった。

とくに興奮する理由は何もなかった。それでも全員がその場に居合わせることに少々厳粛な気持ちでいた。まもなく通信社が惑星の表面の写真の磁気記録《リアルタイム》を世界中に配信するだろう。しかしそれがなんだというのだろう、磁気記録には生の瞬間という魔法のスタンプが欠けているのだから。

もっともこの場合、厳密にリアルタイムなのかどうかは疑問だった。明星6号のメッセージが地球に届くのに優に三時間はかかり、この瞬間に探査機の高性能なレンズが映し出しているものと、プラハ南西部の地下のコンクリシェルターで、受信センターの担当シフト班が見ているものは同じではないからである。

口をきく者はいなかった。なぜ話をする必要などあるだろう！　気持ちはみな同じだった。飛行機で惑星の上を飛び、窓から眺めているような気分。これまでの探査機で得た詳しい地図と写真で海王星のことは十二分に知っていたが、だからこそどんな些細なことでも知りたいという欲求は人一倍強かった。明星6号の新しいカメラは、それまで想像すらしなかった細かい景色まではっきり見えるほど完璧だった。あるいはここで地球外生命体の文明の痕跡が見つかるのではないだろうか。その問いは誰も口にはしなかったが、みなの頭の中にあった。明星6号が木星に接近した八年前も、彼らの前任者や同僚が同じ希望を胸にこの画面の前に座っていた。その後、土星の衛星タイタンの地表探査にも同じ期待がかけられた。タイタンには何らかの生命体がいるのではないか、と長らく信じられていたのである。天王星にかけられた望みもむなしく終わった。そして今、海王星の番が来たのである。

時計の針は二十八時間三十一分を指していた。

その瞬間！

画面の両端が黒くなり、両側から中央に暗いカーテンがかかってきた。

「なんだこれ、ちっ！」主任オペレータのミサシュが叫ぶ。「なにか幕を引いたみたいじゃないか！」全員が一斉に自分の制御機の上にかがみ込む。一刻を争った。即刻故障の原因を見つけなければならない。どこのトラブルだ？　どの機械《セット》が壊れた？　トラブルは「あちらの上」なのか？　それともここ、制御センター内なのか。

「異常なし」と通信担当。

「異常なし」エネルギー担当が続く。「異常なし……異常なし……異常なし……異常なし……異常なし……異常なし……！」

プロジェクト明星6号の八つの基本領域はいずれも問題もなく作動していた――探査機の複雑な機構を創り上げている八領域すべてが。「あちらの上」、海王星近くの方が目立つので、一般にはよりポピュラーだろうが、心臓部はここ――南西の街のコンクリと鋼鉄の建物の地下深くのこちらなのだ。

「どういうことと？」

「わからん……」と通信担当。「まるで……」

「ちゃんと言ってよ」

「確かにばかばかしいけど、ほんとにミサシュの言ったとおりのような気がする。本当に誰かがレンズに覆いをかぶせたんじゃないか」

ミサシュが不満そうにぶつぶつ言う。しかし通信担当は本気だった。

「画面が端から消えていくのを見たことがあるか。なあ、技術的にありえないんだよ！　真剣に考えるほど、カーテンのように思える。保護ブラインドが緩んだんじゃないか。それとも……太陽パネルが裏返ったのでは」

「何も緩んでない」補助セットの動作を担当する技術者が冷ややかに答える。「異常なしと言ったのが聞こえなかったの？」

「聞こえたよ」通信担当がむっとする。「ただ、何か見落としたんじゃないかと思って」

「もうやめないか」口げんかにならないよう、ミサシュが割って入る。「バイコヌールに切り替えてみよう。制御ステーションが何か教えてくれるかもしれない」

ミサシュがセンサーに触れる前に、再び画面が光った。

彼らの目に映ったのは、平らな床とアーチ型の天上のがらんとした大きなホールの内部だった。まるであたりまえのように鮮明に映ったので、ミサシュは一瞬、何かの不手際で通常のテレビ放送が入り込んできたのかと思った。すぐにそのばかげた考えを打ち消した。もちろんそんなことはありえない。画面は受信セットの電気系統と共に不可分の一体をなしているからである。しかし画面に見えるのが地上波のテレビ放送でないとひと目でわかるほど、誰もが宇宙通信システムの専門家であるわけではない。

ちきしょう、なぜこうも違和感を感じるんだ。ぱっと見はありふれたホールなのに。分厚い網目のリブフレームで支えられた金属の壁、床には光沢のあるレール、後方には両扉の門。ありふれた飛行機の格納庫か倉庫のように見える。しかしそう思ったのは最初だけだった。眺めれば眺めるほど、異様さを感じて抵抗が強くなった。八人がそれぞれ別のものに注目していた。たとえばミサシュはレール。なぜこのレールはホールの中心を走っていないのだろう。地球の技術者だったら、中心にまっすぐ敷くだろうに、このレールはやや右寄りで不規則にうねっている。そう。むろんレールの幅も平行ではない。どんな列車がこんなレールを走るんだ？　車輪は車軸に固定されないことになる。なぜ!?　車輪が軸方向にスライドする列車など、どこの技術者が思いつくだろう。

レールは門にのびていた。なぜ門の両扉は対称的でなく、角も直角でないのだろう。なぜ、壁を支える肋材は、おかしな角度で交差しているのだろう。なぜ肋材のフレームは不規則に交差しているのだろう、なぜ交差の目が詰まっているところとまばらなところがあるのだろう。そもそも床だって平らではない。しかし人の視覚が地球の基準を押しつけたのは一瞬だった。心の方は、これは平らであるべき……平らなはずの床がゆがんだものだと受けとめることはできなかった！　画面を眺めれば眺めるほど、これは何か天然のもので、人工的なものではないという気がしてきた。これと似たような不規則なもの、つまり一見目的がないように見えて、実のところ緻密に機能しているものは、単純な生命体から人の組織にいたるまで、どんな生体にだって見られるではないか。このホールはどんな技術で造られたのだろう。何らかのバイオテクノロジーではないだろうか。

種から生まれたホール……笑っちまう！

いや。画面に映っているものを見ても、誰も笑わなかった。

「ホールの長さは十五メートル、高さは四メートル」明星6号のカメラシステムの責任者、ダナ・ムラースコヴァーが報告する。

「なんでわかる？」ミサシュが眉をひそめる。

「レンズの容量から計算したのよ。絞り値二・八、距離四メートルに焦点が合っている」

「なんだって？」ミサシュが叫んだ。「誰が合わせたんだ？」

ムラースコヴァーは無言だった。通信担当が口を開く。

「ということはさっき閉まったのはブラインドでもカーテンでもない。あの背後の扉だったんだ」

「明星は船の中に積み込まれたんだ」誰かが言った。「ああ、気が狂いそう。気が狂いそうだ！」

ミサシュはこのチームのリーダーとして、「人間にとっては小さな一歩だが、人類にとっては偉大な一歩である」のような意味の歴史的セリフを口にしなければと思ったが、「いやはや、兄貴が見れたらなあ」以上の気の利いたことは言えなかった。

「来た！」ムラースコヴァーが声を上げた。

画面の左端に二体の姿が映った。一体はそこで立ち止まり、もう一体はショットの中央、画面の一番ピントが合う位置に進み出てきた。ホールの高さがムラースコヴァーが見積もったとおりに四メートルだとしたら、宇宙人の背丈は大体人と同じということになる。

ムラースコヴァーの目から涙があふれでてきた。

「人みたい……人みたい……」すすり泣きはじめた。

宇宙人が探査機に近づいてきた。うっかりぶつかったのだろうか、画面が揺れて、画像が乱れた。明らかに誰かがピントを合わせようとレンズを調節している。うまくいかない、もっとぶれた。レンズは今、宇宙人の上半身を捉えている。ぶれてよく見えず、顔はさっぱりわからない。

「どの距離までレンズを絞ることができるんだ?」ミサシュはがたがた震えながら訊いた。

ムラースコヴァーは答えることができなかった。

「今、泣くな!」ミサシュは怒鳴った。おれの神経だってズタズタなんだ、後ろめたく思ったミサシュはすぐに言った。「ごめん、ダナ……ほら、しっかりしろ!」

「なんてバカなのかしら、わたし」ダナは嘆いた。「レンズはもちろん固定焦点よ。合わせ直すことなんてできない……どうやったのかなんてわからない……わかんないったら!」

「みんな、落ち着け」通信担当がなだめる。「見て、よく見るんだ。どっちにしたって今は何もできない」

ムラースコヴァーが手のひらに顔を深くうずめた。誰も彼女のことなど気に掛けなかった。

「もうピントを合わせやがった！」

何かコンバージョンレンズを装着したのに違いない、とムラースコヴァーは思いついた。でもまぬけなわたしには何も見えない。なんでわたしったら泣きじゃくってバカ女、こんな瞬間に取り乱すなんて！

「一つしか目がない、キュクロープスみたいだ！」通信担当が叫ぶ。

ムラースコヴァーの耳にミサシュの声が届く。

「まっすぐにおれたちを見ている……見ろ、まるで目に光が点灯してるみたいだ。なんて大きいんだ……目の中で炎がゆれている！」

目が画面の大半を占めていた。

彼らは身じろぎもせずに、静脈が複雑に走る金色の大きな楕円形に見入った。虹彩には瞳がなかった。それは不吉な生命の大海原、はるか上から眺めた大海原を思わせた。荒れ狂うねりの中に緑、青、赤、白の小さな炎がうずまいている……。その真ん中に……いや、真ん中にではないが、虹彩に柔らかな黒色の不規則な楕円形の瞳が現れた。そしてふいに単調に、あやすように脈打ち始め、端から端へとゆれ出した。まるで左から右、右から左に蛇つかいが杖を振り、蛇が鎌首を左から右、右から左にふるように。逃げたい、攻撃したいと思っても体がいうことをきかず、いいなりになり、自分がどうしてしまったのかわからないように……。

もはや誰もダナ・ムラースコヴァーが泣いていることなど気に留めていなかった。恐怖で喉が締め付けられた。

「消せ……スイッチを切れ、誰か……」ミサシュがかすれ声で言った。

何が起きているの……ダナ・ムラースコヴァーは思い、せめて見なくては、とごしごし目をこすった。しかし相変わらず涙でくもり、何も見えなかった。

＊

マルチン・ダネシュは椅子に戻った。ヤロリーメク大佐は胸をなで下ろした様子だった。リラックスしてテーブルの表面をなでると、ダネシュの方にほほえみかけた。しかしすぐにその笑みは顔から消えた。

部屋の中は二人きりだったが、もちろん厳密には違った。

二人の会話をさらに数台のテレビカメラと高性能マイクが追っていた。ダネシュは誰が自分のことを見つめ、自分の言葉を聞いているのか見当もつかなかった。

このセキュリティサービスのビルの一つ上の階には、司令本部があった。テレビモニターとコンピュータがぐるりとU字型に並び、その中央の、写真、見取り図、書類が山積みになった長テーブルに、防衛大臣を筆頭にチェコスロヴァキア人民軍の陸軍、空軍の将軍と大佐、ワルシャワ条約機構軍の高官の面々が着席していた。

大臣は疲れた目をし、寝不足のために古い羊皮紙のような顔色をしていた。プラハの作戦の指揮を取っているのは彼であった。そして今、世界中の地域と宇宙で起きていることのいっさいの鍵をプラハが握っていた。

マリナ中将が状況報告を終えるところである。

旗色はよくなかった。

「相手は、こちらからのコミュニケーションの働きかけをいずれも拒否しました」と中将が締めくくった。「向こう側の攻撃的な意図が確認された時点で、実力行使に踏み切りましたが、どの兵器も通用しませんでした。未知の物理的性質の力場を張って、防御してくるのです。端的に言うと、通常兵器はいずれも通用しなかったということです」

室内は静けさに包まれた。

誰もが宇宙生命体に地球が侵略されたと知った昨日の衝撃を思い返していた。これはどこかでミスを犯した結果なのだろうか、先が読めなかった結果なのだろうか。

違う。今起きていることは誰にも予見できなかったことだ。そしてある一人の娘の幸運と勇敢な行為がなかったら、もっと甚大な被害を招いていたことだろう。

＊

画面の目は大きな金色の炎のように燃えていた。

一人ひとりがそれにじっと見入り、ダナ・ムラースコヴァーだけがヒステリックな涙とむなしく闘っていた。ほかのスタッフは一言も発せずに見つめていた。意識がしだいに遠のき、無の中へ失われていく。何かに生まれ変わる意識もない。自分の身に何が起きているのかも理解できない。人として考える力が消え、代わりに異なる法則に従って考えるまったく別の意識がめばえてきた。まだちらほら思い出がよみがえる。意味もなく、脈略もなく、むき出しでばらばらであるせいで悲しくておかしな絵のように——部屋の隅に転がるおもちゃ、少女の笑み、吠える犬、暖かい粘土の斜面にかじりついている松のむきだしの根。しかし攻撃的で執拗な新しい意識は、この消えていくヒトの生命のかけらもすぐに呑み込んだ。とはいえ新しい意識はまだしっかりした内容を持っていなかった。まだ船内でわれわれが出会った、細い金属板のコンピュータの上で考え込んでいたような本物の生命体《オルガニズム》ではなかった。けれども、もはや人間でもなく、みるみるうちに変質していく七つの有機体は、じっと座ったまま、痛みもなく、容赦のない変容をとげていた。この尋常でない、逃れようもない生物的《バイオロジー》プロセスを、無慈悲にあやつる大きな目に魅入りながら。

ムラースコヴァーはもう泣き止んでいたが、心の中に恐怖とともに疑惑が湧いてくるのを感じていた。

プロセスは続いていた。

感染した細胞の有機体に自らの遺伝情報を組み込み、またたく間に同種のウィルスの大部隊に変えてしまうあの不吉なウィルス、バクテリオファージのように、生命体は明星6号の完璧なカメラと人の目を通して、自身の遺伝情報を七人の脳、七つの有機体に組み込んだ。まぬがれようのない攻撃だった。感染した七人の脳はもはやヒトの脳ではなかった。脳は変態した。続いて神経系統、さらに他の臓器が組み替えられた。

ヒトが生命体になるのにかかったのは百二十秒だった。

百二十秒、二分。

「どうしたの？　なんでみんな黙っているの？」ダナ・ムラースコヴァーが叫んだ。

誰も答えない。

ムラースコヴァーはハンカチで目をぬぐい、立ち上がってゆっくりとドアの方に後ずさりした。何度か目をぱちくりした。やっと涙の膜を突きやぶった！

仲間たち、友だちが見えた……いや、もはや仲間でも友だちでもない！　シルエットは人だが、白のつなぎのえりから血管が浮き出た長い首が突き出し……はげた頭蓋骨に薄い皮のような耳……袖口からはかぎ爪に似た六本指の手が伸びている。

腐敗臭がした。

生命体の体は悪臭を放つゼリーにおおわれていた。それは変態の後に残った、人体の残りかすだった。さいわい、みな彼女に背を向けて座っており、画面を見つめている彼らの目は見えなかった。

止んだばかりのヒステリーの発作がまたぶり返し、ムラースコヴァーはドアに突進した。生命体たちがこちらを振り向く。目の端にのっぺらぼうの顔と、体の真ん中に一つしかない金色の虹彩がちらりと見えた。

恐怖で体が凍りついた。振り返ってあの目を見たいという欲求に襲われた。

生命体が立ち上がってのっそりと彼女の方に歩み出した。彼女を捕え、征服したいのだろう。しかしまだ思うように動けない。ある意味、まだ新生児なのだ。自分が何をしたいのかはっきりわかっていない。敵を征服しなければならないという気がしているだけである。敵意はない。ウイルス細胞に憎しみという感情がないように、生命体は敵意とは何かを知らなかった。

ゆっくりとダナは顔を彼らに向けた。残っている意志で、異質な、未知の、敵の意志と闘う。勝てる見込みはなかった。

握ったドアノブがゆるんでドアが開き、ダナ・ムラースコヴァーは隣の部屋に飛び込んだ。背中からドアによりかかり、勢いよく息をつくと、鍵を閉めた。

ふっと体から緊張が抜けた。早く電話しないと!

「ムラースコヴァーです……はい、ムラースコヴァーです。同志、アカデミー会員、警報を! ただちに警報を! 地下六階を封鎖してください」

ドアをドンドン叩く音がする。未知の者たちのこぶし。

「早く!」ムラースコヴァーが必死に言う。

ムラースコヴァーの耳にコチッと金属音がきこえた。アカデミー会員のマチウフ所長が受話器を放したのだ。所長が指示を飛ばす声が聞こえた。さすが……さすが、所長だわ、ダナ・ムラースコヴァーは感謝した。何度わたしたちったら、いじわるじいさんだなんて文句を言ったことか……

「何があった？」アカデミー会員マチウフが呼びかけた。

「自分でもわかりません……説明できません！　明星6号は地球外生命体の船に襲撃されたようです」

信じるわけない……彼女はそう考えて口をつぐんだ。ぜいぜいいうような老人の息づかいが聞こえる。

「続けて。聞いているから」

「画面に未知の宇宙船の内部が映ったんです。明星6号はどうやら宇宙船の中に入りこんでしまったようです。カメラの視野に宇宙人が映りました。おかしな目をしてます。なんといっていいか……きちんと見なかったので……。取り乱してしまったものですから。ほかのスタッフは彼らを見ました。同志、アカデミー会員、みんなの体は変わってしまいました！　もう人間ではありません。別の生命体になってしまったんです！」

「もっと正確に話しなさい。その音はなんだね」

「彼らがドアを壊そうとしているのです」

「彼らは頭がおかしくなったのか」

「そうじゃありません！　すっかり別の生命体になってしまったんです！　もう変わってし

まったんですよ、わかりますか?」

「テレビを介して感染したというのかね」

「そうみたいです」

「制御モニターを見てみる」

「だめです! 同志も感染してしまいます! やめてください、お願いします、お願い! 聞こえる? 所長、やめて。じゃないと所長もやられてしまう!」

アカデミー会員は答えなかった。

「もしもし?」ムラースコヴァーが息を切らして声をかけた。

「わたしは目が悪い」科学者はゆっくりと言った。「それにモニターが壊れている」

また受話器をテーブルに置くこつんという音が聞こえた。

「ダナ」マチウフが少し時間を置いて声をかけた。「すまん、わたしはてっきり……いや、そんな場合じゃない。見えるよ、ドアを開けようとしている。一人はレバーみたいなのを手に持っている。逃げられるか?」

「だめ。予備品倉庫に隠れたんです。出口はない。聞こえます? あいつらの顔を見たらだめです。目を見たら、運のつき。視線を外せなくなる。たった二分で……」

科学者が受話器から離れ、対空防衛作戦本部に連絡するよう誰かに命令する声が聞こえた。

「もしもし、ダナ。モニターにやつらが見える。化け物だ! ドアの方にベンチみたいなのを引きずっている……」

ドアに亀裂が入った。

ムラースコヴァーはあたりを見渡した。武器になりそうなものはない。ただ一つ、テーブルの上に……大理石の台座の上に、万歳をした宇宙飛行士の銅像があった。クラースナー・リーパのヴラジミール・レメック・ピオニール団から寄贈されたものだ。台座に乗っている。受話器をテーブルに置くと、銅像をつかんだ。金属がひんやりとして手のひらが気持ちいい。

ドアの鍵が外れた。むせるような悪臭がする。

鍵穴からぬるぬるした体が波打つのが見えた。

動物さえ殺せないのに、人間なんて殺せるものか。だが今は文字通り、殺したいほどの憎しみに燃えていた。この生命体は、ためらうこともうろたえることもなく七人の友の命を奪った……ダナは銅像をふり上げて打ち下ろした。はげ頭がぐしゃりと音をたてた。体が崩れ落ち、ドアの残骸にはまりこんで動かなくなった。

ダナは銅像を手放して床に置くと、電話に駆け戻った。

「死んだ！　やったわ！　こいつら、死ぬのよ、聞こえますか？　死ぬんです！」

ダナはドアの方を振り返り、死にゆく体が崩れ落ちて灰色の塵の山と化するのを、目を丸くしながら見守った。

「よし、でかした、ダナ。バリケードを築くんだ。テーブルをドアに寄せなさい。そしてそこら辺の棚もドアに置きなさい。君は任務を遂行した。今こちらに落下傘部隊を乗せたヘリを三台呼び寄せている。君を解放する。聞こえるか。もう少しの辛抱だ！」

鍵穴から金色の目が光った。

ダナは食い入るように見入った。

「ダナ……ダナ……頼む、ダナ、返事をしてくれ！」

彼女の息づかいが聞こえた。呼吸の間隔が間延びし、うめき声が聞こえ、ついにはとだえた。

「ダナ！」老人が叫んだ。

受話器を生きた生物の手が握っているのは感じた。それはわかった。しかし、まだ人間なのだろうか。

ガチャンという音がして通話が切れた。

受話器を置いた手は、ぬるぬると光っていた。

＊

プラハ南西部の住民は、この日のことを決して忘れないだろう。

九月の午後の小春日和の日差しがゆったりしたテンポで弾け、映画館明日《ズイートラ》の前では子どもがケイドロ遊びをし、八百屋の前の行列は、通りがかりの人にメロンの季節がきたことを知らせ、ジェポリイスカー大通りではパトカーがスピード違反をした電気自動車を止めていた——そのとき、ヴルタヴァ川の上空に三つの銀色の点が現れ、まるで縁日で売り子が風船をふくらますように大きくなり、突然バリバリと耳をつんざくような音が大気を満たした。ヘリコプターは建物の屋根すれすれを通過し、もしその場にいた老若男女の願い事が叶うならば、ヘリの乗組員はただちにはるかかなたに飛ばされ、何百万年もそこにとどまっていなければならなかっただろう。

ヘリコプターは科学アカデミーのビルの上で旋回した後、一機はビルの前のアスファルトに着陸し、あとの二機は少し離れたバラの花壇の中に降りた。

車輪がまだ地面についていないうちから、開け放した扉から機関銃を手にした落下傘部隊が飛び降りて、ビルの中に慌ただしく駆け込んでいった。一息つくことなくヘリは離陸し、上空に現れたときと同様、あっという間に見えなくなった。死んだような静けさが訪れたが、長くは続かなかった。プロペラの爆音に代わってパトカーのサイレンがうなりだした。ジェポリイスカー大通りで電気自動車の違反切符を切られていた男は、鳩が豆鉄砲をくらったような顔をしていた。パトカーの運転席にいた警官があわくって降りてくると、同僚の警官の腕をひっぱって助手席に乗せ、次の瞬間には赤色灯を点け、サイレンをボリュームいっぱいにあげて走り去ったからである。男はしばらくぽかんとしてパトカーを見送ったが、ようやく、あわてた警官が免許証と車両証明の書類を返してくれなかったことに気づいた。

パトカーが科学広場を埋め、通りをふさいだ。

そしてアカデミーのビルから避難が始まった。

ヤンダ教授、アカデミー会員の次官マチウフが、自ら従業員の避難行動を指図した。従業員は興奮のために一様に青ざめた顔をしてビルの前のスペースに集まった。みな身一つ体一つだった。ゴムのエプロンに手袋をしたまま研究室から出てくる人もいた。パトカーに先導されてバスの列が到着すると、全員が乗りこむよう指示された。何が起きたのかなどと余計なことを訊く者はいなかった。ただ、何か大変なことが起きたのだろうと想像した。

バスがゆっくりと走り出したとき、ジェポリイスカー大通りを二台のパトカーに先導されて妙な車列がやってきた。ミキサー車が六台にコンクリートポンプ車が二台である。ビルの前に止まると、黄色のつなぎを来た作業員が、ビルの中にポンプ車の太いホースを引っ張っていき、最後に発車するバスに乗っていた人々は、その様子を目を丸くして見守った。

バスに乗車した人々は、インターコスモス本部の回収施設が占める地下六階で何かが起き、フロア全体が封鎖されたことを知っていた。しかしまさか六階に通じる道をコンクリートで流し固めるとは考えもしなかった!

それでも地下六階への道が一つだけ開いていた。エレベーターが昇り降りする空間である。隊長と二人の民間人の指揮の下、落下傘部隊はエレベーターを地階に固定し、ロープを伝って下に降りていった。空間《シャフト》の壁に対戦車地雷をしかけるのである。彼らですら、事の詳細を知らされていなかった。頭に強力なヘッドライトをつけた隊員は慌てふためくこともなく、迅速に作業を進めた。三十分で完了した。アカデミー会員マチウフ、インターコスモスの司令部と軍は、この時点でまだこの作戦全体を宇宙人を一定期間隔離するための措置と考えていた。隔離は必須の措置であった。初めて月に行った乗組員も隔離されなければならなかったのだから！続いて彼ら、プラハの科学アカデミーの地下六階を占拠した生命体との意志の疎通が試みられた。しかし早々に理解しあえないことが判明した。

彼らの目的は別だった。

*

防衛大臣が口を開いた。

「同志諸君、現在、われわれが容赦のない侵略と直面しているのは間違いありません。手元にあるバイコヌール、ヒューストン、ウーメラ、そして西欧のニースの宇宙センターからの報告によりますと、地球外に発する宇宙生命体は海王星の軌道にいます。彼らは自動探査機の明星6号を乗っ取って放送を続けています。われわれは警告を行った後、安全なパソコンに全信号の受信を引き継がせました。この地球外生命体は、人体を瞬時に変質させてしまうコードを放送し続けています。彼らのふるまいは意図的であり、連携が取れていて、攻撃としか理解しようがありません。放送の方は管理下にあり、現在はもう完全に妨害できています。悲劇的な間違いを前もって防ぐためです。どこかの素人が万が一……」

一瞬唇をかむと、また続けた。

「彼らと対話を試みた結果はご承知のとおりです。否定的でした。マリナ中将の報告をお聞きいただいて、通常兵器で感染を排除しようとした結果もご存じでしょう」

室内は静まりかえった。こうなったら当然のなりゆきとして、次に俎上に上がるのは非通常兵器での戦闘である。それを想像してみただけで、その場にいる全員が肩と腕が重くなるのを感じた。

「マチウフ・アカデミー会員が興味深い提案をしてくれたので、すぐに検討に入りましたが、まったく非現実的な話ではないように思います。この策は、これまでにわかった事実を元にしたものです。生命体は情報コードで攻撃します。詳しいことはまだ不明ですが、心理物理学を起源とするメカニズムを使って、人の目を通して人体に侵入しています。さらに、生命体が力場で防御することもわかっていますが、彼らのオルガニズムは、人体と同様に物理的に殺傷できることも判明しています。もし誰かが力場に入ることさえできれば、通常兵器で戦えるのです。たとえば銃でも倒すことができます。知ってのとおり、ダナ・ムラースコヴァーはやつらの一人を死なせましたが、銃もいりませんでした」

「反論してもよいですか」

「どうぞ。同志・将軍」

「しかし、生命体の目を見れば、その人自身が生物に変身してしまうのですよね！」

「そのとおり」防衛大臣が答えた。「ですから目の見えない狙撃手を探さなければいけません」

「どこでそんな人が見つかるのです？　地下に降りたら迷子になってしまいますよ。落下傘部隊が攻撃した後、地下がどんな状態になっているかご存じでしょう？　どれだけ地雷と手榴弾を使ったことか」

「候補者は今、この建物にいます。同志」大臣が言った。「今、セキュリティサービスのヤロリーメク大佐と話しています」

ボタンを押すと、モニター画面にヤロリーメクの執務室が映った。

「わが国とソ連およびワルシャワ条約機構の国々で、数百名の盲人を調べたんですよ、同志ダネシュ。あなたはね、身体的に一番この任務に向いているのです。父上がどのようにあなたを育てたかは知っています。どれだけ想像を絶する厳しい訓練だったかもね。そのおかげであなたは世界中のどの盲人よりも、おのれの宿命をうまくコントロールできているわけだ」

「だからわたしが殺さなければならないのですか。まったく、気が違っていますよ」マルチン・ダネシュは小声で言った。

「少し待ってくれたまえ、何が起きているのかお話ししよう」ヤロリーメク大佐はそう答えると、明星6号が乗っ取られた瞬間から殺人放送が始まるまでの出来事を手短に説明した。大臣の執務室で長テーブルを囲んでいる面々は、二人のやりとりを固唾を呑んで見守った。大臣が音量を下げた。

「諸君、現段階ではほかに手立てはないようです。マチウフ・アカデミー会員の話だと、今のところ彼らは力場に閉じこもっているが、いつでも解くことができるという。人が来るのを待っているのですよ。その人物を……自分たちの側に寝返らせるために……。わかりますか。情報コードが彼らの主な武器です。頭数は七人しかいません。ですから今のところ襲ってこないのです。われわれが誰かを送り込めば、きっと力場を開いてフロアに入れるとマチウフ・アカデミー会員は確信しています」

「アカデミー会員の見立てが間違っていたらどうするんです?」

「その場合は様子を見て、必要とあらば……通常兵器以外も視野に入れることになるでしょう」

大臣がつまみを動かしてボリュームを上げ、室内に大佐の声が響いた。

「科学者チームがコンタクトを試みましたが、無駄でした。地球外生命体——簡単に生命体と呼びましょう——生命体がわれわれの惑星の支配をもくろんでいることは一〇〇パーセント確実です。これまでに人類が経験したことのない危機なのです。これは本来の意味での戦争ではなくて、感染症に近い。しかし極めて危険なたぐいで、これに比べたら、ペストなどは子どもがどこかが痛いとぐずっているようなものです。われわれになじみがある感染症は、直接触れたり、空気や水、食べ物を介して移るものです。この感染はまったく異なる性質を持っています。視覚を通して人に移るのです。あのとき受信センターには八人いたことがわかっていますす。そのうち一人は危険ゾーンから脱出しましたが、どう逃れたのかは正確にはわかっていません。ほかの七人は感染しました。八人目は事件について報告したばかりか、一体を殺すことができました……」

「殺した！」ダネシュが苦々しげに叫んだ。

「そう、殺したんです！」ヤロリーメク大佐が同じトーンで返す。「この地下六階にいるのが病人だなどと思わんことです。やつらは人間ではない！　感染症はあの人たちのオルガニズムを根本から変えてしまったのです。あそこにいるのはヒトではなく生命体、感染源なのです！あいつらの目を見ただけで、あっというまに死んで、生命体に変わってしまう。もうわかりましたか？　あれの一体でも外に出れば、連鎖反応が起きて、短期間で世界が滅亡してしまうでしょう。だからあなたが必要なのです。もし、断るなら……」

「どうなります」

「あらゆる兵器を使って軍事作戦を開始します。爆発物でも火器でも……軍が使えるものは何でもです。あなたが断れば、兵器という兵器を使った恐ろしい戦争になる。近代戦のどんな手段も排除しません」

「どんな手段も？」マルチンは抑えた声で言った。大佐がどの手段を頭においているかを理解したからだ。

「そうです。どの兵器も。それがわれわれの未来にどんな意味をもたらすか、わかるでしょう」

「わかります……」マルチンはためらいがちに答えた。「その後何年も……」

マルチンはミラーサングラスを外し、赤らんでいる目のくぼみを痛そうにさすった。

「あなたの不幸は、戦争のせいです、マルチン」大佐は言った。「同じ運命をこれから生まれてくる子どもたちにも負わせたいと思いますか」

「父は……」マルチンが言いかけたが、大佐が最後まで言わせなかった。

「父上は戦争に行っていたのです！　たとえ医者としてだったとはいえ、戦争だったのです。わかりますか！　自分が置かれた状況をよくわきまえていた！　何が起きていたかよく承知していて、誰を助けるべきかためらわなかったのです！」

「もし……もし、わたしが成功しなかったら？」

「つまり引き受けてくれるのですか」

「答えてください！」

「成功しなければならない、マルチン」大佐はそう言って立ち上がった。

大臣たちは、画面でこのやりとりの一部始終を見守っていた。スピーカーは、まるでこの本部の一室で大佐とダネシュが話しているように忠実に再現していたが、彼らにはまるで二人がどこかはるか遠くにいるように感じられた。

「受けてくれますか、同志ダネシュさん。やってくれるか、マルチン？」

「はい」マルチンが答えた。

大臣は安堵のため息をついて、にっこりした。

長テーブルがわっと沸いた。

「よくやった《マラジェッツ》」誰かが言った。

「ホールの準備はできているかね」大臣が訊いた。

「はい」返答が返ってきた。「六階を正確に再現しました。ただちに訓練を始められます」

「よし」大臣が言って再び受話器を上げた。

＊

「そこだ……そこだ……そこ……！　上出来だ、マルチン！　弾薬を変えろ。すばらしい！　さっきより三分の一時間が短縮したぞ」

教官がモニターに身を乗り出し、両手でマイクを握りしめた。カメラが上から射撃場の広いホールを捉えている。技術班は短期間で六階の完璧なコピーを作り上げた。受信センターにあるコントロール機器、設備、モニターの木製の模型が設置され、コンクリの壁には生命体がわれわれの世界に侵入してきた例の画面もあった。単純な黒い長方形の画面である。

マルチン・ダネシュはホールの真ん中でしっかり足を開いて軽くヒザを曲げて立ち、サブマシンガンを両手で握りしめていた。

ホールには、倒れた家具や箱、布、ひもが散乱していた。いくつかの場所には鋼鉄の持ち送りに網が掛けられていた。七体の人形が射手の周りに不規則な円を作って立っている。

おもむろに白字で大きく3と書かれた人形が動き出した。

マルチンはイナヅマのごとく振り返ると、一、二、三発撃った。連射である。人形の頭に赤いランプが点いて、弾が命中したことを知らせた。すかさず一番と六番が動き出す。

パン……パン……

「首尾はどうだ?」

「大したものですよ。大佐。あの男の空間認識能力、信じがたいです」大佐は教官の隣に座り、たばこに火を点けた。

「六百人の盲人に当たったんだからな」そう言って紫煙の雲を教官の方に吐き出す。教官はむっとしたが、何も言わなかった。「ソ連だけで四百人近い盲人を調べたんだ。ダネシュの右に出る者はいなかった」

「オートロデオでスタントをしているというのは本当なのですか」

「信じられんだろう? 本当なのだよ。あれの父親も盲人で、小さいときから息子を鍛えたんだ。あいつはスポーツマンに育った。想像を絶する厳しい訓練だったに違いない。ダネシュの耳は非常に敏感で、方向感覚も完璧だし、空間を記憶することができる。さらに第六感みたいなものがある、と自分で言っていた。わかるかね? 勘がはたらくというか」

「つまり、目はいらないというわけですね」教官が言った。

「目が見えるようになるなら、どんな代償でも払うだろうがな。それはどうしようもないことだ……はっきりしているのは、今、この男がやつらに対する最高かつ確実な武器だということだ」

「やめ！」教官がマイクに叫んだ。「五分休憩！」

マルチンはスピーカーが設置された方向を向いて歯を見せて笑うと、武器を脇の下のケースに入れてドアに向かった。倒れた椅子を器用によけていく様子に大佐は目をみはった。どこに何が倒れているかを見事に覚えていて、どの人形を最後に倒したかも記憶している。網の場所だけは一瞬間違えて、網が顔に触れた。だが即座に飛びのいて、当然といったしっかりした足取りで、何もないとわかっている方向に歩き出した。

大佐がロビーに出ると、すでにマルチン・ダネシュを待ちかまえている人々がいた。民間人と金の肩章をつけた人がまじっていたが、このような場合はたいてい私服の方が将軍の星よりも上に見られるのだと大佐は感じた。ダネシュは困惑気味だった……。あいまいに笑い、きょろきょろしている。きっと知っている人の声を探しているのだろう。

「ここだ、マルチン！」大佐が呼びかけ、人をかきわけ彼の方に歩きだした。しかしたどりつかないうちに、女性のヒステリックな声が飛んだ。

「そいつか、殺し屋！　ハイエナ！　殺人マシン！」

ダネシュが凍りついた。さっと何人かが怒り狂った女性を取り押さえ、暴れる彼女を連れて行った。

「マルチン……」大佐は声をかけ、そっとなだめるように彼の肩に手を置いた。「気にするな。気の毒な女だ」

「誰なんです？」

「さあな、なんでここに入れたんだろうな。インターコスモスの関係者なんだろう」

「誰なんです？　教えてください」

「地下にいた人の妻だ。ミサシュの奥さんだよ。君が夫を撃ち殺すのだと思っている」

「でもそれは……」

「もちろんだ、マルチン。あの人の夫はもう生きていない。だが奥さんには理解できんのだ。病気になっただけで回復するかもしれないと思っている。はしかにかかると、赤い発疹で腫れ上がって、誰だか見分けがつかなくなるというだろう。天然痘とハンセン病も誰だかわからないほど変わり果てるという。だが撃つ権利など誰にもない。しかしミサシュは病気にかかったのではない。ミサシュはもういなくなって、代わりに生命体が現れたんだ。サメに喰われたのと似たようなものだ。ミサシュはいなくなって、鮫が自由に海を泳いでいるのだ。この鮫は誰だ？　病人のミサシュか？　ばかげている！」

「しかし、生命体はミサシュを喰ってはいません」マルチンが小声で反論した。「容れ物として体を借りただけです」

「ばかな！　貸し借りではない。生命体はミサシュを破壊して殺して、ミサシュの物質で自分の体を構築したんだ!」

そこにいた誰一人として議論に口を挟もうとはしなかった。ダネシュとのやりとりはヤロリーメク大佐に一任されており、全員が大佐の特権を尊重していた。

「休憩終了。同志ダネシュは射撃場に戻ること」教官が声をかけた。

マルチンは唇をかんだ。大佐との握手をこばんだ。くるりと背を向け、のろのろとドアに向かった。大佐は考え込みながら彼の背を見送り、それから教官のいる部屋に入った。

スピーカーから射撃音が聞こえてきたが、大佐には、もはやマルチンがさきほどのようにためらいなく動いているようには思えなかった。

「作戦は明朝だ」大佐が言った。「どうだ、仕上がったか」

「急な話でしたからね」教官が答える。「少々欲張ってトレーニングをさせてしまいました。これが最後の射撃です。このあと少し落ちつくようにコニャックでも与えて帰宅させて、寝させます」

「家に?」大佐が驚いた。「ここにいてもらうのではなかったか、目が届くところに」

「大臣の判断です。あのダネシュは、荒っぽい人種のようにふるまっていても、花のように繊細な心の持ち主なのです。生命体を恐れてはいませんが、危うさが彼の内面にあるのです」

「うーむ」大佐は一つうなると、あごをさすった。花のようにねえ、大した花だ。

大佐はモニターで背の高い男を目で追った。両手の構え。そこまで射撃の腕は正確ではないかもしれないが、怖ろしいほど自信に満ちている。標的が動いたとたんに立て続けに連射し、ついにはどれかが命中する。盲人の射手か……あの女はなんと言っていたか……。殺人マシンだったか。わからないでもない、大佐はにやりとした。殺人を憎むようにしつけられた人間にとってはこれ以上にない皮肉だな！

最後の夜をダネシュは自宅で過ごすのだ。

＊

「アカデミー会員のマチウフが息を引き取りました」大臣が告げた。

作戦本部の面々は、テーブルに広げられた書類に黙って視線を落とした。空調が単調な音をたてている。廊下からは笑いさざめく声がする。外では電気自動車が甲高いクラクションの音をたてている。

「見たこともない型のすさまじいガンだったそうです」大臣が続けた。「司法解剖はまだ終わっていませんが、すでに脳と神経組織に異常形成物が見つかったそうです。コツァープ教授の見解だと、死因は生命体の画面を注視した影響ということです」

「要するに、監視カメラの画質が良くなかったために、生命体はマチウフさんを完全に変質させることができなかったという理解でよろしいでしょうか。情報の周波数帯域が狭くて、ノイズも入って質が悪かったけれども、マチウフさんの体を部分的に解体するだけの情報は送れたということですね」女性が発言した。大臣は彼女の名前まではは っきり覚えていなかったが、自分の判断の完璧さを見せつけるようなその物言いが鼻につく女性だった。ここには、調査研究科学省のどこかから配属されていた。

「その通りです」大臣がつっけんどんに答えた。

手がかすかにけいれんしている。疲労がたまっていて、睡眠が必要であった。窓の外は夜の帳が降りていた。プラハは静かに眠りについていた——南西部を除いて。南西部では避難が続いている。住民は爆発の恐れがあると思っているが、だが何の爆発なのだ？　住民にはなんと伝えられているのだろう。この事態を世の人々はどう捉えているのだろう。いや、わたしの心配することではない、大臣はそう結論づけた。明日の朝、確かめればいい。

明日の朝か……明朝には何もかもが片づいているだろう。あの盲人が成功するか、でなければ……。南西部で砲撃ということになる！　わたしの命令で！　砲撃の命令を自分が、ここプラハで発令しなければならなくなるかもしれないという皮肉な事実を、彼は何度も何度も思い起こしていた……。世界の政情が落ち着き、ＳＡＬＴ・Ｖの合意署名により真の共同作業への道が開けたというこの時期に。

「ええ、その通りですよ」少し間を置いてもう一度くり返した。「さらにマチウフと一緒にいた人のなかにも容態が深刻な人がいます。全体では、ここことバイコヌールの制御センターで、体か精神の不調を訴えた例が八十件発生しました。さいわい、バイコヌールでは画面を監視していませんでした！　マチウフが見ていた中継放送の録音テープと接触しただけです。全員、厳重に隔離されてボランティア集団が世話をしています。いずれにせよ、生命体を目にすれば致命的です。多少画質の劣る録画でもです。個人的にはですね、この悲劇によって、初期段階で落下傘部隊に地下六階への武力攻撃を許可しなかったのは間違いではなかったと確信することとなりました。もし許可していたら、何体かは倒せたでしょうが、隊員たちもおそらく生命体に変身してしまっていたでしょう」

「どのくらいの時間で地球上の人類全体が生命体に変態してしまうのか、計算は出ているのですか？」

「意見はさまざまです。三日という予測もあれば、数年かかるという計算もあります。アフリカ、アメリカ、オーストラリア大陸がどれだけユーラシア大陸から隔離状態を保てるかによるでしょう。個人的には、生命体がアジア全体を制圧するのはまだまだ時間がかかると思います。エスキモーや、ヒマラヤやアンデスの山岳地方の住民は、かなり長く生きのびるかもしれません。もしかしたら彼らを意図的に見逃して、珍獣として動物園で飼うかもしれません。われわれだってトロイの動物園にモウコノウマを飼っているくらいですし！」

大臣は疲れた目をさすると、声を落として言った。

「諸君、今はマルチン・ダネシュのことを考えて、彼がおだやかな夜を過ごしていることを祈りましょう！」

＊

闇を銃声が切り裂き、負傷者の叫び声がからみつく。血と火薬の臭い、汗と傷ついた内臓の臭い……焼ける肉……引き裂かれた目……目……

「やめろ！」マルチンは夜に向かって叫んだ。「やめろ！」

しばしうとうとしただけだった。悪夢にうなされて眠れなかった。疲労のために腕は鉛のように重く、足はけいれんしていた。

疲れているせいだ、と自分に言い聞かせる。しかしこの疲労が、襲ってくる絶望感とは関係がないことはよくわかっていた。

ミサシュの奥さんはおれのこと……なんて言っていた？　殺人マシン、殺人機械。

父が語ってくれたことを思い出す。

飛行要塞B52は高度一万二千メートルに上昇していた。夜間チームは寝床に引き上げ、コックピットには十分睡眠を取ったクルーが座っていた。男たちは陽気に言葉を交わし、先日の東京での休日の思い出話に花を咲かせていた。バスタブに浸かり、ひげをそり、たっぷり朝食を食べた後だった。器械の針が震え、デジタルディスプレーの数字が動いた。

ゼロ！

誰もボタンを押す必要はなかった。電子合図で機内の爆弾倉が開き、十トンの爆弾が空中に放出された。爆撃機は不愉快な揺れ方をしたが、自動機械《オートマタ》がすぐに立て直した。操縦桿の向きが変わり、空中の巨人は団子鼻を再びグアムの方に戻した。おれたち、どこにいるんだっけ？

爆弾はどこに落ちたんだ？　さあな。おれたちの知ったことではない。誰かが映写機を点ける。スクリーンでバーバラがはしゃぎ回っている。すてきだ、愛らしい。

爆弾、あのオオカミ色のスレンダーボディが、照準器という糸にくるまった殺人玉が、徐々に濃くなる大気中でゴーッとうなり声をたてる。

竹で編んだベッドに三歳の女の子が眠っている。

少年が水牛の放牧に出かける。

パルチザンの教官が年寄りと十歳の少年たちに（村の男はみな死んでいた）戦車用の罠を地中にしかける方法を教えている。

空は静かだ。高度一万二千メートルのエンジン音は聞こえない。爆弾のうなる音が聞こえたときはもう手遅れだ。

爆弾がゴーッとうなる。

「やめろ！」盲人が叫んだ。

ミサシュの妻は正しいのかもしれない。

もしかしたら地下六階にいるのは病人なのかもしれない。それとも、本当に生命体なのだろうか。百歩ゆずってそうだったとして、そいつらを殺す権利などあるのだろうか。コンタクトを試みた者はいるのだろうか。ヤロリーメクは試みたと言っていたが、準備がまずかったのではないか。

マルチンはラジオでSFの物語に耳を傾けるのが好きだった。とくに宇宙人の話がお気に入りだった。よくファーストコンタクトの場面があった。宇宙人と基本情報を交換するものだ。ピタゴラスの定理とか、aの二乗プラスbの二乗とか……。ファーストコンタクトに成功するのは特命使節とか専門家や科学者だ。

おれはその特命使節なのだ。

ふんばれ……あの教官は何と言った？　屁をこくときみたいにだ、マルチン、そして左手でトイレットペーパーをつかむみたいにな、ハハハ、軍隊のジョークさ、兵役は愉快なことだらけだよ、マルチン、もう腹がよじれるくらいおかしいときもある。しっかり銃を持て、引き金はやさしくなでろ、女の服のボタンを外すときみたいにな。パン、パン、パン……惑星地球の使者が語りかける……パン、パン、パン……これがわれわれのピタゴラスの定理だ、鉛玉のメッセージ！

電話が鳴った。

「時間だ、マルチン！」大佐だった。

盲人は起きた。

準備体操。腕立て伏せに屈伸とジャンプ。空間での方向感覚をつかむのに最適のエクササイズ。側屈。体を回転させる。他の人がやれば目が回るだろう。おまえは大丈夫だ。マルチン。よく父はそう言った。おまえは目が回ることはない。目が見えないからな、だが他の者たちは見える。おまえには目が見えないハンデがある。だからほかのすべての面で優《まさ》らなければならない。もう父がそう声をかけてくれることはない。六年前に死んだから。ベトナム戦争の後遺症のせいだと医者は言っていた。アメリカは謝罪した。バスタブに浸かり、ひげをそり、たっぷり朝食を取ったアメリカ人が。あれは手違いだったんです。われわれは南にいると思っていたんです。父は戦場にいた。ベトナム人の戦いを手助けしていた。銃を撃つことはなく、けが人の手当てをしていた。彼らは回復すると、また撃ちに行った。

なぜ、もっと話してくれなかったんだよ、父さん。おれがいつか銃を手に取る日が来るなんて思いもよらなかったんだろうな。射撃がいいか悪いかなんて、どうやって見分けがつくんだ。

時間だ、マルチン。

よく寝られましたか、大佐? ぐっすり寝た? 朝食はうまかったですか? ひげそりのカミソリは、あん畜生の切れ味は悪くなかったですか? バスタブの湯はぬるくなかったですか? あんたの殺人マシンはろくに寝られませんでした、残念ですが。やる気が出ません。きかん坊の生徒たちに鉛玉のピタゴラスの定理を教えてやるのは無理でしょう。パン、パン、パン、と歓迎のあいさつを見舞ってやることはできないでしょう……。

丁寧に髪をとかした。洗面所で鏡の方を向いて。父に教えられ、鏡とは何かを知っていた。敏感な指でよく鏡の表面をさすっては、自分の鏡の中の姿が感じ取れないかと思った。整った顔立ちだとよく言われる。メガネをかけているとまったく普通に見えるよ、マルチン。目が見えないようには見えない。

あいにくおれは盲人なんだよ。畜生。盲人の障害者。お情けをかけてもらってるクズなんだよ！

いや、マルチン。今日はクズじゃない。おまえは頼りにされている。世界中でおまえのほかに、あの歓迎の言葉を吐ける者はいないのだ。パン、パン、パン……！

アパートの部屋の玄関を出てドアの鍵を閉め、エレベーターを呼んだ。

部屋の中で電話が鳴っている。

エレベーターがガタガタと音をたて、金属が息を切らすような音をたててマルチンの前で止まった。エレベーターのドアの取っ手をつかむ。電話はいらいらと鳴り続けている。

大佐、わたしは殺人マシンではありません。銃は撃てません。別の方法を試してください。何かほかに手があるはずです。水攻めとか、ガスを放つとか、なんでもいいですが、わたしを巻きこまないでください！　そう言えばいい、マルチン・ダネシュは腹を決めた。盲人のことは放っておいてください。

電話！　まだ鳴っている。

もしや作戦は中止か。もしやつらと……生命体と……話がついたか。きっとそうだ！

鍵を開けて部屋に飛び込んだ。「もしもし、どなたですか？」

相手の呼吸が聞こえる。続いてガチャンと切る音がした。

落胆して受話器を置いた。間違い電話か。しばし、このまま家にいたいという誘惑と闘った。どこにも行かずに家に鍵をかけ、受話器は外しておけばいい。

玄関を出た。もう一度鍵を閉め、エレベーターのドアを開ける。大佐はもうアパートの前で、電気自動車の中で待っているだろう。大佐に言わなくては……。

——待て！

いばら姫の料理人のように、足をあげたおかしな格好でびくっと体が凍りついた。あげた一歩を降ろすのを何かが止めた。盲人の本能？　内なる声？　第六感？

足の下にエレベーターの床がある感じがしなかったんです。後でそう説明しよう。人の気配も、木もプラスチックもワセリンの臭いもしなかったんです。何もなかったんです。とにかくエレベーターのドアの先にエレベーターがないと感じたんです。

それはわずか数秒のことだった。

あの女の叫び声がした。ミサシュの妻だ、マルチンは両手でどんと突かれ、空中に投げ出された。とっさにドア枠につかまる。女がマルチンの両足を払った。シャフトに足が落ちる。マルチンは指を金属にくいこませてドア枠にぶら下がり、足であがいた。女がマルチンの顔を殴る蹴るし、ついにはもっといいことを思いついた。エレベーターのドアを閉め、彼の指を痛めつける。

痛みが脳天を突き、叫び声を上げた。ふっと痛みから解放されたことも、周りがざわつき、いくつもの手で助けられたのにも気づかなかった。何本手があるんだ？　六本、七本、タコがおれをシャフトから引き揚げているのか。何が起きた？

「けがはないか」大佐が心配そうに訊く。まるで遊び場で小さな子がけがをしたかのように、指をさする。

ミサシュの妻の声が階段に響き渡った。

「あいつが夫を殺そうとしてる！　あいつが夫を殺そうとしてる！」

「マルチン、また二人死亡した。昨日の午後に死んだマチウフは数に入れていない。感染は一瞬だ。ひとめ見ただけでも命取りになる。君だけが頼りなんだ……君だけ……さもないと……」

「さもないと？」

「最悪の場合、核兵器も使うことになる。わかるか？　君が失敗したら、核兵器を使う」

「だめです！　そんなことをしたらどうなるかわかっているのですか。今でも広島と長崎の後遺症で人が死んでいるのに！」

「科学者の計算では、ただちに手を打たなければ、一週間でヨーロッパ中に感染が広まって、残りの地域もひと月で感染するそうだ」

「同志・大佐」かなりそばで知らない人物の声がした。「わかりましたよ。ミサシュの妻は隣の家に押し入っていたんです。ダネシュがエレベーターを呼ぶのを待って、電話をかけて、ダネシュが部屋に戻ったところで、エレベーターで一つ上の階に上がったんです。家の前のドアのブレーカーは束ねたワイヤーで壊していました。ダネシュが開けた……」

「今は時間がない。急ぐぞ」大佐はいらだたしげに男の話を打ち切った。

＊

公用車のタトラがプラハの道を走った。二台のパトカーが先導する。パトカーには楽な任務だった。ほとんど往来はなかったからだ。プラハ南部の地下に潜む恐怖についてのニュースが街中に浸透し、一夜にして街には不安がのしかかっていた。

マルチンは青あざができた指をこすり合わせた。

先ほどの恐怖の何秒間かが再び脳裏によみがえった。ぎょっとしたのは確かだ。しかしがく然としたのは足を踏み外したこと自体ではない。ミサシュの妻が巧妙に待ち伏せておれの不意をついたこと、目が見えないことにつけこんだこと、まったくつけいるチャンスを与えなかったこと、それが理解できないのだ。昨日もあの女性《ひと》は射撃場のロビーで盲目的に襲ってきた……。

盲目的に。

あの女はおれより盲目的だった。なんでおれと話をしようとしなかったのだろう。動機がなんであれ、あの女を突き動かしたのは、正気を逸した激しい憎しみだった。昨日は言葉で、今朝は行動で攻撃してきた。

Ｂ５２の機内から投下された爆弾も、盲目的に攻撃し、下にいる人たちにまったく逃げるチャンスを与えなかった。生命体は……受信センターにいた八人の気の毒な人たち、それに昨日の夜から夜中にかけて亡くなった人々にチャンスを与えただろうか。やつらはどんなピタゴラスの定理を送り込んできたのだろうか。やつらの出迎えのセリフはどんなものだったのだろう。あの娘はなんと言っていたっけ……そう、ダナ・ムラースコヴァーという娘は……マチウフに電話してきたとき。やつらはおかしな目をしています……やつらは仲間たちを変えてしまったのです！　生命体はあの人たちを視線で死に至らせ、新しい生命体に変えてしまったのだ。爆弾が人を殺しただけでなく、またしても新しい爆弾を作り出したように。警告もせずに、盲目的に、盲目的に。

「一つ腑に落ちないことがあるんだ」大佐がつぶやいた。

「は？」

「あそこで何をしているのだろう」

「誰がですか？」

「そりゃ生命体だよ！　もう三日も地下にいる。電気も切って、喚起窓も閉じた。それなのに今のところ襲ってこようとする気配がない」

「死んだのでは？」

「とんでもない。音がするんだ。何かしている。動いている。金属をこすったような音がする。どこからエネルギーを得ているのだろう。何かを準備しているんだ」

「すぐにわかりますよ」マルチンが答えた。

大佐がマルチンの腕をつかんだ。

「何？　マルチン、てっきり君は断るつもりかと思っていたぞ」

「断りたいと思っていました」マルチンは認めた。「でも考えが変わりました」

「なぜだ？」

「盲目さが最大の悪だとわかったからです。人の心、あるいは生命体にひそむ本当の盲目。目とは関係ない。心の性質のことです。これは憎まなければなりません。父は盲目さを憎んでいました。ベトナムで、武器を手に闘っていた人々を助けていたとき」

「どういうことだ？」

マルチンは答えなかった。おれが説明したところでどんな意味があるだろう。一人ひとりが自分で正しい道を見つけなければならない。その道を早く見つける者もいれば、時間がかかる者もいる。結局、見つけられない者だっている。

盲人はふっと苦笑した。

おれが気づいたのは、自分より盲目的な人物に殺されかかったときだったとはな。

＊

「大臣、準備完了です」

「よし、大佐。気分はどうだ、マルチン。指はどうかね」

「大丈夫です。少し痛みますが、支障ないでしょう……任務には」

大臣は彼のためらいに気づかないふりをした。けれども気づいていた。とてもよく。もしここにいるのがわたしたちだけで、目と目を合わせて……目……いや、そういうわけじゃ、マルチン、わかってくれるだろう。もし二人きりだったら、わたしの胸の内の不安と疑問を君に明かしたかもしれない。みな、不安と疑問を抱いている。われわれはそもそも疑問がつきものの職業を自分で選んだ。そうなのだ、友よ。だが君はもちろんもっと大変だ。この任務を自分で選んだのではなく、われわれが君を選んだのだからな。

「大臣、エレベーターの昇降路の地雷撤去、完了しました！　エレベーターの準備ができました」

「行くぞ、同志」大臣が乾いた声で言った。「兵器係！」

「は！」

「ちゃんと武器は点検したか？　マルチンが下で丸腰で取り残されるようなことになったらかなわん」

「弾薬筒一つ一つをレントゲンで確認しました。大臣」

「君が下に行くとしたら、この武器を持っていくかね」

「わたしに目隠しをして命令を下してみてください、大臣」

「よし……よし」

コツコツと軍靴の音が廊下に響く。外では車のエンジン音がする。遠くでにぎやかな音がする。どなり声がする。「何やっとるんかぁ、ぼけぇ、顔に目ぇついとらへんのか」軍隊は己のリズムで生きる、たとえ何が起きようと、どこの誰が命令しようと、敵がどんなやつであろうと、たとえ腕章を着けた道案内の人であろうと、金属の音をたてて、地球に最終攻撃を仕掛ける準備をしている不気味な生命体のやつらであろうと。

おれの目は顔についていない、どなり声を聞いてマルチン・ダネシュは思った。だからおれはここにいるんだ、ケースに武器を入れ、弾薬箱を下げて。背中には対戦車手榴弾のナップザック。万が一のためだ、大佐が言ったように。

＊

エレベーターの低い音がする。

今回は乗る前に目の見えない人がするように少々足で探った。エレベーターの恐怖が消えることは二度とあるまい。二度と……でも、もう一度エレベーターに乗ることはあるのだろうか。

「成功を祈る」大臣が声をかけた。マルチンは手を差し出した。大臣がその手を握り返す。熱く乾いた手のひらだ。落ち着いてしっかり握ってきた。がっちり握手をした。

「死んじまえ、くそったれ野郎」大佐が言った。肩をたたき合う。マルチンは暗闇の世界に向かって笑った。ヤロリーメク大佐にはもう気を許していた。信頼していた。

マルチンの背後でドアがバタンと閉まった。こう言われた。ボタンは自分で押せ。準備ができてからでいい。時間はある。急ぐな。一時間でも二時間でも待ってかまわない。怖くなったら戻ってこい。誰もおまえを責めはしない。

ボタンを押した。

モーターが音をたて、エレベーターが下がり始める。フルジムのトランスポルタ社の製品。これが全人類の、ワルシャワ条約機構軍の、チェコスロヴァキア人民軍の戦車というわけだ。傑作だな？　少々。いや、違う。盲人がエレベーターに乗っているだけだ。なんのことはない。やつらが下で何をしているのかが知りたい、と大佐は言っていた。

おれは、すぐにわかりますよ、と返した。

エレベーターの周りで耳ざわりな金属音がする。ここには装甲板や、地雷がある。地雷がいくつも。もし爆発したら、このビルは宇宙船のように発射するだろう。

エレベーターがそっと止まった。

君が下に着いたら、ロープを切り、コンクリートポンプで昇降路に十立方メートルのセメントを流し込んで、地雷をまた活性化させる。地下には君が一人で残されることになる。君とやつらが。

こんな風にヤロリーメク大佐はマルチンに告げた。

マルチンが不安を感じただろうかって？

もちろんである。目の見えない人は絶えざる不安の中で生きている。マルチンがそれを口にしたことはないだろうけれども。

エレベーターがガイドレールを滑り落ち、壊れた昇降路の中でロープにぶら下がった。エレベーターが一センチずつゆっくりと降りていく。エレベーターの壁がゆがんだ補強鋼材にぶつかった。空洞はきれいに片づいています、インターコンチネンタルのエレベーターみたいに快適な乗り心地ですよ、と火薬技術者は断言していたが、また言っていたことと違ったわけだ。

昇降路の壁から鉄の棒が飛び出ていて、エレベーターが引っかかって動かなくなったら、とふと思った。そうしたらどうなる？　自分を引き上げてくれるのか？　大佐はこう言うだろう。

「うまくいかなかったら帰れ、マルチン。仕方がないからな」

ナンセンス！　エレベーターが止まってしまったら、技術者たちは彼を引き上げるだろうが、大佐が家に帰すことはないだろう。ロープ伝いに彼を地下に降ろすだろう。その方がだんぜんスタイリッシュだし、ロマンチックだ。誰が聞いたことがあるだろう、快適なエレベーターに乗って戦士が戦場に赴くなんて。盲目の戦士か……。わが国にはかつてそういう戦士がいた。ヤン王〔一四世紀のボヘミア王。失明したため、ヨハン盲目王と呼ばれる〕だ。二人の忠実な騎士が王の馬を引いたという。余をもっとも戦闘のはげしい前線へ連れてゆけ、勇敢な王はそう命じたと言われる。部下は言われた通りにして王は命を落とした。しかし真相は違うらしい。ヤン王はクレシーから遠く離れたところで馬車の中にいたという。そこで山賊に襲われ、殺され、半ばふざけて、また半ば利益目当てに、身ぐるみはがされて裸にされた。王の下着は一四世紀には大した値打ちがあったのだ。

エレベーターの底がコンクリの床に着いた。爆発物の焦げくさい臭いがする。床に着いた衝撃で、粉々になったコンクリートの粉じんが舞い上がる。鼻の中がむずむずしてきた。しばらく懸命にこらえていたが、ついに我慢しきれなくなって派手なくしゃみをした。ボヘミア王ヤンも激しい戦闘の場に連れて行かれたときにくしゃみをしただろうか。まず、ありえない。くしゃみなど、「ボヘミア王が戦闘から逃げ出すことなどありえない!」という歴史的文句に似合わない。

戦場への最初の一歩。足の下でジャリッと音がする。粉々になったコンクリートとタイルのがれきだ。ここで爆弾が破裂して、火炎放射器の炎の舌が踊り、ガスがしゅうしゅう音をたて、水がさざめいた。多彩な戦争アート。それでもまったく歯が立たなかったのだ。

もしかすると、おれも中に入れてもらえないかもしれない。おれを跳ね返すかもしれない。熱いガス爆発の旋風も、鉄の破片の雨も、ガスも水も跳ね返したんだから。

ケースから武器を抜き、そろりと前へ進んだ。

目が見えない者にとっては危険きわまりない足元だった。床のあちこちに穴が開いている。むき出しの鉄筋が飛び出していて、足の裏に食いつこうとする。慎重に重心を足から足に移し、足の裏がしっかり地面に着いてから次の一歩を踏み出す。

周囲はしんとしていた。つるつるした通り抜けられない壁が近付いていると感じた。左手で前を探る。第六感、盲人の勘が、壁は一メートル先、遠くても二メートル先にあると告げていた。勘は確信に変わった。すぐ前にやつらが作った壁がある。やつらはこの向こうに潜み、世界中への殺りく攻撃の準備をしている。

もう一歩踏み出す。指先に壁を感じた。

その刹那、何かが変わり、顔を新鮮な空気がなでた。いや、新鮮だなどとんでもない！　悪臭で胃がふるえたほどだった。生命体が通路を開いたのだ。訪問者を迎え入れる準備が整ったというわけだ。

足の下の床がなめらかになった。人間の世界と生命体の世界の敷居をまたいだのだ。しんとしていた。さらに二歩前へ進む。顔に、鋭いがそれほど刺激のない奇妙な熱が吹きかかるのを感じた。

何が起きているのかを悟った。やつらだ、やつらがおれを見ているのだ、おれの顔をじっと見ているのだ。だから壁を開けたのだ。わずかな時間でおれを生命体に、自分の仲間にするために、自分たちのなかに人間を受け入れたのだ。

あいにくおれは目が見えない、そしてヤン王にとって命取りになったこの欠陥が、おれの場合は身を守る盾になるのだ！

銃身に正しくサイレンサーがセットされているのを確かめた。サイレンサーは必須だ。銃の発砲音で鋭い聴覚が妨げられるからである。

左手で何かガタガタ音がした。椅子だ、そう思ったときにはもう引き金を引いていた。パスッ……パスッ……パスッ……発砲音がひびく。続いてドサッと倒れる鈍い音。やつらの一人か？　そうに決まってる。ここにいるのはやつらとおれだけだ。

心が喜びで弾んだが、すぐに自分を嫌悪した。殺人マシン……違う、おれは感染症を退治する抗生物質なんだ。ペニシリンが良心の呵責など感じるものか。

今さらながら、まだ心のどこかで願っていたこと、あいまいな希望で自分を慰めていたことを悟った。このいがみあい自体がただの大きな誤解であってくれと思っていた。たしかに生命体はここ、地下六階で八人を殺し、さらに三人を殺し、多くのけが人を出したが、これは不幸な事故、あるいはやむをえない悲劇だったのではないか。今後はやつらも態度を変えるだろう、おれたちの惑星にいるのだから、おれたちと友好的に会いたいと思っているのではないか、と。

しかしその希望はあえなく消えた。見えない目のまぶたに感じた、あの刺激性のない奇妙な熱は、獣じみた憎しみに満ちていて、頭がふらつかなかったのが不思議なくらいだった。

パスッ……パスッ……パスッ……もう一度、もう一度。六階の間取りは完璧に頭に入っている。迷うことなく動いた。受信設備のメインモニターがどのくらい離れた距離にあるか、どこにソファがあるかもわかっていた。パスッ……パスッ……パスッ……素早く弾薬を入れ替える。

生命体は命の危機にさらされていることを悟った。マルチンは五回命中したことを確信していた。まだ二体残っている。

足音がした。風が顔をなでる。撃つ、外れた。生命体はもうそばにいる。マルチンはひざをついてもう一度引き金を引いた。重い体がガバッと覆い被さってきた。マルチンは尻もちをついた。パスッ……パスッ……。鼻が曲がりそうだ。あまりのむかつきに死にたいくらいだ。むかつきで死ぬことなんてありえるのか。もう一度引き金を引く。

重い体は動かなくなった。小麦粉の袋が破れたようなシューッという音をたててみるみる軽くなる。マルチンは周囲を手探りした。さらさらの粉が山になっている。難なく起き上がった。これは六体目だ。この盲目の暗闇のどこかに七番目の最後の敵が潜んでいる。

潜んでいる?

生命体が息を潜め、動かずに隠れている。どう防御すればよいのか悟ったのだろうか。間違いない。動かなければ、マルチンにはやつの居所はわからない。マルチンは絶望して叫びたくなった。いるのは聞こえるが、あいまいだった。はっきりしない。気配はあっても場所まではわからない。

かなり近くにいるに違いなかった。すえた臭いがする。もう鼻が慣れてきて、胃が飛びはねることはなく、心臓は落ち着いていた。血液が動脈の中をさわさわと流れる音がする。生命体に血はあるのか? おそらくない。ポシャッてこなごなになるのだから。父は人が殺されるときのことを教えてくれたが、ぞっとするくらい水浸しになるそうだ。人の体の三分の二は水だ。死ぬときには、液体が流れる。こいつらは人間ではない、人間ではないのだ!

マルチンは武器を握った手を伸ばし、レーダーのアンテナのように、ゆっくりと頭を左へ右へ向け、また元の位置へと戻した。

左手でまぶたを触ってみた。熱い。明らかに生命体は全力で殺人視線をそそいでいる。どうなる……どうなる……もしこれでおれの目が見えるようになったら？

ふいに思い浮かんだ。狩りの最中にドサッと木の上からオオヤマネコが背中に落ちてきたように。がくりとひざをつきそうになった。本当に、ありえないことなのだろうか。おれには視神経がつながっていない。医者には無理だ……だが生命体は医者ではない。

小さくカサッと音がした。左だ、確かに左。あそこには計器盤がある。七体目はどうやらパネルのそばに座っている。だがどこだ？ マルチンはいくらでも待つことができた。これも目の見えない者が光の世界で生きていくために身につけなければならない術だった。

カチッというスイッチのかすかな音。

パスッ……パスッ……パスッ……確信を持って撃った！ これが歓迎の言葉だ、鉛《ピストル》の玉のピタゴラスの定理。おれたちは人間だ、宇宙人よ、おまえのように考える生命体だ！

違う！ マルチンの思考が叫ぶ。おれたちはおまえから身を守る。おまえは考える生命体ではない。おまえは感染症のようにおれたちを襲った。おれたちの体を着たウイルスだ。

盲人は前にかけだした。間に合った。崩れていく生命体の体をつかんだ。次の瞬間、マルチンの指の間から乾いた粉がこぼれ落ちた。

これが七体目。最後。

マルチンは床に座り込み、武器を脇に置いた。

じっと聞き耳をたてる。本当に七体だけなのだろうか。いや、間違いない。地下六階にはもう生きた生物はいない。マルチン・ダネシュ以外は誰も。そして彼がこのおかしな戦争を制したのは、別のおかしな戦争で父親が失明したおかげなのだ。

笑わせる……

ん……なんだ？

マルチンは頭をもたげ、耳をそばだてた。

妙なさらさらという音がした。そよ風が若い白樺の木の葉の枚数を数えているような、ちょろちょろとした小川の流れが石につまずいたような。子どもがむにゃむにゃ言い、猫が喉を鳴らしているような。市電がレールできしんだような。どこかのぶきっちょがテープレコーダーにテープを逆向きにセットしたような。チュリリフム・フアー・アウフム。なんだ、音楽だろうか？

変な音だ。何を意味してる？

なんで考える必要があるだろう、彼は我に返った。任務は果たした。あとはここに来てくれた人たちが見てくれればいい。

来てくれ、みんな。感染症はやっつけた。勝利を祝ってペスト記念碑をたてよう！

マルチンは腰を上げて重い足取りで出口に向かった。あの妙な音楽が後ろで、横で、頭の上で鳴り続ける。入り口のところまで来た。

そこですべすべした壁にぶつかった。通り抜けられない。驚いて一瞬立ちすくんだが、すぐにピンと来た。中に入ったときに、彼の背後で生命体がシールドを閉じたのだ。

だから何だ？　もうやつらの殺人ゲームは終わったのだ！　おれの背後で罠のとびらを閉じたが、自分たちは惨めな七つの塵の山と化したのだ。

背中からバッグを降ろして足元に置き、中を探った。手榴弾。不要だ。もう破滅の萌芽は何の役にもたたない。探していたのはこれだ。通信機。

ボタンを探り当てて押した。

「マルチン！」ヤロリーメク大佐の歓喜の声がした。「生きてたか！」

ぐっと感極まったのを抑えて小声で返した。「生きています……すべて終わりました。降りてきてください……降りてきて」

耳ざわりな不協和音がした。エンジニアがエレベーターを上に引きあげているのだ。まもなくみんながここに降りてくるだろう。

チュリリフム・フアー・アウフム……。あの妙なメロディがたえまなくマルチンの耳に入ってくる。

来た来た、人々《みんな》が。おれの兄弟たちが。叫んでいる。

「見えた、マルチン。だが君のところに行けない！」ヤロリーメク大佐が叫ぶ。

「何かバリヤが張られているんです！」マルチンが答える。

「かまわん、壁をこじあけるぞ。勇気をなくすな。君の所へ行くぞ。解放してやる」

チュリリフム・ファー・アウフム。どういう意味だ？

あいつら、地下で何をしているのだろう、知りたい、電気自動車の中で大佐は確かそんなことを言っていた。

やつらの武器は遺伝子コードだ。初めて会ったときに大佐はそう説明した。目から人の神経系に入り込み、人の細胞の一つに自身の改変方法を組み込んだら、それでおしまい。感染した細胞は近隣の細胞をまた改変し、すぐに百、千、百万となる。どのくらいの早さで改変するのか。科学者の推定によると、百万分の一秒のレベルだという。光の速さのようなものだ。

生命体が耳からも人の組織に入り込めるとしたら？

このひらめきは、その瞬間、マルチンを麻痺させた。

聴覚も神経系であり、情報を吸収する。目の方が何倍も情報を収集する能力に長《た》けているが、どの情報チャンネルも、任意の情報量を伝える能力があるはずだ。その差は単に時間の問題である。テレビカメラを介した場合は二分だった。耳からなら……。

子どもがむにゃむにゃ言い、猫がごろごろ喉を鳴らす。誰かがテープを逆向きにセットしている。チュリリフム・ファー・アウフム。

マルチンはふらふらと計器盤に歩み寄った。ここに最後に仕留めた一体があるはず。そう考え、塵の山を探った。誰だったのだろう。ミサシュ？　いや、違う、彼の第六感は別の人物を告げていた。これはダナ・ムラースコヴァーに違いない。人々を救い、人々に襲いかかる危険を伝えるために闘った、勇敢な娘。生命体になった彼女が犠牲を払ったのだとしたら……助けるために……何を？　彼らの何かを？

もし生命体がスイッチを入れる音をたてなかったら、居所はわからなかっただろう。やつはおれが触れるまで待つこともできた。おれの一瞬のすきを突いて、おれに体当たりすることも、ダメージを与えることもできたかもしれない。おれの手から武器を奪うこともできたかもしれない。だがそうしなかった。テープレコーダーをつけ、両手を広げて死を迎え入れた。

計器盤の方へ駆け寄った。どのスイッチだったんだ。パネルを両手で叩く。手のひらで探った。端からスイッチに触った。

チュリリフム・フアー・アウフム。

「何してるんだ、マルチン？」すぐそこにいるのに、果てしなく遠いところにいるヤロリーメク大佐が叫んだ。

「もうすぐ削岩機《コールヒップ》が来る。外に出してやるから、冷静になれ！」

マルチンはあたりを手探りし、機器のセクション一つ一つを移動していった……。チュリリフム・フアー・アウフム。

ここだ！

テープレコーダーのディスクが手に触れた。ディスクはゆっくりとおごそかに回転していた。彼の中で燃え始めていた凶暴さをあらわにしてディスクに飛びかかると、ロールごと引っ張りだして床に叩きつけ、ドンドン足で踏みつけた。それから笑い出した。こんなの、無駄なことではないか？　みんながやってきて、テープなど始末してくれるだろうから。チュリリフム・フアー・アウフムの痕跡などきれいさっぱり消してくれるはずだから。

ふと思った。ここから離れなければ、ここから遠ざからなければ。

「どこへ行くんだ、マルチン」ヤロリーメク大佐が叫ぶ。

返事ができなかった。自分でもわからない。ふらふらとダナ・ムラースコヴァーが必死に最後の闘いを行った倉庫へ向かった。

おれを見てはだめだ……なぜ？　なぜだ？

よろめきながら貯蔵室に入り、壁にもたれかかると、ずるずると冷たい床に崩れ落ちた。

独特の悪臭が鼻孔をつく。吐き気がしてきた。

チュリリフム・フアー・アウフム。

どうしてこのくだらん音が頭から離れないのか、自問した。

そしてその瞬間が来た。

マルチン・ダネシュは生まれて初めて光を見た。

恐怖と、味わったことのない喜びに雄叫びを上げた。永遠に続いていた闇に光が差した。漆黒の世界からさまざまな色と形があらわれ、頭の中で踊り出した。果てしなく入り組んだ非対称な模様。獣の浮き出た静脈に似たカラフルな線。そう、生命体の目はこんな風に想像していた、意識がはっきりした瞬間、思った。

目だ……見える、目が、やつの目が。

なんてきれいなんだ、なんて幸せなんだ、目が見えるなんて！

なんと怖ろしい、おれは見てしまった……目、やつの目で！

人々《みんな》がここに来るまでに、おれは生命体に変わっているだろう。おれは感染してしまったんだ。チュリリフム・フアー・アウフムに脳をやられちまった……いや、違う……まだだ……闘わなくては……耳からだったら、それほど早くも簡単でもないはず、見てろ、おまえたち、殺人マシン……誰がおまえたちをここへ送り込んだ？　おまえたちのボスもバスタブに浸かってひげをそって朝食を食べたか？

余力をふりしぼって、彼の墓わしい盲人の闇の残りをじわじわとむしばむ、金色に脈打つ炎を知覚しないように努めた。銃口を自分の心臓に向けた。

黄金の炎が闇の最後のかけらを呑み込んだ瞬間に引き金を引いた。自分が一つの目で世界を見ていたことに気づく間もなかった。

＊

地球で言うところの一年以上、生命体は船内で待ち続けた。しかし第三惑星からシグナルは届かなかった。待った。彼らの忍耐力は無尽蔵だった。時には惑星全体を征服するよりも長く待つこともある。惑星を襲撃するのは初めてではない。豊富な経験があった。

もちろん襲撃は毎回成功するわけではない。惑星の先住民の抵抗にあうからだ。そういうケースはままある。

それから船の敏感な検知器が、ゆだんなく潜んでいる電磁波の束を記録した。どうみても友好的ではない。深層センサーの画面に雲のようなものが現れた。雲は彼ら、生命体の船に接近していた。近づいて調査してみると、雲は何千もの原始的な船の集まりであることがわかった。

第三惑星が反撃に出たのだ。

船の司令官はコンピュータに訊いた。「作戦をこのまま続ける意義はあるだろうか」。

コンピュータは長い時間をかけてメリットとデメリットを一つ一つ吟味した。そして回答を引き出した。

「ノー」

たっぷり休息を取り、生命体はすっきりした頭で飛び去った。たまたまだけれども、やはり体を洗い、彼らなりのセンスでいい香りを放ち、たっぷり朝食を取って。

ひげそりはしなかった。第一、何をそるというのだろう。

ユー・ネヴァー・ギヴ・ミー・ユア・マネー

Nikdy mi nedáváš peníze

ヨゼフ・ペツィノフスキー

一九八七年

You never give me your money,〔おまえさんは一切金をくれない〕
You only give me your funny paper.[*1]〔くれるのはおかしな紙切れだけ〕

John Lennon, Paul McCartney

「この一年というもの、おまえさんから一コルナももらってないんだがねえ」ツィリル・カラスはブツブツいい、ひび割れた陶器で得体の知れないものをかきまぜているかみさんを横目でチロリと見た。聞こえなかったのかと思った瞬間、強烈な返事のつぶてが飛んできて、台所の荒削りの板に打ちつけられた。

「また呑んじまうだけでしょうが」

「ばかいうな、おまえ」毎月決まって年金というささやかな額を届けに来る郵便屋のスラーンスカーとかみさんの親しい仲をどうやって出し抜くか、さんざん知恵をしぼってきたカラスは食い下がった。「新しいアンテナが要るだろう。古いのはもう錆だらけで……」

「どうせサッカーを見るだけじゃないの」かみさんが堰を切ったようにしゃべりだす。「言ったでしょ、わたしの目の黒いうちはそんなガラクタは家に置かせないって。死んでも許さないといったのに持ちこんだんだから、ちゃんと面倒見なさいよ」いやに大声で日頃のマスメディアへの反感をむきだしにすると、夫の方など見もせずに、ヘラから流れ落ちる生地の粘り気を測り、やりかけの作業に戻った。

カラスは顔をしかめた。かみさんの態度からこのやりとりはもう終わりだと見て取ったからだ。もう一度財布をひっくり返してみたが、今日のスパルタ対レアル・マドリード戦が観られないのは火を見るよりも明らかだった。ハンチング帽をかぶり、庭に出てみた。アスベスト板の屋根から突き出ているアンテナの惨めな胴部《トルソ》が、竜巻に遭った白樺の幹のように見える。哀しげに軽くうなずくと、物置に行き、十分ほど中を引っかき回した末に、少々シバンムシに喰われた長いはしごを引っ張り出した。女という人種への恨みごとをいいながら屋根に這いのぼると、アンテナの残骸が、カラスにお辞儀するというより、金属疲労のせいで頭を垂れている。おんぼろのわりにひきつるようにしがみついているネジをありったけの力で緩めると、ぼろぼろの金属が顔のそばをかすめて落ちていった。かつて質の良いアンテナだったもののねじれた残骸が、ほやほやの臭いを放つ肥だめにずぼっと突き刺さる。カラスは同軸ケーブルの切れ端を握りしめたまま、サッカーの情熱を発散するのに欠かせない装置の代わりになるものがないか、きょろきょろあたりを見渡した。

テレビの技術の知識はない。そこで少しでもアンテナに形が似ているものがないかと目をこらした。そのとき、古いアンテナが刺さった物質にやはり深々と突き刺さっている熊手が目に留まった。ぐずぐずしてはいられない。熊手についた肥やしを掻き落とすのもそこそこに屋根の上に引っ張り上げると、役目を終えたアンテナの跡の穴に差し込んだ。柄の部分を少し曲げてほぼ垂直にすると、黄昏時の薄闇の中、リレー変換器《コンバータ》があるとなんとか見当をつけたコシュチャールの丘の方に四つの歯をまっすぐ向けた。さらにケーブルの両端を熊手の肩から枝分かれした部分に巻きつけ、そのできばえに満足して屋根から降りた。

　テレビはしかるべき時刻に熱くなったものの、うんともすんとも言わず、カラスをあわてさせた。いつもならマムシのようにシューッと威嚇してきて、穀物倉から引っ張り出したようにザーッと画面にノイズが走るのだが、今はだんまりを決め込み、ただ画面いっぱいに数字の１がのさばっている。首をひねって、どんな番組が始まるのかを待ってみたが、試合開始時刻が過ぎても何も映らないので、二チャンネルにしてみることにした。二チャンネルはどういうわけだか四チャンネルに固定されていたが、臭う手で押してみた。だめだ。少なくともサッカーの情熱を満たしてくれるという意味では。１が少し縮んで隣に4がぽんと現れただけだった。どうも気に食わない。困惑してもう一度一チャンネルに戻してみた。やはり音は出ず、画面に１４１の数字が輝いた。もうたくさんだという思いで五チャンネルを試してみる。これは条件が揃ってアンテナの調子が良ければ、外国の放送局がぼんやりと映るのだ。三つの数字に5が加わった。

　そら、映った。ボリュームを最大にしていたので、ナレーターの声で耳がつぶれそうになった。ずいぶんリアルめいたドラマのナレーションに耳を傾ける。

「ちぇっ、また歴史映画かい」カラスは舌打ちした。ゆがんだ杯の燃えさかる炎に包まれ、敬虔に天を見上げる人物の大きく見開いた二つの眸《ひとみ》が目に飛び込んできた。画面が顔のアップから、背景全体に切り替わる。身動きひとつせず、食い入るようにこの怖ろしい見物に見入っている群衆が見えた。カメラが一人ひとりの顔をパンで撮影し、カラスの目の前を、中世の服に身を包んだ人物が次々に通りすぎる。そこにいる誰もが薪の上で人の命が消えようとしている様子に目を凝らしている。

「……処刑場にはコンスタンツの数千人の市民が集まっていました。政治的に重要なこの場に、枢機卿を筆頭とする公会議の面々も居合わせていました……」

カラスはあっけに取られて、めずらしく都市計画的にデザインされた小さな町が対岸に望めるボーデン湖畔のパノラマシーンに目をこらした。カメラが細部を映したので、中世のローマカトリックの聖職者の絢爛豪華な装飾が手に取るようにわかった。何十もの鐘の音が鳴り響いている。装飾は何から何まで完璧で、しかるべく高価であるように見えた。

「国内ニュースです」名のわからないアナウンサーが読み上げる。ぽかんとしたカラスの目の前に、変わった身なりの人々で埋め尽くされた、どこかの町の狭い路地が次々に映し出された。「当時のマスメディアはまだヤン・フス師の非業の死のニュースをボヘミア王国の首都に伝えていません。プラハの生活は普段と変わらぬリズムを刻んでいますが、群衆の心の底には、苛立ちと不安が感じられます」

画面に何かが映った。カラスは何度も自分の想像を打ち消した末に、ようやくプラハ城だと認めた。壮麗な大聖堂があるはずの場所に、一部足場が組まれた奇妙な胸像が立っている。

「ヴァーツラフ四世は、誰にも邪魔されずにおだやかな夏の一日を過ごしていました。痛風の具合が良くないという口実で外国からの使者の謁見を断り、ひたすら安逸を貪っていました」

金の刺繍入りガウンを着た体格の良い若者が、二人の半裸の少女と戯れている。若者がガウンを脱いだ。この堂々とした人物は沐浴をするところなのだと理解した。もちろんキツネにつままれたような気分だった。ただ黙って、ロジュンベルクの領地にまた一つ池ができ、計量をごまかしたパン屋のドムチャークが籐の籠に入れられてヴルタヴァ川の湿地に浸され、リボホヴィツェで収穫が始まったという情報を吸収した。

メロディアスなテーマ曲で、ようやく無気力な状態から我に返った。暗く深い森に目をこらす。BGMの鳥のさえずりとそよ風が実際の音のように思えた。謎のニュースが終わり、番組は何の前触れもなく終わった。そのまま長い中休みに入り、わくわくする一戦の中継もなく、何かチャンスをふいにしたような気分だった。肩をすくめ、テレビを切ろうとしたそのとき、ふとメガネで縁取られた目が、かみさんが形見に持っている、絵付けしたマグカップの棚の横にかかっている日めくりに止まった。心臓が止まりそうになった。が、なぜだかわからなかった。しばらくしてやっと、小学校でフス派の革命の発端についてのテストに落第して以来、トラウマとなっている忘れもしない日付と結びついた。今日が七月六日〔宗教改革の先駆者、ヤン・フスが火刑に処された日〕だと気づいたのだ。テレビを消し、あわててテレビから後ずさりした。

　意を決したのは二日後だった。それはいつもの電化製品への愛はどこへやら、カラスが日々の気晴らしの小遣いが足りないと不平も言わなくなったことにかみさんも勘づいた頃だった。この間ずっと、カラスは屋根窓にくくりつけられ、妙な避雷針のように天空に伸びている熊手に怯えていた。このうすきみわるい装置を取りはずそうという気にもなったが、かみさんも賛成だというので、意地を張って、この案はとりやめた。飼いウサギに餌をやり、菜園の雑草を取り、鳩に餌をまいても、熊手は夢にまで出てきて、心が安らぐ暇がなかった。七月八日の午後になって、ようやく勇気を奮い起こした。かみさんが、自分の似た者と情報交換をするために家を空けたのだ。こうなれば、四時間は帰ってこない。カラスは忍び足で罪を着せられた箱に近づいた。親指で軽く触れただけで電子束が電子管内の細い繊維《フィラメント》を灼熱させ、画面を真っ赤に燃えた無数の点が覆った。

　大きな1が挑発するようにカラスを見つめる。

　カラスはたばこでも巻くように指をなめ、それから震える人差し指で適当にチャンネルを押してみた。1の隣にポンと8が現れた。この間はどうしたっけな。思い出して、あと二桁を選んだ。1―8―4―8。

カチッと軽く音がした。

「ニュースをお送りします」また名のわからないアナウンサーがニュースを読み上げる。もうそれほど驚くこともなく、七月八日のパリの様子を伝える報道に見入った。パリの街は一八四八年六月革命の後遺症から徐々に立ち直りつつあった。それからニュースはベネチア、ローマ、ウィーンについて報じ、最後はボヘミアだった。番組は三十分で、さすがに何か尋常でないものを目撃しているのがわからないほどカラスもぼんくらではなかった。ニュースが終わると、画面は美しい風景に切り替わった。しばらく関心をもたずに眺めていたが、急に身を乗り出した。この景色、見覚えがある。

後方にあるのは紛れもなくシュピチャークの丘だ。展望台はまだないが、あの輪郭は間違えようがない。その少し先で日光を弾いているのはヴァンベルク城跡だ。きっと城だ、城壁がまだ今より高く残っていて、望楼にもまだ屋根がついているけれども。

あの掘っ立て小屋がポツポツ建っているあたり——手前にニワトリの群れがいて、池で裸同然の汚い子どもたちが水しぶきをあげている場所は知らないが、すべて察しはつく。今、目にしているのは、一八九四年に農場が造られるあたり、親父から継いだ農場があるあたりだ。方向は、きっかり熊手の歯が向いている方だった。

この日の午後はいつになく早く過ぎた。カラスは普墺戦争の流れについて学び、地元の集落が焦土と化し、ヴァンベルク城の望楼から屋根が落ちるのを目にし、それから一八六七年、一八七一年、一八七六年、一八八八年の情報を再生した。もうその頃には集落にガラス工場が建設され、現存する家屋もちらほら出てきた。一八八八年七月八日の午後五時半には、飲み屋の方に歩いていく若い男が男盛りの祖父だと気づいた。

ふとひらめいた。自分やアデーラを見てみるのはどうだろう、農場を切り盛りしてきた足跡を。今一度あの良き日々を思い出すのだ。そうしたらかみさんも始終テレビのことでガミガミ文句を言うのをやめて、ちょっとはテレビを見直すかも知れない。残念。カラスは肩を落とした。試してみた結果、どうにもならないことに気づいたのである。一八八八年が、間接的にコンタクトできる最後の年号であった。

チャンネルは八までしかなかったのだ。

歯ぎしりした。いつも午後にアデーラがうわさ話に夢中になっているときに、テレビをつけて歴史を追った。日付は常に暦の日付と一致した。この点を除けば、どんな重要なものでも見られた。一三一二年、一四八六年、一五一六年、一七二一年。年号は当てずっぽうに選んだ。歴史にはうとい方だが、こと七月の歴史に関していえば、だいぶイメージが湧くようになった。さらに八月、九月と続けた。一番気になるのは当然のことながら、地元の集落の変遷だった。一五世紀はまだこの一帯には深い森が広がっていたが、一六世紀になると、森を伐採した跡地にシュピチャークの丘とまだ新しさに輝くヴァンベルク城のパノラマが現れた。一七世紀には城が荒廃しはじめた。集落の成り立ちは遅く、相変わらず小さな家屋が点々と見えるだけだったが、ガラス工場が建設されるとようやく少しずつ発展が始まった。だがそのあとはどうなったのか？　肝心な時期はカラスに隠されたままで、好奇の虫が騒いだ。

ふとフランタ・クロチャークが頭に浮かんだ。マイスターの中のマイスター。なんでも屋の器用者。しかも口が固いときた。あいつに金をやれば……。だがかみさんは一コルナもくれまい……一ハレーシュ〔一ハレーシュは一コルナの百分の一〕も……どうせ飲みに使ってしまう、それに日がなサッカーばかり見ているのはもうたくさん、というのだ。

アデーラの金のありかはもちろん知っていた。フランタへの千コルナだってきっとそこで見つかる。たぶんばあさんは気づくまい。ばれたらそのときのことよ。大騒ぎするだろうが、今にはじまったことじゃない。

千コルナをくすねたが、アデーラは勘づかなかった。けちなくせして有り金がいくらあるかは計算していないのだ。厄介なのは、むしろフランタ・クロチャークの方だった。フランタに手の内を全部見せる必要はないと考えて、先にヒューズボックスを外しておいたのだが、停電していると言いながら、チャンネルを二つ増やすのを納得させるのは楽なことではなかった。

「いいか？　金は払うから、何でそんなことをするのかなんて考えるなよ。チャンネルを二つ増やせるか？　できる？　なら、つけてくれ。テストできないって？　かまわんよ。別に奇跡を起こしてほしいわけじゃない。つけてくれればいいんだ。うまく動かなかったら呼ぶからよ。だがきっと動くさ、おまえさんは天才だから。どうだ、引き受けるか？」

青地にベドジフ・スメタナの肖像が入った紙幣〔千コルナ札〕は、奇跡を起こした。二時間で取り付けは終わり、テレビはやや対称的でない印象がしたものの、カラスは顔を輝かせ、クロチャークは肩をすくめた。解せない顔で手間賃を受け取ったクロチャークを、丁重にドアの外に追い出すのにカラスは苦労した。配電のどこがおかしいのか原因を突き止めたいと言いだしたからである——手間賃もほしがらずに。

すぐにヒューズボックスを付け直した。テレビの前に座りこんで落ちついて数字を合わせる。1—9—3—6。これはわが家がかなりおもしろかった頃だ。フランタはしっかり仕事してくれた。ニュースはまずはアドルフ・ヒットラーとこの褐色のペストの伸張をとまどいながら見守る世界との関係からはじまった。それからロシアの農村の集団化、スペインの内戦が映り、やっとニュースが終わった。

　地元の姿は今とほぼ変わりなかった。シュピチャークの丘の頂きにはもう展望台があり、ヴァンベルク城も廃墟と化し、アンジェルのとこの屋根だけがまだわらぶき屋根だった。いや、あれはもうなかったんだっけ。今はどこかの高級官吏の立派なお屋敷が建っている。どんな人物なのかは知らない。だが手前の小さな家の方はよく知っている。ここからは屋根と庭しか見えないが、あそこは今、屋根に熊手が乗っかっている家だから……。あれは毛むくじゃらのバリクじゃないか。もう死んで四十年以上経つ！　初めて飼った犬だった。あれから何頭飼ったっけな、四頭か？　五頭か？

おいおい、今日は一〇月一日じゃないか！　今頃気がつくとは。兵役についた日だ！　結婚式のふた月後だった。仕方がなく、式を急ぐしかなかった……。たしか朝、出かけ、アデーラを二年間待たせることになったのだった。もう午後の遅い時間だったが、カラスは、アデーラがあのとき、駅まで見送りに来てくれたことを思い出した。そろそろアデーラが駅から戻ってくる頃だ。そら、姿が見えた。家に向かっている。灰色の服に、当時はやった突拍子もない帽子をかぶっている。

や、何だ？　アデーラのことを待っているあいつは誰だ？　おれのアデールカ〔アデーラの愛称〕があんなに親しげに話している、あの野郎は一体誰だ。どうしてあんなに微笑みかける？　男の顔はよく見えないが、やたら親しげだ。やめろ！　アデーラ、手なんか取るな！　アデーラ！　相手にするなよ！　何やってんだ？

二人は抱き合って家の中に消えた。敷居をまたぐ寸前、破廉恥な男の素性がわかった。フランタ・クロチャーク！　親友の……。

我慢ならない。強烈なこぶし二発で椅子をこっぱみじんにすると、もう一発で画面を粉々に破壊した。床の上に破片と木片の山ができた。それでもスピーカーからはまだしばらく娘の明るい笑い声が聞こえていた。

やっと屋根によじのぼり、信じられないほどぜいぜい肩で息をすると、しっかり固定されている熊手をがたがた揺すった。やっと抜けて熊手は下に落ち、巻いてあった同軸ケーブルが後に続いた。ずぼっと自分にふさわしい場所に突き刺さった。

「あのあま、目に物言わせてやる！　帰ってきたら見てろ！」あの瞬間からもう五十年が経っているのも忘れ、屋根から滑り降りた。庭には妙な身なりの視線の鋭い人物がカラスを待ちかまえていた。

「失礼、カラスさん」男は声をかけてきた。「昨日の午後にですね、一年に二回、二〇世紀のいくつかのドキュメンタリーにコメントしていただく歴史教養番組の視聴ライセンスをカラスさんに与えることが決まったのですがね。残念ですが、今日のふるまいでは、委員会に決定を再考するよう提案するしかありませんね」

カラスはまるで神の啓示のように男を見つめた。男は熊手を引き抜くと、熊手の曲がった刃先を撫で、満足そうにうなずいた。

「大丈夫。もうこれで何も映ることはありませんよ」

そしてゆっくりと出て行こうとした。門のところで男は振り返った。

「そうそう、一九三六年の一〇月一日はですね、奥さまは一週間ほどご実家に帰られ、留守中の家のことを、お友だちのヤルミラさん、今のクロチャークさんの奥さんに頼んでいったのですよ。ヤルミラさんはもちろんご存じでしょう。でもあなたは男ですしね、二人がまったく同じ服を着ていたなんて、覚えていなかったのでしょう」

我に返ったときには、見知らぬ男は消えていた。立ち去ったのではない。消えていた。

カラスはひと月かかってやっとかみさんをおがみ倒し、必要な金額をもらった。ついにかみさんは根負けしたわけである。フランタ・クロチャークに新しい画面を付けてもらい、屋根には本物のアンテナを立てた。

その日からカラスは毎日金床の上で熊手を思いつく限りへんてこな形に曲げてみたが、もはや画面にはチェコスロヴァキアテレビ局の二つのチャンネルしか映らなかった。テレビニュースの日付はいつも現実と同じだった。

訳注

＊1　You Never Give Me Your Money（「ユー・ネヴァー・ギヴ・ミー・ユア・マネー」）1969

微罪と罰

Přečin a trest

イヴァン・クミーネク

一九八八年

その日の朝、うちの役所で仕事に取りかかる者はいなかった。
掲示板の前に首を揃えて、夜中に入った宇宙からのメッセージを静かに読んでいた。

件名、永遠の問い

拝啓、地球人のみなさま
　いわゆる究極の真理の最終審を独占的に担当するわたくしども全宇宙機関のカードファイルには、以前より焦眉の問題が山積みとなっております。これらの問題は自然な理由からみなさまの文明ご自身では解決できず、みなさまが世に問いかけたものであります。当機関ではこれらの問題に取りくみ、正解を導き出しました。かならずやみなさまも関心を持たれることと存じます。
以下にみなさまの個々の質問と正解を示します。

質問：神は存在するか。

解答：否。

質問：善は悪に勝つか。

解答：否。人間の善意の行いは、早々に細かく砕かれ、踏みにじられ、ともすれば悪用されるのが落ちである。

質問：努力することに意義はあるか。

解答：ない。

質問：人の一生とは、本当にしばしば排泄する分、単なる持続を豊かにしているだけなのだろうか。

解答：しかり。

質問：人は他人を理解できるだろうか。

解答：否。

質問：人間はどう生きるべきか。
解答：この世は楽しく生きてなんぼである。それ以外にかまうべきことはない。
質問：進歩することはあるか。
解答：ある。しかし、進歩することが幸福かどうかはまた別の問題である。
質問：愛とはなんぞや。
解答：これは的外れな質問である。
以上が究極の真理であります。わたくしどもの解答がみなさまの知識を広げ、ネゲントロピーを高めるために貢献できれば幸いです。

敬具

解決チームを代表して
目覚めた第三の力、オロンA

住所：
究極真理最終審機関
宇宙中央局
11100　世界点アルファ

「はてさて」読み終えるとチーフが口を開いた。「厄介なことになったもんだ」

「何がです？　何が厄介なんです」パヴェルが嚙んで吐き出すように言う。「まるっきりたわごとじゃないですか。でたらめだ！」

「だったらいいのだが」ベームさんが目をふせる。「残念だがね、反論しないといけないよ、きみ。こんなこと言いたかないけれども、オロンAは間違うことはないのだよ。太古のマチガエナイ・オモロン族の出身なんだから。あの一族はなかば実体のない存在でね、純粋な真理を血液のようにして生きているのだ。生きているかぎり、ウソはつけない。おわかりかね。ウソはつけんのだ！」

「だから？」今の説明がさっぱりわからなかったソニャが甲高い声をあげた。「ふん、そんなやつ！　誰がそんなやつのアホな真理なんて真《ま》に受けるんですか」

「まあまあ、きみ」チーフがソニャをなだめた。「いきりたっても何も解決しないよ。たしかにオロンAはバカだ。決して間違えることはなくてもね。この通知はわれわれの手にわたるべきではなかった。ただ、過ぎたことはしかたがない……はてさて、どうしようか」

「うちの役所の務めは、市民に宇宙中央局の見解と決定を伝えることです」ぼくは言った。「ですから、公表すべき……」

「気でもちがったか?」チーフがさえぎった。「実習生、市民に知らせたらどうなるか、想像できないのかね。われわれが頭をかかえているだけで、十分じゃないかね?」

たしかにそうだ。

「たった今から、いいと言うまでこの建物からねずみ一匹外へ出してはならん」チーフが決断をくだした。「全員、このことは誰にももらしてはならない、いいね? パヴェル、掲示板から知らせをはがして金庫にしまってくれ」

ぼくらは誓いあった。決してもうこの究極の真理の容赦のない言葉は口にするまい。

その日はもう誰も仕事など手につかなかった。コーヒーを飲み、たばこを吸い、どうやってこのことと折り合いをつければよいか考えた。

「そんなに悩むこたぁないですよ」みながだまりこんでいると、パヴェルがぽつりと言った。「何か打つ手は見つかります。そうしたらこんなの頭から消えて、何もかも元通りになる」

「かもね」ソニャが応じた。「でもいつそうなるのよ。わたしたち、どこかの実体のないヘッポコ作家がヘマしたせいで一生泣きを見るわけ?」

「オロンAは自分の行動に責任を持つよ、きみ」チーフがソニャをなだめる。「わたしにまかせなさい」

そう言ってチーフは六二号室に出て行った。Yチャンネルのジェネレータで宇宙と交信するためだ。こんなに機嫌の悪いチーフを見るのはひさしぶりだ。

「そのうち慣れるかもね」少ししてソニャが言った。「だってこれしき、なんてことないじゃない。こんなこと、原始人だってうすうす感じていたことじゃないの」

「でも、はっきりとはしていなかっただろ、このあんぽんたん！」パヴェルが怒鳴りつけた。

「このでかい差がわからないのかよ？」

近頃パヴェルは何かにつけてソニャをしかりつける。人前でもかまわずだ。しかし今日という今日はつつしむべきだった。

「ねえ、ホイストでもやりませんか」ぼくは何か違った案でも浮かぶのではと思って提案してみた。

こうしてホイストゲームがはじまった。カードをしているとあっという間に時間が過ぎて、もう暗くなってきた。まだ二月の頭なのだ。さみしい季節。春は遠く、灰色の雪がまだまだ下水道に残っている。

「おいおい、どうした」チーフが戻ってきて訊いた。「やることがないのかね？」

「だってチーフ」パヴェルが顔をしかめた。「仕事なんかしたって仕方ないでしょう。ぼくらは時々排泄する分単なる持続を豊かにしているだけで、ほかの解釈はどれも見当違いだと言うし。それに愛ときたら……」

「わかった、わかった」チーフがさえぎった。「何度も言わんでいい。ぜんぶ頭に入っている。それよりわたしにもカードを配ってくれ」

死んだような静けさの中、シュッシュッとカードを切る音だけが聞こえ、カードはまるでスズメガの翅《はね》のよう、ともするともっとはるかにくだらないもののように机に落ちた。頭をはたらかせる必要のないこのゲームは、なにやら象徴的ですらあった。でも突きつめてみれば、この晩はもっと気分が落ちこんでもおかしくなかったのである。

七時頃、暖房が切れた。

「チーフ、寒くないですか」九時にソニャが言った。「家に帰らせてくださいよ」

「だめに決まってるだろ」負けてばかりいるチーフがにべもなくはねつけた。「もし、誰かががまんできずに世間にもらしたりしたら、責任を持てんよ」

「だってぼくら、誓ったじゃないですか」パヴェルが言う。「信じてくれないのですか」

「信じるも信じないも……いいかね、あの考えなしのせいでもうわたしは幻想なんか抱けないのだよ！」

ぼくらは十時近くになってようやくチーフをうんと言わせた。だってこんなことを知ってしまったうえに寒い思いをするなんて、なんの意味があるというんだ。

「わかった」チーフはついに折れた。「だがパヴェル、おまえは残れ。臨時の仕事があるからな、いいね」

ようやくぼくらは解放された。

「ソニャ!」ぼくは役所を出たところで秘書を呼び止めた。「ソニャ、待って!」

彼女の腕をつかむ。「こんなとき、一人でいちゃだめだよ。おいで、送っていくから」

ぼくらは夜の町を歩き出した。寒さが厳しさをまし、水たまりの表面にまたたく間に氷が張っていく。

凍てつく暗闇の空に、ふいに大きな流れ星が輝いた。

「見た?」ぼくが声をあげた。「でも、もう願い事をしても意味ないよな。何したって無駄なんだもの」

「ふん」

「ねえ、もうぼくら、何もかも知っちゃった仲なんだからさ、もっと寄りそわなくちゃ」ぼくはソニャに言った。「一人じゃ耐えられないだろ」

彼女は短く笑った。

ぐさりと来た。まるでぼくの下心を見抜いたみたいじゃないか。でも自分でもこの辛い時にどこからそんな考えがわいてきたのかわからなかった。

「うちにおいでよ、いい音楽でもかけよう」ぼくは提案した。「きっと最悪の気分からは抜けられる、な?」

「何言ってんのよ」とソニャ。

ぼくらは人々をながめた。ワインでほろよい気分で笑っている人もいれば、芝居や映画がはねた帰りの人もいて、何も察していないのはあきらかだった。黒のジャンパーのフーリガンもアーケードに立っている娼婦もまだなんにも知らないのだ。知ってしまったのはぼくたち二人だけなのだ。

「ちきしょう」ぼくは言った。「希望もなく生きてゆくなんて……ソニャ、抱きしめてよ！」

「落ちついて、実習生君、落ちつきなさいったら」ソニャはククと笑った。すると急に真顔になった。「見て、酔ってる」文房具屋と居酒屋の角に、酔払いの年寄りが倒れていた。ピクリともしない。フェルトの靴にシミだらけのコートをはおっているだけで裸も同然だ。頭の下にぱんぱんのかばんを敷いている。年金生活者だろう。

「凍え死んじゃう！」ソニャが言い、老人の方にぼくを引っ張る。

「もし、起きてください！　こんなとこにいたらだめですよ！」

年金生活者が少し吐きもどした。

「ペトル、手伝ってよ！」

「なんでこんなことまで」ぼやきながらもぼくは老人を壁によりかかせて立たせた。鉛のように重く、ぷんと臭う。

「家に送ってあげようよ」気が進まないぼくをよそにソニャがそう決めた。「もし、お住まいはどこですか」

するとと老人がわっと泣き出した。ぽろぽろなみだを流してなぐさめようがない。「わたし……わたしの……う……家《うち》なんかない……」

「かばんの中を見てみるよ」ぼくは困惑して、すぐにかばんを開けた。

「ノートばっかり」ぼくは言った。「まっさらなノートと鉛筆ばかりだよ。な、頭がおかしいんだよ」老人の住所はどこにも見つからなかった。

「おばあさんに愛想つかされたのね、そうでしょ、おじいさん？　大丈夫よ」ソニャは泣きじゃくる老人をなぐさめた。「きっと大丈夫だから、ね」

ハンカチで鼻ちょうちんをふいてやる。

「ほら、おじいさん、いらっしゃいな。わたしのところでゆっくり寝るといいわ」

さんざんな晩になった！　酔っ払いをソニャの家まで引きずっていったあと、ぼくは凍える外へ追い出された……。あんなにすべり出しはよかったのに！

でも家路につき、凍った石畳にひびく自分の靴の音に耳をすましていたら、もっと気分が落ちこんでもおかしくないのだと思いはじめた。

そしてぼくは赤ん坊のようにすやすやと眠った。

翌朝は雪がふっていた。

役所の窓には花が飾られ、万聖節の頃のように暖房がきいていた。

「さて、どうかね」ふたたび全員がそろったところで、チーフが口を開いた。「昨夜はどうだった」

「問題ありませんでした」ぼくらは答えた。

「赤ん坊みたいにぐっすり寝ました」ぼくは笑った。

「わたしなんか、動物が発情する夢を見ましたよ」ベームさんが言った。ベームさんはその昔、腕ききの猟師だったのだ。

「人間の精神はしぶといですね、チーフ」パヴェルが言った。「どうしたもんだか、耐えられそうじゃないですか?」

ぼくらはうなずいた。

「上等上等」チーフは喜んだ。「じゃあ、ホイストをもう一勝負だけして、仕事にかかるとするか。だが昨日の誓約はそのままだぞ、いいかね」

「もちろんです」ぼくらは答えた。

「ときにあのベラベラしゃべったトンマは?」興味津々にソニャが言った。「彼はどうなりましたか?」

「オロンAは報いを受けた」チーフが言った。「オロンAの行為は、宇宙中央局で微罪とみなされた。オロンAは本当に尋ねられたときだけ答えることを学ばなければならない。昨夜のあの大きな流れ星を見たかね。あれはな、オロンAが人間に降格させられたのだよ!」

ぼくは肩をすくめた。「もっとこっぴどい目に遭ったっておかしくないのに」

「そうかな」チーフが言った。「きみたちがオロンAの立場になるのは望まないがね。シミだらけのトレンチコートとフェルトのブーツを身につけただけで、アハスエルス〔ヨーロッパの伝説に語られる永遠に呪われた放浪者〕みたいに延々とさまよって、ひたすら書き続けるのだよ……」

「書き続ける？」ぼくは目を丸くしてソニャを見た。

「そこがこの罰のミソだ」チーフがいじわるそうにニッと笑った。「オロンAは一兆回書かないといけないのだ。〈もう二度と永遠の問題に答えることはしません〉、それから〈人の人生には意味があります〉とな。傑作だろう？」

「無駄に残酷ですね」パヴェルが言う。

「しかし効き目は確実だ！」

もうぼくは黙っていられなかった。「チーフ！　博士！　どうしてそんなに彼を苦しめる必要があるんです？　だってもしかしたら彼はこの地球でソニャ……とかそんな人に出会って、お情けをかけられるかも知れない……だって究極の真理だって相対的なものだし……言いたいのは、相対的なのが究極の真理なわけだし……わかるでしょう、ぼくの言いたいことが……」

だが誰もわかってくれなかった。ぼくはすっかり頭がこんがらがったぼくを見て、みなが笑った。

ソニャまで笑った。「落ちついてよ、実習生君。落ちついて。今度はまずお家で洗面台に向かって練習してからにしましょうね」

怒りがこみあげた。

腹の虫が治まらず、ぼくは復讐を決意した。守秘の誓いなんかくそくらえ。何もかもばらしてやる。

というわけで以上の文をしたためたのである。しかしあの緊張が走った日からいくらか時が過ぎてみると、究極の真理の刃はもうとっくに鈍り、もはや誰も傷つけることなどないような気がする。せいぜい二、三日、ぐっすり眠れなくなるのが積の山ではないか。案外、それすらもないかも知れない。

……および次元喪失の刑に処す

... a odsuzuje se ke ztrátě rozměru

イジー・ウォーカー・プロハースカ

一九九七年

一

「……さらに脱税により、刑法第Ⅳ項十二条に基づき、次元喪失の刑に処す。判決に控訴の申し立てはできない。刑はただちに執行される」

台所で圧力鍋がしゅうという音をたてた。裁判官が音の方を振り向くと、〇三番を付けた警備員がくるりと振り返り発砲した。鍋が破裂してスパゲッティが散乱し、シルバーのハーレー上でポーズしている大統領の肖像画がシステムキッチンからはたき落とされた。裁判官は射手の方をちらりと見て、ため息まじりにかぶりを振った。

しかしマイエル家の者でこの短い幕間劇に反応した者はいなかった。子どもたちは自室にこもり、おばあさんは玄関の聖母マリアのホログラムの前でひざまずいていた。ヤナは鍋が破裂したときにびくっと体を震わせたものの、ぎっしり詰まった本棚を背に直立する夫から一瞬も目を離さなかった。

無精ひげがうっすら伸び、目の下に薄紫色のクマのできたミハルは、震える手でときおり左の頬をさすっていた。頬にはさきほど警備員にビンタされたあとがくっきり赤く残っている。

厚ぼったい紫色の目のクマをのぞけば、蒼白の顔のなかでただ一つの色味といえた。その顔は、一週間前に勝利平原のサーカスで見た、へまばかりする哀しきピエロを思い出させた。

「そんな無茶な」ヤナがすがるようにいう。「夫は何もしていませんのに。執行猶予期間も、定期的に署に出頭していましたし……」

「奥さん、もしご亭主をかばおうとするなら、もう一件裁判をしますよ。まだ二〇分ありますからね。昼ご飯は後回しでいい」

「妻にあやまってください」たまりかねてミハルが声をしぼりだす。

「あやまる必要などない。あなた方は法廷にいるのですよ」卑劣漢が高圧的な態度で言った。テレビドラマの弁護士のような完璧な外見。中身は正反対だが……。この事件を扱うただ一人の裁判官が大きく息を吸ってスポーツマン張りの角張った胸をふくらませた。白い裁判官服のすそが持ち上がる。「法廷への侮辱とこの発言に対して、ヤナ・マイエロヴァーに二千ウェラルの罰金を科す」

「そんな金、妻には……」

そう言いかけて、ミハルは口をつぐんだ。

先ほど、発砲して破壊したドアから室内に踏み込んできた裁判官は、メガネをかけてオレンジ色のパツパツのつなぎを着た肥満体の法廷技師の方を見やると、うなずいた。

技術者はカバそっくりだった。サーカスで見たカバ。あれもコミカルなつなぎを着ていて、子どもたちの歓声を誘っていた。人畜無害で太っちょの草食動物。まさしくこいつみたいな……。

「どうか、せめて少し待ってくれませんか」ミハルは小声で言った。「子どもたちとお別れがしたい。妻にキスがしたい……」

「これからだって一緒に楽しく過ごせますよ」卑劣漢は薄く笑うと、勧められもせずに勝手に腰を下ろしていたロッキングチェアから起ち上がり、応接間のテーブルの上にあった食べかけのピーナッツとリモコンのあいだに二枚の紙を置いた。判決文と規則文である。

ヤナはこの悪夢を振り払おうと、金切り声を上げてミハルの方に駆け出した。意外にも、そばにいたゴリラは彼女を床に張り倒さず、手をきつくねじりあげただけだった。

「今度はあなたの身に危険が及ぶかもしれませんよ、奥さん」

「やだアア……」彼女の口を「共和国」の輝かしいマークが入った黒い手袋の手がふさぐ。

「マイエル、さあ、もうそろそろどこかに立ちなさい。この壁のあたりとか。ここからなら家をよく見渡せます。早く慣れますよ。それからもう一つ。その場から動かないでください。ドア枠で折れ曲がったり、割れた窓から通りに転落したりしたら目も当てられませんからね。われわれは人非人ではありません。これでも有罪判決を受けた被告にどう助言してあげればいいかよく心得ているつもりです。どう助けてやれるかをね」

大学図書館員のミハル・マイエルは法の手が勧めた位置に向かった。まだ分厚いカーペットの上を歩いている感覚があった。何に触れても感触があり、わずかな窓のすきまから入ってくるそよ風も肌に感じた。手、足、体全体で、動いていること——場所から場所へ移動していることを実感していた。

壁を背にして立った。

胸と背中に〇二という青い番号をつけたゴリラが、腰ベルトから手錠を引き抜いてミハルの手首にかけた。手錠は、防錆加工《ブルーイング》を施した九ミリ口径のマカロフと、刃にライオンのマークが入ったボウイナイフと並んでベルトに下がり、さっきからJ・J・ウォーカーのカーキ色の丸水筒にぶつかってガチャガチャ音をたてていたものだった。さらにゴリラはファスナー付きの胸ポケットから、奇術師のように黒いスカーフをさっと取り出した。「それは要らないでしょう」ミハルが訴える。

「まぶしくて目がくらみますから。処刑後は手錠もスカーフも消えますよ。まあ、決まりは決まりです」

ミハル・マイエルが立っているのは居間だった。目の前には本棚があり、テレビには音もなくドラマの映像だけが映っていて、開いた窓のそばでは砂埃をかぶったイチジクの葉が揺れている。表からは市電の走る音、トラックのがたがた揺れる音、電気自動車のひゅんひゅん走行する音が聞こえてくる。

しかしミハルはもう何も見えなかった。伸縮性のある黒いバンドで目隠しをされ、両手は前に下げていた。手錠がイチジクの隣のコーナーラックのクロムメッキしたポストモダン風ランプのように光っている。足は心持ち開いていた。緑色のトレパンは膝が伸びきっていて、トレーナーのそで口には、昨日、隣人のタービン車のウィンカーの電球を替えてやった際についた汚れが残っていた。

技術者はよたよたと本棚の方に向き直り、被告からできるだけ距離を取ろうとした。そして黒のバイザーのついたオレンジ色のヘルメットを被ると、武器を構えた。そのあいまに警備員が妻を台所に引きずっていった。卑劣漢が短く言い放つ。

「撃て」

太りすぎの指が曲がる。センサー付き引き金が静かにカチッと鳴った。部屋が光の爆発に包まれた。

二

「あ、パパ!」

「おまえたち、会いたかったよ」ミハルが甲高い声をあげる。部屋のドア口にいるヤナは泣きはらした顔でおばあさんを抱きしめ、その手にはびしょぬれのハンカチが握られている。

「神に反く行為だわ」老女は呆然としてまた同じセリフをもらし、悪魔のように恐ろしい狂気の壁を気にしてばかりいる。

マイエル家は公共のペンキ職人が家の中を三色旗色の立体（三次元）模様に塗りかえるのを何度か断り、どの部屋の壁も白で統一していた。シンプルな家具と粗大ゴミから拾ってきた古色の調度品は、いずれも草花の自然な緑色で下塗りが施され、住み心地のよさ、趣味のよさを感じさせた。

しかし、この真白の壁が、今ではよけいに不気味に感じられた。ヤナは暗くなるまで子どもたちをこの部屋に入れなかった。その間ずっとこの雰囲気に馴染もうとむなしい努力をしていたのである。

どうしたの、という顔でエヴィチカとパヴリークが母親を見上げる。ヤナは手ぶりで、パパのところに行きなさい、と促した。子どもたちは窓際に寄せてあったロッキングチェアをよけて歩き、壁の一歩手前で止まった。

壁の上にはパパがいた。

大きな屋外看板《ビルボード》の等身大の人物そのものだ。

「どこにでも届きます——あなたの武器の射程次第！」

エヴィチカが片手をあげて、壁の父親の右手の上にこわごわと自分の手を重ねる。父親の手をなで——さっと引っ込める。

「どうしたの？」ヤナが声をかけ、おばあさんの体を放して娘に近付いた。

「ママ、この壁、暖かい」かぼそい声で言う。

「壁じゃないわよ。パパの手をなでたのよ。見えてるでしょ、パパはちょっとだけ……」ヤナは嗚咽し、またハンカチを目に当てた。

「ちょっとだけ違うんだね」パヴリークが引き継いで言った。「パパ、ぼくはパパが壁にいたってかまわないよ。こんなにぺらぺらでもパパのこと好きだよ」

ミハルは今日の午後に特殊部隊が家に踏み込んできて以来、初めて口元を緩めた。手をのばして息子の髪をなでようとする……。もう二度とわが子をなでてやることもできないのか！　確かに手を前にのばしているのに、まるで昔の映画のスクリーンのようだった。画面から手は出ない。

「パパもおまえが好きだ。みんなのことが好きだ。こんなにぺらぺらでもね」ミハルはにっこりして、次元を一つ処分――処刑？　されてから何時間もたって、ようやく少し体を動かしてみよう、じっくり考えてみようという気になった。

「ミハル、あの人たち、新しい圧力鍋も壊しちゃった」ヤナはしゃくりあげた。鍋のせいではない。「せめてお昼が食べられたらよかったのにね。ミラノ風スパゲティ……。もうごはんを作ってあげることもできないのね」と、ハンカチを鼻に押しつけたまま、台所にかけこんだ。

「ミハル君《ミハーレク》、あの人たち、あんたに何したの」またおばあさんが何度も同じことを訊く。

「あれ、パパ、ちゃんと歩けてる！」パヴリークが弾んだ声をあげた。ミハルは手で合図し、そろそろと辛抱強く足を一本ずつ動かし、壁伝いに台所に行こうとした。まるで酔っぱらった状態でプールの底を歩いているような感覚だ。周りの世界が、波立っている多次元の球体に見える。方角はまったくわからない。耳鳴りがする。槌《つち》骨と砧《きぬた》骨〔いずれも耳にある骨〕の迷宮が、必死に平衡感覚だけでも保とうとしている。

エヴィチカが開いたドアから台所にかけ出して行った。

「ママ、パパがママのとこに来るよ」エヴィチカが昂奮気味にささやく声が聞こえる。ただちょうど、アンディ・ウォーホルの「赤いレーニン」の複製画の裏に入ったときで目の前がふさがれていた。おばあさんはまごつきながらも、ミハルの通り道の邪魔になるものをせっせと片づけた。壁から椅子を離し、花を飾っていたスタンドをどけ、壁際の板の上のミニカーをかき集めた。ミニカーはパブリークが年中置きっぱなしにしていて、いつでも家中を走り回れるようにしているのだ。

〈お子さまに必要なものは――学校ではありません！

たった一つ延々と続く道《ネヴァー・エンディング・ロード》です。モトル社のオリジナル……〉

「助かるよ、おばあちゃん」ミハルは声をかけた。「ありがとう」

「喜んで手伝うよ、ミハル君。優しい人だったもの」

……優しい人だった！　そうか、おばあちゃんたちには「だった」なのか。今は違うのか。

おれは壁の上でぴいぴい文句をいっているぺらぺらのピエロにすぎないのか。

障害物にぶつかった。ドア枠である……。

ミハルの壁から廊下へ出るドアは開いていたが、台所はその向かいにあった。つまり、体を二つ折りにしてドア枠を越え、廊下に出ても、換気孔に行き着くだけなのである……。三次元の深みを覗いたとたんにめまいがした。何かに寄りかからなければ。だが何もない。ふらっとよろけた。かたずを呑んで見守っていたヤナが、支えようとかけよってきて、壁にいやというほど手足をぶつけた。

ミハルはがくりと膝をついた。

「大丈夫?」ヤナがささやく。

「心配するな。大丈夫。君は? 強くぶつけなかったか」ミハルはのろのろと体を起こしながら、台所にはどうしても行けないことを思い知った。前に越えられない深淵が横たわっている。「パパ、あのさ? ぼくがドアを閉めてみるよ。だからドア伝いに行ってみなよ、いい?」

一同があぜんとして小さな男の子を見つめた。

パヴリークがドアを閉めた。こうしてミハルの世界が開けた。

三

次元剝奪の判決を受けた者に対する規則。

十二条第一項。有罪判決を受けた者は、公共の空間において体を動かす、あるいは大声で演説するなど共和国国民に対して迷惑行為を行ってはならない。有罪判決を受けた者の動作や演説を警察に通報した情報提供者には、五百ウェラルの報酬が与えられる。有罪判決を受けた被告はナ・ドヴォレフ監獄に移送される。

古い刑務所の敷地内で威容を誇っている巨大な球体について、世間ではまことしやかな噂が飛び交っていた。公式のプロパガンダでは、ガス工場の球体と謳われていた。ご存じのとおり、世界を動かしているのはバイオガスだからである。

「ミハル、どこにも行かないって約束して！　うちにいて何が不満なの？　まわりを見てよ。わたしたち、どこにでもいる家族みたいに暮らしていけてるじゃないの。子どもだっているんだし……あなた、死ぬまでぺらぺらのまま球体の中にへばりついて生きていきたいわけ？」

ミハルは壁に描かれた椅子に座りこんで、きれいに髪をなでつけた卑劣漢の顔を思いだしていた。さすがプロなだけはある。やつが勧めたのは、一番よく家の中が見渡せる場所だった。ドアを開け放てば子ども部屋まで見え、寝室も台所も少し見え、その奥の義母の小部屋まで覗けるのである。

パヴリークがドアのトリックを見つけてから――どの受刑者の家族も見つけるに違いないが――ドアを開け閉めさえすれば、もはや何の不自由もなく家中を動き回れるようになった。

一週間ほど前、ヤナと子どもたちはミハルに寝室に来ないでね、覗いてもいけないよ、と強く言い含めてきた。それまでミハルはエヴィチカとパヴリークが壁に描いたこの椅子で寝ていた。郵便受けか、新聞の折り込みか、集合住宅の門の裏か、家のドアの下にあった広告を元にしたものだ。セキュリティサービスの横暴なビラだったら、閉まった窓に投げ込まれる。ビラをタイルに巻いて、ビルの上階まで、未成年のプロのビラ配りが猛然と投げ込んでくるのである。

「来る日も来る日もこんなことが起きたらご迷惑でしょう？　もしビラがどなたかに当たりでもしたら？　万が一命を落としたりしたら⁇⁈　わたくしども、セキュリティサービスだけがお客さま――ほかならぬお客さまに――安全な暮らしをお届けします。わたくしどもと安全な暮らしを！」

しかしあの広告はありふれた家具の3Dチラシだった。それを元に、子どもたちがクラシックなトーネット椅子を描いてくれたのだ。オリジナルの優美な線はやや正確さに欠けていたが、その分、パパの座り心地を考えて付け足した分厚い青いクッションがついていた。

そしてこの椅子に座って、ちょうど政治評論家とゲストの討論、というよりも評論家の見解を追っていた――というのもゲストは一度も意見を最後まで言わせてもらえなかったからである。同時に、いったい寝室でみんなが何をしているのだろう、と興味津々に耳をそばだてていた。家具がぎしぎし鳴る音、紙のかさかさする音。たしかに昨日、廊下にトイレットペーパーの芯が転がっているのが、テレビに反射して見えた。でもトイレットペーパーで何をしているのだろう。

「はい、中へどうぞ、だんなさま」ヤナがドア口に立って、いささか貫禄のついてきた腰の線をそっとなでてみせた。子どもたちはこれを無視し、はしゃぎ声をあげた。

「パパ、ほら、来て」

ミハルはまた持てる技を駆使して、鋼鉄のドア枠から寝室にすべりこんだ。こんな風に体をおりまげるたびに、体が二つに引きちぎられるような感覚を味わった。だが今回も無事にまぎ越え、そして目を見張った。当面のあいだ使えない自分のベッドの代わりに、そこには白い水平な面が輝いていて、滑らかな壁にスムーズにつながっていたのである。

「みんな、抱きしめたいよ」そう口から出かかって、ぐっと言葉を呑み込んだ。目頭が熱くなる。涙があふれないよう、手の甲で目をこすった。よく見ると、それは自分のベッドだったが、マットレスを外して紙で覆い、その白い無地の紙の帯を壁につなげてあったのだ。

「また一緒に寝ましょうね」あのとき、ヤナはそうささやいた。

……けれども今、寝室のまんなかに立っているヤナの視線は、ミハルではなく、窓ガラスに向いている。そこには緑のナメクジのように、エコ雨の重たげな大粒のしずくが這っていた。

「ね、外には行かないわね?」

「ヤナ、どう言えばいいのか。それは難しいよ。だって外には、ほかにもぼくみたいなのがいると思うんだ、いや、ぜったいにいる！　何人もいるに違いない。前からぺらぺらの人たちの噂は聞いたことがあっただろ。そんなのぼくたちだって真に受けていなかったじゃないか。こんな目に遭うま……」そこでミハルは口をつぐんだ。

初めて痛い目に遭って以来、家の中には盗聴器がしかけられていた。一度、納税のことでとやかく言われ、税金は雇用主にあたる国が払っていると訴えたところ、国税局を侮辱した罪で、十八カ月の執行猶予を喰らったのである。それ以来、家にはもう三度も工事の者が出入りし、テレビの修理屋のようにくったくのないおしゃべりをしながら、ほうぼうのマイクを交換していった。一度などは——八月なのにやけに冷え込んだ日だった——また新しい盗聴器が故障した、とぷりぷりしてやってきて、修理代を丸ごと押しつけていった。月給の半分が吹き飛んだ。

「当面外には行かないよ。安心して」

四

そばを市電が通り過ぎた。体ががたがた崩れ落ちるような気がした。市電の重さでレールが揺れ、振動が車道、そして歩道に伝播し、家の壁までゆさぶったのだ。

「大丈夫?」ヤナがささやく。

辺りは静まりかえっている。夜中の三時は、出歩く時間帯ではない。

ミハルは、また最近、車のリアウィンドーに飾られるようになったぬいぐるみのように、ただこくんと首を縦に振っただけだった——今はこのぬいぐるみの中にもレーダー探知機が仕掛けられている、との噂である。

「大家さんなんか、市電のせいで台所の食器が揺れると言ってたわよ。もういくつもグラスにヒビが入ったって」

「ありがとよ。それ以上のなぐさめの言葉はないよ」返すミハルの声に疲れがにじむ。

古いレンガの建物の階段を二階から下に降りるだけで、一時間以上もかかった。

三次元の人にどう説明すればいいのか。なんともない階段の横の壁を伝って降りることすら、二次元しかない者には大ごとであることを。階段の水平な面を足でさぐりあてなければならず、漆喰がはげたところや段が欠けているところは、バナナの皮が落ちているように危険なのだ、ああ……!

とうとう外に出た、集合住宅の北側の陰の中だ。目抜き通りの眺め。向かいに兵舎、左手に飲み屋、右手に文房具屋、頭上には星。なんなのだ、この空間は!

めまいがした。昔、二十歳になって兵役を終えたとき——かつてはたった二年だったあのカーキ色のおつとめだ——建築家の友人宅のパーティーで、紙パックのスペインワインをちびちび味わい、無印紙のたばこを吸い、後にも先にも一度きり、ハッパを吸った。

「おいおい、落ちつけ。吸い過ぎるなよ」周りにそう肩を叩かれた。

今みたいに世界が弾んで見えたことだけを覚えている。周りの輪郭がぼやけて、点描画が並ぶ展覧会のように見えた。光の知覚がやけに研ぎ澄まされ、万華鏡のように増幅する。わずかなろうそくの火か、部屋の隅の青いランプの光だけで、分離派《セセッシヨン》のランプや台座、クロムめっきしたシャンデリアに反射した像が、ホログラフのショーのように見えた。

今もそのときのような感覚だった。

世界を違う風に感じるのは、麻薬のせいなのだろうか。

「そのショーウィンドーはどうするの」ヤナの質問が飛ぶ。

そのことはもう階段を降りている最中から悩んでいた。家にいるときから、何度もガラスの上を歩いてみようと思ったが、窓から落ちるかもしれない、という不安が二の足を踏ませたのである。

二階から、三次元へ。

「わからない……」

「歩いてみてよ。あなたはわたしたちとは違うんだし」

ミハルはため息をついた。わかってるさ。おれはぺらぺらなんだから、ガラスの上を歩いたって、平気に決まってる。子ども部屋の水槽に貼ってある恐竜のステッカーみたいなものだから。でもいやはや！　水槽が割れたらどうする？　おれはどうなる？　いったいぺらぺらはどうやって死ぬんだ？

足を踏み出す。

ショーウィンドーに入ったとたんにパニックに陥った。上にいた時の部屋や手前の外の通りといったはっきりした物が消え、通りの世界とショーウィンドーの世界という二つのまともな三次元の世界のはざまをふらふら進んだ。

まぶたをぎゅっと閉じて、ショーウィンドーの方を見ないようにして歩き出した。いや、歩くというよりも、複雑骨折をして、医者に松葉杖を返したばかりのように、おっかなびっくり足を前に運んだ。ひたすら前に進んだ。

「愛してるわよ」妻の声が飛ぶ。

ミハルは自分が克服した虚無を眺めた。それから妻の方を振り返った。

妻は嬉しそうだった。

「ぼくもだよ」夫は言った。

五

最大の障害物は、ヒューヒュー甲高い音を出して燐光を発する線《ライン》で、ここのところ、古色蒼然とした建物の正面《ファサード》に必ずと言っていいほどお目見えするようになった住宅用アクセサリーだった。マンモス団地では、もはやプレハブパネルの欠かせない装飾アイテムといえた。

この線はまたぎ越せなかった。

ミハルはもともと、この手のまぬけな誇大広告にはがまんならないたちで、いつ頃からこうした線がアーケードや建物の正面に現れるようになったかも思い出せなかった。

なんでもこの線は人に不思議な感情をもたらすらしい——それが幸福感なのか悲しみなのかは知るよしもないが。

ミハルは、何時間も自分の線の前にうっとりとたたずんでいる愚かな女たちを何人も見かけた。静かにあきらめたようにむせび泣いている女性もいれば、妙な具合にほほえんでいる女性もいた……。ちまたの磁石のブレスレットや病気を治すとかいう水晶にもましてくだらない。あれらは少なくとも道をふさいだりはしない!

ミハルはこの線を一本もまたげないことに気づいた。これは癪にさわった。この数週間でいろいろなトリックをマスターしていたからである。家では壁を伝ってベッドにもぐりこめるようになり、窓の上を移動したり、体を二つ折りにしてドア枠を越えることも難なくできるようになった。階段の昇り降りは、以前のように当たり前のことになった。

けれども居間での裁判以来、自宅のある集合住宅の区画の半域しか動き回れていなかった。片側は、アーケードが邪魔だった。アーケード自体には入り込めるのだが、三分の一ほど行ったところで、あの目障りな線にぶつかるのだ。反対側から行くと、いくつか門を越えた先にまたアーケードがあり、そのすぐ入り口に二つの線があるのだ。

決してこのクソッタレの集合住宅のクソッタレの壁から先へ出られない。そうそう南街地区から外に出ない普通の人と同じようなものではあるが。

こうしたアーケードや通路の大きく開いた口を何かで塞いでくれ、とパヴリークに期待するのは酷というものだ。ミハルは眠れない夜、アーケードを塞ぐ物――木片と板に固いホイルを張り、アーケードの外の壁につけるシールを端につけた巨大な凧を夢見た……とんだ幽霊《ファンタスマゴリー》ショーだ。五歳の子が三×三メートルの凧を抱えて通りを歩き回り、その後をぺらぺらの親父があたふた追いかけるなんて。風呂場の子どものステッカーみたいなぺらぺらが。最近、ミハルはそうしたステッカー類にあきらかに拒否反応を示すようになった。昔から、タイルや鏡や天井にくっついたシールやステッカーをはがして歩いたものだが、今ではそうしたステッカーに自分の……待てよ！

天井。

「天井！　そうだよ、天井だ！」暗い通りで大声を出した。そして慌てて口をつぐんだ。誰も聞いていないな。見ていないよな。誰もいない。しんとしている。向かいの屋根の上でネコがさかりがついた声で鳴いているだけだ。

さあ、行くぞ、ミハル・マイエルは自分を奮い立たせた。

「さあて、いよいよ前代未聞の見物ですよ！　お嬢さんが宙に浮きます！　精神力で人が空中に浮き上がります。きらびやかなコスチュームに身を包んだマジシャンがお嬢さんの周りをぐるりとめぐってみせます。トリックではないことをみなさんにお見せするためです！」

これだってトリックではないさ。ミハルは右足を高くふり上げると、壁に足場になるものを探した。スプレーの落書きで十分だ。上へ上るのだ。とにかく上へ。下も見ず脇見もしない。最初はどこも見ないことにした。足の裏でしっかり壁の表面を踏み、反動をつけて二歩目の左足をふりあげたところでようやく薄目を開けた。そこからはもう目を開けて直角の壁を目指して進んでいった。壁が目の前に迫り、背後はもう四メートルの高さがあった。

背後？　それとも足元か？

ミハルは家の部屋の隅でマスターしたように、二つの面の合わさる角でおそるおそる背中を反らした。そして天井を這った。もう目は開いている。軽いめまいを覚えたが、うれしさに叫びたくなった。

できた！

ミハルは興奮気味に集合住宅の区画と向かいの建物を結ぶ陸橋の天井を這っていった。この時間帯でも、道を横断する勇気はない。タクシーやゴミ収集車が走ってきたら、どんなめにあうか予測もつかない。いずれにせよ、五週間ぶりに初めて自分の家の前に立ったのだ。ミハルは涙のうるむ目でじっと眺めた。暗い灰色の建物の中でたった一つ明かりが点いている窓を。今、あそこには愛する人が座り、本に目を落としながら、「ミハルは外で何か成し遂げたいことがあるのだ」と考えこんでいる。

「この二、三日、じっくりあなたのことを観察させてもらったが、悪くないね」

「へ!?」ミハルはぎくりとしてあたりを見渡した。もう二次元の世界を眺めるコツはつかんでいたが、まわりには誰もいない。見えるのは建物の正面《ファサード》、閉まった玄関の扉、ビルボード、シャッターを下ろしたクレイザ食料雑貨店だけだ。「ずいぶん動き回れるようになったのに、まだしゃべる方はうまくいかないとでもいうのかね？」

「は⁉　すいません、どなたですか……？」

「わかっているだろうに、お若いの。ほら、こちらをご覧なさい。まったく」ようやくどこからこの声が聞こえているのか、見当がついた。すうっと肝が冷えた。信じがたいが、ちらりと頭をかすめたことが、脳内で化け物のごとく膨れあがる。おそるおそるビルボードの方に移動する。ひんやりする金属枠をまたぎ越えて、ビルボード内の緑の草原の上に足を降ろした。

そこには黄色の油圧ショベルがあり、その前に黄色の電話を持ち、額に測量器を付けた黄色のつなぎ姿の男が立っていた。〈どこにでも届きます——あなたの武器の射程次第！〉ミハルは草の上を進み、マネキンの写真の二歩手前で止まった。

「本当にあなたがしゃべったのですか？」そう尋ねると、作業着姿の男が振り向いて握手の手をすっと差し出した。へなへなと膝の力がぬけた。

「バタンと倒れたりしなさんなよ。草はやわらかいけどね」

「あなたは誰ですか。なんなんです⁉」

「へぇ、こいつは傑作だ。ぺらぺらがぺらぺらに、なんなんです、とはね」

「わたしは有罪判決を受けたんです。それで次元を取られました」

「ほう、そうかい。今日び、面白いことを言うじゃないか。次元を取られただって……それじゃあ、わたしは次元をもらったとでも思うのかい⁉　へ！」

「待ってください。おっしゃることがよく飲み込めないのですが」

「それはお若いの、わかんないのはおまえさんだけじゃないよ」

「ではすみませんが、説明してくだ……」

「ミハル君、わたしは君のことをもう五週間も待っていたのだよ」

六

「またあなた、自分の首をしめるようなことを言って!」

「おいおい、ヤナ! 勝手に人を再犯者扱いしないでくれよ」

「だってもうこんな状態、たくさんなのよ。近所の人にわたし、あなたはウクライナに出張に行っていると言っているのよ。現地の図書館で最初の選集の本を探し回っているって。研究所の指示なんだって。それなのにあなたは夜中に外をほっつき歩いて一体何をしているのよ?」

「いつものことだよ。女のとこに行って、絵に描いたビールを引っかけているだけ……ヤナ、しっかりしろよ。外でぼくが何をするって? 仕事が見つかったかもしれないんだ」

「あんたが? ぺらぺらのくせに?」

「そんな言い方しなくても……」

時計が三度打った。夜の十時四十五分。「ごめん」ヤナはしゃくりあげ、もう一度しゃくりあげ、それから布巾を両目に当てると、堰が切れたようにわっと泣き出した。どうにかしたいけれどもパパから遠ざかる一方の子どもたちのため、この歳でこんな目に遭うことになったお母さんのため、なぜミーシャ〔ミハルの愛称〕はウクライナから手紙をよこさないの、と何も疑わずに毎週訊いてくる夫の両親のために。

そして自分のために……。

夜遅く、二人はベッドに入って語り合った。彼女は大きく胸元の開いた軽やかな黒いガウンを着、彼は横向きになって、頭を二次元のひじで支えていた。以前のようにラジオをつけたまま、ささやきあった。ぺらぺらのままでのバカンスの計画を練り、子どものしつけについて話し合い、子どもがよちよち歩きを始めた頃、教会で挙げた結婚式のことを思い出し——その瞬間、ヤナがミハルをうるんだ目で見つめた。「ミハル……」

「ぼくと同じこと、考えてる?」

「すてきかもしれないわ。新鮮かも」

ヤナはベッドの上で上半身を起こすと、胸元の下のひもをほどいた。それから片方の肩ひもを下に下ろし、もう一方の肩を滑らかに動かして、シースルーのガウンが裸体からずり落ちるままにした。

ミハルはベッドに寝そべったまま、ぺらぺらの視点からすると風船のように膨らんで見える太ももを見つめた。外の点滅するネオンに照らされた腹の上に、柔らかく大きな乳房の影が落ちている。ヤナは両手を挙げて、髪を結んでいたリボンをほどいた。髪の毛が肩としなやかな胸の上にばさりと広がる。「こんなふうな君を見るの、ずいぶん久しぶりだ」ミハルがささやく。

ヤナはそっと彼のベッドに身を横たえ、暖かく柔らかな体をミハルにぴたりと寄せた。ミハルの手が脇腹を上がってきて、下から乳房の丸みに触れ、足が内股に移動してくるのを感じた。ミハルはそろそろと胴体でヤナの体に覆い被さった――深夜のラジオではいにしえのヒット曲「ジュ・テーム」がかかっている。

ヤナの昂奮したあえぎ声、体の香り、何万年も昔から世の男が賛美してきた曲線……。ミハルはただ、そこからどうしたらいいのかわからなかった。

「ヤナ、もう感じてる？」

「あなた、お願い、もういいわよ！」

「でも、ヤナ、ぼく、もう……」

ジリリ！

「やだ、何？」

「呼び鈴？　こんな夜更けに？」

ジリリリリリリ！

「あいつらだよ！　開けに行ってくれ、ヤナ、早く！」

ヤナはベッドを飛び降りると、ガウンをつかみ、明かりをつけた。とたんに悲鳴をあげた。

「やだ、誰か、これ取って！　はがしてよ！　助けてえ！」はだかのまま、鏡の前で突っ立って、ショックでがたがた震えた。ひざの上に男の尻が映り、乳首は毛深い背中に隠れ、顔の半分はミハルの顔に覆われている。二人はぎょっとして分離派風《セセッション》の長円の鏡を見つめた。

「ヤナ、落ち着け!」

ヤナはミハルのベッドに飛び乗った。

「お願い、ミハル、降りてよ! お願い、降りて!」しゃくりあげる。

呼び鈴が止んだ。きっと建物の前の酔払いだったのだろう。

ミハルは数分前のように、またベッドに横になった。ヤナの悲鳴に心配したおばあさんは、少し前に自室に戻った。

ヤナは川遊びに行くときによく持って行ったフランネルのパジャマのズボンをはき、夫からできるだけ離れてベッドの端にこしかけた。顔は両手に埋めていた。

二人はもうひと言も交わさなかった。静かだった。

ラジオだけがもの悲しいメロディを奏でていた。

イエスタデイ……オール・マイ・トラブルズ……

七

「頼むから、くだらないアニメなんか消してくれ!」

「だって子どもたちが見てるのよ」

「消してくれ！」

「ほら、あんたたち、遊びに行きなさい。パパはまだ今日、お仕事があるから」

テレビを消されてパヴリークはパパにふくれっ面をしてみせた。

パパはテレビのぺらぺらの登場人物たちが気にいらないいんだね？　でもそれ、ぼくたちのせいなの!?　エヴィチカの方は無邪気にこう訊いた。

「パパァ、そんなにぺらぺらなのにどうやってお仕事するの？」

ミハルはぐっとこぶしを握り、目をつむり、大きく鼻から息を吸った。「さあさ、エヴァ、パヴリーク、もう行きなさい」ヤナが急き立てる。パヴリークが後ろ手に腹立たしげに勢いよくドアを閉め、ミハルはびくっとした。残りの無言の家族の方を見やる。

自分が何か印刷のズレたポスターみたいな気がしてきた。色のはみ出たポスター。年代物の印刷機で刷られた雑誌によくあるだろう、紙の上の青、黄、赤、黒の4色の線――印刷工はトンボと呼ぶ――が1／10ミリずつずれていることが。人は目がおかしくなったのかと思い、焦点を合わせようとしきりにまばたきするのだ。色がずれているだけなのだが。

「誰に似たんだか」

「さあな、誰がこんな風にドアをバタンと閉めたんだか」

「もちろん、バタンと閉めたわよ。もうやってられない。くってかかるならわたしだけにしてよね」

ヤナは台所に出て行くと、とっくに乾いている食器を拭き始めた。ミハルは子どもたちが描いてくれた椅子に沈み、前屈みになって手のひらに顔を埋めた。

ちきしょう、ばかなおれ。何やってんだ……？

「ミハル君《ミハーレク》、どうしたの？　頭でも痛いの？　お薬飲む？」

おばあちゃんが目の前に立ち、差し出した手のひらにアスピリンの緑の箱が乗っている。

いつからここに立っていたんだ？　まったく――おれの時間の流れだけ違うのか？「いや、ありがとう。おばあちゃん。ちょっとくたびれただけなんだ」

キッチンから、グラスと陶器の食器がガチャガチャ鳴る音が聞こえる。

「わかるよ、ミハル君、つらいものね。でもヤナちゃん《ヤニチュカ》もつらいのよ、わかってる？　子どもたちもよ、かわいそうに」

「おばあちゃん、やめてよ」

「あの子たちは？　あの子たちはどうするの。かわいそうに」

「おばあちゃん！」

「……いいかい、ミハル君、あの子たち、学校に行くとね……」

ヤナが入ってきておばあちゃんの腕をつかんだ。

「こっちに来て、ママ、お願い」

おばあちゃんは理解できないといった面持ちで頭を振ると、背中を丸めてとぼとぼと台所の奥の小部屋に引っ込んだ。エプロンのすそで目元をぬぐっている。

「さあ、ほかに何が望み？　もう気が済んだ？」おばあさんの後ろでドアを閉めると、ヤナが声をかけた。

「わかってるよ」

「子どもたちはあんたのせいでアニメが見られなくなった。平たいものにあんた、いちいち拒否反応を示すんだもの。お母さんは部屋に行かせた。お母さん、しくしく泣いてたわよ。わたしは台所に行くしかなかった。まあ、台所はわたしにふさわしい場所だものね、でしょ？　ちきしょう、これ以上わたしたちに何を望むというの!?」

ミハルは椅子から腰を上げると、ウォーホルのレーニンの裏をくぐり、右手で窓枠にもたれかかった。こんなこともうお手の物だ。

そもそもぺらぺらはどんなことまでできるのだろう？

「ヤナ、これから言うことはすごく重要だ」

「そうでしょうとも、重要さん」

「とにかく聞いてくれ。君が腹を立てているのはわかるよ。もうみんな限界に来てる……。ぼくはここから出て行きたい」

ヤナがこちらを見る。疲れた目の表情のないまなざし。「わかってるよ」ミハルはそのきいきい響く気味の悪い声で続けた。「子どもたちがぼくを受けつけないこと。君もおばあちゃんも。でもぼくの世界の見方は変わってしまったんだ。住む世界が違うんだから！　君が懸命にどうにかしようとしているのはわかるよ、でもこれ以上どうにもならないことも、ぼくにはわかるんだ。何もかも」

「だから？」

「たとえば今日、ヤルダが……」

「どこのヤルダよ？」

「玄関の向かいのビルボードのやつさ。そいつが言ったんだ、囚人仲間が死んだって」

「ぺらぺらが？」ヤナが片眉をあげる。

「そうだよ、ぺらぺらが！　あそこの新しいゴムのビルボードを、酔っ払った連中が昨日の夜、ざっくり切り裂いたんだって。その仲間の体ごとだよ！　わかるか。二つバッテリーがついたのこぎりで、マットレスみたいにずたずたに切り裂いたんだ！　向かいにいたぺらぺらが――高低測量機の看板のやつだよ、一部始終を目撃してたんだ。ビルボードから血が流れたそうだ！　奇妙で……生きた心地もしなかったって。腸も肉もない。ただ赤い色だけ。血だけ」

「家にいたら、何もあなたの身には起こらないわよ」ヤナはまじろぎもせずに彼の目を見つめたまま、冷たく返した。

「家にいたら、外で何が起きているのかわからないだろ」

「好きにするがいいわ。でもあなたはここに家族がいるのよ」

「だからだよ」

八

灰色の空の下の灰色の壁の上に、五つの目立たない灰色の人影。壁の片側は灰色の中庭、反対側は暗い灰色の抜け道である。

「次元が盗《と》られているのは確かだ。これは間違いない。これから突き止めなければならないのは、誰のために盗っているのかということだ」恰幅がよく、べっこうぶちのメガネをかけ、古典的なバーコード頭に非古典的な世界観の持ち主である天文学者、ベネトンのベドジフ教授が発言すると、ミハルが続けた。「調査や実験のためだけでなく、たとえば軍隊とか金持ちのために次元を盗っているのだとしたら――もう一度言うと、今のところ盗られた次元の用途は皆目見当がつかないが――誰かのために盗っているのだとしたら、次元を盗る技術だけでなく、与える技術も存在するはずだ」

みなが押し黙った。ここまでずばり指摘した者はまだいなかった。筋もしっかり通っている。

「そんなことは処刑された日から誰もが考えてきたことだよ。わたしに言わせればせんない希望にすぎないね」ヤルダ・モビルが言った。「だが、いまだに次元の行方がつきとめられていない点だけは事実だ」

「もっと情報が必要です。人の肩越しに新聞を覗き込んで、テレビを追っているだけではらちがあかない」ミハルは言った。

「いや、そこら辺のことは仲間がしている。テレビのチャンネルは全部フォローして、ラジオも二十四時間ぶっ通しで聞いている」ベドジフ教授が指摘した。

「そりゃうらやましくない仕事だな」ハッカーのSaBITが淡々と言う。

「うらやましがる必要はない。ほかの仕事と同様、必要な仕事だ。ただし、まだすべての関連情報をまとめる人材が必要だ」とベドジフ教授が言った。

「なんと」ヤルダが笑った。「ついに本格的なスパイの分析センターが始動するというわけですか。お願いだからみなさん、ボンドの新作作りみたいなまねはしないでくださいよ。ぼくらはただの受刑者で、家に帰りたいのですからね」

「君ぃ、家に帰るのに必要なのは、やすりや警備のシフト表ではないんだよ。必要なのは情報なんだ。情報こそやつらの牢屋の檻を切れるやすりなんだよ!」ベネトンのベドジフ教授が気色ばむ。

「では仕事の範囲を拡大しよう。連絡係に知らせて、いつものように情報はコード化された広告でインフォの三ページ目に流そう」この夜はそれでお開きになった。

灰色の空の下の灰色の壁の上に、五つの目立たない灰色の人影。壁の片側は灰色の中庭、反対側は暗い灰色の抜け道である。

灰色のぺらぺらはそれぞれ担当するカラーのビルボードに向けて出発した。

そしてビルボードに流れ込んだ。

ミハルが帰宅したのは一週間後だった。

ヤナが向かいに座っている。子どもたちは口を閉ざし、とがめるような白い目をよこして、寝に行ってしまった。おばあちゃんは無言でドア口に姿を見せただけだった。

「もうお金は届いた?」とミハル。

「気になるのはそれなの?」

「君たちが暮らしに困らないようにしたいんだよ。仕事が見つかったんだ。ぺらぺらのね」

「子どもたちのことは訊かないの?」

「もうあの子たちとは話したよ。大丈夫だろ」

「さみしがっているだろうとは思わなかったの」

「やめてくれよ、もうぼくにはうんざりしてるだろ」

「なんてばかなエゴイストなのよ」

ヤナはクロムメッキの椅子から立ち上がると、くるりと背を向けて窓の方に近付いた。雨が降り出し、曇ったガラスの表面にエコ雨の滴が緑がかったジグザグの筋をつけている。

「あの人が来たのよ。二回。あなたを探していた」

「卑劣漢が?」

「裁判官のゲルナール修士よ。あなたを助けたいって。あなたのビルボードを知ってたわよ。

面倒なことに首を突っ込まないほうがいいって、警告してた」

「やめてくれ、とつぜん世話を焼き始めるなんてどういう風の吹き回しだ!? だいたい、あいつらに何ができるんだよ? ぼくはもうぺらぺらにされたのに」

「そうよね……とにかく、不可能なことはない、みたいなことを言ってた」

血の気が引いた。まさかあの卑劣漢、ぼくたちの狙いを嗅ぎつけたのではないよな?

時計が十時を打った。しばらく部屋に余韻が響き続ける。

「だけどぼくにはやりとげないといけないことがある。やれると信じてる」

「もういろいろやりとげたじゃないの。自分の周りを見てよ」

「パソコンが必要なんだ。君に、やってほしいことを言う。確かめたいのは……」

「いやよ」

ヤナが声を上げた。

「恩に着るよ」

「わたしは二人の子とお母さんの面倒を見なきゃいけないの。壁の上でぶらぶら油売ったりしたくないし、そんなひまもないの。あの子たちもお母さんもわたしが頼りなのよ」

ミハルは彼女を見つめた。

後ろに流した髪、黒いベルトで水色のつなぎと腰を軽く締めた姿は勝利平原のサーカスの女アクロバット師のようだ。あの女も似たような出で立ちに、冷ややかな表情をしていた。

「つまり、恩に着ると言っているのに、助けてくれないのか」

ヤナはミハルに背を向けた。家族の誇りである蔵書の前に立っていたが、ミハルの期待に反して彼女の目に涙は浮かんでいなかった。

彼女はメス虎になった。もはやアクロバット師どころではない、獣だ。歪めた鼻面に牙。喉の奥から深い唸り声を出し、広げた前足の爪をサヴァンナの乾燥した草に食い込ませている。光る目に張り詰めた筋肉。これからは無防備な虎の子たちを、はぐれ者のかつての連れ合いから守らなければならない。一歩でも近付いてごらん、おまえの目を引っかいてやる、この化けものめ。

それから十二時間後、時計がまた十時を打った。

換気孔から上へ上がる方法はもうマスターしていた。教えてくれたのは〈最後の男〉というあだ名のヤルダ・モビルで、携帯式のインフォライフル銃、スペーステルの広告で働いていた人物だ。

ミハルは窓をくぐりぬけて二階上へ上がった。先日ウィンカーの電球を取り替えてやった隣人が、確か古いセックスティウムを所有していたのだ。あれでことたりる。ミハルはそっと――足元には音をたてるものは何もなかったが、なぜか、そっと歩いてしまう――つま先立ちで歩いた。午前中だった。向かいの集合住宅の窓に反射した鋭い陽光が壁に当たっている。ミハルは窓の枠を飛び越えて、少々張り出し窓と格闘した末にパソコンの前にたどりついた。パソコンは、隣人が言うには大昔の石器時代製だという机の上にあった。壁際にあるそのレンガ製の机は、側面はレンガの薄い面を縦に積み、作業面は二つの窓の楣《まぐさ》でできていた。全面に滑らかに化粧しっくいが塗られ、その上に人工の大理石が乗っている。

ミハルはスムーズに机に流れこんだ。誰かが家に入ってきたら、すぐにしっぽを巻いて逃げ出すだろう。机の上に、目玉がぎょろぎょろ動いているぺらぺらの人の頭と、手垢のついた灰色のキーボードに伸びているぺらぺらの両手が見えるだろうから。

だめだ、操作できない。おれは正真正銘、二次元のぺらぺらなのだ。出来の悪いアニメ映画の登場人物なのだ。動けるのは平面、真四角、円だけ……。

はっとした。今、おれ、何を思い浮かべた？

いや、映画は関係ない、絵も違う、平面……

平面だ！　プリント基板!!!

このタイプのキーボードにはプリント基板の透明の膜がついている！　緑の縦に走る平行線と横向きのジョイントが。文字記号と制御信号は、個々のキーの下の金属センサーの束で呼び出すのだ。

金属がいる！　導体の金属片だけで王国ができる。

ミハルはもう迷わなかった。

ただ自分の平べったい結婚指輪を見つめた。

九

「よお、首尾はどうだ？」

ミハルは紫色の牛の上に座り、巨大な板チョコの上で足をぶらぶらさせた。聞かれた方は、白いＹシャツにサスペンダーつきの革ズボンをはき、キジの羽根のついた緑のチロリアンハットを被っている。名をルカーシュといい、中央駅の天文学者ベドジフに斡旋された人物だ。中央駅の周辺には百ほどのビルボードが集中していて、ベネトンなどのビルボードには、一度に十人、十五人といったぺらぺらが雇われていた。そこでミハルの替え玉の彼が見つかったのだった。

ミハルたちはベネトン社に感付かれないように念入りに手を打った。もう一人――まだどこにも雇われていない新人のぺらぺらのうち、似た人物をルカーシュの替え玉にした。そしてルカーシュを、地下鉄の裏市場駅の出口の向かいにある、アルプスの谷間にいるミハルの身代わりにしたのである。

「本音を言うと、おれの勤め口の方が楽しかったよ。十二人のうち三人が女の子で、パール・ハーバー通りの売春婦だったんだ」

「でもここの方が実入りはいいだろ」ミハルが言い返す。ルカーシュは、彼のそっくりさんがどんな使命を帯びているのか、何も知らなかった。ある日、柄の悪いぺらぺらの集団が接触してきて、この仕事の方が利益になるし、おまけに稼いだ分がそっくり懐に入ると迫ったのであった。ミハルとルカーシュが世間話をしていると、ぺらぺらがもう一人、広告の端をまたいで入ってきた。小柄の細い体に特大のメガネをかけた若者、ハッカーのSaBITである。彼はウルトラ・イートゥンイートのビルボードにいた。

「おまえを待ってるんだぞ、ミハル。おれたち、向こうの砂漠のコーラの広告の照明の当たっていない側にいるからな。キャメルのジープの二人はうちらの仲間だ。ほかの場所の安全も確保できている」SaBITはそう言ってほうぼうの大きなビルボードを指し示した。朽ちかけた家の上の看板、トラムの停留所、芝生の上のオブジェ……。

かび臭い壁から数センチ離れた奥まったむき出しの塀に集合すると、ヤルダがあいさつし、続いてミハルが話し出した。「何はさておき、わたしが追ってきたことでご報告したいのは、わたしたちは再び人々の中に戻れるということです。これは間接的にELLE《エル》の女の子たち——あの服と靴の代わりに新聞をまとった裸の女の子たちも裏付けしてくれたことです」

ヤルダは顔をしかめただけだった。

「そんなことはみんなの夢だよ」

「目を覚ませばそれで終わりだろ」また誰かが言う。

「何人かの密告者の興味深い情報をつかんだのです」。どよめきが起きたが、ミハルは取り合わず、仲間たちの不平をしずめていった。「まっさきに諸君を洗わせてもらいました。君たちは白です。でもわれわれの中に不審なぺらぺらがいるのをつきとめました。何人かは、われわれと同じような囚人で、昔ながらの密告者です。家族や有り金のために情報を渡して、難を逃れているわけです。しかしそれより、われわれの中には秘密警察のプロがまぎれこんでいました。あなたがたのこれまでの調査を頼りに、わたしは家族持ちに絞って追ってきました。そしてその一人がちょうど家にいるときにシッポをつかんだのです。警察の件、という件名でBBS《掲示板》から世論調査のファイルを送ってみたのですが――家族がカナリア諸島に出かけていて、やつが家に一人きりなのを確認したうえでです――そしたら、折り返しファックスで返事を寄こしてきたではありませんか。紙に、手書きで！」

「そいつが表を歩いているのを見た人は？」

「いません、まだマークしはじめて数日でして」

「やつの家にしのびこむのは自殺行為です。盗聴器、ワイヤー、さえずる線がほうぼうに仕掛けられた邸宅区域に住んでいます。いずれにせよ、外でやつの姿を見つけることはできないでしょう。しかしそいつは正真正銘、ぺらぺらなんです――そのくせ家ではわれわれ誰にも真似できないふるまいをしているのです」

「こいつは当たりだな。これからもマークしよう」わたしの情報の前半を、頭のはげあがった作家のホラーク教授がそう評価した。映画のスタントマンのような彫りの深い顔に、ダ・ヴィンチ張りの頭脳を備えた人物だ。

「そしてここからが情報の目玉ですが、次元バンクを見つけました。パラバイオシスEXXY研究所の中にあります。あそこにわれわれ全員の体の部位が保管されています」

「うそだろ!」

「あそこに仲間二人がしのびこんできたのです」

「まっさきに警備員につかまるはずだろ!」

「つかまりませんでした。誰にも見られなかったからです」

「警備は一体いつから、そんな目の悪い奴を雇うようになったんだ?」

「二人は透明人間だったのです」

＋

「つまり、気持ちは変わらないということなのね」ヤナは呆然として頭を振ると、クロムめっきのソファーベッドから立ち上がった。本棚に近付き、キャメルのたばこ「ダブルアクション」の箱に手を伸ばす。

「今までは弱いたばこを買っていたのに」とミハルがつぶやく。

ヤナは答えずにたばこに火を点けた。ふうっと息を吐き出し、やがて口からも鼻からも芳香のある紫煙が出てきた。グラスにジムビームを注ぐ——ロックで。

「変わったね」

「あんたもよ。もうずいぶん前からね」

そのとき初めてミハルはガラステーブルの上にもう一つグラスがあるのに気づいた。

「おばあちゃんにウィスキーを飲むことを教えたのか」

「冗談でしょ。ヤロミールが来てたのよ……ゲルナール修士」

「なに？　ヤロミール？　ヤロミール君《ヤロウシェク》！　そういう名なのか、あの野郎、おれのを盗ったやつ？　家族を奪ったやつ？　ヤロミールちゃん《ヤロミーレク》か!!!」

「みっともないからやめてよ。国家公務員だもの、受刑者の家族の面倒見るのも仕事のうちなのよ。彼、パヴリークにはレゴの「プリズン」を持ってきてくれて、エヴィチカには新しいミュータントバービーを買ってくれたのよ。全部国のお金でね。しかもね、あのとき、わたし、あなたを下手に弁護しようとしたじゃない、あのわたしの過ちを告白する文書も持ってきてくれたのよ。署名だけすればいいって。それで罰金を半分免除してくれたの」

「それはほんとにご親切なことだな……」

「あなたにはわからないでしょうけど、あの人、わたしたちを助けたいのよ！　だって子どもたちは学校から追い出されて、街の反対側まで通学しているのよ。お母さんは頭がおかしくなりそうよ。わたしも職場でもう三度も手当がつかなかった。それなのにあなたは二回、小銭を送ってきたきりじゃない」

ヤナは半分ほど吸ったたばこを、陶器の灰皿を監視しているホッキョクグマの頭にぐりぐり押しつけた。

「わたしは子どもを食べさせてお母さんの面倒を見ないといけないの！　それなのにあんたはビルボードの仕事もほったらかして、どこかで油売ってる！　それならなんでせめて家にいないわけ？　仕送りもしないなら。まったく、どうしてこういらいらすることばかりなのかしら。しかもお金もないのにあんたのせいでばかな罰金まで払わないといけないなんて！」ミハルは嫉妬心を忘れた。

「ぼくのせい？　ぼくのせいで罰金だと？」ミハルはオウムのようにくり返し、その口の動きは知性のレベルも同じくらいに見えた。「ぼくがぶらぶらしてる？　ヤナ、よくもそんなこと……」

「あんた、どうしちゃったのよ？　これまでずっと何をしてたのよ⁉」

「あるでかいことを追っているんだよ。みんなで金を出し合ってあることを探しているんだ。だから君にはあまり送れなかった。わかってくれよ。これは君にだってふりかかるかもしれないことなんだ。ぼくはね、今、君のためにも闘っているんだ。子どもたちのためにも」

「へえ——闘っているの」彼女はトウモロコシのバーボンをぐっとあおった。「ごめん、それは思いも寄らなかったわ、闘ってるなんて」

ミハルはまたヤナが感情を爆発させるのではないかと身構えたが、彼女はただやつれきった顔でこう続けただけだった。「子どもたちはあんたに三ヶ月会えなかったのよ。あの子たちが二十歳になって、一番パパが必要だったときにどこに行ってたのかって訊いてきたら、あの子たちのために闘ってたんだ、と言い訳するのを忘れないでよね。ぺらぺらが」

ミハルは勢いよく立ち上がったが、目の前が何も見えなくなった。赤と黄のレーニンの裏に入ったのだ。そこで少し横にずれると、うつむいている妻の頭が見えた。この数週間で妻との間で大きくなったものを消す言葉をかけてやりたかったが、いい言葉が見つからなかった。

彼女の言うことは一理ある。でも彼が関わっていることは一大事なのだ。

「また来てもいいかい」

「好きにして」

「うまくいったら、完全に帰ってくるよ。また以前と同じように暮らせる」ヤナのほおを涙が伝った。彼女が視線を向ける。

「うまくいかなかったら?」

彼は黙った。自分でもわからなかった。

「行ってくるよ」

もうミハルは玄関のドア枠に来ていた。足をゆるめて、心の中で、もう一度声をかけてくれと願った。心から願った。

しかし部屋からはこう声が飛んできただけだった。

「行けばいい」

十一

次に帰宅したのは十四日後だった。

ヤナをびっくりさせるつもりだった。「花束であれ女性を……」のビルボードのぺらぺら女性から、花束を分けてもらったのだ。このビルボードは、売春婦の蛍光色のハンドバッグの中身として以外にも大いに役立つありとあらゆるスプレー、電子鞭、催眠器具の広告で、全体的に悪くないアイデアだった。

今回、ミハルは家に給料をまるまる送ったが、ミルカチョコレートの分はルカーシュの家族が使うので、それは仲間がカンパしてくれたものだった。しかし長きに渡った準備もそろそろ終わる。そして今日こそ、洗いざらいヤナに話すのだ。どれだけまだ変わらずに彼女のことが好きか。だが仕事に忙殺されていたこと、それにもし自分たちが近いうちにどこに行こうとしているか、感づかれたら……。

「だめよ、ヤロミール。言っているでしょう、わたしにその気はないの」

ミハルの足が止まった。妙な話だが、心臓が本当に三次元のように、のどの奥でばくばく音をたてているように感じた。ゆっくりととぎれとぎれに息を吸いこむ。花束が手からすべり落ち、涙のように壁を伝った。

「ヤナ、ぼくのどこが気に入らない？」

「違うの。あなたはわたしたちに優しい。規則で許されている以上に助けてくれている。全部、ちゃんと承知してる。それにあなたが最初に思ったほど悪い人じゃなくて嬉しい。わかってる、ただ自分の仕事をしているだけだって。でも、あなたはわたしからミハルを奪った」

「ぼくが奪ったんじゃない、まったく！　ご主人は有罪判決をくらったんだ。ぼくは任務を果たしただけだ。ぼくがやらなければほかの人がやったまでのことだよ」

「手を放して。ねぇ、ねえったら」

「ヤナ、君は亭主といたせいで人生を棒に振った。自分でも何遍もそう言っていたじゃないか。亭主は大酒をくらうことがあるし、自分勝手で、仕事のために君たちをほったらかしにしたって……。何より、君の亭主は今も外でやりたいことをやっている。ところが君は？　大人しく家事に徹する役目を押しつけられているじゃないか。君は自分を活かせたかもしれないことを自覚しているの？　それにひきかえ亭主は？　思いやりがあるとでも？」

「でも、何から何までそのとおりじゃないわ。わたしが腹立ちまぎれに大げさにぶちまけただけよ。ミハルは甲斐性なしじゃない。本当よ。それにわたしのことを愛してた。もうそんなふうな言い方、ヤロミール、してはだめよ。あの日々がもう戻らないことはわかってるけど、本当にいい夫だったのよ」

「そうか。そうだったにしても、もう君は半年も男がいない生活じゃないか。ぼくは君を助けたいだけなんだ」

「だめ、お願いだから、だめ……」

「とても気に入ってるんだよ、君が」

ぴしゃっと叩く鋭い音がした。

「ぼくは夫の不正行為を手助けした君の罪の処刑を二度も回避してあげたんだぞ！　一度などは検察官の所まで上がったのに握りつぶさなければならなかった。マイエルの事件でぼくは自分の女と口論した。君の母親の新しいコンタクトレンズ代だってぼくが自腹を切ったんだ。もちろん社会復帰の枠内で、領収書で経費扱いにできたけど——でもまぎれもなくプレゼントだったんだ！　今日のペンダントヘッドもね。ぼくらのライオン！　銀のライオンもね」

ヤナは思い出すだろうか、ぼくも獅子座なのに！　ヤナは、まだぼくがいることを思い出すだろうか。それともぼくのことはもうこのまま死んじまったように話すのか……？　どうすればいいんだ？

ちきしょう、妻がたぶらかされているというのに、ぺらぺらの身でどうすればいいんだ。やつを壁一杯に描き殴ればいいのか？　それとも天井をかけ回ってやると脅せばいいのか？　ちきしょう、どうすればいいんだよ。

少し間を置いて、しくしく泣く声が聞こえてきた。

「ヤロミール、ゆるして。お願いだから」ヤナは憔悴し、ぐったりしてすすり泣いた。すっと血の気が引いた。泣いている、ということは完全に参ってしまった証拠だ。ぼくにはわかる。

あのクズ野郎がこれに乗じなければいいが。

乗じなかった。

つけこんだ。

ミハルはドア枠を越えて流れ込み、一方、卑劣漢は床で彼の妻を辱めた。ヤナは小さな息を漏らしつつ、泣いていた。だめ、お願い、だめ……片手で自分の目をふさぎ、もう一方の手で、ハァハァ息を切らしている裁判官を押しのけようとしている。やつはもう絶頂にいた。

ミハルは棚の後ろでやはり頬を濡らしていた。絶望と自分の無力さ加減と怒りと後悔に絶叫しないよう、きつく唇をかんだ。

卑劣漢がヤナから体を離して隣のカーペットに転がった。ヤナはTシャツを下ろして胸を隠し、よろよろと部屋着のスカートのすその乱れを直し、床に丸くうずくまった。ミハルのベッドの方を向いて。

「明日また来ようか?」

ヤナの目は壁を見つめていた。ミハル、なんてこと、あなたに知られることがありませんように!　誓うわ、これはわたしじゃない。誰かほかの人だったのよ。

「好きにして……」

「ほら、ごらん。そのくせいやがったりして。ヤナ、おれと一緒にいれば、うまく世の中をわたっていけるぜ。何も心配ない。いいか、こういう仲になったからには——たばこないか?

——君らのことはちゃんと面倒みてやるから」

「いい、ヤロミール？　わたしたちのことは放っておいて」

「そんな、ヤナ。おれにはコネがあるんだぜ。君はうちで働くといい。おれたちのためにさ。稼ぎだって悪くない、本当に」

「ヤロミール、もう出て行って」

「おれを追い出すのか？」卑劣漢が体を起こした。半開きのズボンのチャックから、放出された男性の残りが散乱した。「チャックを閉じてよ、せめて。誰が見ているやら」

「そりゃごめんよ！」裁判官は服を整えた。「われながらよくやったな、罰金の半分をチャラにしてやったの、だろ？　それにおもちゃやガラクタを持ってきたのも！」

「ヤロミール、何を言っているのかわからないけど、もう行ってちょうだい。あとの話は明日にして。一人になりたいの。わかってよ」

「君はずっと孤独だったじゃないか——身勝手な亭主のせいでね！　それにひきかえ、おれは自分を犠牲にしてあんたらと一緒にいるんだぜ、せめて気晴らしになるようによ。ガキどもにはおもちゃも買ってやったし……」

「パヴリークはあのレゴ、放り出したわよ。パパに見られたらいやだからって」ミハルは棚の後ろで唇を噛みしめた。ごめんな、パヴリーク。

「おまえ！」卑劣漢がすっくと立ち上がった。水色のシャツの裾をズボンに入れると、ジッパーを閉め、右手で艶のある量の多い髪をかきあげた。

「国家公務員を侮辱するとどんなめにあうか」

「わかってる。あんたがここに来て、わたしをぺらぺらにするんでしょ。あんた、に、で、き、る、た、っ、た、一、つ、のことだものね」冷ややかにスマッシュを打つ態勢に入った。女が大の男に放てるきわめつきの一打。

「どういう意味だ、たった一つというのは……?」

「あっちの方はサイテーだったってことよ。退屈だったってこと」

反射的に裁判官ゲルナールの顔が赤くなった。そして断尾されたばかりの犬のように寝室を眺め回した。ようやく少し間を置いて、薄い唇のあいだから言葉を吐いた。

「今度の土曜日、おれは仕事が入っている。おまえの亭主の次元を国立銀行のある大物に移植する予定だった。だが誓って言う。亭主の次元を破壊してやる、どんな手を使っても。いくら金がかかっても。もちろんカモフラージュするさ。気づく者などいるものか。売女、おまえは夫を完全に失うのだ——そしておれを待つんだな。子どもに覚悟させろ、またおまえの家にぺらぺらが増えるからな。いやいや、わかってるだろ、まだおまえの番じゃないよ! この家にはまだほかに候補がいるだろ」

「本気じゃないでしょう!」

「本気どころか、もう判決は検察官のところに上がってるんだ。もう形式的な手続きを待っているだけだ。ハンコと署名をな」

「うそ――そんなことできるわけない。あなた、そんな人じゃないでしょ」

「どっこい、お嬢さん。せいぜいお母さんと名残を惜しんでおくんだな。数日後には母親も壁の上に行くことになるんだから。いやはや、けっさくなファミリーだ！　はは！」ミハルはもはや彼の言葉をいちいち感情的に受け止めたりはしなかった。もう涙を流してはいなかった。彼の脳はただ機械的に、後で分析するために、すべての文と複文、それらで発声された思想、表現された感情を頭の奥深くにたたき込んでいた。十二分なくらいに。

そしてもう何をすべきかもわかっていた。

もう家を出る。そっと。夜になったら。

そして作戦の決行予定日を変更する。

そしてあの卑劣漢の首根っこを文字通り、押さえつけてやる。

一つ解決しなければならないことが残っていたが、その答えは今、卑劣漢が教えてくれた。つまり、やつのケツを蹴りあげるには、次元の数合わせをしなければならないということだ。

十二

5人のぺらぺらはEXXY研究所の地下のガレージから侵入することに決めた。ヤルダ・モビルの姿はなかった。ヤルダは、自殺するなら人のためであって、物のためではない――こう言って、この狂気の沙汰の仲間入りを断ったのである。勝利平原を横切る道は、斬新な方法で切り抜けた。ミハルがヤナの体の上で体験した、人体の上に張り付く方法で、市電に乗ったのである。この夜間の五十三番ルートの市電には、現金払いではなく、クレジットカードと雇用主からの定期収入証明書を提示するだけで働く人が朝六時前からサービスを利用できる新型エロティックサロン「ワーカートレイン」の広告がついていた。B＋Bデパートのそばに来ると、別の路線の市電が待ちうけていた。こうして目立たずに、余裕を持って連絡係が待っている場所から一番近いビルボードに移動することができた。

「あの売り子の注意を逸らしてくれ」ミハルが軽食スタンド「ノン・ストップ・スーパーグリル！」を指さした。

髪をブロンドに脱色した女性がハーレクインのロリータシリーズからパンケーキのような丸顔を上げると、スタンドの窓ガラスを這いずりまわっている恐ろしい姿が彼女の目に映った。飢えたように開いた口、むき出しの歯、広げた手、曲げた指、かっと見開いた目玉。気の毒な女性は黄色の救急車のサイレンのような高周波数の悲鳴をあげると、夜の闇の中へ一目散に逃げ出した。際だって澄んだソプラノが、アディダスの広告塔として有名な伝説のザトペックを彷彿とさせる猛スピードで平原を遠ざかっていった。

ミハルはレジのパソコンから電話線にたどりついた。どこにもあるシェアウェア、電話《フォーン》を使うのだ。古き良きトリック――画面に文字を書くだけで、普通のPCサウンドが原始的だが確かな方法で言葉に変換される。N世代のブラスターとボコーダーにフラッシュメッセージを流す暇はなかった。

「もしもし、ミハルだ。ヤナ、頼む、出てくれ」

あれ以来、複数回、家に足を運んだが、計画のことは顔に出さないよう努めていた。ヤナは風邪を引いたとやらで何日も無口だった。何度か、打ち明けたくなったが、そのたびにぐっと我慢した。けれども、話したくてたまらなかった。どう切り出せばいいかわからなかったのも事実だが……。

「ヤナ、起きてくれよ、ヤナ……」

彼女が目を覚ますまでくり返した。寝室の仕事机の画面の色がさまざまな虹色に入れ替わる。大きくなる呼び出し音の音量に、ヤナはどきっとして目をこすり、起き出した。そしてクロムメッキのロッキングチェアにどすんと腰をおろすと、マウスを電話のアイコンにかざし、人差し指でエンターを押した。一瞬、砂時計が現れ、ようやく応答できる状態になった。

ヤナは質問で返した。「何？」

「君の助けが必要だ。何も訊かないでくれ、頼むから。勝利平原の裏の郵便局の抜け道に来てくれ。ぼくたちの命にかかわることなんだ。全員の」

沈黙。

「来てくれるか」

「待って。お母さんを起こして、留守のあいだの子どもたちの世話を頼まないと」

「ありがとう」

「まだ礼を言われることはしていないわ」

少しして白の古い三菱ギャランがゆっくりとデパートのそばにさしかかった。トンネルのそばの交差点を脇道に入ると、車のライトに照らし出された抜け道の壁に何かが動くのがヤナの視界に入った。彼らだ。彼女を待っていたのだ。手をふっている。

ヤナはわざわざ真夜中に起き出してこなければならなかった自分の役目について聞かされると、憤然として、あやうく引き返そうかとしたほどだった。

「気でも違ったの!? 夜中の三時半にバケツの石灰のために呼び出すなんて? 命にかかわるですって!? そんなにここを派手に真っ白に塗りたくりたいなら、ペンキ屋でも呼んでよ!」

それから少し気持ちが落ち着くと、プランを打ち明けられて驚愕した彼女は、ただぽつりとこう言った。「アイデアとしては悪くない。でもどちらにせよ勝ち目はない。わかってるの、ミハル?」

「新聞記者がかぎつけてくれるかもしれない。そうでなくても世間を焚きつけることはできる」

「ふんっ、焚きつける、ね」ヤナはそう答えると、まだセロファン紙も取っておらず、カサカサ音をたてる刷毛《はけ》を手に持った。「さあ、誰が最初にひげを剃る?」もはやブラックユーモアで返すことしかできなかった。

ミハルは初めて塗装された瞬間を思い出した。あれは衝撃だった。ちょうど次の打ち合わせに向かう途中で、国営化されたばかりの「鉄道員の家」に着いたところだった。入り口に立ったとき、角の向こうから塗装職人を乗せた移動式足場《ローリングタワー》が近付いてきたのだ。総毛立った。塗装職人というより、噴射職人だ。頭上で超軽量の防護服姿の三人が、丸いワイパーのついた透明のヘルメットを被り、手にスター・ウォーズの武器みたいな巨大なスプレーガンを抱えている。彼らが通ったあとは、一面真っ白になっていた。ミハルは彼らの角度から見えないように、扉の隣の窪みにぴたりと張り付いた。その瞬間、体を塗られた。

死ぬかと思った。目がつぶれたと思った。体が麻痺したと思った。しかし、徐々に体のどこもなんともないことがわかった。ぎっしり目の詰まった塗装の表面から脱出するのには苦労したが、向かいのショーウィンドーを見ると、塗りたてのペンキの上できょろきょろ動いているぞっとするような目以外、何も映っていないのに気づき、ビックリした。いそいで目を細くするコツをつかんだ。

ただ、古い漆喰の上に残った体の跡はどうしようもなく、再び塗装の足場が重ね塗りに戻って来るまで、その場でたっぷり三時間以上待たなければならなかった、ようやくそれで安心した。

それからミハルは、ずっと待ちぼうけをくらっていた戦友たちのところに幽霊探偵ホップカークのように真っ白の姿で現れると、呆然としている彼らに自分の身に起きたことをすべて説明したのだった。

「そこの建物はいつ塗ったの?」ヤナが訊いた。「それも突き止めた。ひと月前だ。白くね」

「ここみたいに明かりがついてないといいけど」ヤナが暗い抜け道を見渡して言った。

「一度もうあそこに行ってきたんだってば」じりじりしてミハルが言った。

「じゃあ、気をつけてね」寂しそうに女は投げキスをし、彼の顔を白いペンキで塞いだ。

「君もね」壁の窪みから声がした。

十三

三階の警備員が猛り狂ったようにあたりに向かって乱射し始めた。

「警報! 警報!」

スコーピオン〔チェコで開発された短機関銃〕の銃身から単発のセミオートで飛び出した弾丸が、壁にめりこみ、防弾板のドアに跳ね返る。

あっという間にニコライの周りに五人の男が集まった。全員、狐につままれたような面持ちで、蛍光灯に照らされた無人の廊下を見つめる。

「ニキ、またおまえ、ペルビチン《ペルニーク》でもやったんじゃないか?」

「おい、人をジャンキー扱いするな! 誰かがここにいたんだ!」警備員が目を大きく見開いて落ちつきなく周囲を見渡す。

「わかった。全室確認しよう。ニコライはわたしと来い、おまえたち二人は廊下の向こうの端から確認してくれ。おまえたち二人はここから援護してくれ。全員、トランシーバーを点検しろ……信号は異常ないな。さあ、行くぞ」リーダーのプラヴダ中尉が号令をかける。

端から順番にすべてのオフィスのドアを開け放ち、そのままにした。

「ほら、こっちを見に来い、ニコライ、反対側の事務所もな」中尉が金髪の大男を呼びつける。

「誰かいたんです。指揮官」

「じゃあいたのだろう、それともまだいるか」

「わかりませんよ、ちきしょう。わかりません！」

蛍光灯が白々と照らしだす事務所一つひとつに視線をさまよわせたニコライは、

「サタンだ！　サタンが舞い降りた！」とわめき出し、床の大理石のかけらが飛び散るほど短機関銃をがんがん床に打ち付けて、階段の方に逃げ出した。広い階段口の手前のテーブルのそばで警備していた男がニキに強烈な平手打ちを食わし、そこでようやく我に返った。男がニキを連れ戻す。

「あそこ、あそこの壁！」

ニキが再び指さした先を、プラヴダ中尉もも愕して見つめていた。白い壁に血がにじみ出ている。

「おい、なんなんだ、それ？」ニコライを張り倒した男も声をあげ、今度は自分の目を覚まそうとして、自分の頬をたたこうとした。「水……早く水！　それからブラシとヘラ。あと下の倉庫で何か希釈剤を探してこい。急げ！　セントロパトロールで出口をすべて閉鎖しろ！　換気装置と換気孔の窓を監視しろ！　全部のフロアの火災用ブラインドを閉めろ！」

「何が起きたんです、指揮官？」

「ちきしょう、アパッチ族の中に居るわけじゃないぞ」プラヴダは質問者をこう罵倒しただけだった。そして言った。「やられた、あいつらだ！」一デシメートルごとに壁をごしごし擦っていくと、目の前に、撃たれた肩を押さえてうずくまっている人の姿が現れた。

「顔はつぶさないように、気をつけろよ。身元確認に必要だからな」中尉が注意した。

ホラークだった。廊下で被弾したのだ。

「教授、そんなお歳でまだこんな羽目をはずして」セキュリティサービスの元将校で、現在は民間のコマンド「真実は勝つ《プラヴダ》」を率いる中尉は、著名な人物の顔を見知っていた。「見事に出し抜かれましたよ。本当に。仲間は何人いるのです⁉」

教授は黙って首をふっただけだった。「ばかなまねはおよしなさい。よく考えた方が身のためですよ」

また首をふる。

「そうですか、では仕方ない。シラミ潰しにオフィスを端から一つひとつ蜂の巣にしていくだけです。それとこの滲みのあとをたどって」と中尉は指で教授の血を壁に塗りつけ、「桶の中の魚のようにあなたがたの人数を数えていきましょう」そしてドアのところでもう一度振り向くと、こう吐き捨てた。

「ぺらぺらに歯が立つわけがない。そんな権利はないのです」

それが間違いであることを、プラヴダの仲間たちは次の瞬間に思い知ることになった。ピュ－ッと消火栓から水が間欠泉のように吹き出し、まだ怯えていた警備員たちの目をふさいだのである。

「さあ、桶の中の魚がどんな状態でいるかわかっただろう！」スピーカーから声が流れた。

「ぺらぺらやろう、何を企んでいる!? 水浸しにすれば、われわれが溶けるとでも思うのか？」

「ただちに教授を解放しなさい。教授に指一本触れるな！」

「空中に一発目を発射する」プラヴダはそう応え、天井に向けて撃った。「二発目、警告だ」また発砲し、九ミリパラベラム弾が教授の頭から数センチ上の壁にめりこんだ。

しかしぺらぺらの死に方は違う。プラヴダはそれを知っていた。そして革のかばんを探って点々と錆びがついたギザギザのへら、ありふれた古いへらを取り出すと、犠牲者の顔をざっくり削った……。

皮膚を。頭蓋骨がむきだしになる。脳みそ。血のしぶき。

「指揮官、EXXYが何というか」

「黙れ。おまえが証人だ。こいつはわれわれを襲撃しただろ」

「ぺらぺらが？」

「黙れ！　三発目、正当防衛だ」中尉は規定に従い、単発のセミオートで発射された弾丸がすでに事切れている教授に命中した。

「あんたらは勘弁してやりたかったのに」とスピーカーから怒声が流れた。プラヴダは「おまえらこそ、これ以上次元を奪われないよう、せいぜい体を大事にするんだな、虫けらどもが！」と叫び、室内に残りの弾薬を発砲すると、弾薬を入れ替えて次の研究室に足を踏み入れた。


ミハルは清掃室にこもって建物のライフシステムを操作していた。ハッカーの闇社会ではSaBITという名で知られ、今は襲撃コマンドーの一員である、無頼の天才が突き止めたパスワードを使って、さらに命令を出した。

「夜のシャワー終了」ミハルが言った。ミハルは画面上で、殺人者プラヴダすら知らない盗聴器を介して、教授の死を目にしていた。

「清掃開始」

清掃室からケルヒャー製ロボットが飛び出した。ロボットという名が似つかわしくない、掃除機、窓ふき機、皿洗い機というやぼったいコンビで、高卒上がりの掃除のおばさんしか使わないような代物だ。ミハルはケルヒャーを各事務所の間にある間仕切りに誘導した。ロボットは窓ふき用の鋼鉄の腕を前に突き出してぐんぐんスピードを上げ——二百キロの体全体で壁の目標の場所に正確に体当たりした。

三百八十ボルトの配線ケーブルがずたずたに切断され、ロボットは穏やかな生涯の最後を雄姿で飾った。むきだしになったケーブルの束に、洗剤をすべてふりかけたのである。

効果はてきめんだった。死の放電が警備員全員を襲った。数千ボルトと数千アンペアの攻撃を生き延びたのは、オフィスや研究室の天井付近の仕切られた絶縁区域に避難していたぺらぺらだけだった。

EXXYの施設をけたたましくサイレンが駆け巡った。

ミハルは臨界回路と防火オートマトのスイッチを切った。

「三一三号室へ急げ。わかったぞ」

SaBITは小室に残り、そこから三一三号室のディスクアレイを起動し、ほかの三人は三一三号室へ急行した。一刻を争った。SaBITは仮想現実を介して、バイオ石油トラストの建物の概要図に完璧にアクセスし、友人三人が到着するより先に三一三号室を動き回っていた。

しかし一足遅かった。

「これはこれは、ようこそ、カウボーイ君たち」卑劣漢がにやりと笑って電気をつけた。卑劣漢を前にしたぺらぺらたちは、有罪宣告を受けて、小隊による処刑を前に壁際に立つ被告のように無力だった。

「久しぶりだな、ヤロミール君《ヤロウシェク》」ミハルが言った。

ヤロミール・ゲルナールは顔をしかめ、ドリルを持ち上げた。

「ミハル《ミーシャ》君、家の方はどうだい？　もう待ってないだろ？　晩飯を作ったりベッドを用意して？」

ミハルは何か強烈な皮肉で返したかったが、何も思いつかなかった。

ばかな自分、おまえがヤロウシェクとさんざん遊んだんだろが。自分でケリをつけろ。

「待っていないだろ？　なあ？」裁判官はそう続け、もう一度、念のために六角レンチでディスクブラシをきつく締めあげた。「さて、諸君、これからブラシで滑稽なことをはじめよう。君たちを一人ずつこのブラシで巻き取ろう。心配は無用。君たちのビルボードのいい製品のブラシを使うから。これはハスクバーナ〔スウェーデンの造園機器メーカー〕製だよ。止まったりはしない」

「それで懐中電灯はあの太鼓を抱えたうさぎのやつって言いたいんだろうよ、クズ野郎？」

ミハルはそう訊き、もう答えは待たなかった。時間は十分に稼いだ。

三一三号室はおそらくEXXYの研究室であり、ドアには「立ち入り禁止！」としか表示されていなかった。室内には独自のブレーカー、予備電源、非常照明、さらにマグネットウォールタイプのセキュリティ装置が備えてあったが、ミハルは先ほど手当たり次第に解除していた。

建物中でサイレンがすさまじい音をたてていたが、三階には電気が通っていない。今こそ必要だったのだが！

ベネトンの天文学者は目立たないようにヒューズボックスが手の届くところに移動して、蓋の下にそろそろと手を延ばしていた。研究室には麻痺ガスの貯蔵容器もある。これさえ……

「きさま、そんな単純な手に引っかかるか」そう卑劣漢が声を上げ、ひとっ飛びで天文学者の前へ行くと――ドリルが回転を上げて凶暴な唸り声を上げた。回転する鋼鉄のディスクがベドジフの体に触れた。室内にえんじ色の塊が砕け散る。二度目の回転で顔を粗挽きにされ、天文学者は激痛に声を上げる間もなかった。

金縛りにあったようにSaBITが見守っていたもう一台のスクリーンのスローモーション画像では、鋼鉄のブラシがぺらぺらの顔に突き刺さり、巻きあげていく様子が克明にわかった。口、耳、髪、鼻、目が次々にねじられ、渦を巻いていき、百分の一秒後にはぴんと張った皮膚も眼球の表面も途方もない圧力に屈した。顔が一つの赤白い間欠泉となって噴出し、眼球が破裂して白眼が飛び散った。歯肉がえぐられ、歯が驚いて興奮した真珠のように壁中を跳ね回った。ほおがちぎれて壁に張り付き、失敗したステーキのように見えた。耳はそれぞれ部屋の反対側の壁にぺたりとくっついた。クラシック音楽の愛好家であったベドジフだが、生涯でこんなステレオのように聞こえる好条件を授かったことは一度もなかっただろう。

もう一人のぺらぺらも同じ末路をたどった――無惨な。

ミハルは吐きたかった。叫びたかった。それに……

奇妙なショック状態だった。違和感があった。おそらく二つの道、二つの可能性しかない、二次元の意識状態なのだろう。「SaBIT、くそっ、いい加減に起動させろっ！」

「できない！　ブロックされている！　どこかほかに……」

卑劣漢は高笑いした。

「おまえたち、どんな地獄に迷い込んだのかわかっていないようだな！」

EXXYの建物の前で拡声器が盛んにがなりたてている。サイレンにかき消され、ミハルはところどころしか聞き取れなかった。「……は粛清された……われわれはすべてをつかんでいる……ホラーク教授が……」

SaBITは仮想《バーチャル》の三一三号室で檻の中のハリネズミのようにもがきあがいていた。自分で起こす行動と勝手が違って、手がかりがなかった。X－D室の起動の仕方と機能はつかめたが、この腹立たしい小部屋のすべてのシステムをどう始動させるのかがわからなかった……。

「二十秒以内に返事がなければ」警備がやっとサイレンを切ったため、外の喧呼がようやく聞こえた。「建物への攻撃を開始する。テロリズム関連法にもとづき、命の保証はしない！」

投光器の鋭い円がいくつもタイルのファサードの上を縦横に動き、時折ライトが一つひとつの部屋の窓に差し込んだ。

ついにミハルにもライトが当たった。

その瞬間、また負けた——そして今度こそ最期の敗北だと観念した。卑劣顔がドリルを持って目の前に近付いてきて、ヤナにニヤついた顔を見せたように、にやりとした。ヤナのTシャツを胸の上までまくりあげたように。ヤナを……

「ミハル、見つかっちまった!」EXXYのプログラマーにネットで居場所をつきとめられたSaBITは、かろうじてそう叫んだが、X-D室になだれ込んできた特殊部隊に、文字通り、消された。

「さて、もういいかげんに見抜いたかな。君らのクズ次元を誰に売っているか」一瞬、ドリルを押えていたゲルナールの人差し指がゆるみ、ドリルの音が止んだ。ミハルは口をきくことも、うなずくこともできなかった。あれだけ苦労し、何ヶ月も準備したのに……こんなに犠牲者を……。

「さて、ヒーロー君、この展開は予想しなかっただろう?」

「くそったれ」ミハルは静かに言った。万事休す。これだけのことを目撃して、もはや驚くことは何もないように思えた。

ところが……。

目の端に見えた——ミハルは悟られないように身構えた。卑劣漢からは見えない位置だった。右手の奥の、まさにコントロールボックスのところ。白い手が鋼鉄の蓋の下に移動しているが、金属の薄板上の筋にしか見えない。

ミハルはまた時間稼ぎに出た。出るしかなかった。

「ヤナが言ってた。あんたは何か問題を抱えているって。あんたの女が風俗で働いていたって不思議じゃないって。だからあのばかげた罰金を軽くしてもらえなかったら、ミツバチの巣箱を勧めようと思ってたとさ。あんたの役に立つかもしれないからだと。ヤロウシェク」

「たわごとだな、ぺらぺら。おまえが彼女と寝てみようとしたのは知っている。ぺらぺらはみなためしてみるからな。だが三次元のに勝てるはずはないんだよ」

ミハルは卑劣漢の青い目から視線を外すのが怖くなった。ドラマに出てくる青い目のクズ野郎のように、こいつは悪魔だった。

「三次元の」ミハルはふんと笑った。「おまえのはサイテーだ。おまえもおまえのアレもな。おれはな、あの場にいたんだよ。この不能のちんたら野郎」

裁判官であり、年金受給権のある国家公務員、修士ゲルナールが青筋を立てる。ドリルのスイッチを押し、生け贄ににじりよった。方法は違えど、この数ヶ月で同じ人間を二度も始末するとはな。「もう気晴らしは終わりだ」そう言うと、ハスクバーナを抱え上げた。

「こっちこそ」エネルギーボックスから声がし、金属の指を持つ白い手がかの強力な装置を握りしめた。

コントロールボックスから声をかけたのはヤルダ・モビルだった。

「やあ、ミハル。おまえの言うとおりだった……。作動させるぞ。あんたらのSaBITはちゃんと全部お膳立てしていってくれたよ」

「待て、待て！」裁判官の声が裏返る。「そんなことはやめなさい。だいたいどうやってわたしをX‐D室に入れるんだ？　それにここで何をしているか、君らにどうしてわかるのだね？」

「時間がない」ヤルダが答える。

「わたしもだ」ゲルナールはうなずき、再びドリルのスイッチを押した。また回転音が唸る。

「おまえら全員、研いでやる」そう言ったゲルナールの体を、磁気ドライブが、まるで縁日で売っている輪ゴムにぶらさがった猿の玩具のようにぐいっと引っ張りあげた。卑劣漢の体がゆっくりともちあげられ、上に「X‐D Space」という黄色の文字がさんぜんと輝く、開け放たれたドアの中に放り込まれるのを、ミハルはあっけに取られて見守った。

「こりゃよく考えられているよ」ヤルダがいう。「似たようなのは、盗犯防止会社にもあったけど、こんな威力はなかった」

丸いドアが枠に収まり、小さなかちゃりという音とともに、ロックされた。丸い小窓の向こうで、冷たい鉛のガラスに卑劣漢が怯えた顔を押しつけている。

「君たち」X‐D室の上に備え付けられたアンプから声がした。「ばかなまねをするな。降参しなさい。そうすればみんな助けてやるから。家族もちゃんと面倒みてやる」

「それはもう味わった」ミハルは言い返すと、空中に向かってこう問いかけた。「おれはどこに立てばいい？　おまえの向かいか？」

「ああ。作動させるよ」

空間に次元の負（負電気）の放電「負イオン化」が起きてきらめいた。

十四

「ヤルダ、出てこい。おまえの番だ」

ミハルはコントロールボックスに近付き、中を開けた。ヒューズの上に焼け焦げた人型が倒れていた。お膳立てなどされていなかったのだ……。X‐D室は堅くロックされたままだったのだ。どうすることもできなかったヤルダは自分の体を通して作動させた。自分の心臓を通して——そして心臓は数千アンペアに耐えることができなかった。

ミハルはコントロールボックスの赤いレバーをONの位置に合わせ、X‐D室の鋼鉄のドアの前に移動した。X‐D室内の向かいの壁にはぺらぺらになった卑劣漢が張り付いていた。

つまり、まだこいつはめげていないわけだ……。まだ元に戻れる気でいる。「気分はどうだ」

ミハルが訊いた。

「わたしに次元を返して、取引する時間はもう少ししかないですよ。あなたにからくりはわからないでしょうから。どうですか？」

「さあどうだろうな。次元についてはもう少しなんとかしてみよう」ミハルはうなずいた。

「もう一つ、ささいな事だが。われわれの盗られた次元が何なのか、もうわかったぞ。あんたたちが売りさばいている追加の次元とは、時間だな」祖父の形見の古い柱時計を何時間も観察して時計の音に耳をすましてきた。音の数を数えて、比べてきた。周りの「一次元多い」世界が、自分とは異なる外側の時間を持った、違う世界のように感じた……もっともそれが何だということになるのだが。

「かなりいい線まできたな」ゲルナールが言った。「ただし、肝心な部分が理解できていないなぁ?」

「その人間は時間を行き来できるのではないか?」

「ばからしい。SFならまだしも、現実の話だぞ」

「ではその肝心な部分とは何だ」

「おまえ、簡単なことだよ。だが味わっていない者は思いつかないだろうよ。ま、おまえが味わうのはまた裁判だな。二度目のな!」卑劣漢は薄笑いを浮かべながら、耳に手をかざした。靴音と抑えた発砲音が聞こえてきた。警備は自分の仕事を責任を持ってこなしているようだ。

「悪くない」ミハルは考えこみ、「二度目か……」コントロールボックスの方を向くと、もう一度キーボードと、メニューの一覧、サーカスのように電球がチカチカする領域に目を通した。

「マイエル、ばかなまねはよしなさい! それじゃ教えますよ」壁から裁判官がキーキー悲鳴をあげた。「四つめの次元は、金持ちに高値で売っているんだ。世界中から買いにくるんだよ」

ミハルは聞いていなかった。彼の神経は、モニターに呼び出し、起動したインストラクションに集中していた。

「聞いてるんですか、マイエル!? この商売にはいくつも企業が絡んでいる。税金が割高であるほかはメリットばかりなんです。たしかに表向きはX－D室の技術は禁止されている。だが国はこれでたばこよりも酒よりも仮想《バーチャリティ》よりも稼いでいるんです。稼ぎ頭なんですよ。しかも、われわれが思いついたんです。世界で初めて!」

「ああ、とくにおまえがだろ」ミハルは自分に言い、もう一度、次元追加のデモプログラムを走らせた。原理は同じだった。

「四つ目の次元、よく見抜きましたね、本当に。あなたのような頭脳の持ち主はうちに来るべきです……次元を余分に移植された人はですね、人生で自分が一番輝いていた頃に戻れるのです。一番いい時代にね。イリュージョンは完璧です。仮想《バーチャリティ》やクラックなどの代用品なんて目じゃない。これは本物なんですから」

「すごいな」そう応じ、ミハルはマウスをスタートに持って行った。

「これはね、時間を行き来できるようになるのではなく、時間が彼らの中を行き来するんです。これがそのトリックなんです。だがちゃんとコントロールできる。それは保証する。だが追加の移植は処刑や次元を戻すよりはるかに複雑なんです。まず人の脳みそがかき回され、仕上げにわれわれが調整する。一度、移植事故を調整したときなどは、ネットワーク全体が崩壊しました。そりゃ恐ろしいことに違いない。人格が混ざり、時間がループして、収集がつかなくなるのですから」

「時間のループか、ふうむ……」ミハルはダブルクリックした。「だがわれわれは現実に生きていて、SFの話ではないんだろ」ミハルは答えた。

「待ちなさい、マイエル、何してるんです? 話せることは話した! 全部真実ですよ! 本当にこれ以上は何も知らない。もうやめなさい!」

画面に、一つしかない針が気ちがいじみたスピードで回る小さな時計が現れた。X－Dシステム内のカウントダウンが始まった。

「もうここは問題ないか!?」廊下から叫び声。

「すべて片づけました、少佐!」

「では終わりにしよう! もう一度仕上げにざっと点検してくれ!」

「了解、少佐。グループ3、5、6、9、全室を点検せよ。合図の十分後に正門の前に集合。はじめ!」

ミハルは画面を見つめていた。七分……

廊下にスパイク半長靴の靴音が響き、研究室のドアをドンドン烈しく叩く音がした。

「マイエル、畜生、やめてください! まだチャンスはある! 名誉をかけて誓いますよ……ヒューヒュー！」

壁の歌う線が一節を歌い終えた。

ミハルはぺらぺらにされたときと似た感覚に包まれた。ぺらぺらから元に戻るときはなんともなかった。しかし今は、次元がもう一つ上がる別のトラウマを味わっていた。ゲルナールに視線を移すと――壁の上に虹色の一次元の直線が。

あの通路や通りでさめざめと泣いていた女性たちの姿が頭に浮かんだ。歌う線は広告のトリックでもドラッグでもなかったのだ！　あれは全部、みんな……。うわぁぁぁ！　狂ってる！

脳の中に次元がもう一つ割り込んでくるのがはっきりわかった。画面を見る。次元の移動自体はもう完了していた。今は裁判官の次元を加えた新しい「自己」を形成中だ。この感覚……ゲルナールはなんと言っていた？　人生の最も輝いた瞬間に行ける。戻りたい頃に戻れる。これはもうこの卑劣漢にはできないことだ。

決して。

ドアを烈しく叩く音がする。

「ドアを撃て」

「その必要はない。もうすべて片づいている。フェニが今、鍵をもって来る」

ミハルは空調のアルミ管の中に入り込んだ。丸みを帯びた部分を曲がり、下に滑り出した。

X－D室の研究室を歩き回る軍靴の音が聞こえる。

「あ、指揮官、ここ、まだ何かずっと動いてます……」

「切ってくれ、もう行こう。二分後に下に集合だ。上に報告しないといけない」

「了解、指揮官。切ります」

やめろ！　おい、やめろ!!!　やめろぉぉ…

ミハルの世界が回り始めた。

ぐんぐん速度が上がってどこかに飛ばされ——目の前には地獄がぱっくり口を開けていた
……

エピローグ

いぶかしく思いながら、手の中のピストルを見つめる。

「パパ、ここにいるの?」家具倉庫でパヴリークが叫んだ。

あわててピストルをコートの下に隠してズボンの中に押し込み、ダッフルコートの大きな金属のボタンをかける。そして隠れていた場所から出て手を振った。

「こっちだよ！　しっ！」

パヴリークは父親の姿を見つけると、ぱっと駆け出した。しかし近づくほどにスピードをゆるめ、ついに数歩手前のところで足を止めた。そしてやせこけて無精髭を生やし、穴が開いて色あせたコートをまとった大人をおびえた顔で見つめた。コートは空の魚網のようにだらんと垂れ下がっている。

「パパ、ママはまだ帰ってこないけど、メモを置いていったよ……」ヤナは顔を手で覆っていた。その顔の上で彼は執拗に規則正しく体を動かした。ヤナは泣いていたが、体はかつてと同じように彼を受け入れた。「だめ、お願い、だめ」また下へ、上へ、中へ、外へ……。ついに倒れ込んだ。「明日も来ようか？」

「メモを置いていったって？」ミハルは早口の小声でそう聞き返し、口角をひきつらせた。べとべとの髪を手でかきあげる。コートがめくれ、押しこんだピストルがちらりとパヴリークの目に入った。「何かあったらエヴァと一緒にイヴァナおばちゃんのとこに行きなさいって。パパは病気だから、あとで教えてくれるって、もしパパが……」

「だっておまえ、夜はパパ帰ってきてるだろう、毎日」

「もう一週間帰ってきてないよ、パパ」

「何言ってるんだ、昨日、ママといたよ、一緒に。ママと二人で」ピストルのセイフティレバーがカチッと鳴った。勢いよくスライドが引かれる。ぼんやりと見える人のシルエット。壁の上で古い柱時計が五時を打った。外は闇……

「ヤロミール、ごめん、許してちょうだい」しゃくりあげる。

「おばあちゃんがよろしくって言ってた」

「え、おばあちゃんはどうしてる？」

「ずっと泣いてる。壁に涙が滲みてるよ。もうどの部屋もよごれちゃった。おばあちゃん、かわいそう。ぺらぺらなんだもの」

「パヴリーク、おばあちゃんのこと、そんな風に言ったらいけないよ」

少年は両手をトレーナーのポケットにつっこんで、前に突き出した。前髪のすき間からうさんくさそうに父親を眺める。

「パパ、なんで夏なのにコート着てるの」

「夏？……別に。ただ肌寒くてさ」

「ママがね、今日、帰ってくるか聞いていたよ。もうパパは心配しなくていいらしいよ。パパは恩赦されたんだって。技術的な理由だって」

「え？　いつ恩赦されるんだって？」

「もう恩赦されたんだよ。これからじゃないよ」

弾丸がこめかみを撃ち抜いた。脳みそがゆっくりと爆発し、反対側のこめかみを突き破って壁に飛び散った。雄叫びをあげるその脳みその黒い塊の上に、外からネオンの光が執拗にゆらめく。外は暗い。夏なら朝の五時はもう明るい。いつだって彼女は美しい髪をしていた。そっと髪をなでる。「もう行ってちょうだい。一人になりたいの。わかってよ」

ミハルは上を見上げた。あちこち錆びた波板の屋根から、この巨大な倉庫の暗い空間の中に、輝く細い光線が突き差している。ここはやけに暑い。女の子やサッカー選手の写真がぺたぺた貼られ、温められたハードボードの壁が、外から入ってくる熱をさらに熱している。

「パヴリーク、晩ご飯には家に帰るとママに言っておくれ」

「パパ？」

「なんだい」

「ぼくを傷つけたりしない？」

ミハルは目を見張った。右の口角がまたしつこく痙攣し始めた。震える手で腰の後ろからピストルを抜いて見つめ、息子にも見せ――それから後ろへ放り投げた。腐ったものが詰まった、腐った木箱の後ろへ。

「あれが怖かったんだろ、ばかだなぁ」

「ううん、それじゃない、あんた《パパ》が」

パヴリークは後ずさりした。ミハルは動かなかった。「パヴリーク、ママに言ってくれ、もう一回また生き直すとしても、ママのことは怒っていないからって。家に行くからって。戻るからって！　聞いてる？　戻るからね！　家へ戻るからな！　待ってろって言え！」

「ヤロミール？」

「何？　ヤナ、何だい？」ミハルは言った。裁判官服のすそをさっと直し、満足げに鏡の中の自分を見やった。だが着ているものは仕事服ではなかった。しかも……

ミハルは逃げて行く息子の姿を目で追った。目に熱いものがこみあげてきて、ついに一滴、なみだが砂だらけの乾いたほおを伝うと、ゆっくりと手の甲でぬぐった。

後ろを向いた。なぜだかわからないが、あの武器を探さなければ。

「マイエル、畜生、やめてください！　まだチャンスはある！　名誉をかけて……」まぶしい光の稲妻。ミハルの血管に、脳に、追加の次元が押し入ってきた。恍惚感。あと少しで自分の時間を支配できるようになる。ただ一人、支配できる者に……。

「あ、指揮官、ここ、まだ何かずっと動いてます！」

「切ってくれ、もう行こう。二分後に下に集合だ。上に報告しないといけない」

「了解、指揮官。切ります」

ミハルの世界が引っくり返った。

ピストルが見つかった。とうとう。時計が五時を打った。外は日差しが強く、夏だった。

ここだけが冬だった。秋が去り、冬を迎えていた。

また我が家だ。家にいるのはすてきだ。

「ヤナ、ぼくとおなじこと、考えてる？」

あの頃、どう時間が誘うことになるか

Jak tenkrát bude lákat čas

ヤン・フラヴィチカ

一九八五年

のろのろと足の向くままに歩き、地面を踏むたびに靴がきしんだ音を立てる。前から人の波がはげしく押し寄せ、男の脇を通り過ぎる。雲は低くたれこめ、高い建物は道の方に傾き、今にも倒れてきそうである。男は足場の下を縫うように進み、表通りから落ち着いた古い路地に逃げ込む。でこぼこの石畳、古びたファサード、若い白樺が伸びている雨どい。窓の向こうでは猫がトロンと半分まぶたを閉じ、鳥かごの中ではインコが止まり木の上を飛びはね、中庭では子どもがはしゃぎ声を上げている。男はとぼとぼと当てもなく歩く。建物の間の狭い抜け道にゴミ箱が目に入ったときだけ、歩いた甲斐があったというような顔をする。生き返ったように足早になり、次々にゴミ箱の蓋を開けて中をあさってはぶつぶつつぶやく。「ここじゃない、ここも違う、でもどこかにあるはずなのに……」

ぼくんちは時間箱の中に移り住んだ。時間箱は蓋がついたドラム缶型の金属で、高さは一メートルちょい。パパは何か荷物も運び込んでいたけれど、それはここでは重要なことじゃない。別にあなたたちも一から十まで知らなくてもいいだろうし、知ったところでどうせぼくと同じで理解できないだろうから。

パパは一年あまり前から時間箱を使い出した。いつもふらっと過去に出かけては、イカしたものを持ち帰ってきた。やれチョコレートだ、やれ肉だ、やれバナナだ、やれココナッツ菓子だ、やれストッキングだ、チューインガムだ、という具合に何でもだ。だけどだんだんとんでもないドタバタが起きるようになった。一度などは出かける前にパパが戻ってきて、パパが二人になった。あるときは時間箱にもぐりこもうとしたら、自分と鉢合わせしてあやうく心臓発作を起こしかけた。さらにそこにつじつまの合わないことが頻発した。ようするに腕組みして考え込むようなことだ。

そこへもって一度、向こうの肉屋でパパは歴史研のびびりのトゥーマとばったり出くわした。トゥーマはうちの角を曲がった先に住んでいて、しょっちゅう過去に出かけるわりに、いつも手ぶらで帰ってくる人だ。おばさんにはめぼしいものがないと言っているけれど、本当はびびってるのだ。悪い人ではないけれどけつの穴が小さい人だから、パパのことをバラすかもしれなかった。

それにもう、うちはクライズルのせいでアパートに居づらくなっていた。隣のおばさんがアパートの前の水路に落ちて気の毒なことになったあと、うちがおばさんちを手に入れて回廊を一人占めしたのは、うちのせいなのか？　それにクライズルのとこが２ＤＫで、おばさんとまだ達者なおばあちゃんに、二人の息子と未成年なのに腹がでかくなった娘がいて、その原因のリベニュのヤーラ・ニェメチェクも当然同居することになったのも、うちのせいなのか？

そりゃ四人家族に3DKときたら、はらわたが煮えかえるだろう、誰だって。近頃じゃ大臣一家だってこんな暮らしは望めなくなってきた。三家族が一軒のお屋敷に詰め込まれて、朝、夫たちが人力車を飛ばしてお国の仕事に向かうと、奥さんたちは一台の自転車をめぐって争奪戦を繰り広げるのが日課なんだから。後輪にちゃんとスポークが張ってあって国章入りのサドルバッグが二つついていたところで、一台ではなんになるだろう。

だからクライズルは決してアパートの人気者ではなかったけれど、アパート中が奴を応援した。クライズルがおばさんちをもらっていたら、うちの肩をもっただろう。うちのほんとの暮らしぶりなんかみんな知るはずもないからね！

マハーチコヴァーのおばさんが水路の中で頭を切った状態で見つかったとき——呼ばれた医者が見立てて警察に報告したところによると、誤って転落したらしい——クライズルはすぐに役所の住宅課にかけつけた。けれども本物の豚バラ十キロのかばんを抱えたパパの方が一足早くて、豚バラはクライズルの現金封筒をあっさり抑え込み、修羅場になりかねない件に公正にけりをつけた。でもそれでご近所づきあいの問題が解消したわけではなかった。いちいち説明しなくたってわかるだろう。

だからうちが引っ越しを決めて、クヴァスニチコヴァーのおしゃべりおばさんの口からアパートとご近所にその話が伝わると、関係はいくぶんましになって、あいさつを返してくれる人も出てきた。

でもそもそもクライズルもみんな、してやられる運命だったんだ。パパは週末に都会のマンションに通うという田舎の最新流行に目をつけた。田舎の人たちはうなるほど金があって、栄養も行きとどいていて、プラハの物件やアパートを喉から手が出るほど欲しがっていた。もはや昔の地下鉄の駅だって闇で取引されるのではと思ったけれど、さすがにドブネズミのせいで人気がなかった。ムーステック駅などは臭いで天気が予測できるくらいだったから。

フリフはパパが、役所のお墨付きのこんな立派なアパートと引きかえに、もう使えない古いお札が入ったトランクしか要求しないなんて、頭でっかちのバカだと考えた。お札はもう何年もフリフのうちの屋根裏に置いてあり、離れの壁紙にするしかないものだった。トランクは船乗りのケースと言った方がいい大きさで、パンパンにふくらんでいた。あまりにパンパンだったから、四階のうちまでかばんを運んできたフリフの運転手に一杯勧めたら、遠慮しなかったくらいだ。

フリフはパパと手打ちをすると、うちの居間に目を細め、舌なめずりしてこう言った。「これでもうあのジャーブリツェのしみったれたワンルームなんかカロフにくれてやる。あそこにはステレオを置こう、きっとヨシュカがやってくれる。あそこの棚にミキサーをずらして、窓の下に掃除機を置くのがいい。流行だからな。このテーブル台にはテレビを置こう。申し分のないのが手に入ったし。画面付きの！」と幸せいっぱいに目を輝かせた。

「じゃあここ、来週には空くんですね？」ほやほやの部屋の主《あるじ》がまた念を押す。もう少なくとも十回目だ。

帰り際にはこう訊いた。「で、お宅はどちらへ？　どこか田舎の方へ？　お体を考えて？」

「まあ、そんなところです」

ぼくらはフリフをアパートの外まで見送った。

フリフの車はまだ元のタイヤのままで窓にもぜんぶガラスが入ったかなり状態のいいトラバントだった。馬はどちらも耳に獣医の青い技術検査印を付けている。

「これはいい車だ、大統領だってうらやみますね」話をもたせようとしてパパが言った。

舞いあがったフリフは満面の笑みを浮かべてフェンダーをバンと叩いた。

「ええ、もうかなり年代物ですけどね、まだ何年かはもちますよ。ええそりゃ、もちろん。いや若い頃はね、モータースポーツ一筋だったんですよ、スピードでしょ、砂ぼこりでしょ、遠乗りでしょ……。かあさんともあちこち出かけましたよ……」夢見るような目つきをする。

「プルゼニュでしょ、パルドゥビツェでしょ、モラビアにも一度行ったことがあるんです……青春てやつですわ……今はもうのんびりしたいだけです。馬はせがれにやって、牛を二頭買うつもりです。もう、どこにも急ぎませんから」

「それはいいですね」パパがうなずいた。

「ここに引っ越して」フリフが続ける。「余生を楽しみますよ」

「あのレノン、すてきですね、どこで描いてもらったのですか？　生きているみたい」ママが車のドアを指さした。

「いいでしょう」フリフの顔が輝いた。「近所の子が描いたんです。器用な子でねえ。ほんとに元気な若者でして。あの子をつかまえた娘は食いっぱぐれることはないでしょうよ、路頭に迷うことはないですからね。金だってたんともうけるでしょう。いい仕事しますから、まちがいなく」

そう言って車に乗ると、運転手がムチをかけ、歩道には二つの馬の落とし物が残された。それをクヴァスニチコヴァーがスコップで拾い、地階の自分ちの窓辺にばらまいた。冬になったら、見つけたふりをするつもりだ。

明くる日ぼくが学校から帰ると――まあ、まっすぐ帰ってきたのではなくて、友だちとジシュコフのパネル住宅の廃墟を探検してからだけど――パパは机に向かっていて、どこに寄り道してきたのかも訊かなかった。ただ年中汚れたままのメガネ越しにこっちをすがめで見て、古いヤシの実からラム酒をすすると――そうやって呑むのが一番うまいらしい――さっさと手伝いなさいと急き立てた。

それからぼくは三時間も床に座り込んで、フリフさんのカラフルなお札の山をかきわけることになった。もうまぶたが下がってきてろくに見えもしなかった。

「茶色のじゃない、このアホたれが、その緑のだよ、緑のをよこせ」パパの鋭い声が飛ぶ。

そりゃぼくは賢いというわけではないけれど、こんな散らかった山を前にしたら、クライズルだってアホになるよ、大学出の技師クライズルだって。

緑というのはひげの男のやつか、男と女の入ったやつか、と同じ事を五回訊くと、パパは悲しげな目でこっちを見て、少しトーンを和らげた。「ドルは後回しにしようね、カルリークや」

そしてヤシの実のラムをすすり、しあわせそうな表情でながながとあーっと息をつき、頭をふってママの顔を見た。「誰に似たんだか……」と問いかけるも、明らかに自問しているのだった。ママは顔を上げもしないで、黙々と五十枚の束を二束ずつ数え続けている。ママは二束目を数え終わると裏返しにして一束目の上に重ね、エヴァ姉さんに手渡して、それをお姉ちゃんがお菓子のヒモで結んでスーツケースに投げ入れていた。

「何だって順を追ってやらんとな」とパパ。「準備万端がすべての基本だ。そうすれば新しいところにもすぐに慣れる。ほれ、おまえはさっさとやらんか」パパのビンタが飛んできた。

「今日中にコルナの整理は終わらせるんだ」

お姉ちゃんはパパにあかんべえをしたけれど、さいわいパパは気づかなかった。パパは手垢のついた一〇〇コルナの束の端をとんとんとそろえて、テーブル越しにママに渡していた。

そしてある晴れ上がった日、ぼくんちは地下室に集まった。四人家族いっぺんには時間箱に入りきらないので、一人ずつ出発するしかない。

一番小さいぼくが先頭で、次にお姉ちゃん、ママ、しんがりはあとを消さなきゃいけない場合のためにパパだ。時間箱はちゃんと点検して調節ずみだから、何も怖がることはなく、向こうではインドジフさんという人が待っているそうだ。

「ちゃんと忘れずにあいさつするのよ」ママが注意した。

「ちゃんと鼻ピアスを外していけよ」パパがつけくわえる。「向こうじゃ、そんなのしている人はいないからな」

時間箱の中はまっ暗で、金属臭かった。暗闇というものは動かず、重くて蜂蜜のようにべっとりするものだとずっと思っていたけれど、この闇は軽く震えた。震えが収まると、外から明るいにぎやかな音が聞こえてきた。

蓋を押し開けて外をのぞくと、うちのみんなが、ロウソクを手に持った青い服の若い人と楽しげにしゃべっている。

ぼくはがっかりして大声で呼びかけた。「パパ、これ動かないよ！」

みんながこっちを見て、パパは笑った。

「おう、息子も来た」

ママがぼくをにらみつける。

「こんにちは」ぼくは大声で言った。

「やあ」インドジフさんがほがらかな声で言い、手を差し出した。「すべて順調だよ。ちょっとした手違いがあっただけ。きっと何か空回りしたんだろう。お父さんはもう昨日からここにいるんだよ」

過去はぼくが想像していたのと少し違った。地下室はやっぱり汚くて、古くて、前と同じで臭かった。前と同じで……前といっても実際にはこれからのことなんだけど……。

「それじゃあ、上に行きませんか」そうインドジフさんが誘い、先頭に立って、すり減ったらせん階段を登っていった。

一階に上がった。インドジフさんがロウソクを吹いて消すと、とたんに真っ暗になった。でもそれはほんの一瞬で、何かカチッと音がしたと思ったら、ぱっと昼間の明るさになった。まるでお金をばらまいて一度に百本の松明を点けたみたいだ。こんなのは見たことがない。昔、ブルターニュ領事館の庭に迷い込んで、窓越しに、夜会をのぞいたときくらいだ。お姉ちゃんももちろん見たことがないはずだけど、なんともないふりをしていた。大人のレディーは何事にも驚かないものなのだ。

「ヒュー!」ぼくは口笛を鳴らすのが精一杯だった。

その瞬間、まぶしさに目がくらんだパパがインドジフさんの背中にぶつかった。インドジフさんはとっさに手すりにつかまり、体を立て直してから、ぼくの方を向いて謎の言葉を吐いた。

「ここならやっていけるからね」

何がやっていけるのかわからなかった。ぼくらはさらに階段を上り、昨日まで住んでいた家で、これから住む家で、もう住むことのない家の中に入った。

壁には、目にしみるほどまぶしいグラスが輝いていた。

インドジフさんはそれからしばらくの間、ぼくらと暮らした。日中はあちこち役所の手続きについてきてくれて、夜はお姉ちゃんを映画に連れて行ってくれた。

ぼくは学校に入った。少し下の学年に戻って、もう一度三年生をやることになった。人に聞かれたらよそから転校してきたと言いなさいと言われた。

ある日、インドジフさんはパパからあのひげの男の緑の札束をいくつか受け取って、お別れを言って出て行った。お姉ちゃんはぴいぴい泣いた。

「どこに行くんですか」ぼくは訊いた。

インドジフさんはふっと笑った。

「きみたちと同じことをするんだよ。時間ではないけどね」

それから二度とインドジフさんのことを聞くことはなかった。

お姉ちゃんはあっという間にシュヴァルツという男をつかまえて、ひと月後には式を挙げた。

そして七ヶ月後には、早産で三五〇〇グラムのかわいいボジェンカが生まれた。

「うちはクライズルのとことは違うぞ」そうパパはきっぱり言って若い夫婦にアパートを買ってやった。

年月が過ぎた。

ぼくらはすっかりこちらに慣れて元気に暮らしている。お姉ちゃんのシュヴァルツのとこは八百屋になってぼくは肉屋の修業をした。ボジェンカはよく勉強ができるので、医学部に進ませるつもりだ。パパとママはもう年金暮らしの身で、一年中だって別荘で暮らせるようになった。ママはそうしたいけど、パパの世話をしなきゃならず、パパの方はそれをいやがっている。なんだかパパは老け込んで、頭がおかしくなったんじゃないかとぼくらは心配している。パパは未来から来た知り合いに会う幻覚に苦しんでいる。知り合いたちはパンパンの買い物袋を下げて急ぎ足で歩いていて、パパを見て見ぬふりをするんだそうだ。「きっと何かがもらえるに違いない」とパパは、この**わがや**がもらうべきものをもらっていないなんて、という口ぶりで愚痴をこぼす。家が懐かしくて、帰りたいらしい。でも時間箱はどこに消えてしまったのか？ そんなわけでパパは朝から晩まで汚い防水コート姿できしんだ靴音を立てて表をほっつき歩き、ぼくらに恥をかかせている。

新星

Nová hvězda

エドゥアルト・マルチン

一九八三年

二一一二年五月二七日

新星で日記をつけることにした。

ある方と会うことになったので記録しようと決めたのだ。なにしろ子どもの頃から名前は知っているけれども、生きているどころか実在することすら知らなかった人と会うのである。

昨日、わたしはわが社が納入した空調装置の取り付けのため、新星に来た。

ホテルへ向かう途中で、通訳があるガリガリの小柄な老人を指さして言った。老人は坂道を急いでいた。

「チハメールですよ」

わたしはクスッと笑った。もちろんジョークだと思ったのだ。

「詩人のチハメールです」通訳がまた言う。

詩人のチハメールがこの世に存在するなんて考えたこともない。伝説やおとぎ話の架空の人物なのだから。だから通訳が示した老人が角を曲がって姿を消しても、まだぜんぶ冗談だろうと取り合わなかった。

誰かを指さして、ほら、あの人、ドン・キホーテですよとか、ほらふき男爵ですよといわれたように。

〈詩人のチハメール〉自体は銀河系のすべての子どもと同じように、わたしも幼い頃から知っている。チハメールのわらべうたや数え歌だって知っている。「チハメールのようにでっちあげる」とか「チハメールばりのほらふき」といった言い回しのほか、ことわざももちろん知っている。銀河間ロケットのみんなと同様、わたしもよく「そんなことはチハメールが一日中考え込んだって思いつかない」とか「チハメール以外、メインパイロットだって思いつかない」と言う。

きれいな娘を見れば、「まるでチハメールが考え出したように美しい」という言葉が口をつく。

それが今日、初めてチハメールが実在すると知ったのだ。この衝撃は、たとえて言えば、砂浜でひげ面の男をロビンソン・クルーソーだと紹介されて、その毛むくじゃらで思慮深そうな人物が、正真正銘のロビンソンだったというようなものだ。

チハメールを紹介してもらおうと思う。

この帳面には、チハメールについて知ったことや直接本人から聞いたことを端からメモしていくつもりだ。

表紙には何と書こう。

『詩人チハメールの生涯と作品』といったあたりか。

五月二八日

何よりとまどったのは、チハメールが八〇を越えているようには見えなかったことだ。よく祖父が私のウソを見抜くと、「わがやの小さなチハメールや」と言っていたが、当時ですらずいぶん古臭く聞こえたのに。

今日、取り付け現場に向かう途中でまたチハメールを見かけたので、これを通訳にぶつけてみた。あれほど有名なのに、あの知ったかぶりの老人がさほど年がいって見えないのはなぜだろうか。少なくとも三世代に知られているのに。

通訳はさすがに事情通だった。チハメールは一九の時にこの星にやってきたという。今八二だから、かれこれ六三年もこの星で暮らしていることになる。

そしてこの年月の間にチハメールの名声は宇宙のすみずみまで知れ渡った。もちろんややゆがんだ、矛盾した形で。チハメールという人物は神話――悲喜劇の神話――になったが、誰も彼の作品を知らないからだ。

通訳は新星を訪れる多くの人にチハメールを見せてきたが、架空の人物でないと知ると、みなわたしと同じであっけに取られるという。サンチョ・パンサのようなおとぎ話の登場人物だと思っていたからだ。

通訳は明日、ちょうどわたしが休みならチハメールを紹介しようと提案してくれた。

感じのいいお年寄りだそうだ。気晴らしになることならなんでも歓迎するという。それに酒が入っていなければだが、一緒にいて楽しい人物だそうだ。料理もうまいらしい。

つまりチハメールとお近づきになれば、新星で取り付け作業をする間、楽しみができて、最高のガイドに土地を案内してもらえるだけでなく、料理も作ってもらえるということだ。料理の腕は天才的らしい。ざっくりいうと天才。

わたしは二つ返事で通訳の誘いを受けた。明日が楽しみだ。ひげを剃って、身だしなみを整えて行かなければならない。詩人と話すのだから。これまで詩人という人種に会ったことはないが、美意識が高い人たちだと聞く。

五月二九日

今日、公園を散歩中に通訳がチハメールを紹介してくれた。チハメールはコーン型の紙包みを持ってベンチのそばに立ち、鳩にエサをやっていた。

偉ぶったところや気取ったところはまったくなかった。羽根のついたつば広帽と幅広の目立つネクタイがなかったら、詩人だとはとうてい信じられなかっただろう。けれどもこの二つの目印ですぐにピンときた。

朗読をお願いすると、いくつか詩を読んでくれた。まず会釈して、咳払いをした。

心にしみいる朗読だった。必ずまず詩の題名と自分の名前を言った。

明日の晩飯に誘われた。とびきり美味いと聞く地元食材のバクテリアを西洋わさびに乗せたピューレを用意してくれるという。

わくわくする……詩人のもてなし料理など食べたことがない。

五月三〇日
日記を書くのが真夜中になってしまった。

ついさっきホテルに戻ってきたのだ。

とても話の途中で腰を上げることなどできなかった。哀しく滑稽だけれどもとにかく面白い。どうしてこれまでチハメールのことを誰も取り上げてこなかったのか理解に苦しむ。

でも理由を考えてみると、彼の話が読み物にならなかったのももっともなのだ。

あの陽気な骨川筋右衛門はパラドックスを地で行っているからだ。人の姿をしたひげ面のパラドックス。

ほかに形容しようもない。小説の筋一つ、詩一つ自分の手で書いたことがないのに、ある一定の期間、超売れっ子のベストセラー作家の名をほしいままにしたのだから。

もうとっくに冷めたことだと本人も言っていたが、その状態を受け入れているだけでなく、忘れられてほっとしているようなフシすらある。約半世紀前の新聞の切り抜きや本を見せてくれたが、当初の圧倒的な熱狂ぶりがしだいに尊敬の念に落ちつき、やがて尊敬も形だけになり、批判が混じりだして困惑に変わり、ついには完全にそっぽを向かれるまでの様子がたどれて興味深かった。

正直言って、今までチハメールのことをほとんど知らずにいたのは少々恥ずかしい。数ヶ月の間、文芸界の話題をさらったばかりか、あきらかに全世代を巻き込む社会現象にもなった「チハメールの争奪戦」すら聞いたことがなかったのだから。

もっともわたしは技術畑の官僚《テクノクラート》だし、わたしに言わせれば、今ではもう文芸評論家の間でさえ、この目のくらむような信じがたいエピソードは忘れ去られている。そう弁解することにしよう。

料理の腕は確かだ。バクテリア入りピューレは絶品だった。創作作品よりこの味の方が長く覚えているだろう。

チハメールの詩人としての評価はもう永遠に烙印が押されてしまったが、食通としては右に出る者はいるまい。

天才料理家だ。

六月一日

昨日、チハメールと鱒釣りに出かけた。晩には鱒を揚げてくれた。わたしが彼の作家としての歩みに関心があるのを察していたようで、モノグラフにまとめたいと言うと、すぐに快諾してくれた。
何でも訊いてくれと言うので、さっそくこの機会を利用したところ、びっしり書き込んだ分厚いメモを抱えて帰宅することになった。
モノグラフに取りかかる前にまずはこの日記でメモを整理してみたい。

〈詩人チハメールの生涯と作品〉

初めてチハメールが新星の地を踏んだのは十九の時だった。この星に来たのは偶然だった。実に不愉快な偶然だった。

チハメールの操縦していた貨物ロケットが流星と衝突し、制御不能に陥ったのだ。チハメールは数週間もの間、壊れたナビゲーション機器の前に座り続け、計器盤の上でちらちら瞬く奇妙な未知の星々をただ見つめていた。

幸い食品が積み荷だったので、飢死する怖れはなかった。

宇宙を落下していく船内で人生の幕を下ろすのもしかたないと観念した。受け入れるほかなかった。パンの中身をこねてチェスの駒を作り、計器盤上で延々と一人で勝負した。

チハメールはチェスの名手だった。それまではチェスをする暇がなかったので、数週間はあっという間に楽しく過ぎた。記しておかねばならないが、当時、貨物ロケットの単独操縦士に選ばれるには、特殊なテストに合格しなければならなかった。つまり孤独に耐えられるとお墨付きをもらった者だけである。二十一世紀前半の昔のことなのだ。

ある日、キャスリング〔チェス用語〕の結果に考え込んでいたとき、計器盤のランプが点灯した。着陸装置が再び作動した知らせだった。おそらく流星との衝突後に接触不良を起こしていたものが、時間が経過して再び偶然につながったのだろう。理由は今もってよくわからないが、それは重要なことではない。重要なのは着陸できるということだ。

二ヶ月ほど悩んだ。正直、不足は何もなかった。それにこの宇宙空間にいる方がどこかの星に不時着するよりも、救助隊かパトロールロケットに発見される確率は高かった。

付け加えるのを忘れていたが、チハメールの旧式の帆船は自動着陸はいつでもできるが、離陸は不可能だった。

そして着陸できるのは、宇宙空間を落下している間に近づける星だけだった。地球に帰還して着陸することはできなかった。

チハメールはそばを通る星を手当たり次第に調査しはじめた。人が生息する星が多数存在することは、もう当時から知られていた。惑星に生命体は生息するはずはない、あるいはさまざまな怪物が生まれるという迷信はとっくに廃れていた。

地球に生物が誕生したのはめずらしいことではなかったのだ。チハメールが不運な旅に出るまでに、人が住む星は十八も発見されていた。

もちろんそれぞれの星の住民に固有の特徴があり、オレンジがかった色の肌や赤い目など、エキゾチックで奇妙なケースも見られた。しかしその違いは基本的に色素だけで、姿形や精神的な能力に差異はなかった。生命は一定の条件下で生じ、条件さえ満たせば、再び唯一の同じ方法で生物が生じるのだ。そしてその外見は地球人とそっくりで、退屈なほど代わり映えしなかった。

そんな星に着陸できれば——仮に航路でそのような星に出会ったならばの話だが——永遠に宇宙を彷徨い続けるよりも愉快だろうとチハメールは考えた。

一人チェスも楽しいが、半年もすると策が尽きた。それに自分で自分に勝つ工夫を凝らすことや何百もの対戦で自分に勝つことが、不愉快で、いかにも統合失調症《スキゾイド》的なことであるように思えてきた。

体を動かし、船内の本棚にあった本を二、三冊読んだ。無制限に食べ、心臓発作が心配になるほど太った。孤独そのものには悩まなかったが、ほぼ人間と近い生物の生存する星で暮らすことは、変化に富んで楽しいのではないかと考えた。チェスの相手だって見つかるかも知れない。やり方を教えてやればいい。

あらゆるケースに備え、星の評価装置は付けっぱなしにしておくことにした。ある星に着陸が検討できるほど十分に接近すると、その星についての情報が自動的に収集されるのだ。

その二ヶ月後——その間に無数の星のそばを通り過ぎた——計器盤のベルが鳴り響いた。おりしもルークでチェックメイトし、自分に勝ったところだった。

あまりに長く待っていたので、なぜベルが鳴っているのか、すぐには思い出せなかった。

ベルは地球の環境と一致した星に近づいた知らせだった。

機器を点検して、着陸装置にスイッチを入れた。

動いた。

数時間後には新星に着陸した。この星に「新星」と名付けたのは着陸してからである。

新星は最新の地図にも掲載され、またこの名はチハメールの文学作品として唯一のちの世まで残ったものであった。

二文字。

二文字とはいえ、誰にでも残せるわけではない。

着陸はスムーズにはいかず、衝突した衝撃で機器の一部が故障した。チハメールは足を脱臼し、胸を切り、血だらけになって悪態をついた。

しかし怪我は深刻ではなく、問題なく手当てはできた。

大気、気温、土壌の組成を分析すると、その結果に小躍りした。まさしく地球と似た経過をたどって生命が誕生した星の一つだったのである。何も装着せずに呼吸でき、地球よりも寒かったけれども宇宙服を着ないで外を歩くことができそうだった。

ロケットから外に出るのは一苦労だった。

降りた。感動がこみ上げた。その眺めは子どもの頃の愛おしいスコットランドのヒースの丘を思い出させた。祖父のところにいたときに一番時間《とき》を過ごしたあの場所を。

ここも色素と色の違いはあれど、大したことはなかった。許容範囲で、しばしば魅力的ですらあった。チハメールが着陸した谷には、ロケットから三〇〇メートルほど離れたあたりに青色のリンゴが実をつけていた。

それでいてサルヴァドール・ダリの超現実主義絵画のような不気味さはなかった。リンゴは現実であり、現実であるかぎり、想像のように不安をかきたてられることはないのだ。

やがて黄色というより炎のようなオレンジ色のカンガルーがロケットに飛びついてきて、物珍しそうにくんくん嗅ぎ出した。

このカンガルーも威嚇することはなく、この派手な黄色にチハメールは子どもの頃に遊んだぬいぐるみを思い出した。

新星は親しみが持て、住みやすそうに見えた。どの方向も安全な雰囲気がただよっていた。自然に新星のメロディが湧いてくるのに、自分に音楽の素養がないのをチハメールは悔やんだ。

メロディを口ずさむことも、音符にすることもできない。この感覚はひんぱんに起きた……。あらゆる気分がメロディになった。

もし楽才があったなら、さっそくアジュール色の岩に腰を落ち着けて交響曲「新星より」の作曲にとりかかっていたことだろう。

数日の間はロケットで寝泊まりして楽しんだ。ロビンソン・クルーソーにでもなった気分だった。さまざまな方角に探検に出かけたが、いつも日帰りで、夜には安全で快適なロケットに戻ってきた。

ロケットは少し焦げて潰れていたが、快適な居住空間であるのに変わりなかった。

グルメなチハメールは、狩りをしてしとめた獣を食べてみることにした。すると青白いカンガルーの肉は格別においしく、その味は鹿肉を思い出させたほどだった。

どうやら新星に人はいないようであったが、とくに気にならなかった。ロケットのそばの土を掘り返し、穀物と野菜の苗を植えた。苗は貨物ロケットの積み荷の一つだった。

一頭のカンガルーを手なづけた。カンガルーは犬のようにチハメールの後についてきて、手からエサを食べるのを覚えた。チハメールはピンク色の鼻面が手のひらに触れると心地よく感じた。カンガルーは心を癒やし、友人の代わりになった。世界中の誰よりもかいがいしくカンガルーを世話した。カンガルーのために料理をし、上等なものを食べさせた。

二一歳のとき、カンガルーを連れて、数日間、北側の探検に出かけた。カンガルーはチハメールの回りを陽気に跳ね回り、踊った。

延々と延びる奇妙なコンクリートレーンに行き当たり、腰を抜かした。もしやこれは道路ではないかという思いが頭をよぎったが、笑ってその考えを打ち消した。しかしやがてカーブから車が現れた。コンクリートレーンを走り去る。続いてまた車が現れたのを見て、チハメールは自分がこの何年か暮らしてきたのは、道路から歩いて数日かかる地点にある保護地区か何かだったのだと理解した。

カンガルーは目の前を轟音を立てて通り過ぎてゆく車を見て、どう理解すればよいかわからない様子だった。おろおろして肉球をもみ合わせている。

チハメールも両手をもみ合わせて呪いたい気分だった。

自分自身を。

一台の車が停まった。若い男が降りてきて、何か話しかけてきた。さっぱりわからない。男は車に乗れと誘い、チハメールはひるんだが座席に乗り込んだ。置き去りにされたカンガルーは途方にくれて、何百メートルもぴょんぴょん追いかけてきた。

男はチハメールを事務所に案内した。おそらくこの星の警察署のようなものだろう。チハメールは身分証、腕時計、ピストルを出して見せた。事務所ではこの謎の男をどう扱っていいかわからず、別の部署へ引き渡した。後で知ったところでは、彼らが一番いら立ち、また興味深く感じたのはチハメールの言葉だそうだ。訳のわからない、コッコッと鳴く鳥の鳴き声のように聞こえたらしい。

新星は言葉と数種の金属と一定の色彩の違いを除いて、何から何まで地球とそっくりで、チハメールはしだいに不機嫌になっていった。別の惑星にいるのなら、まるっきり違っている方がいいと思っていたからだ。

一つだけ、まことに満足のゆくことがあった。新星は息を呑むほどの美女ぞろいだったのだ。例外なく。

たしかに混血が進んで次第に旧人種が絶滅しつつある今日でさえ、はっとするほどきれいな娘と出会う。新星にチハメールが降り立った当時は、この処女地は美女であふれかえっていたそうだ。

新星の言葉を自在に使いこなして、彼らの習慣になじむには二四歳までかかった。言葉の習得には苦労した。しかしそれ以外は何も不便なことはなく、過保護なほど丁重に扱われた。チハメールは第一級の人気者になった。研究所では尊敬され、ちやほやされた。とりわけ――本人の弁によれば――若い女性研究員に。当時はチハメールも若く、女性が振り返るほどの男ぶりだった。八〇に手が届いた今でさえ、ややくたびれて面やつれした感じは否めないが、気品がある。

科学研究所での基本的な調査が終了すると、チハメールは住まいを与えられた。そこでとくにお気に入りの魅力的な女性研究員と暮らしはじめた。わたしも彼女の小さな写真を見せてもらったことがあるが、小さな彼女の肖像画を入れた開閉式の指輪を常にはめていた。

チハメールが新星にもたらしたアルファベットの発明は――小学一年生でもできる発明だが――新星人の心をわしづかみにした。そしてチハメールを聖なる被造物に祭り上げた。チハメールは自分をプロメテウスになぞらえて、この贈り物に対する人々の最初の反響をよく思い出した。不思議なもので、新星人はチハメールがやってくるまで文字を知らなかった。それで困ることはなかった。新星人の記憶力は驚異的で、コンピュータを思わせるほどだったという。しかしアルファベットを手に入れると、彼らの記憶力は急速に衰えた。怠惰になったのだ。しかしアルファベットは大いにもてはやされた。チハメールは新居で新星人の女性の膝枕でくつろいだ。目の前に広がる可能性を感じていた。アルファベットはその第一歩だ。これで終わりではない。文学をもたらすのだ。

六月二日

ソファに足を伸ばして、チハメールは次々に杯を空けた。わたしの前で青春時代に思いを馳せ、自分でもあの頃の人生が信じられないと言わんばかりにぎこちなく微笑んだ。あまりに今の自分とかけ離れていて信じがたく、信じるのもためらわれるかのように。

決して過去を鼻にかけることはしなかった。むしろ自分の過去について自身を納得させようとした。すっかり感傷的になり、心が苦しくなればなるほど酒をあおった。

今日のわたしの訪問は終わった……。チハメールは机の前に座ったまま動かなくなってしまった。目の前には空の酒びんがあった。

わたしはつま先立ちで外に出た。彼のアルコール依存症を責めることはできない。詩人のチハメールのような目にあったら、誰だって過去に押しつぶされないよう、柔らかいアルコールのクッションが必要だろう。

新星人と四六時中交流しているうちに、チハメールは彼らの言葉に完璧に通じ、微妙なニュアンスの違いまで使い分けられるようになった。よく言葉遊びをしては友人たちを楽しませたという。

新星初の言葉遊びで。

不思議なものだ。新星の住民が遅れているとは断じて言えない。文字がなくても文明を発達させてきたのである。どうして文字を持たずに時代《エポック》を切り開くことができたのか、チハメールはいぶかしく思ったが、これは新星人の驚異的な記憶力のたまものだろうと結論づけた。

書き留める方法はないわけではなかったが、極めて原始的なものだった。チハメールは、昔聞いたことのあるインディアンの結縄文字を思い出したが、結縄文字もこれほど稚拙ではあるまいとも思った。

チハメールは自分が特定の分野の専門家でないのを悔やんだ。専門があったら新星で大きく出世できただろうに。新星のエジソンになれただろうに。たとえばここには電話がなかった。しかしチハメールは電話がどんな魔法を使って機能しているのかさっぱりわからなかった。何か自分に伝えられる知識がないかあれこれ考えてみたところ、どっと劣等感が押し寄せてきた。自分がよく訓練されたチンパンジーのように思えてきた。地球で日常的に使っていた文明の利器のどれ一つとして満足に説明できそうにない。テレビも、ラジオも、自動車も、洗濯機さえも。それどころか水道や腕時計といったはるかに原始的な技術さえ仕組みがわからなかった。

説明できそうになかった。自分の文明のレベルから新星に伝えられそうな発明品は一つもないと悟り、がくぜんとした。さいわい、たいていのものは知られていた。

ただ、一つの領域においてはチハメールはまぎれもなく発明者であり、贈り主であり、プロメテウスであった。新星に文字を与えたことだ。

この発見がどのような影響をもたらすか……それは誰にも想像がつかないものだった。チハメールは新星の住人に魔法使いのように映った。

アルファベットを作り、彼らの話し言葉の音素に合わせて調整すると、まずはひとにぎりの専門家に披露した。専門家たちは熱狂して叫び、チハメールを肩にかついで講義室を走り回った。その後数週間でアルファベットは新星中に伝わり、チハメールは新星を覆う陶酔と熱狂ぶりにくらくらする思いだった。

三夜連続して祝賀の花火が打ち上げられ、三日間カーニバルが続き、チハメールは神のように崇められた。チハメールの日、五月二四日は今でも祝日である。かつては地球のエイプリルフールのような悪ふざけの日ではなく、公式にチハメールに敬意を表する日だった。感謝を捧げる日だった。チハメールはアカデミーの名誉総裁に選出され、三つある大学から名誉学長に任命された。

しかし栄光の日々の本番はまだこれからだった。

数ヶ月、チハメールはプレイボーイばりに気ままな生活をした。一度講義をすれば、卒倒しそうな額の報酬を受け取った。母音と子音の関係について数行コメントしただけで、第一級科学繁栄勲章頸飾を授与された。チハメールは豪華なホテルで美しい女子学生たちと羽根を伸ばし、飲んだくれて過ごした。

やがて熱狂が冷めてきたと見ると、ついに文学をもたらすことに決めた。

新星の文学の起こりは、ささやかなものだった。

あるとき、暇をもてあましたあまり、地球のわらべうたを新星語にアレンジしてみたのである。

むくいぬが　とんだ
むぎばたけを　こえて
あおいはらっぱを　こえて

その先は、酒を飲みすぎて思い出せなかったので、こう付け加えた。

「むくいぬ」と「むぎばたけ」という言葉は、驚くことに新星語でも頭韻を踏んだので、前半の二行は、造作なく新星語に置き換えられた。後半の二行はそうやすやすとはいかなかった。けれども「あかいぼうし」を、新星人が自分たちの潜水服の頭の部分を指して言った「ドフフミ」に変えてみると、あおいはらっぱの「ドフフフフミ」とうまいこと韻を踏み、ほぼ完璧な韻詩になったので、我ながらなんとうまく訳せたことかとチハメールは目を丸くした。

このわらべうたはセンセーショナルな成功をおさめた。人々は驚き、笑い、何度も何度も暗唱した。うたに次々に節がつけられ、その曲に合わせて全世代の新星人が踊った。素朴なわらべうたが大ヒットして、また新星初の歌となったのである。新星人は非常に優れた音感の持主だったけれども、それまで曲《メロディ》しか知らなかった。チハメールの声が初めて聞いた歌声だった。チハメールが歌ったオリジナルレコード盤は発売直後に売り切れ、その後何十万枚も増版された。

かの電撃的な文学デビューに思いを馳せ、チハメールは当時、自分がうわべだけのペテン師であるような気がしたという。自分の身に起きていることが、ただの壮大な冗談であるという印象がぬぐい切れなかった、新星人は、いかにチハメールが賢く、冗談好きで、面白いかと思う振りをして、楽しんでいるだけなのだと。

そういえばこんなたとえ話もしてくれた。ねえ、思い浮かべてみてください。たとえばあなたがくしゃみをしたとたんに、あなたのくしゃみについての論文が出るんです。するとみんながあなたのくしゃみのレコードを買って、あなたの真似をしてくしゃみをするようになるのです。

デビュー曲の成功はチハメールを震え上がらせたが、新しい創作への意欲をかき立てた。チハメールは一週間で、数え歌を数曲と、「ひらいた、ひらいた」と「ねこは穴から、いぬは窓からとびだす」の歌を訳した。

これらを担当エージェンシーに渡してみた（最初のわらべうたの成功があまりに鮮烈だったので、商業権を処理するために商業エージェントを雇わなければならなかった）。チハメールは、エージェントがケラケラ笑い出して、この下手でたどたどしい移し替えを自分の顔めがけて投げ返すのではと覚悟していた。ところが詩を読み終えたときのエージェントは、観光客がナイアガラの滝に見入っているときの目をしていた。うっとりして脱力し、言葉も出なかった。

チハメールはこれらのわらべうたを、それまで絵画や重要な計算式の清書にのみ使われていた手すきの紙に印刷するよう指示し、さし絵には有名な画家を起用した。「ひらいた、ひらいた」は映画化され、観客は感動の涙を流し、「ねこといぬ」にいたっては、なんと数年間、国歌になった。国歌演奏の際には礼砲の一斉射撃が行われ、兵隊たちは敬礼をし、住民たちは気をつけの姿勢をした。

チハメールは成功に味をしめた。

わらべうたや風刺詩《エピグラム》を翻訳しない日はなかった。

しかし当初は、心中穏やかではない日もあった。新星人は非常に知的で、早くも数ヶ月後には、新星史でやや興奮気味に「詩の父たち」と呼ばれた若い世代の作家が出現したのだ。チハメールは彼らが自分よりはるかになめらかな詩を作ることに気づき、怯えた。彼らは熱心さでも勝る上に母国語で表現するので、彼らの詩はチハメールの移し替えのようにぎこちなく聞こえることもなかった。

チハメールは酒を断ち、別荘の一つ、河岸に建つ堂々たる構えの宮殿に閉じ込もった。国の税金で文学活動のためにあてがわれた若い女性秘書だけをそばに置いた。館から途切れることなく作品が生まれるようになり、作品は新星人を圧倒した。

チハメールのブームは、記憶を頼りに書いた、地球の寓話から始まった。つぎに何冊か童話を出した。多少、頭のなかで話がごっちゃになっていたものの、新星の読者を魅了したことに変わりなかった。後年、新星から銀河中に名が知られるようになったホラー作家が出たが、「お菓子の家」は、その礎となる作品だった。

そして「シンデレラ」の反響は、想像を絶する空前絶後のものだった。計算高いチハメールは、「シンデレラ」を二〇回の連載物に仕立てた（一回たったの一頁だ）。連日、最新号が発売される前に、チハメールの出版社の門の前に行列ができた。当時を覚えている者によれば、十八日目（舞踏会からシンデレラが逃げる回）の行列は五キロに及び、第二〇回（シンデレラと王子の結婚式）が発売された後にはなんと国の祝日が発令されたという。

チハメールに並ぶ者はいなかった。

執筆を始めて二年になろうという頃、若い新星人の作家たちから反発が起きた。アカデミーがチハメールの文学記念イベントを開催すると、何者かがアカデミーの門にチハメールを揶揄するタチの悪い風刺画を打ちつけたのだ。チハメールの作品の評判をおとしめることが目的ではなかった。当時、新星にそんなことをしようと思う者は誰もいなかった。理由は妬みであった。チハメールは大富豪になった。思い上がった暮らしぶりで多くの作家の憎悪を買った。チハメールはいともやすやすと歌、寓話、童話を袖口からばらまいた。こうして、せっせと書いては消し、消しては書いても、せいぜいシンデレラのものまねしかできなかった作家たちを敵に回すことになった。

何千年もの間、文字はおろか、物語の筋というものすら知られていなかったのが第一世代の作家には明白だった。詩の父たちはファンタジーの書き方を覚え、経験を積み、文体を身につけるのに時間を要した。こうしたことには後継者世代の方が優っていた。

チハメールが一人勝ちしていた状況が四年続いた頃、新人作家のウフミが現れた。チハメールに影響を受けていることは、ペンネームにチハメールの処女詩の第二韻のことばを選んだことからも明らかだった。ウフミは心の琴線に触れる小説、新星文学初の本格的な芸術作品を書いた。百姓の家庭での辛い少年時代について綴ったものだった。またたくまに予想外の評判を呼んだこの小説は、農業政策の変化を促して農業大臣を辞任に追い込んだばかりか、突如、チハメールの栄光にも影を落とすことになった。

何よりもまず百二十頁の小説だったからである。チハメールは最長編のシンデレラでも、二〇頁に満たなかった。

新聞には「師を超えた弟子」というコラムすら載った。たった十行のコラムだったが、(まだ文学ジャンルは最低限のものしかなかった)チハメールには衝撃だった。

チハメールは自分なりに対策を練ろうとした。二、三ヶ月、夏の別荘に閉じこもって、どうやって我が身を守ればいいか頭を絞った。大して読書家でもなく、覚えている作品はそれほど多くない。ただ子どもの頃の愛読書は「三銃士」で、これなら少年時代から夢中になって、何度も読み返した。チハメールは三ヶ月かかって三銃士を二巻まで書き上げた。文体はなっていないし、会話も滑稽だったが、まがりなりにも三銃士だった。

ただし原作に手を入れたとわかる部分が一箇所だけあった。第一巻の終わりでダルタニヤンをイフ城に追いやってしまったのである。夢中で書いているうちにモンテ・クリスト伯の記憶とごっちゃになったのだ。五百頁の原稿全体が、混乱した寄せ集めであった。

三銃士の成功は、四年間、神を崇めるような敬意に慣れてきたチハメールをもたじろがせるものだった。

いくつかの工場で数日間、操業が止まった。従業員がこの分厚い本に夢中になり、本から離れられなかったのである。飲食も忘れてのめりこんだ結果、へとへとになって本の上に突っ伏してしまう者もいた。一つつけ加えなければならないが、新星人の読書速度はとても遅く、早い人でわたしたちの四倍時間がかかった。しかしゆっくり読む分、より空想を広げ、じっくり展開を味わった。

そもそもチハメールが考えたアルファベットはそっくりな文字がいくつもあってあまり便利ではなかった。たびたび一つの文を何度も読み返さなければならなかった。

しかしいずれも第一世代の新星人にはさほど気になることではなく、これほど圧倒的な成功を収めた例はあとにもさきにもなかった。

ファンたちは松明を持ってチハメールの邸宅に向けて行進した。軍隊が作品を没収して休日だけ出版することにしても——がんこな読者のせいで新星の経済が破綻する恐れが出てきたためだ——彼の人気は一向に衰えなかった。

さらにまだ二年、チハメールは圧倒的な尊敬を集めた。

期待の若手だったウフミも、創作を断念してチハメールの秘書として働きだした。来る日も来る日も師の作品を書き写しては編集した。

作品は続々と刊行された――というよりこの量産ぶりからすると、尋常でない勢いで次々に発表されていったと言った方がいいだろう。

一五頁の「ボヴァリー夫人」、三〇頁の「アリのフェルダ」、一六頁の「ドン・キホーテ」、二、三日の間新星中を沸騰させたミステリー小説が五冊、小話《アネクドート》集、「あかずきんちゃん」、芸術と文化についてのエッセー、ぎっくり腰のありさんの詩、「オセロ」……。とりわけ、戯曲はチハメールのさらなる名声の高みを意味した。今以上の名声というものがまだあればの話だが……。

戯曲のアレンジは考えられないほど幼稚で、ばかばかしい登場人物のぎこちない会話が続いたが、観客は魅了され、ハムレットが温泉で女をあさる芝居の初日には、誰一人席を立つことなく三時間にわたって手を叩き続けた。

中には拍手のしすぎで手のひらを痛め、医者にかかった者もいた。

チハメールは無力感に襲われた。もはや偉大な作家なのだと思い込むことはできず、満足感も得られなかった。

あまりに大きな反響と称賛の嵐に、ついにうぬぼれやの彼でさえひるんだのだ。ひょっとするとどの偉大な芸術家も心のどこかでは自分は大したことは成していないと思っているのかもしれない。実は挫折したのだという想像に苦しんでいるのかもしれない。評論家や読者に褒められても、自分では疑念がぬぐえず、不信感をなんとか隠して恥ずかしげに受け入れているだけなのかもしれない。

チハメールの場合はそう思っただけでなく、確信していた。

最後のほうは創作に絶望して書くのを止めた。しかし手遅れであった。

新星の町にはチハメールの銅像が三十二も建ち、どの町であれ村であれすぐにチハメール通りが見つかった。しかも大抵は目抜き通りだった。

チハメールという名は母親がわが子につける最もポピュラーな名前になった。

しかしまるで人間でないように崇められた超人チハメールは、執筆机の前で飲んだくれた。

窓の下から昼も夜も聞こえてくる彼を称える声に耳を傾けた。そして部屋の中で昼も夜も響くコルクの栓が抜ける音に耳をすました。

チハメールは待っていた。

しかし何を待っているのかわからなかった。

苦しみ、酒をあおった。

六月九日
今日、長い白陶製のパイプの煙をくゆらせながら語るチハメールを見ていたら、この人にはどこか魅了するところがある、だから新星の崇拝の対象《アイドル》――作家や評論家のアイドルになったのだと理解した。

年老いてなお、チハメールは詩人や天才についての陳腐な喜劇的《オペレッタ》なイメージそのままだった。聞くところによれば、本物の偉大な芸術家というものは芸術家らしく見えず、逆にしばしば並以下の芸術家の方がいかにも芸術家然としているという。ムイシュキン〔ドストエフスキーの『白痴』の主人公〕の花嫁は結婚が決まったときに絶望したというが、今ではあらゆる世代のロシア美女が彼を愛している。シェイクスピアは眠たげな肉屋のような風ぼうの持ち主だったという。リツキエヴィチ〔一字違いのミツキエヴィチはポーランドを代表するロマン派詩人である〕の詩に憧れていた若い娘は、実際に本人を目にしたときに、がっかりしたあまり詩人の前で泣き出しそうになったほどである。

わたしたちは、これらの芸術家はさぞ見た目も立派なのだろうと思い描く。そう想像できる芸術家はまだまだいくらでもあげられよう――だがそれが何になる？　チハメールを見ればその反証は十分だ。彼は若い頃の写真も立派だ。長髪で、夢見がちで、情熱的である。

さらに自由奔放《ボヘミアン》であった。

この神がかりだった青春時代というまぶしい年頃に、チハメールはバーを飲み歩き、けんかをし、金をばらまいた。極度の不安に締め付けられ、息が詰まるほどの退屈に苦しんだ。

今一度、この厭世気分から立ち直ろうとした。思い出せるかぎり物語を書いた。着陸時にロケットの本棚が壊れたことをどれだけ残念に思ったことか。記憶だけが頼りだった。新星の文芸研究家が第三時代と名づけた新しいピリオドの半年間に、ギムナジウムで頭に仕入れた文学、子どもの頃に読んだ本で思い出せるものをすっかり吐き出した。

「ローウッドの孤児」、ロマンス小説を数冊、カシュパーレクのいたずら話、インディアンの物語が二篇、騎士の物語が一篇、ウィットの利いた歴史書が一篇、ハレンチな歌が五つ、マタイの福音書、ロウビーチェク氏についての一連の小話、航行の心得、「ロミオとジュリエット」……チハメールは次々にめちゃくちゃな改作を出して、原作をふみにじり、本人いわく、創作者の悦びという境地を味わった。少なくともシェイクスピア、福音主義者マタイ、マルキ・ド・サドといったこれらの作品の著者が味わった悦びをぜんぶひっくるめた悦びを。

半年間、この小説の打ち上げ花火を連発して新星を圧倒した後、チハメールは干上がった。もう何も残っていなかった。

いくつかの話を組み合わせてみようとしたが、思い通りにいかなかった。一日中、何かを思い出そうとしたが、無駄だった。

鬱病の発作を起こして悪態をつき、なぜもっと本を読んでこなかったのだろうと唇をかんだ。そしてまるで自分の肩に地球の文化遺産を伝える責任がのしかかっているかのように痛々しいほど自分を責め、嘆かわしいほど自分はそれにふさわしくないと肩を落とした。

チハメールの作品は、しばしば筋が無残に削られ、状況描写も的外れという水準だったが、新星の読者は我を忘れた。新星人は素人じみた文章に涙を流し、チハメールの小話《アネクドート》に延々と笑い転げた。

つまるところ、もう書かなくてもよかったのだ。一行も書かなくても問題はなかった。彼は新星文学の古典だった。偉大な創作者。一番なのだ。次々に新しい作家が現れたけれどもチハメールの地位はびくともしなかった。

ついに若手の作家から偉大なる親《マグナ・パレンス》と仰がれるようになった。こうして新聞記者が述べたように、〈王者の孤独〉を味わいながら酒におぼれる日々が何年か続いた。

行く先々で常に注目を浴びた。孤独は彼を神秘的な存在にしたてた。以前は仕事に、彼が吸い取った作家全員の喜びと快楽を合わせたほど大きな喜びと快楽を見いだしていた。今や偉大な作家全員の寂しさをかけ合わせたほど大きな寂しさに襲われていた。

作家にあざ笑われる夢をしきりに見た。なかでもシェイクスピアは嫌な笑い方をした。チハメールはその金属がガチャガチャ音をたてるような笑い声を聞くと、夢だというのに痛みを覚えた。シェイクスピアが笑うと、まるで軽々と動き回るのこぎりで皮膚の表面をさっとすりきられるようだった。

一切の名声から逃れたかった。ある夜半、自宅の宮殿をこっそり抜け出して、何年も前に着陸した地点に向かった。朝、あのヒースの草原にたどり着いた。ロケットから降りた場所には大きな記念館が建っていた。中には何人もガイドがいて、遠足で訪れた生徒たちにチハメールのことを解説していた。

謎の車に拾われた地点に行ってみた。分かれ道にチハメールが現れたことを記念するオベリスクが立っていた。その横には記念ホールと、記念グッズの売店があった。

売店ではチハメールの胸像と、チハメールと彼の一番有名なキャラクターのシンデレラの人形が売られていた。二体の人形は「マエストロとミューズ」と飾り文字が入った石膏の台座に据えられ、手をつないでいた。わたしをこびとにしやがった、こびとに。チハメールは情けなくなり、一晩中ヒース畑をさまよい、無名だったらなあと夢見た。貨物ロケットで飛び回って、遠距離飛行の間、一人でチェスで遊べたらどんなにいいだろう。

　こうしたあらゆるナイーブな詐欺やペテンまがいのことをしでかしたとはいえ、チハメールは大変なインテリだった。そしてあるとき自身の全三〇巻の膨大な注釈つき全集を読みふけった後、自分は誰の役にも何の役にも立たなかった、とぽつりとつぶやいた。地球の文学を汚し、笑い物にし、台無しにしただけだったと。新星の住民に空想力という大きなプレゼントをもたらしたことには気づかなかった。

「偉大なるチハメールの全集《オペラ・オムニア・チハメリ・マグニ》」か。チハメールは自嘲するようにつぶやき、革の背表紙を指でトントンと叩いた。そしてまるで読み書きもできないような劣等感を抱いた。

　夜な夜なヒースの草原を当てもなく歩き、宇宙を見上げた。あのどこかに自分の故郷がある。自分があざ笑ったプレゼントをあれほどどっさり与えてくれた地球が。湿ったヒースの草原をぶらつくとき、そんな風によく思い、遠く、はるか遠くの宇宙の光を見つめた。しかし地球はもっと遠いのだ、最大の望遠鏡をもってしても天空に浮かぶ無数の銀の星粒の中に探し出せないほど。

ある日、谷をぶらついていると足音が聞こえた。

一瞬、誰かが自分を殺しにやってきたのではと身がまえた。チハメールの創作のやかましい鐘の音に、自分のささやかな鈴の音がかき消されたと思い込んでいるどこかの作家が。あるいはどこかの狂信的な読者が、チハメールがボヴァリー夫人やジュリエットを死なせたのを受け入れられず、チハメールの死でこの二人の女性のどちらかの死をつぐなおうとやってきたのではないかと。作家の死で登場人物の死を贖おうと。

なんということはない。チハメールのカンガルーだった。

年老いていた。

小刻みに震えていた。もはや飛び跳ねず、がくがく足をふるわせながら歩いていた。古典作家を切なげな目で見上げた。前足をチハメールの手のひらに乗せ、チハメールとカンガルーは地平線の大きなまぶしい光に向かって並んで歩いた。ヒースの谷を進んだ。前へ、凍えるような丸い輝きへ。チハメールがセンチメンタルにも月だと自分に言い聞かせた光へ。谷全体に寒々とした銀色の輝きを流し込んでいるその月は、地球の月より五倍も大きかったけれども。

チハメールはパンをスライスしてカンガルーにやった。カンガルーの柔らかい鼻先が手のひらに押しつけられると、馬に餌をやっていたことを思い出した。昔、子どもの頃の地球での話だ。

カンガルーを豪華な邸宅に連れ帰った。そしてそこで二人で孤独に暮らした。二人で飲んだくれた。カンガルーは酔っ払うと、太鼓のようにテーブルをどんどん叩き、えんえん泣いた。チハメールも泣いた。なぜ涙がわいてくるのかわからなかったが、泣いた。おそらく理由がわからないから涙がわくのだ。もしわかっていたならきっと、人生を変える策を見つけていただろう。夜はカンガルーを連れてヒースの丘を歩き回った。祖国への帰還が叶わない外国人は、切なさを胸に駅に足を運ぶ。あるいは波止場に。チハメールは望郷の念に駆られて着陸した地点に足を運んだ。

ある日、空色の石に座って空を見上げていると、さっと流れる一筋の光を目撃した。

最初は錯覚かと思った。目をこすった。それから隕石か流星かもしれないと思い、流星が流れている間に願えば必ず叶うと言われている願い事を急いで心の中で唱えた。

その瞬間、ようやくロケットが接近しているのだと気づいた。

飛び上がって小躍りした。

そして自作のばかげた言葉遊びを何度も何度も頭上の闇に向かってくり返し、早口でまくし立て、わめき、幸せそうに叫んだ。

天空を流れる光は、オーストラリアの探査ロケットだった。

数週間のうちに何もかもがあらわになった。探査ロケットは、この手のロケットが大概そうであるように、新しい星のアカデミーへのプレゼントとして多くの本を積んでいた。チハメールのペテンが端からばれた。

ひと月もたたない内にチハメールは軽蔑されることになった。

文芸評論家たちは当初、チハメールが自作として発表した作品は単なる書き写しや寄せ集めや稚拙な真似事ではないと証明しようとした。しかし次から次へと作品のうそが暴かれ、非難され、ひと月後にはチハメールのうそは完全に露見した。

チハメールの銅像は一夜にしてかつての読者たちに粉々にたたき壊され、彼の名を冠した通りはいっせいに改名され、チハメールの日、五月二四日は彼の著作の焚書の日となった。

新星人は自分たちに与えられた魔法の年月のことはすっかり忘れた。そしておのれの信じやすさを悔やんだ。

チハメールの財産は政府の特別布告によって没収された。それまで彼に対して寛大で無批判だった分、容赦がなかった。

しかしチハメールは新星に慣れきっていた。地球に帰る選択肢もあったが、新星にとどまる道を選んだ。子どもたちに見捨てられたのも、仕方がないと耐え忍んだ。

小さなアパートの一室に静かに座って窓から遠い地平線を眺めた。もの悲しさを感じた。が、同時に妙なことだがほっとしていた。

夜はその後も年老いたカンガルーと散歩に出かけた。もう何頭目のカンガルーになるかわからないが。身も凍る輝きがあふれるヒースの丘を。

六月二〇日

わたしが新星を離れる日が来た。

チハメールが酢漬けマッシュルームの瓶詰めをロケットまで届けに来てくれた。周囲の人が彼に敬意を込めてあいさつするのが見える。人々はすべて忘れていた。彼の栄光も、彼への軽蔑も覚えている人はほとんどいなかった。チハメールはただ年老いた教養ある紳士だった。

ロケットの扉を閉鎖しようとしたとき、チハメールがわたしにささやいた。

「一番悲しいのはな、何か大きなことが果たせたのにと頭ではわかっていることだよ。だがわたしにはやり遂げられなかった。きっとそんな人は大勢いるんだろうな、何かでかいことができたはずなのに、時間がなくなってしまった人がね」

それから延々と続くコンクリートトレーンをゆっくりと去って行った。どこかで彼をオレンジ色のカンガルーが待っているはずだ。

きっと日が暮れたら連れだってヒースの丘を散歩するだろう。そしていつの日か、チハメールはすべてについて、およそ自分にふさわしいものでなかったすべての美について、本当に詩を書くかもしれない。

自作の詩を。

彼の滑稽な存在に意義を与える詩を。

彼には可能性、古代からの人の可能性がある。たとえばその詩は、言葉ではない別の形で、作者の命より生きながらえるかもしれない。

おやすみなさい、チハメール。今夜のヒースの丘で体を冷やさないように。お休みなさい、詩人のチハメール。わたしたちの頭上の暗闇のどこかにいるチハメールよ。

落第した遠征隊

Výprava, která propadla

ズデニェク・ヴォルニー

一九八四年

着陸はスムーズだった。さすが定評ある反重力エンジンである。

もっともこの五人組は銀河中で最も実績のあるベテラン中のベテランなので、彼らの成功を疑った者は誰もいなかった。自分たちでもそれをよくわかっていて、決してひけらかしたりはしなかったけれども、軽い秋の木の葉のようにひらひらと重力の波に身を任せ、未踏の銀河の果てを航行していることに誇りを感じていた。

もう触手でバンザイをしていた。首尾よく着陸したときの常で、また新たな成功を打ち立てた喜びをエレガントに示しているのである――とそのとき、あたかも横から何かすさまじい謎の力で押されたかのように宇宙船ががくんと傾いた。

もちろん卵形宇宙船は何百もの六角形で形作られているので、ひっくり返ることはなかったが、そんなことはなぐさめにはならなかった。救命ベルトをいい加減に留めていて、あたかも自殺しそこなった者のように、ベルトに宙ぶらりんになったケルは、湯気を立てて怒った。

「おまえ、五〇〇ノルを飛んでもまだ操縦をマスターできないのか！」

「ロストルくらえ」パイロットがコンピュータのキーボードから目も離さずにぴしゃりと言い返す。キーボード上を三本の上肢が狂ったような速さで動き回っている。

宇宙船のバランスが戻った。

「何が起きた？」船長が訊く。

「地面の下二トリドの深さに、ちゃんと塞いでいない穴があったのがわたしのせいだとでも言うんですか」と文句を言うパイロットの顔はもう満足げであった。

「本当か？」

「それなら、透過スペクトル映像を見てみてください！」

「ふむ」船長が画面をしげしげと見る。「諸君、警戒を怠るな！」

「もち、キャップ」船長がむっとするのを承知でケルが軽く返す。「お次の質問は？」

「大気の組成は？」

「まるでわれわれのために配合されたかのようです」ヌルが答える。「ただし……」

「ただし、ばかりだな」船長が顔をしかめる。

「ただし硫化水素、窒素、塩化水素をカウントしなければの話ですが……鉛も」

「そりゃ大気じゃない、肥だめだ」とケルがけなす。「宇宙服着用！」船長が命じた。「生物学的浄化！」

宇宙船から光線が発射され、出入り口から半径一〇～一五トリド内の微生物が残らず浄化された。

「そもそもここに微生物はいるのか？」

「天の川全体よりうじゃうじゃいますよ！」ヌルが鼻にしわを寄せてくんくんする。

「偵察隊！」

ケルとヌルが進み出た。

「まず、リグに行かせる」船長が二人を値踏みして言う。「われわれはもう一度わかったことをおさらいしよう」

「着陸したのは大きな密集した居住地区のはずれです」まじめなヌルがそう切り出したが、あとは何を言っていいかわからないというように三本の手をこまねいた。

「確かか？」

「確かだと思います」ヌルはそう言い、細長い三つの目を神経質そうに見開いた。「この惑星には電磁波を操れる生命体が住んでいます。テレビスペクトルの領域に、十億シルの相対温度を計測しましたから」

「よし、リグ！」船長が決断した。

リグが電磁クッションをすべって、クモのような二組の三本足で着地する様子を乗組員は画面で見守った。さっと町の方へ駆けだしていく。電光石火の速さで反応する、完全無欠のバイオニックロボットだ。溶岩地帯を渡って乗組員全員の命を救ったこともある——一同は感心して動きを追った。

「この赤外線《インフラ》ヴィジョンは高性能だけどよ、何にも見えないんだよな」またケルがケチをつける。「なんでよりによって夜に着陸しなきゃいけなかったんだ？　ここは四クロフごとにしょっちゅう昼夜が入れかわる《アウスゲレフネット》のに」

「まずはそっと探りを入れた方が賢明だろう？」船長はそう説明し、三つの口角全部を上げてにやりとする。「誰を相手にしているのか知らんとな」

「はん」ケルは鼻であしらうと、触手で一番上の耳の中をかいた。

「レーダーも、こんなおもちゃだって持ってる相手だ。七ミグレベルかも知れない」

ミグは彼らのアルファベットで重要な文字である。

「七というのは買いかぶりすぎでしょう」ヌルがせせら笑う。「われわれの対レーダー装置で追跡されずにすんでいるのですから！」

「絶対に追跡されていないとは言いきれん」船長がクギをさす。

「でもわれわれの機器は……」

「緊急信号です！」オペレーターが叫んだ。

全員がオペレーターを振り返る。

「リグ、どうした、リグ！」船長が叫ぶ。「襲撃か？」

「何カニ引ッカカリマシタ」リグがいまいましそうに言う。「ココハ蛇ノ足星ノ闇ヨリ暗イデス。マッタク〝ロストル〟ナ銀河デス」

「赤外線ヴィジョンに切り替えろ！」

「ワタシハロボットデスガ、バカデハナイ！」リグがカッカとする。「リグが短気を起こすなんて初めてですね」ヌルがリグを傷つけないように小声で言う。

「いつかは起こることだったのだ」哲学者然として船長が言う。「しょせんはロボットだもんな」ケルが三つ穴の緑の鼻をふんと鳴らす。

「救助に行くぞ！」船長が決断した。

乗組員は次々に電磁クッションに飛び降りた。羽布団の上に落ちるのと勝手が違い、ヌルは痛みにうめき、朝になったら、せっかくお手入れをした三つの体節状のからだに大きな青あざができていることを覚悟した。

「ここのやつら、友好的じゃないな、グジーラみたいだ！」隣でケルが痛みに悲鳴をあげる。グジーラとは、まぬけでけんかっ早い獣のことだ。「やつら、クッションを切りやがった」

高電圧だ、と船長が辛そうに体を起こしながら声を絞り出す。「どこか近くにわれわれのクッションを乱す高電圧があるのに違いない」

宇宙服を着た彼らは不安げに顔を見合わせた。

リグは二十トリドも歩いていない距離であっというまに見つかった。三本足の後足の一本が、まるで巧妙な罠のように道に散乱しているコンクリの板に挟まっている。足は前にも後ろにも動かせなかった。

「足を切断せよ！」何度か抜こうとしても抜けないため、船長が命じた。「ここに足止めを食らって、襲撃される危険を冒してはならない」

リグは口答えせずに二本のノズルを引き出すと、闇に向かって過酸化水素の炎を噴き出した。

ヌルはまるで本当に足の切断手術を見なければならないかのように顔をそむけた。

切断された足が奇跡のようにぽんと外れ、コンクリートにぶつかってカチンと音を立てた。

「足を拾って船に戻れ！」

乗組員はセメントの板の山を慎重によけて歩き、交通路のように見える——もし黄土色の水たまりがあちこちになかったらの話だが——黒ずんだ帯《レーン》にたどりついた。

「標識です！」めざといヌルが叫んだ。

「暗号解読器にかけよ！」船長がダメ元で言う。「どうだ？」

「ドライバーノミナサン、チュウイシテクダサイ」ヌルがたどたどしく読み上げる。「ミナミマチ——ホドフ〔プラハの地名〕、トーイツコウツウモウ」

「ティンフンカンフンだな！」ケルが歯の間からぶつぶつ言う。

「簡単じゃないか」ヌルが小バカにするようにふっと笑う。「ぼくたちだって〈マチ〉というとこに住んでいただろ」

「そんなの大昔の産業時代の話じゃないか」ケルが反論する。

「ドライバーとはなんだろうか？」船長が割って入る。

「下層階級か被差別階級じゃないですか」ヌルが三つ肩をすくめる。「あるいは町だとよく育たない生物種とか」

「危ない！」

暗闇からガタガタ音を立てて怪物が飛び出してきた。周りに豪快に汚い水しぶきをあげ、一瞬で消え去った。びっくりして、目がくらんだヌルが、ふらふらよろけた。ヘルメットの中で赤いコントロール信号が点滅している。有毒な大気でフィルターの目が詰まったことを知らせるサインだ。

「下がれ！」船長が通信機に向かって叫んだ。

赤信号が消え、ヌルはほっと胸をなでおろした。

「船長」宇宙船のオペレーターから連絡が入った。「遠隔測定装置《テレメトリ》を見ると、いわゆる〈交通路〉の周辺は、かなり鉛に汚染されています。気をつけてください。先ほどそばを通過した機械ですが、あれも鉛を放出していました。鉛だけでなく、有毒物質のベンゾピレンと……」

「少し交通路から離れて歩こう。それなら危険はないだろう」船長がそう考えを口にする。

「なんでおれたちトランスポーターに乗ってこなかったんだろうな」ケルがぶつぶつ言った。

「こんなところ、トランスポーターで通れると思うか」船長はそう答えたとたんに三本の下肢と上肢の触手ごと泥にはまり、バランスを失ってぱしゃんと尻もちをついた。ばたばたもがいてよけい深みにはまる。

ヌルとケルは怯えた顔でじっと見守った。それから助けに駆けよったが、もう少し頭を働かせるべきだった。やはり足を取られて転び、一緒になって泥と格闘するはめになったのだ。

「こちら、オペレーター本部」絶体絶命の最中にイヤホンから声がした。「いいですか、船長たちに水をぶっかけたものの正体を、パソコンがなんとはじき出したか聞いてください」オペレーターがそこでもったいぶって一呼吸置いた。

「おう!」船長がかろうじて返事をする。

「交通手段ですよ!」オペレーターが勝ち誇ったように言った。「交通路を走っているんだぜ、ほかに何があるかよ」ケルは嫌みを言わずにはいられなかった。三人は向かい合って立ち上がると、服についた泥の固まりをはたき落とした。「さあ、行こう、夜が明ける前に」小声で船長が言った。「ヌル、先頭を行け!」なんでいつもぼくが貧乏くじを引かなきゃならないんだ、ヌルは苦々しく思いながらも歩き出した。「注意せよ、注意せよ!」宇宙船のオペレーター本部の声がけたたましく叫ぶ。「飛翔体接近中!」

「方角は?」

「北北西」

「高度は?」

「一六キロトリド」

号令をかけられたかのように、全員がいっせいに墨のように暗い空を見上げた。油断のならない静けさが、意地の悪い小さな鈴をチリンと鳴らしたかのようだ。

「アナイレイターを向けよ！」

「準備完了！」

「こんなに距離があるのに当たるのか？」ヌルが不安そうに小声で訊く。「専門外だからわからない」

「一〇倍遠くたって大丈夫さ」ケルが安心させる。「だがかなりでっかい発射音がするぞ」

「撃つな。撃つのは実際に危険に直面したときだけだ」船長が命じる。

「ぼやぼやしてたら、こっちが木っ端みじんになっちまうのに」ケルがぶつぶつ言ったと思ったら、今度は悲鳴をあげた。「宇宙服が密着していない！」

確かにまた赤いランプがついている。

息苦しそうな顔でケルが泥地にくずれ落ちた。しかしすぐに信号は消えた。ショックを受けているまに自動修復装置が裂け目を熱融着させたのだ。

「見ろ」船長が指を差す。

ヌルが闇の中を手探りして、先が針のようにとがった頑丈な針金を探り当てた。まるで地面から生えてきたかのようだ。

「なんなのだろう、この素材は。三層のアトレニット箔が三重になっているのを突き通すなんて」ヌルの生来の好奇心が頭をもたげる。

船長はただ肩をぜんぶすくめてみせただけだった。

「機械は飛び去りました。距離は百キロトリド、ぐんぐん離れていきます」オペレーターが声をあげた。「緊急事態を解除」

「事故が発生した」船長が暗い声で返した。「基地へ戻る。蘇生コンプレックスを用意しておいてくれ」

ヌルは大きくため息をついた。

「ここのやつら、どうしてこんな地獄で生きていけるんでしょう」そう疑問を口にしたとき、宇宙船はもう惑星から離れ、重力エンジンが静かにゴボゴボと音をたて、ケルはもう危険を脱していた。ただ残念ながら肺だけが三つとも、少々二酸化硫黄にやられていた。

船長は三つの体節状のからだをソファにゆったりともたれかかせた。「どうやら君には弁証法的視点が欠けているようだね。どっこい、われわれが接したのは非常に高度に発達した文明だったのだよ」

「どういうことですか。説明してください」

「わからないか?」船長は穏やかに笑った。「では第一に、彼らのレーダーはもちろんわれわれを捉えていたのだよ。こちらの対レーダー装置など、お笑いぐさに映ったに違いない……」

「しかし……」

「しかし、そんなことはおくびにも出さなかった。そして完璧な見世物《フリークショー》を出してきた」

「どういうことです?」

「自分の目で見ただろう？　地面の穴とかコンクリの板、泥、とがった鉄線、大気の成分……」

「何か、一種の知能テストのようなものだったというのですか？」

「そのとおり。障害物を克服する能力を試したのだよ。われわれの先進性を測るテストだったのだ」そこでいったん口をつぐんだ。「残念ながら落第したようだがね」

一同は恥じ入り、キャビンに長い沈黙が流れた。

発明家
Vynálezce

ズデニェク・ロゼンバウム　一九八三年

一年に一度の日がまためぐってくる。年々、おあつらえ向きのプレゼントを見つけるのが難しくなってきたので、ずいぶん前から支度がはじまっていた。

今年は「寂れた街」にプレゼントを探しに出かけることになった。提案者はヤスパースで、最後の住民が街を捨て、新しい植民地の惑星に移住するか、あるいは浮遊島に去った時代を知っている最年長者であった。ヤスパースによると、移住はもう相当昔のことであった。

永らく使っていなかったグライダーの修理が必要だったが、簡単な作業ではなく、さびだらけでまるごと交換しなければならない部品もあった。コンピュータの通信部分は中まで灰色のカビが生えていて、手動で運転するしかないことを意味した。乗りこなせる自信がある者は一人もいなかった。

ついにエンジンがかかったとき、一同は満足げにエアモーターの静かな動作音に耳を傾けた。アンテが空を二周、試運転し、まわりの者はその様子を緊張して見守った。始めこそぎこちなかったグライダーの動きも、徐々に良くなり、アンテはデリケートな調節も難なくこなして、地形を柔らかく、滑らかになぞっていった。これで誰が飛行するかも決まった。アンテとヤスパースだ。もう一人貨物スペースに乗り込むこともできるが、どんなプレゼントを持ち帰ることになるかわからない。

グライダーが飛び立った。他の者たちはグライダーが見えなくなるまで直立不動の姿勢で見送り、それからようやく家の方を向いた。関節《ジョイント》で繋がった足で立つその家は、常に太陽を追いかけてゆっくりと旋回していた。各自何も言葉を交わさずに日々の仕事にとりかかった。

視界をさえぎるものは何もなかったが、アンテとヤスパースはゆっくりと慎重に飛んだ。グライダーは地上数十センチの高度を保ち、四つの丸いジェットロからのガスはほこりの雲を噴き上げ、雲はしばらくすると、くたびれたように、何もないなだらかな斜面を下って行った。

ヤスパースは黙って思い出に浸っていた。

「ヤスパース」アンテが沈黙を破った。「一体、人々はなんで出て行ったのでしょうか」

ヤスパースはうんざりしたような顔で座席に座り直した。もう何度この質問に答えてきたことだろう。何度、正しい答えを見つけようとしてきたことだろう！　結局、いつも記憶は頼りにならず、またどれだけ正確に思い出せたところで、記憶の中に答えは隠れていなかったのである。

「わからんよ」ヤスパースはためらい気味に答えた。声がきしむ音をたてる。「ここではもうやりたいことはないと言っていた。退屈していた。だから上に行ってしまったんだ」上を示した指がキャビンの蓋に触れる。「冒険が待ち受けている別の世界だよ」

「冒険？・」アンテは一家の最年少で、まだわからない言葉もあった。

「新しいことだよ。危険なこと。わくわくすること。もう一度やりなおす機会だ」

「わかりませんね」

ヤスパースはそれ以上説明しようとしなかった。

「で、上に行けなかった人たちは浮遊島に行ったんだ。夢を見るためにね」

「夢を見る?」再びいぶかしげにアンテが訊く。

ヤスパースは答えなかった。もしかすると彼だけが、この言葉の意味を多少なりにも理解していたのかもしれない。なぜならこのところ、しきりに昔のことが思い出され、寂しく思っていたからである。最初の年月は、毎晩新人たちを暖炉のある部屋に集めては、本を朗読して聞かせていた。彼らの知らない世界を彼らに記憶させることが自分の務めであると任じていたからだ。しかし新人たちには想像力が欠けていて、こうしたことが必要なのかどうか、段々自信がなくなってきた。今では自分でも古い本を開くことはなくなり、頁は黄ばみ、ぼろぼろになる一方だった。

「ではなぜぼくたちはここに残ったのですか」

「使命があるからだ」ヤスパースは強い口調で返した。

それ以上アンテはもう訊いてこなかったので、ヤスパースはほっとした。いつ使命の神聖さを疑う者が出てくるか、ひやひやしていたからだ。かくいう自分ももうほとんど信じてはいなかったのだが、使命は共同体をまとめることができる唯一のものだった。ただ、なんのために？　そうヤスパースは自問するのだった。

とつぜん、目の前に植物の緑の斜面が立ちはだかった。木々と灌木がうっそうと生茂る様子にヤスパースは圧倒された。記憶にあるかぎり、ここには固く背の低い草が生えているだけで、一年に数ミリの雨量で十分だった。もしかするとどこかで地盤がずり落ちるか陥没するかして、岩から泉が湧いたのかもしれない。この長い間に何が起こったとしてもおかしくない。これは、あの谷の木々に毎晩水を飲みに行くことを教えていた発明家に報告しなければなるまい。

アンテに森の周りを飛んでみるように指示すると、本当に、二キロにもわたって森を下って行くことになった。二人の体は半ば安全ベルトにぶらさがる形になった。山上の平原が切れると、はるかに急斜面になり、ごつごつ突き出た巨大な岩の間を巧みに操縦しなければならなかったからである。アンテは運転に集中し、ヤスパースは瞑想に集中した。

やがて遠くに寂れた街が見えてきた。摩天楼は、相変わらずそのガラスの指を天空に突き上げていたが、近付いてみると指の多くは傾いて、丸まっていた。ほとんどのビルの細身のボディに大きな孔や気孔が空いており、まるで架空の動物に肉を引き裂かれたかのようだった。あるいは実際そうだったのかもしれない。街は今や動物の住処と化していたからである。

もうビルの合間を翼を広げてすーっと滑空する大きな鳥が見えてきた。ときおり、翼をたたんでまるで石が落下するように急降下する鳥もいる。ヤスパースたちが街のはずれでグライダーから降りると（その先はもうグライダーでは行けなかった）、深い、遠吠えが聞こえてきた。

アンテは、ヤスパースの方を向いて、目で問いかけた。

「動物だよ」ヤスパースはそう言い、郊外にあった大きな動物園を思い浮かべた。それから自分のベルトのリングを回し、アンテにも同じことをするよう指示した。力場がまわりをとり囲んだ。ヤスパースは発明家から渡された小さな粉砕機《ディスインテグレータ》を手に持って歩き出した。

寂れた町は、奇妙な具合に自然と共生していた。ビニールスファァートの路面のひび割れから、長く鋭い草や灌木が突き出し、建物はまるでガラスとコンクリと木の枝で編みあげたかのようだった。木は建物の中にもぐりこんで家を服のようにまとい、壁が窮屈になると、また外に脱出していた。ある茂みから、驚いた黄色の蝶の群れが雲のように舞い上がった。

ヤスパースは粉砕機で通りの真ん中に細いトンネルを切り拓き、黙々と歩みを進めたが、心は晴れなかった。街がこれほど荒廃していようとは予想だにしなかった。こんなところで発明家に喜んでもらえるようなうってつけのプレゼントが見つかるのかどうか、にわかに不安になってきた。花であれ、果物であれ、ロウソクの立ったケーキであれ、なんでも喜んでくれる――少なくともそんなふりをしてくれるお方だけれども。誕生日を使命の一部にしたのは、よくいろいろなことをお願いするヤスパースだった。二人は歩を進めた。時折、生き物を見かけた。安全に離れた場所から見慣れない訪問者を注視しているサル、カラフルなオウム、枝の上で居眠りしている太った蛇。ヤスパースは動物を傷つけないように気をつけていたが、頭の中では心配ごとが渦巻いていた。いっぺんにこれだけ新しいことを吸収してアンテが傷つかないか、湿気が自分の年老いた体にさわらないか、手ぶらで帰ることにならないか不安だった。

踏みならされた小道に出たため、道なりに行ってみることにした。ヤスパースは粉砕機を切り、歩みを早めた。広場に出た。広場には真ん中から水が湧いて浅い泉が広がっているために、雑草がびっしり生え、波打っていた。泉には、頭を後ろに反らし、空に向かって両腕を上げた人間がつま先で立っていて、まるで今にも飛び上がりそうに見えた。

「彫刻だよ」アンテが訊くより先にヤスパースが指差した。「石でできた人間だ。初めて宇宙に飛んで行った人たちを思い出すために立てられたんだ」

「思い出すため?」アンテが不思議そうに訊く。

「宇宙から帰って来られなかった人も多かったんだ。命を落としたんだよ。だからその人たちを忘れないように銅像を立てたんだ」

二人は広場を横切った。泉のほとりでシマウマ、キリン、水牛が草を食《は》んでいて、一本だけ立っている木の木陰では、ライオンの群れがしっぽで蝿を振り払いながら、昼寝をしていた。

動物たちは二人をまったく気にかけなかった。アンテロープの群れだけが軽やかに飛びのいて道を空けてくれた。

広場の向こう側に、博物館の半球が金色に輝いている。建物が目に入ってようやくその存在を思い出したヤスパースは、希望がふつふつと内に湧いてくるのを感じた。あそこだったら何かが見つかるかもしれない。

超プラスチックを二重にした自立構造で、金色のウランを薄く塗った建物は、もともと経年劣化の対策をほどこしていたとはいえ、少しも荒廃していなかった。数段階段を昇ると、なめらかでまっさらな壁の前に出た。壁には浅い手形のくぼみがあり、その下に小さな文字が刻まれていた。ヤスパースはまだ字が読めた。

しばらくためらった。これを試していい権利はないけれども、禁止されているわけでもない。自分で決めるしかない。

「アンテ」淡々と言った。「耳をふさげ」

アンテは聞くのをやめた。

ヤスパースは手形のくぼみに自分の手のひらを合わせ、できるだけ上手に呪文を読んだ。

「開けゴマ!」

熱《サーモ》と音響の接続はまだ機能していた。壁が開いた。中に足を踏み入れると、どこからか柔らかな光が差し込んできて、ホールを音楽が包んだ。二人は立ちつくし、耳をすました。やがてボリュームが小さくなり、女性の声が流れてきた。

アンテがびくっとした。

「録音された声だよ」ヤスパースの説明にアンテはうなずいた。

「人類の進化ミュージアムへようこそ」声が流れる。「本館には、地球の暮らしを豊かにし、宇宙への道を切り拓いた人類の技術の証が集められています」

銅鑼が鳴り響き、ホールの半分を埋め尽くすホログラフィが次々に映し出され、女性の声で簡単な解説が始まった。「二二七六年、世界平和会議。二二七九年、全兵器の解体。二三八一年、最後の人間が労働プロセスから引退。二三九〇年、メトロポリタンホールにて複合芸術の初演。二五〇三年、冥王星から探査隊の帰還。二五一七年、浮遊島第一号の進水。二六三〇年、寿命が倍増するホルモンワクチンの発見。二九五四年、ニュートロン脳を持つ初の疑似人間ロボットが誕生。同年、夢の吸入。二九九九年、容貌改造サロン開業。三〇〇一年、思い出と想像を上映するエゴヴィジョン」

ふいに彼らの前に発明家の顔が大写しになった。ヤスパースとアンテはガンマ線を浴びたように体を震わせた。女性の声がうやうやしく発明家の名を告げ、三三九三年、発明家が空間波動を発明したことによって、人類が太陽系と銀河系の外に安全に航行できるようになったことを紹介した。なじみのある顔に切り替わって、トランス銀河船第一号の打ち上げの様子が映し出され、それから見たこともない非現実的な世界のシーンが続いた。

二人はずっと見続けた。そのとき、どこからか、せっぱつまった長い悲鳴が聞こえてきた。アンテはただ何だろうと振り返っただけだったが、ヤスパースの中では、何百年も眠っていた絶対反射が目覚めた。ひとっ飛びで入り口に駆け戻ると、電光石火の速さで粉砕機《ディスインテグレータ》を引き抜き、一〇〇〇分の一秒後には引き金を引いていた。

悲鳴が止んだ。何が起きたのかさっぱり解せないアンテの目に、突然、照明に照らされた楕円形の入り口で、ヤスパースの体が力なく床に崩れ落ちるのが見えた。

こうして例年のように、エアロックの前の研究所に、正装して晴れがましい顔をした一同が勢ぞろいした。今日は彼らの厳粛な敬意にどこか不安が入り交じっていた。

「わたしたちだけでやらなければならないなんて、ヤスパースなしで」もうとっくにわかっていたことだがまだ口にしていなかったとばかりにウェーニーが言った。

「ハンニバルがやればいいと思います」寂れた街から、ぐったりしたヤスパースとプレゼントを一人で運んできたことが得意でたまらないアンテが発言した。

「やり方はみんなわかっているよ。何度も見てきたことだもの」スピーローが反論するというより、そう意見を述べる。

「ハンニバルだったらヤスパースのすぐ下だしね」ウィーキーが推薦理由を述べる。

「一番年上ということだな」ドゥムが厳密に訂正する。

「ハンニバルにやってもらいましょう」と再びアンテ。

ハンニバルは何も言わずにエアロックのそばの小さなカウンターに近寄ると、ためらうことなく緑のボタンを押した。一斉に明るいコントロール光が点き、ハンニバルの指が鍵盤の上を走り出し、全員、かたずを呑んだ。しばらくただ静かに単調な機械音が響いたあと、エアロックの中でカチリと音がして、ドアが開くと同時に発明家が姿を現した。

みなの緊張の面持ちが一斉にほころんだ。

「お誕生日おめでとうございます」口々にお祝いを言い、発明家の方に駆け寄る。

発明家は例年のように髪をかきあげてほほえむと、一人ひとりの名を呼んで握手を交わし、優しい言葉をかけた。そんなことをしなくてもいいのだが——しょせんみな自分の手で作り出したロボットだからである。そして少々冗談好きな一面があったので、ハンニバル、アンテ、ポルタース（ハンニバルが戸口にいる）、ウェーニー、ウィーディー、ウィーキー（来た、見た、勝った）、ドゥム、スピーロー、スペーロー（私は息をしているかぎり、希望を持つ）というおかしな名をつけたのであった。この順番でロボットを呼ぶと、多少なりとも幾千年も昔の知恵とむなしさ、永遠の希望と万物のはかなさを思い出すようで、一種の喜びを覚えた。希望とはかなさは互いに相容れないかもしれないが、発明家の心の安定を保っているものだった。

発明家は実はまだそれほど年はいっていなかった。やっと五〇に手が届くか届かないかで、面差しにはまだ少年らしさも残り、色あせた青色の目には永遠の情熱を宿し、褐色の髪は乱れていた。永遠の青年だった。

「それでヤスパースはどこに行った？」ふいに心配げな声になる。

アンテが前に進み出た。

「どうかしたみたいでして。もしかしたら……故障したのではないでしょうか」

「早く連れてきなさい」発明家が言った。「治さないと。ヤスパースがいないのにお祝いなんて！」

ロボットたちはヤスパースを運んできて大理石のテーブルの上に下ろした。それから退出しようとしたが、発明家が止めた。

「いや、見ていなさい。とっくに君たちに教えておくべきだったことだから」

発明家はロボットの体を一気に切り開き、皮膚をはがし、中の複雑な器官をさらけ出した。指が目にも止まらぬ速さで正確に動く。小声で自身に言い聞かせるようにつぶやく。「大丈夫だ、大したことじゃない……継電器がショートしている……うん……何かあったな、そうだろ？……いや、それは後回しだ……今は……他の部分も交換しておこう……少々……老朽化している……ニュートロンの脳の世界初のロボットだしな……相当の記憶量だろう……わたしが生まれたときにはすでに優に三〇〇歳にはなっていたはず……ということはかれこれ七〇〇歳か……さあ、これでよし」

ロボットの皮膚を合わせると、あっという間に接着した。ウェーニーとウィーディーが服を着せる。

「ほら、起きなさい、ヤスパース」

発明家が声をかけると、ロボットが上半身を起こした。

「ようこそ、だんな様」にっこり笑ってテーブルから飛び降りる。

「気分はどうだい？」

「上々です。若返った気分です」ロボットが冗談めかして言った。「お誕生日おめでとうございます、だんな様！」

「うむ、積もる話は後にしよう。とにかく腹ぺこでね。一年で消化しきったからな」ロボットたちが扉を開けた。

広々とした木目調の部屋にロウソクの火が輝き、暖炉では丸太が燃えている。テーブルの上には焼きたてのパン、バター、卵、チーズ、牛乳、といったお祝いのご馳走がずらりと並び、ガラスの花瓶には山の花がこぼれんばかりに生けられている。谷を囲む高い山の峰の向こうに夕日の残光が消え、家は回転を止めた。

発明者は室内をすみずみまで眼差しで愛でた。いたく感激していた。

「ありがとう……」かすかな声で言った。

「さて、次はプレゼントを」アンテが無言でうながす。

ロボット二人が部屋から出て行って、ピンクのリボンで結んだ大きな長方形の箱をかかえて戻ってきた。

「プレゼントです」アンテがうやうやしく言った。

ロボットが箱を発明家の足元に置いた。発明家は腰をかがめてリボンをほどき、蓋を開けた。口から思わず感嘆の声がもれる。

滑らかな綿を敷いた中に、麦わらのようにこしのある髪をした若い娘が横たわっていた。

発明家は娘に触れようとしてすっと手を伸ばしたが、はっとして怯えた顔でその手を止めた。

「人間ですよ、だんな様」アンテが安心させるように言う。「眠っているだけです」

「悲鳴が聞こえたんです」ヤスパースが口を開いた。「あそこの、下の寂れた街の博物館にいたときでした。人の悲鳴でした。すぐにわかりました。人間が危ない目に遭っている、と。その娘は広場を逃げてきたのです、ライオンに追いかけられて」

「ライオンに?」発明家が信じられないといった声をあげる。

「はい。今、街は野生の動物だらけです。ライオンは粉砕機《ディスインテグレータ》で破壊しました。ところが、生きた人間を目にしたわたしは興奮してしまい、故障したのです」

「それはそうだろう、ヤスパース」発明家はそう言ってソファの上に寝かせた娘に視線を落とした。「わたしだって胸がどきどきしている。君たちには想像もつかないだろうよ、これが何を意味するか。生きた人間が!」

「娘はわたしの方に駆けてきました」アンテが話に加わる。「どうもどこか変わったところがあるように思いました。しかしわたしはヤスパースのことで頭が一杯だったのと、もしわたしがロボットだと気づいたら、驚くだろうと考えました。ですから女の子を眠らせたのです」少し自信なさげに付け加え、発明家を見上げた。

「上出来だ。二人を問題なくここまで連れてきたのは大したもんだ。やるじゃないか、アンテ」

発明家は腹も満たされ、これ以上にない気分だった。椅子ごと暖炉のそばに移動し、上機嫌でロボットたちを呼び寄せた。

「みんなに謝りたいことがある」揺らめく炎をじっと見ながら、語り出す。「最初から洗いざらい話すべきだったのだ。ただ課題を与えるだけでなくてね。君たちは機械よりはるかに人間に近いのだから。

いつからそうなったのか、正確には知らない。わたしは人々に宇宙を見せたいという一心で研究ばかりしていて、周りのことを顧みる余裕はなかったからね。とにかく世の人々は退屈していた。働かなくなり、誰も生きることを楽しんでいなかった。何もかもに飽き飽きしていた。エゴヴィジョンを使って自分の想像の世界に逃避して、一年中、浮遊島でふかふかのベッドで夢の吸入に浸っていた。とっくの昔から体外受精が存在しているのに、子どもの数は少なかった。誰の顔にも笑みはなかった。

そしてわたしは空間波動の法則を発見した。電子頭脳で宇宙船を設計し、ロボットの手で初めて銀河系の果てまで飛べる宇宙船が造られた。初めて宇宙船のひとつが、アルファケンタウリの美しい惑星についての情報を持ち帰ったとき、どれだけ嬉しかったことか。こうして次々に宇宙船が出かけては戻ってくるようになった。

やがてロボットとともに人間も宇宙に飛び出して行くようになった。デネブの青い草原、エリダヌスのフリラックスの海、タウリッドのオレンジ色に輝く太陽の下の変化に富んだ絶壁に人々は魅了された。別れのことばも残さずに、淡々と飛び去って行った。もう地球に未練はなかったんだね。浮遊島にだけはとどまる者もいた。島では自分の夢の中で星から星に旅することができるからね。

その頃、わたしはここ、父が建てて、母と一台のロボットと暮らしている山の谷の家にやってきた。ああ、ヤスパース、わかってる。父さんと母さんのことを覚えてるんだろう。うちの親は年老いていたが、寿命延長は拒否していた。人のいない地球ではもう生きていたくなかったんだよ。もしかしたら内心ではわたしの発明を恨んでいたかもしれないが、一度もそれを口にしたことはなかった。

父は果樹園と畑を耕して、母はニワトリと家畜の世話をしていた。二人はもうこの世からなくなってしまったことに精を出していたんだ！　わたしは四〇になっていたが、穀物も人参もニワトリも、昔、人が生きるために欠かせなかったものを何ひとつ見たことがなかった。まだ存在していたことすら知らなかった。一度、父にどうしてそんな暮らしをしているのかと聞いたことがある。家の前の父の手作りのベンチで座っていたときだった。

「それは父さんがおかしいからだよ」と言った。「うちの家族はいつも少しばかりおかしなとこがあったんだ」

だがそれは本音ではないとわかっていたから、しつこく聞いた。すると真顔になってこう言ったんだ。「この大地が人にとって何であるかを忘れないようにするためだよ。この大地が人間を生んで、食べさせたこと、人はこの大地と血と汗でつながっていたことをね。それから地球が人々を抱きしめていた手を広げて、宇宙に手放したこともね」そんな皮肉も寂しげにつけくわえた。

「でも何のためにやってるの？　人が戻ってくるとでも思うの？」わたしは苛立ってさらにしつこく訊いた。

「そう信じたいね」しんみりとして父は言った。「みんなが懐かしく思ってくれればいいんだが。でもどうだかね……」

父さんたちが死んだとき、つまり両親そろってこの世を去ろうと決めたとき、わたしも宇宙に出て行く潮時かと思った。その頃はもう年に一度しかロケットは飛んでいなかったけれど、空席はあった。地球にはもう一握りの人々しか残っていなかったんだ。でも何かがわたしをここに引き留めた。ふいに地球もわたしにとってまだ未知の部分のある星になったからかもしれない。研究して、発見して、発明することが習慣だったわたしは、ここに作業場と研究所を建てた。はじめに君たちを作った。わたしもヤスパースも話し相手が欲しかったからね。それから石には浮かぶこと、木々には自分で水を飲むことを教えた。本を山ほど読んで、遠い昔の人類の運命を知って驚いた。

そして待ち望むようになった。ひょっとして銀河船の火の玉が戻ってくるのが見えるのではと思って日増しに空を見上げるようになった。むだだった。ある日、グライダーで下へ降りてみることにした。二週間探し続けたが、人間は一人もいなかった。浮遊島の影さえ見当たらなかった。なんにもだよ。だんだんこのまま延々と待ち続けることがおそろしくなってきた。そこでエアロックの開発に取り組んだんだ。開発は成功した。以来、わたしは自分を原子レベルに分解し、時が来たらまた組み立てられるようになった。わたしは一年に一日、そうすることに決めた。そして君たちに、人間が現れるまで家を守る使命を与えて去ったんだ。以来、君たちは一年に一度、わたしを迎えてくれるようになり、その日をヤスパースがわたしの〈誕生日〉にしたのだ。もう何度目になるかね、ヤスパース?」

「三七三回目です、だんな様」静かにヤスパースが答えた。

「三七三年か」発明家がくり返した。「わたしにとっては実質的に一年とほんの少しだ。だが相変わらず希望はむなしいままだった。それがとうとう今……」発明家はささやくと、再び視線を眠る娘に向けた。

火が消えた。

「一人にしてくれ、友よ」発明家がそうつぶやくと、ロボットたちはおとなしく腰を上げた。

「お休みなさい、だんな様」ヤスパースが皆を代表してあいさつした。

ロボットが出て行くと、発明家はソファに近付いた。しばらくただ見守っていたが、それから娘の方に身を屈め、眠っている娘の額に手を乗せて静かに語りかけた。

翌朝早く、ヤスパースを呼んだ。朝はいつもの山の朝のように澄んでいて冷たく、足元の草の上には大きな朝露が光っていた。発明家は昇っていく太陽を見つめたまま、切り出した。

「ヤスパース、わたしはあの娘と一緒に出て行く」

「そんな、だんな様」驚いてロボットが声をあげた。

「わたしを必要としている人たちがいるんだよ、ヤスパース。何人かいるようだ。あの娘は正確な人数は言えなかったがね。あれは野生の娘なんだよ。なぜそんなことになったのかはわからないが、あの娘たちはどこかで一から生活を始めているのだ。わかるか！　心配するな、めどがついたらここにみんなを連れてくるから」

ロボットの顔が輝いた。

「楽しみにしています、だんな様」

「連れてくる。そしたらいろいろ教えてやってくれ。君たちが長年無駄なのに続けてきたことをな。ただ使命だったから続けてきたことを見せてやってくれ。穀物の栽培の仕方、パンの焼き方、家畜を飼育して牛乳からチーズを作る方法を教えてやってくれ。土の耕し方を教えてやってくれ」

「はい、だんな様。ようやくというわけですね」ヤスパースが言った。

「そうだ、ヤスパース、ようやくだ。それとだ、もうひとつやってもらうことがある。研究所もエアロックも壊して普通の部屋に作り替えてくれ。グライダーは破壊してくれ。地面に家を建てて、太陽電池を取り除いてくれ。作業場はどこかへ移してくれ。あれは残しておかないとなくてはならないのかねえ。万が一君たちに何かあったら困る。どこか山の中へ移し、力場を張って保護してくれ。わかったかい、ヤスパース？」

「お言葉ですが、いずれも作るのに大変苦労しましたし、役に立つものばかりです」ロボットが反論した。

「あの娘たちには役に立たないものばかりだよ、ヤスパース。あの娘たちはようやく道を歩き出したばかりなのだから」

「それに、だんな様……エアロックは……年を取ってしまいますよ」

「うむ、年を取って死ぬことになる。人に囲まれてね。それは問題ない。君らはその後もここに居続けて、彼らのことを気にかけてやってくれ。そして守ってくれ」

「わかりました、だんな様」悲しげにロボットが言った。

玄関から娘が出てきてはにかんだ顔で彼らに微笑んだ。発明家が手を振った。

「忘れるなよ、ヤスパース！」

「さようなら、だんな様」

「さようなら、ヤスパース。すぐにまた会おう」

発明家は娘の方にもどると、小さなリュックを取って肩に掛け、娘に手を差し出した。二人は歩き出した。発明家はふいに足を止めると、くるりと振り向いてロボットの方に戻ってきた。

「いいかい、ヤスパース、この娘はロボットが何かを知らない。君たちが人間だと思っている。彼女やわたしのように」

ヤスパースはおとなしく待っている娘に目をやった。

「あの娘たちに説明はしないよ、ヤスパース。どうせ理解できまい。君たちはとにかく人間になる。その点気をつけてくれ。頼りにしているぞ、ヤスパース」

「だいじょうぶですよ、だんな様」ロボットは落ちついて答えた。

発明家はにっこりした。

「わたしの名はトルだ、ヤスパース」

「わかりました。トル」ロボットはささやいた。二人は握手をした。

太陽が山の鋭い尾根の上高くに上がっていた。ヤスパースはしかし鋭い日差しも気にならなかった。山の草原を歩いて行く彼らの姿が見えなくなるまで、果てしない青みがかった遠景に溶け込むまで、見つめていた。

歌えなかったクロウタドリ

O kosovi, který neuměl zpívat

ペトル・ハヌシュ

一九八二年

事の起こりはある美しい夏の日の午後だった。太陽の光がさんさんと降りそそぎ、空は青く澄みわたり、鳥はさえずり、災難が起きるような気配はこれっぽっちも、ほんとうにこれっぽちもなかった。

わたしの仕事場には閑古鳥が鳴いていたが、それは今に始まったことではなかった。家庭用オートマタ《ロボット》が故障ばかりしていた佳き時代は、哀しいかな、とうに過ぎ去ったのだ。今どきの製品は実質的に欠陥などなく、うちに持ち込まれるのは二〇年以上前に造られた器械だけだった。しかしそんな類いに目がないのはわたしみたいな物好きに決まってるから、なにか自分の手で修理できるとなれば、退屈しのぎになると腕まくりするのがおちなのだ。

だから客が減っている現状に文句を言うことはできなかった。そもそももう客など一人もいなかった。早急に転職を考えねばならなくなるな、と心のどこかで覚悟していた。

それはさておき、その日の午後、これといってやることもなかったわたしは、ロッキングチェアに寝転がって魅力的なテレビコメンテーターの美声に耳を傾けていた。ちょうどなにかサヴァリアの怪物とやらについて語っていた。〈緑のマッチ棒〉などと名付けている。現実の話なのか怪しげなSFの話なのかは定かでなかったが、しかしもしそんな無様なまぬけが一匹でも人々の中に迷い込んできたら、どんな恐怖がばらまかれるかをありありと描写しはじめたので、嫌気がさしてチャンネルを変えてみた。そこではまた火星定期便の乗客のマナーの悪さを交通監視員が批判していて、いささかも興味のわかないものだった。もともと出不精なたちで、ロケットなど金を積まれたって乗る気はしない。そんなわけでロッキングチェアでぐうたら揺られていたら、ドアをノックする音が聞こえた。空耳かと思ったが、つい習慣で「どうぞ！」と答えると、錯覚《イルージョン》は続き、ドアが少し開いて知らない人の顔がのぞいた。

「すみません、家庭用オートマタの修理はこちらで頼めますか」その人はおずおずと言った。ドア口に立ったまま、どうしていいかわからないようにきょろきょろしている様子をじいっと見ていたら、だんだんこれが現実だと信じられるようになった。わたしはロッキングチェアから立ち上がった。

「ええもちろんですとも、料理のでも、掃除のでも、庭師のでも……」

「いや、あの」客はわたしをさえぎった。「家庭用ものがたり機を修理して頂きたいのですが」

「ものがたり機？　もちろんできますよ、ものがたり機なら二日で。今ならご依頼が少ないのでもっと早く仕上がりますよ」

「本当ですか」客の顔が輝いた。「それは実にありがたいです」

客はそこでもじもじしていて、何かを期待しているように見えた。わたしは咳払いをした。

「それで、ものがたり機はどこですか」

「家にあります。所番地を言いましょうか」

おや、と思った。ものがたり機はだいたいポケットサイズで、よほどのことでない限り、直接店に持ち込んでくるからだ。まさか舶来品じゃないだろうな。

「普通のタイプのものがたり機ですよね？」おそるおそる訊いてみる。

客はまたもやとまどった顔をした。

「さあ」肩をすくめる。「ほかのを知らないもので」

「いえね、持ち運びできるものなのか知りたいのです」

「運んだことなどないです」虚をつかれたような顔でわたしを見つめた。「たぶん運べると思いますが」

「ここに持ってきて下さるのか知りたいんですよ」

「うちに見に来ていただく方が一番いいですよ」結局、一人でそう決めてしまった。

わたしは折れた。

「わかりました。いつがよろしいですか」

「ええと、いつでも。なんならこれからでも。もしそちらのご都合がよろしければ」

都合はよろしかった。

「では出かけましょう」わたしはテレビを消した。「どうぞ、お先に。どちら様で？」

「キボルグです」そう言った。「ユリ・キボルグ」。

わたしはよろめいた。ユリ・キボルグといえば、文壇随一の輝ける星ではないか。一日の午後に二つの衝撃はできすぎである。

それでもこの時点ではまだ、この後に何がわたしを待ち受けているか、予想だにしていなかったのである。

ユリ・キボルグの自宅に向かう間、わたしたちはほとんど言葉をかわさなかったので、その間、あれこれ考えをめぐらせることができた。一般に知られているとおり、プロの作家なら必ず小説を口述筆記させる家庭用ものがたり機を持っている。一流の作家ともなると、二、三台、ともすると一ダースも所有しているケースも珍しくないという。だがユリ・キボルグは超一流の作家なのに、一台しか持っていないときた！　どうもひっかかる。

キボルグは町外れの陰気くさい一部屋のアパートに住んでいた。もはや外見からして荒れ果てたたたずまいで、家の中はその第一印象の悪さを裏づけただけだった。部屋の中にはまるめた紙くずや空きビンなどが散らかっていた。

「どうぞ、あがってください」とキボルグ。「クシークロ、お客さんだよ！」

暗がりの小部屋に足を踏み入れると、さらにひどい散らかりようが目についた。見渡したが、ものがたり機らしきものは見当たらない。すると隅に――

「クシークロウタドリ、クシークロです」ユリ・キボルグが言う。「おみしりおきを」

クシークロウタドリ？　だがそれはクロウタドリにも、X《クシー》にも見えなかった。その代物は博物館にありそうなコンロと先史時代のもののような冷蔵庫の間の部屋のすみに押し込まれて、立つというより、ぶらさがっていた。鳥かごかも知れないが、どちらかと言うとクモの巣のよう、食器棚のような銅製のクモの巣に見えた。中には黒い染みがじっとしていた。

「どんな具合でしょう？」キボルグが不安のいりまじった声で訊く。

どうやらクシークロとはこの黒い染みのことのようだ。目を凝らすと、足のようなものとだらんと垂れ下がっているシッポのようなものが見えた。全体的に何かの死骸のような印象を受けた。わたしは印象をそのまま口に出した。

「死んじゃってますね」

「違いますって」ユリ・キボルグはあやすように言う「おねんねしてるんですよ」

「さっぱり動かないじゃないですか。息をしていないのでは？」

「何言ってるんですか？」今度はけげんそうに言う。「そりゃ、オートマタは息なんかしないでしょ？」

「これ、オートマタなんですか？」ぎょっとして言った。ユリ・キボルグが同情するようなまなざしを向ける。

「ものがたり機はオートマタでしょうが。そうでしょう？」

これはもう少々行き過ぎである。

「これがお宅の家庭用ものがたり機だとおっしゃるのですか」わたしは眉をつり上げて大声をあげた。

「そりゃ、そうでしょ?」ユリ・キボルグは眉をひそめ、疑わしげに言った。「ものがたり機についてはあまり明るくない?」

わたしはむっとした。

「完璧に知っていますよ。でもね、こんな化け物、ものがたり機ではないです。国産品でも輸入品でもないですよ」

今度は相手がむっとしたようだ。

「クシークロを修理してもらうために来ていただいたんです。手に負えないのなら、もう結構です」

その顔には「とっとと帰れ」と書いてあったが、反対にわたしは帰りたくなくなった。この代物、クシークロにがぜん興味が湧いてきた。こいつは掘り出し物なのに違いない。本当にただどこかの舶来品のオートマタなのかもしれない。それにユリ・キボルグは有名な作家だ。わたしの商売の起死回生になる可能性だって充分にある。逆にライバル会社たちにこれを知られたら——いやいやそれこそ想像したくもない。

「まあまあ、きっとなんとかなります」わたしは歩み寄るように言い、クモの巣のような棚のような代物に近づいた。「どうやって開けるんです」

大事なお気に入りにわたしがにわかに関心を示したのを見て、ユリ・キボルグの表情が少し和らいだ。

「待ってくださいね。わたしが自分で」

そう言うと、まず年代物のバイクのヘルメットを被った。それからこのナンセンスな代物の表面をしばらくまさぐっていたが、いきなり頭から中につっこんだ。

うっと吐き気がこみあげた。

キボルグの頭が頭に見えなくなり、ふくらました松ぼっくりになった。あっけに取られていると、もうわたしの横に戻り、ヘルメットを脱いだ。ごく普通の頭だ。

「はて、困りましたな」とキボルグ。「あそこに手がのばせない」

わたしはまだ放心状態にあった。

「あの、これはなんなんです、この、このカゴは?」

「ああ」ぴんときたようだ。「トーチカのことですか」

そう言うならこれはトーチカなのだろう。

「それはわたしも知りたいところでして」肩をすくめる。「たぶん巣だと思います。クシークロが自分でこしらえたんです。巣作りはよく見られることなんですかね、ものがたり機に?」

念のため明らかにしておくと、ものがたり機が巣を作るというのは、ノートパソコンやテレビが巣を作るようなものである。

「いや、普通は作らないでしょ」わたしは答えた。

「あのですね」ユリ・キボルグはふと深く考え込んで言った。「クシークロにはどこか並でないところがあるように思います」

言われなきゃ、わたしが気がつかないとでも思っているのだろうか。

「思うに」話を続ける。「この世には物理法則に反するものがあるのではないでしょうか。たとえばコオロギを考えてみてください」

わたしは椅子に腰をかけ、内心ため息をついた。口をはさむ余地はなさそうだ。

「この子にコオロギをやってみたんですよ、そしたらしばし見つめ合いましたね、つまりコオロギとクシークロがです。まぁ、クシークロがどこを見ているかはようわからんのですが。するといつのまにかクシークロしかいないじゃないですか。コオロギはふっと消えてしまったんですよ」

「こいつはコオロギを喰うのか」わたしはうなった。

「いやいやそれがね」キボルグは悲しげな顔をした。「もう二日も何も喰っておらんのです」

要するに、キボルグはクシークロの食欲が戻るようあれこれ手を尽くしたということらしい。好物のバナナにセロリの茎を混ぜてやったり、砕いたアスピリンにピーナツを混ぜてふりかけてみたり、ミントティーを注いでやったり。しかしさっぱり効果はなかった。

「何をしてもさっぱりだめでした」と肩を落とす。

「あの、いいですか」わたしは訊いた。「一体どこでこのクシークロを買ったんです、どうしてクシークロと呼んでるんです」

「そういう名前なんです」キボルグはきっぱりと言った。「買ったのはものがたり機の代理店ですよ」

これでは何の手がかりにもならない。そんな代理店は五万とある。

「ではそれ以上のことは何もご存じないのですか」

ない、とのことだった。

もう何もかもほっぽり出して、ユリ・キボルグを獣医でもどこにでも行かせ、とっとと閑古鳥の鳴く作業場に戻りたい気は山々だったが、しかしここにはこいつ、正体はわからないがおそらく天才的なものがたり機であるクシークロがいて、さらにユリ・キボルグ、どうやらどんなお宝を抱えているのかまるで気づいていない人物がいるのだ。ちょいとかまをかけてみることにした。

「あのですね」ざっとトーチカを眺め回してわたしは言った。「ものがたり機というものは、ある程度年月が経つと、調子が狂い出して捨てるしかないものもあるんですよ」

「そんなの困ります」キボルグが真剣な顔で言った。「クシークロにほとんど何もかも捧げてきたんですから」

キボルグはヘルメットを被ると、イライラと部屋を行ったり来たりしはじめた。

「これまで文学一筋で生きてきましたがね」話を続ける。「この子がわたしの小説のほとんどを下書きしてくれたんです。ほかの作品は売れませんでした。ですから野原をかけずり回ってコオロギを集めてはあそこに入れているんですよ」手で指さす。「砂糖入れに入れて冬の間に熟させるんです」

そう言ってまたしても頭からカゴにつっこんだ。怖い物見たさでどうしても目がいってしまう。光景に目を奪われる。何か声をかけているようで、手をふり上げているが、何も聞こえない。

それからトーチカからすぽっと、文字通りすぽっとぬけ出すと、

「妻にもね、逃げられましてね」とやや自嘲ぎみにつけ加えた。

まるでわたしが今しがた椅子の中で卵からかえったかのように、わたしの顔をしげしげと見つめて言った。

「もっとそばで見てみた方がよくないですか」

正直言って、好奇心は充分にあれど、あまり気乗りはしなかった。

「ヘルメットをつけて」と注意されたが、言われるまでもない。

入り口の穴はすぐに見つかった。わたしは深呼吸をひとつすると、頭からつっこんだ。耳が聞こえなくなり、一瞬、何も見えなくなった。五感が戻ってくるよりさきに、目の前に赤い闇が広がり、クシークロの輪郭がぼんやり見えてきた。ここからだとわりとまともに見える。中

が空洞になった切り株から、オコジョのように上半身がはみでている。横たわったまま動かない様子を眺めていると、いきなりわけのわからない空想がぐるぐる頭をかけめぐりはじめた。最初はただほんのり光るモヤのかたまりが見えるだけだったが、しだいにモヤがほぐれてきて、どこか知らない土地、破壊された死の焦土が現れた。何か生き物が見えた。生き物はわたしを見ると、おびえた顔をして逃げだそうとしたが、わたしの方が素早かった。自分が大きく力のある存在になったような気がした。飛ぶことも殺すこともできた……。ついにはパターンどおり、いつのまにか寝入ってしまったのだろう、気がつくとわたしは自分の仕事場にいた。テレビを見ている夢を見た。魅力的なコメンテーターがサヴァリアの緑のマッチ棒の化け物の話をしている。突然、化け物の一匹が画面一杯に大写しになった。びっくりして目を開けると、それはマッチ棒の化け物ではなく、心配そうに身を屈めてわたしの顔をのぞきこんでいるユリ・キボルグだった。

「気分が悪そうですね。もう中には入らない方がいいですよ」

わたしはコンロの隣に横になった。頭がひどく痛む。まさか松ぼっくりに変形してはいないよな、と頭に手をやったが、さいわいなんともなかった。

「何かつかめましたか」キボルグがうずうずして訊いてきた。もちろん何もつかめてなどいないが、何かひねり出さないといけないと思った。そして例の切り株を思い出すと、パッと名案が浮かんだ。

「あのですね」わたしは考え込んだ顔つきをして言った。「これ、サナギではないでしょうか」

キボルグがわたしをのぞきこんだ。

「何ですって」

「サナギになっているのではないかと思います」この作り話にどう反応するか、そっと盗み見る。

「オートマタがそんなこと、ありえないでしょう！」ユリ・キボルグがすっとんきょうな声をあげた。

「そう驚くことはないでしょう」わたしはキボルグをはねつけ、再び椅子に座った。「何か一杯、いただけませんかね」

キボルグはわたしを無視してヘルメットを被ると、自分の目で確かめに行った。わたしは勝手にさせておいた。ほかに何ができるだろう。ところがキボルグは顔を曇らせて出てくると、こんな言葉を吐いてわたしを驚かせた。

「おっしゃるとおりだ。わたしがばかでした」

わたしの方こそばかみたいではないか。切り株はたしかにサナギを思わせるが、それにユリ・キボルグが今まで気づかなかったことこそ妙に思えた。だがそれは考えないようにした。肝心なのは、当初はかなりあいまいだったわたしの目論見に、ちゃんと裏付けが取れたことなのだ。

わたしは気つけにキボルグのぜいたくな米の蒸留酒を一杯あおぐと、第二ラウンドに臨んだ。

「このまま放置しておくのはこの上なく危険だと思いますね」

「このままとは？」

「クシークロが大事で失いたくないのは百も承知ですけど、これがサナギになったら、どちらにせよ使い物にならんでしょう」

「確かに。今でももうこれは同じアイデアしか考えつかないんですよ」

「でしょう？　こんなクシークロ、脱皮したら、つまり成虫になったら、何に化けるかわかりませんよ」

キボルグが目を見開く。「たとえば何に？」

わたしは肩をすくめ、「なんだってありえますよ」と浮かない顔で言った。きっとこれで心底震え上がってしまったのだろう、キボルグはしばらく考え込むと、腹を決めた顔でこちらの目を見すえて言った。

「どうしたらいいとお考えですか」

「ただちに処分することですな」わたしは厳しい表情で返した。

「ありえない！」キボルグは声を張り上げて、こぶしでテーブルをドンと叩いた。

「どうぞご自由に」わたしは突き放すように言った。「でもひとつ注意しておきますが、オートマタの規定第03条は、蛹化する危険なオートマタは破壊しなければならない、とはっきり謳っています。クシークロが蛹化しているのは間違いないように見えますから、あとはこれが危険でないかを確認するだけですよ」

「ちっとも危険じゃないですよ」キボルグはきっぱりと言った。

「それなら、保護活動家の規定第02条には、オートマタが危険だとわかったら、処分することとあります」

「では様子を見ましょう」キボルグはほっとして言った。

「それってキボルグさんを食べたらということですよ」そう言ってわたしは言葉を切った。うろたえている。「その規定を見せてください」

「ご自分で見つけるんですな」わたしははねつけた。「わたしはもういいでしょう?」

キボルグは途方に暮れたような顔をした。

「待ってください」わたしに頼み込む。「少し考えさせて」

「考えることなど何もないでしょう」わたしは首をふった。「新しいものがたり機を買えば、すむことなんですから」

するとキボルグが最後の札を切った。

「じゃあ、誰が『銀河の野獣』を完結してくれると言うんです? 別のものがたり機では無理ですよ。これまでの筋を知らないんだから!」

「ご自分で挑戦されたら?」わたしは助言した。「そんなに難しいことでもないと聞きますよ。案外、楽しくなるかもしれない」

すると考え込んで、夢見る目つきで言った。「そりゃあね。とっくの昔からそれができたらどんなにいいかと思ってますよ」

それきり黙ってしまった。わたしは訊いた。「どうしますか」

しばらく無言だったが、やがてこちらを向いた。目に決意が浮かんでいる。「引き取ってくれますか」そう静かに言い、トーチカを振り返った。

「それも仕事のうちですから」わたしは彼を安心させるように言った。「酢酸ラッカーという痛みもなくききめも抜群の薬があります。繭にもサナギにも効くし、ドブネズミや馬、オートマタにも効くんです。どこで手に入るかも知っています。ここで待っていてください、持ってきますから」

相手がうなずく前に、アパートを飛び出した。嬉しくて踊り出さないよう自制するのに苦労した。手に入れた!

わたしは酢酸ラッカーの大箱を買うと、すぐに中身をそっと排水溝に流し捨てた。そしてこの粗悪品をちゃんと洗い落とすために何度か中を水ですすぎ、そこにビールもどきを何本か入れた。さらにこの液体が目立ちすぎないように、青の食用色素で色づけし、メキシコ料理のスパイスを一箱入れた。酢酸ラッカーより危険な結果にならないでくれよ、とわたしは願った。

まあ、心配ないだろう。友人たちはこのミックス飲料を何年も飲んでいるが、明らかに体にいいらしいから。

キボルグのところに戻ると、彼はやや酔っ払っていた。どうやら仕事仲間の弔い酒をしていたようだ。わたしは嫌な仕事は一人で引き受けるからと安心させ、心の中ではただただうまくいくことを願った。

さっそくビールもどきをバケツにあけ、よくよくどうなるか頭で計算してからトーチカにかけた。結果は上々。トーチカはしぼんで灰色がかってきた。ビールもどきが効いてきたのだ。

まず最初に、散らかった部屋にあった竹串で中を突ついてみた。何の抵抗もない。手をつっこんでみた。中は暖かく湿り気があり、トーチカはだんだんクモの巣というより食器棚に見えてきた。銅製のクモの巣のようなかたまりから青く汚れた泡がぽとりぽとりとしたたり落ちている。勇気を出してクシークロに触れた。反応なし。つまんで引っ張ってみた。またも反応なし。引っかいてみる。すると転がってドサッと音を立てて床へ落ちた。ぎょっとした——まさか本当にくたばっちまったんじゃないだろうな!

ユリ・キボルグはハッとすると、しばらく空のトーチカを眺め、クシークロに目を落とした。何かつぶやいた。

「何ですって」わたしは訊いた。

「残念だと言ったんです」今度は多少はっきりと聞こえた。

「ほかに仕様がありませんでしたよ」わたしはぽつりと言った。もしかしたらものがたり機を死なせてしまったのではないかという考えがわたしを苦しめた。人を気分よくさせたり、寝つけさせるにはもってこいの薬なのだが、クシークロはきっとひ弱だったのだろう。ビールまがいでぽっくり逝ってしまったようだ。「埋めますか」キボルグが淡々と訊く。

「埋めましょう」わたしはうなずいた。「臭い出す前にね」

ユリ・キボルグはふらふらと部屋のすみに行き、Banana Company Mauretania と書かれた段ボール箱を持ってきた。わたしたちはクシークロを布で巻き、箱に詰め、ふたを閉めた。

「どこに運べばいいでしょう」ユリ・キボルグはまるで小さな子どものように途方に暮れていた。

わたしは考え込むふりをした。

「そうですね、人間の墓地はちょっとあれですよね。かといって畑では、耕されてしまう。いいことを思いつきました。うちの庭ならぴったりの場所がありますよ。それにうちならキボルグさんも花を供えにこれるでしょう」

「なんてご親切な」ユリ・キボルグはまた少しぐっときたようだ。

「なに、あたりまえのことですよ。明日、廃棄用の調書と新しいものがたり機をお届けしますね」

酒が廻っているせいなのかも知れないが、キボルグはまたしても目頭を押さえ、わたしに別れのあいさつもろくに言えなかった。

帰り道は、もうほとんど暗くなっていた。しかし夏の夜の美しさを楽しむ余裕はなかった。道すがらずっと、ただじわじわ腐敗の進んでいる獣の死骸を運んでいるのではないかという不安で一杯だった。家に着くと、とりもなおさずテーブルの上に荷物を下ろし、ふたを開けてみた。

一目見たとたんに、肩から力が抜けた。クシークロウタドリをくるんだ布から、かすかに赤みがかったモヤが立ち上っている。新しいトーチカの兆しに違いない。しばしわたしは静かに自分の幸運をかみしめた。いや、もはや最初に思い描いていたような、クシークロの大量生産は頭にない。わたしは別の決断をした。この子、キボルグのものがたり機だけを手元に置いてお話をさせ、わたしは作家として名を成すのだ。

まあ、そもそもそれは昔からの夢でもあった。

わたしはそっと箱を持ち、暗室に運んでレーザーの旋盤の下に押し込んだ。「さて、友よ。明日から、文学とはどうやって作るものか、見せてやろうや」わたしはクシークロにお休みを言った。

翌朝の目覚めは、期待していたほどすばらしいものではなかった。それどころか頭がずきずきし――あのトーチカのせいで飲み過ぎたためか――それにユリ・キボルグにいささか後ろめたさを感じていた。なんやかんや言ってわりときちんとした人間だったのに、わたしは卑劣な手で彼からトーチカを盗みとってしまった。というか、要するにあまりまともな手でなく、友人であり、飯の種である家庭用ものがたり機を奪い取ってしまった。根っからの悪人ではないわたしは、なんとか借りを返さなければと感じた。どんな方法がいいか、長いこと考えた。結局、クシークロと執筆する処女作を献呈しようと決めた。とたんに気が晴れた。

朝食後、様子を見てみようと思って暗室に向かった。さあ、どうかなと期待に胸をふくらませたところに、テレコミュニケーターが鳴った。気が進まなかったが、つないだ。

画面にユリ・キボルグのちらかった住まいが映し出された。

すぐにその住人が顔を出した。しらふで、なにやら上機嫌なので、嫌な予感がした。

「聞いてくださいよ」あいさつもせずに話し出す。「さっきゲンダの検査官が家に来ましてね」ゲンダとは、応用遺伝学センターだ。なぜだかわからないがいささか胸騒ぎがした。

「聞いてくださいよ」ユリ・キボルグは続けた。「検査官がなんて言ったと思います。クシークロ、あのわたしのものがたり機はね、ゲンダで作られたんですって。クロウタドリみたいに、というか、クロウタドリより上手に歌うようにね。ところがクシークロは歌を歌わなかった。とにかく歌えなかった。だけどゲンダには、規定ゲネティク01条というのがありましてね、失敗してできた突然変異《ミユータント》は殺さなければならないそうなんです。でもクシークロを設計した教授は、彼がかわいそうになったんですね。だってもう何番目の変種《バリアント》だったのか……アルファクロ、ベータクロからでしょ……クシークロまで行ったのですからね、いくつめだか、ご自分で数えてみてください。早い話がクシークロを殺さなかったんです。ものすごく手間がかかりましたし、輸入した原料も使っていますからね、それで取締官に見つからないように、教授はわたしのところに隠したというわけです。それでね、なんとあれ、ものがたり機ではないんですって！　それなのにあんなに上手にお話ができたのはですね、自分の種の体験を話していたのだそうです、そんな風にその人は言ってました」

わたしはトーチカから受けた印象を思い出し、背筋が凍りついた。しかしわたしは黙っていた。

「ところがですね、どうやらそれが危険な種だと判明したんだそうです」キボルグは説明を続けた。「その原型がです。それでとうとう教授は白状したわけですよ。とりかえしのつかないことにならないようにね。検査官によると、一刻を争う事態だったらしいです。あのサナギはあれよあれよというまに成長するんですって。ですからそちらに一言お礼に伺いたいそうですよ！」

口の中がからからに乾いた。「どこの国の動物だとおっしゃいましたか」声がかすれた。

「言ってませんよ」首をふった。「たぶんフサリアだかソマリアだか……新しい国の名なんていちいち覚えていませんからね。とにかくそんな化け物を退治できてこんな嬉しいことはありません！　お宅がいなかったら、どんなことになっていたやら。ね、どうです？」

わたしは何も言えなかった。テレコミュニケーターが消えても、わたしは座ったまま、じっと耳を澄ましていた。

やがて暗室から音がした。まるでバナナの段ボール箱が破裂したような音だった。さらにもう一度、旋盤がひっくり返ったような音がした。

ハッとした。今やあの生物は文学のことなんかこれっぽちも頭にないに違いない。もちろんそれはわたしも同じだった。

わたしはロケットのように自宅を飛び出した。十分後には飛行場に着いた。さらに切符の行列をかき分けて、怯えた係員の窓口に倒れ込んだ。

「火星!」わたしは怒鳴った。「火星一枚! 早く!」

バーサーの本をお買い求めください
Kupte si knihu od Berthera!

ヤロスラフ・イラン

一九八三年

夜の街の上に虹をかけるネオンサイン、通りの何百もの動く広告、チラシ、ポスター、さらにラジオにテレビに週刊映画情報誌、いたるところにそれは氾濫していた――〈本をお買い求めください。バーサーの本を！　書棚にずらりと本が並ぶ時代は終わったのです！　今日からはたった一冊、バーサーの本で十分！　本をお買い求めください。良き友になります。決して期待を裏切らない友に〉

通りを一歩あるけばバーサーのスローガンに耳をふさがれ、どこを見てもバーサーの広告が目についた。玄人が仕掛けた本のキャンペーンは、一週間も経たないうちに、全世間の注目を一身に集めることになった。人々は好奇心をあおられ、本を待ち望んだ。しかしその本はまだ市場に出ていなかった。

ライハートは軽蔑をあらわにしてバーサーを見つめたが、本人は鷹揚にとりすまし、知らん顔でいた。けれどもライハートは自分が間違っていないことを一瞬たりとも疑わず、また向こうがこちらに気づいていることも一瞬たりとも疑わなかった。バーサーの写真が最後に新聞に載ってから、まだ三年と経っていないのだ。当時、バーサーはサヴィリエルと名乗り、大規模なコンピューター詐欺組織のブレーンではないかと疑われていた。証拠も十分に揃っていたので、一連のスキャンダルが突如もみ消されたとき、世間は大いに憤慨した。しかし事の真相を突き止めようとして、それを猛然と追及したのは、当時、ライハートが編集長を務めていた新聞など一部にすぎなかった。他社は先を見越してこの件から手を引いた。無駄にやけどをすることになる、とさる大物から忠告されたという話だった。ほどなくしてそれは現実になった。ライハートの新聞は廃刊に追い込まれ、社員は残らず解雇されて路頭に迷うことになった。ライハートも別の州で次の職が見つかったのはようやく半年後のことだった。その後、前の新聞社の入った建物は、文字通り二束三文で、そっくり設備ごととある議員の手にわたったと伝え聞いた。

そのバーサーが今、再び自分の目の前に現れたのである。百合のように純潔で、自信に満ちあふれ、いかにも羽振りが良さそうだ。どういうことだ？ こいつの背後に誰がいる？ いや、今のライハートは真っ向勝負を挑むほどナイーブではなかったが、化けの皮は剝がしてやるつもりだった。バーサーという名が出ただけで、何か薄汚いペテンが絡んでいると確信した。

今日はしかし、そんなあからさまな態度を取ることはできなかった。記者会見には有力紙がこぞって記者を派遣しており、バーサーのスタッフたちはとても気さくで感じがよく、この雰囲気を壊すわけにはいかなかった。そんなことをすれば、ここにいるみなを敵に回すだけだろう。それは断じてならなかった。

「準備はいいかい？」

ライハートはうなずいた。

「カメラ!」

カチンコが鳴った。ライハートは深呼吸し、今日初めて温かい笑顔をバーサーに向けた。

「視聴者のみなさん、今週話題を独占したこの方をわざわざご紹介するまでもないでしょう。そうです、バーサー&カンパニーコンツェルンのジョス・バーサー会長ご本人です」

拍手が起こり、止んだ。

バーサーはずらりと並ぶカメラに向かってにっこりし、もみ手をしながら視聴者にあいさつした。先ほどにも増して、いや、比較にならないほど自信に満ちあふれて見える。

「会長」再びライハートがバーサーに呼びかける。「本棚はもういりません、あるいは一家に一冊、本はバーサーで、といった御社のスローガンや宣伝キャンペーンがどれだけすさまじい反響を呼んでいるかはもちろんご存じだと思います! 会長のところの新しい……ふん、製品と言った方がいいでしょうね、これはいったいどんなものなのか、簡単にご説明願えますでしょうか」ライハートが質問したが、かすかにふんと笑ったのをまわりの一部の人間は見逃さなかった。

「もちろんです。そのために記者会見を開いたのですから!」バーサーが愉快そうに高らかに答えた。今日は南部の最先端の流行服をまとっている。無敵の大統領候補のような印象をふりまいていることだけはまちがいない。

「わが社のスローガンはですね、あなたがうっかりばらしてしまいましたが（輝かしい笑み）今やアメリカ中に浸透しています。ありがたいことです。それに、新しい……ふん、製品、なんて言わないで」笑いが起きた。「本と言ってくださっていいのですよ。まぎれもなく本なのですから。文字通りの意味とは少々違いますがね。スーパー書籍とでも言えましょうか。断言できますが、まずこの本が気になった方何人かにお買い上げいただいて、感想を周りの方に広めていただくことほどよい宣伝はありません。見ていてください、これほどよい宣伝はありませんから。弊社の招待状をお持ちで、本日、ご来場いただいたみなさんには、一冊ずつ差し上げますので、ぜひご感想をご自分の胸だけにとどめておいたりせずに、御紙で紹介してください。お願いします。どちらにせよ日々紙面を埋めなければならないでしょう」

「価格は？」

「はい。それは破格というわけにはいきませんが、すぐにみなさん一人ひとりの良き友人になるものですからね。それに日ならずご家族の人数分をお買い求めになりたいと思うかもしれませんよ。テレビとか映画とか、何冊も本がならぶ本棚の代わりになるものですからね、すぐに元はとれます」

「作家や出版業界、あるいはテレビ会社や映画会社側からの反発は怖くありませんか。わたしの理解が正しければ、こうした組織はおまんまの食い上げになるわけですから」女性記者から質問が飛んだ。

「お嬢さん、進歩というものはね、止められないのです。作家やテレビが提供できることをぜんぶ肩代わりできるとしたら、いくら抵抗したって無駄ですよ。――まあ進歩の道を妨害しようとするのはごく一部の人々の無意味な妬みと悪意だろうと願いますね、それ以外に妨害する理由なんて、これっぽちもないですから――そもそも誰も作家の本や映画や番組に見向きもしなくなったら、そうしたもの自体に何の意義もないことになりますからね」

「それはそうですね。商売というものはもちろん、いつだって世間の反応や世論に左右されますからね」ライハートが応じた。「しかしですね、そんなことになったら次第に人々が互いに疎遠になりませんか。誰もが自分の、会長がおっしゃるスーパー書籍とやらを持つことになったら、家族や友人や、要するに社会の一切の出来事から孤立することになりませんか」

「ならんよ、君」自信たっぷりな顔でバーサーがライハートにほほえんだ。「スーパー書籍を使っているときに、自分が知覚していることを共有したいと思う個人が増えれば、みながつながって、集団は維持される。しかも従来よりはるかに効果的な形でね。わが社の本は、常に人々が追い求めてきた幸せ、昔から人類の夢であった幸せをみなさんにもたらすものなのです」バーサーの基調のあいさつが終わった。

新聞記者が次々に彼に質問を浴びせたが、いずれも本質を突くものではなく、ライハートはいささか物足りなさを感じ、他の仲間たちと同様、事実上、詳しいことは何一つわからなかったという感想を抱いて会見場から出ようとした。出口で若い女性に小さな包みを渡された。

「どうぞ、ライハートさん。お持ちください。本が使えるのは明日の午後四時からですからね、忘れないでください」女性はライハートの顔にいくつも質問が浮かんでいるのを見て取ると、急いで付け加えた。「説明書は中に入っています。とても簡単ですよ。本のつけ方と切り方とバッテリーの充電の仕方がわかれば大丈夫です。バッテリーは毎日四、五時間使っても、二年から二年半ほど持ちます。どうぞ、お気をつけて！」

「ありがとう」ライハートは小声で言って包みをアタッシェケースに押し込みながら、頭の中にはもう一つのことしかなかった。家で一人きりになったら、このあきれたナンセンスをじっくり調べ上げてやる。バーサーが市場にあふれさせようとしているこの代物、至るところでまるで絶対的な文化革命のように語られているこの代物を。そして欠陥がみつかったら――ライハートは一つどころかいくらでも見つかると思いこんでいた――あのピエロに戦いを挑み、全世界の前で赤っ恥をかかせてやる。どうせよくある詐欺だろう、きっと少しばかり手の込んだ詐欺であるに違いない。

帰宅してエリンにキスをすると、さっそく聞いてきた。

「ラジオのニュースで言ってたんだけど、会見に集まった記者全員にバーサーの本が配られたそうね。記事にする条件らしいけど。テレビでも紹介してたみたいだけど、残念、見逃した。あなたももらったの？」

「かばんに入ってるよ」

「あら、何そのそっけない言い方。どこもこの話題で持ちきりなのに！　どんな本で何ができるのか、興味津々なんだけど」

「ぼくもだよ」ライハートは認め、エリンの興奮ぶりに内からわき上がってきた不快感をぐっと抑えようとした。包みをエリンに渡すと、彼女はすぐに封を破った。本は厳重に幾重にも包装されていて、その一枚一枚に「壊れ物注意」のシールが貼ってあった。やっと最後の一枚をはぎとった。

本は三〇〇ページほどの厚みの、一見何の変哲もない、ありふれたA5サイズの書籍だった。ライハートが中を開いてみる。意外なことに紙は一枚もなかった。中ほどで勝手に開き、操作手順はそれだけだった。二つにわかれた部分は、目に見えない蝶つがいでとじられている。あぜんとして、目の前に開かれた二ページに目を凝らす。自分がいかにふつうの文字や記号を期待していたことか、われながらナイーブだったとふっと苦笑した。見開きのページには、三〇行にわたって文字の代わりに人の目の小さなシンボルがびっしり並び、彼を見つめていた。それ以外何も起きない。笑止千万だと思った。

「うんともすんとも言わない」振り返ってエリンに言った。

「そりゃそうよ。本は明日の一六時きっかりに一斉に動くって言っていたもの。ほら見て、妙な手引書だこと！」そして包みから落ちた紙切れを見せてよこした。紙には本の外観図と、閉じたときと開いたときの図が載っているだけだった。これがスイッチのオンオフなのだ。下にはバッテリーの充電と交換の仕方が書いてあった。どうぞお楽しみください。バーサー&カンパニーコンツェルン。これで全部だった。

「待つしかないということね」ため息をつくエリンに、ライハートはまるで急に彼女が自分のものでなくなったような気がし、なおさら本とバーサーに反感を募らせた。その夜はもうエリンとは何もなかった。いや、その気があったわけではないが、好奇心ついでに、寝る前にそれらしき仕草をしてみたところ、予想どおりの反応が返ってきた。

「ごめんなさい、あなた。でも今日は気持ちが高ぶっちゃって。明日にしてね」

ライハートはすっかり気分を害し、その夜は遅くまで寝つけなかった。

翌日は職場でぐずぐずし、帰宅したのは五時近くだった。編集局でも一日じゅう「本」の話題で持ちきりなのが腹立たしくてたまらず、周囲の会話をいっさい遮断しようとした。自分もどれだけ待ちきれないでいるかを悟られたくなかった。そこでいつもより少し長く職場に残ったのだった。

帰宅すると、いつもなら玄関まで迎えに出てくるエリンが出て来なかった。彼女は居間にいた。肘かけ椅子に座り、じっと動かず、ひざの上には本が開かれている。

「エリン!」呼びかけたが、うんともすんとも言わない。

「おい、エリン!」彼女に近寄って苛立たしげに肩をつかんだ。エリンはびくっとし、伸びをしてから本を閉じた。まるで深い夢から目覚めたようだ。そしてまた何秒かしてから顔を上げ、やっとライハートに気がついた。

「ごめんね。ふう、これ、すごいわよ！」

椅子から飛び起きると、喜びに顔を輝かせて、ライハートの首に両腕を回した。「あなた、これすてきよ！　でたらめじゃなかった。この本、うちにあってよかったわあ。いくらするか知ってる？　二八〇〇ドルもするのよ。今日、店頭で見たの。これすごいわ。もう少し読んでもいい？」もう本のことしか頭にないことは明らかだった。ライハートはたちまちうんざりした。

「読みな」そう言い捨てて台所に行き、グラスになみなみとブランデーを注いだ。エリンの反応にたじろいだ。どうやらあの本には確かに何かがあるようだ。しかし笑い者になってはいけない。いかに自分も本を開きたくて震えているかを顔に出してはいけない。待つんだ。

夜中の十二時半まで待ったとき、ついにエリンが本を閉じ、眠たそうにあくびした。

「残念」エリンが言った。「眠くてしかたないわ。絵がバラバラに見えてきたし、話が頭に入らない。おやすみ、あなた」

柔らかく温かいキスをすると、寝室に消えた。ライハートは本とともに居間にひとりで残された。ついに本を開くのを妨げるものは何もなくなった。今や誰にも見られることはない。それでも少しの間ためらってから、肘かけ椅子に座り、本を膝に置き、（エリンがしたようにほぼ自動的に）本を開いた。

びっしりと何列にも並ぶ目を眺めた。昨日は死んでいるように滑稽に見えたのに、生き生きとライハートを見据えている。彼を食い入るように見つめ、引きつけようとしているのがわかる。ライハートの前で目がみるみるうちに成長していく。まわりのすべてが溶けだして一つになり、ライハートは目を開けたまま、黒い深みへ落ちていき、狂ったような速度でどこかへ飛ばされていった……。

……ひんやりとする風が頬をなで、肩に無造作にかかる長いウェーブの髪を波立たせている。左手の指は、脇に下げた重いサーベルの柄をもてあそんでいる。そう、彼は美しい船の持ち主だった。速さの点でも操縦の反応の良さの点でもこの緑の矢号に匹敵する船はそうそうない。しかし一番彼を圧倒したのは、へさきに向かって誇らしげに上を向く、その魅惑的なラインだった。

「地平線に船！」見張り台から声が飛んだ。

「船です。キャプテン！」司令ブリッジの彼の元に、第一航海士のホーキンスが駆け寄ってきて、双眼鏡を手渡した。場所を指し示す。「向こうです」

最初はただ扇形に切り取った大海原が見えただけだったが、やがて重い荷を乗せ、帆をぱんぱんに張り、北東に向かう丸い船の姿が視界に入った。まだあまりに遠く離れていて、地平線上でまたすぐに見失ってしまった。彼らの大砲の射程距離の何倍も離れている。

「スペイン船だな」そう言うと、ホーキンスの目が光った。

「キャプテン、そう思います。女神の水号かもしれません。ちょうど今頃、トレドからの帰り道のはずですから」

「攻撃するぞ。戦闘用意！」彼が下にいる男たちに叫ぶと、甲板上の男たちの動きがにわかに慌ただしくなった。海賊たちは大砲に弾丸を詰め、導火線を用意し、甲板下から、装塡した銃とピストルを運び出し、錨《フック》をほどいた。スペイン船には結局、やすやすと追いついた。スペイン船の方も積み荷を大量に積んでいたので、逃げおおせるとは考えていなかった。しかし緑の矢号が射程距離に近づくと、スペイン船は突然横を向き、三つの甲板に備わっていた八五の大砲から一斉に砲撃してきた。

それでも緑の矢号はスペイン船にまっしぐらにつき進んだ。緑の矢号は細身だった。甲板に落ちた砲弾はわずかで、命を落とした者も数名に過ぎず、ダメージは軽かった。スペイン船が反対に向きを変えて、逆側に並ぶ大砲から二回目の一斉砲撃を行う前に、緑の矢号はスペイン船に錨を下ろした。猛った海賊たちがスペイン船の甲板にどっとなだれ込み、恐怖と死をばらまいた。彼はしばらく攻撃の首尾を見守った後、自分も雄叫びをあげて敵船の甲板にひらりと飛び移った。

右手にはサーベルを握りしめ、腰の後ろには二丁の水平二連銃と分厚い狩猟用短剣をさげていた。四発撃つと、三人のスペイン人が倒れるのが見えた。それから突撃し、剣術の持てる技をすべてくり出して、獣のように猛々しく戦った。殺すことが彼の生業《なりわい》だった。激闘の末にスペイン船を征服し、敵の司令官は戦いに果てた。下げ甲板には積み荷の武器のほかに女が五人見つかった。一人を自分のために選び、あとの女は仲間たちにくれてやった。またもや大漁！そして、さほど損傷を受けていない船を牽引すると、再びトルツガを目指した……。


「クリスったら！」とつぜん邪魔な声が入った。不愉快だった。足元で船の形が崩れ出し、周りのすべてがカラフルなちりぢりの霧に溶けて消えた。本を閉じると、自分の部屋だった。

「もう七時よ！　今日は会社に行かないの？」エリンが聞いた。

「行く。もちろん行くさ」そう答えたが、まだ夢うつつだった。

エリンは彼の膝の上の本に気づくと、にやりとした。

「ははーん、寝坊するのも無理ないわ。行ってらっしゃい、ハニー！」

編集局は今日も本のことで持ちきりだった。誰もが本に夢中になり、全員がすでにバーサーとその発明をべた褒めする記事を何本か書き上げていた。「どうだい？　疑い深いトマス君？〔十二使徒の一人、聖トマスのこと〕感想は？」今朝も出社したと思ったら早速バートが聞いてきた。

ぐっと答えに詰まった。この種のものでは今世紀最大となったこの本の宣伝キャンペーンが始まった当初から、ライハートが強硬に反対していたことを社内で知らない者はいなかった。一転して手放しで誉めることは、ばつが悪かった。しかし心はこの本が比類ないことを告げていた。なんといっても昨夜は遠い少年の日々から大人になるまで抱き続けた夢の一つが叶ったのである。海賊、海上の戦闘、美女、そこに必ずヒーローとして登場する夢。あの本には度肝を抜かれた。それは認めざるを得ない。それでもまだ心のどこかに不信の炎がくすぶっていた。「どうだかね。ぱっと見は魅力的かもしれない。だがな、バート、きっと何もかもいかさまでペテンだぞ」結局、自分の意志に反してそう答えた。

バートはかぶりを振った。

「おれにはとびきりの本に思える。気に入らない人がいるなんて想像できない。クリス、おまえが理解でききんよ。まぁそのうち降参するだろうよ」バートはクリスの背中をぽんと叩くと出て行った。

けれども編集局で起きたある出来事にライハートは平静を失った。二人の同僚、ブリューガーとラッシーが失踪したのだ。どこに消えたのか、なぜいなくなったのか、正確に知る者はいなかった。これは編集局が崩壊する序曲で、首になったのだろうと憶測する者がいる一方で、自分で辞表を出したんだろうと言う者もいた。経営陣が何かしらのコメントを出すのを誰もが期待したが、会社は沈黙を通した。次第にこの二人の編集者が不審な死をとげたという噂がささやかれるようになった。しかし正確なことは誰も知らず、またまもなく本当にリストラが始まったため、ブリューガーとラッシーのことは忘れ去られてしまった。

ライハートはしかし、解雇された人数より多くの人が社内から姿を消したような気がしてならなかった。とはいえそれ以上考えることはしなかった。ほかにも心配なことがたくさんあるうえ、仕事もどれから手をつけていいかわからないほど溜まっていたからである。自殺者も急増していたが、そのことに注意を向ける者はいなかった。とにかくみなそんな余裕はなかったのだ。

翌週には本の宣伝キャンペーンは最高潮に達した。著名なジャーナリストの書評や、早々と自腹で本を買った人たちの話が、世間の購買欲を大いに刺激した。すぐに在庫切れになるとライハートは踏んだが、バーサーはちゃんと計算して在庫をたっぷりそろえていた。世間は驚愕し、よろこび、誰もが仕事を終えると本と過ごすためにまっすぐ家へ帰った。

そして週末にライハートが帰宅すると、エリンはいつものとおり本に没頭していて、顔を上げようともしなかった。テーブルの上にもう一冊本がおいてある。クリスは眉をひそめて、読書中のエリンに声をかけた。

「どういうことだよ?」

「これは、あなた用よ、ハニー。だってどうせわたしが寝たあとに毎晩読んでいるじゃないの。だからもう一冊買おうと思ったの。そうすればふたりとも時間を気にしないで読めるでしょ。それに今日これ半額だったのよ。それ使ってね。いい?」ライハートも本を読んで自分の邪魔をするなというわけだ。

どのご家庭にも本を!　家族のみなさま一人ひとりに一冊ずつ本を!　バーサーの代理店の

スローガンが頭をかけめぐった。周りを完全に遮断しているエリンの目にげんなりし、膝の上で本を開いた……。

現実がぐにゃりと溶けて消え、遠くにエンジン音が聞こえてきた。

「当機は着陸態勢に入ります。シートベルトをお締めください！」フライトアテンダントの声が聞こえた。ほかの中年の団体客とともに、雲の層のはるか上空を飛ぶ豪華な機内にいた。それとも雲ではないのか。まもなくその中に突入した。

「どちらへいらっしゃるんで。第二基地ですか、第三基地ですか」右隣の男が話しかけてきた。

「は？」

「中生代と新生代のどちらに行かれるのですか。わたしはもう何度か来ていましてね。前回はターボサウルスをしとめたんですよ。記念に持ち帰ろうとしたら、残念ながら、許可されなかったんですけどね。歯一本もだめだったんですよ！」

「それは残念ですね。そこまで厳しくするのは無意味ですね」ライハートが応じた。

機体は近代的なガラス張りの建物から遠くない地点に着陸した。足下全体が揺れ、軽くぎしぎしと鳴った。飛行機を降りて少し機体から離れると、実は地上からおよそ二〇〇メートルほどの上空に浮かぶ円盤の上にいるのに気づいた。下には砂漠が広がっており、イチジクの灌木が点在し、少し先には二本のソテツの濃い影が伸びている。隣の席にいた男は降りず、飛行機は再び離陸し、空に溶けて消えた。降りた客に最新式の装備一式が配られた。それからいくつかのグループに分けられて、それぞれにガイドがついた。ライハートは女性三人と男性五人のグループに入れられた。みな興奮に目が輝いていたが、恐怖と不安の色もちらほら見えた。

一行は幅の広い長いボートに乗って、川を下り、それからガイドの合図でナンヨウスギの林の近くの土手に上陸した。ここで二頭のトラコドンと、一頭の小さなイグアノドンをしとめた。イグアノドンはわりとかわいらしかったので、ライハートは可哀想な気がした。それから、枝をばきばき折るやかましい音をたてて藪から巨大なゴルゴサウルスが飛び出してきたが、ぎょっとしたのは恐竜に狙われた獲物の人間たちより、ゴルゴサウルスの方だっただろう。巨体を目にした狩人たちは色めき立った。すぐに一斉射撃を見舞って猛獣の体を砂地に倒し、動かなくなると、死骸をとり囲んで、誰が致命傷を追わせたのか長々と言い争った。ライハートは口論の輪に加わらずに、死骸を常食とするプテラノドンを待ち伏せて、そして規定にしたがって、空高く飛んでいる一頭をしとめた。それから狩人たちは中生代の生物がうようよしている海にそそぐ広いデルタ地帯まで川を下った。ライハートは、獲物を狙って海面すれすれを泳ぐプレシオサウルスとモササウルスの濡れた大きな体と鋭い鰭を何度か目撃した。海の眺めは実にうっとりする。この地球の過去への旅の方がはるかにスリルがあるのに、わざわざ遠く離れた惑星にあこがれるなんてなんとばかばかしいことかと思った。さらに上流に戻るときに、ボートに不意に襲いかかってきた獰猛なティロサウルスを撃ち倒すことができた。

夕方、狩りから引き上げながら、なんと素晴らしいんだ、とライハートはうなった。

中生代の恐竜狩り、これも長年の夢だった！　タイムトランス社の建物から外に出る前に、窓口に立ち寄って、次の旅を予約しようとしたほど興奮していた。しかし窓口の若い女性がこちらを見、何に興味があるのかとあれこれ訊いてくるうちに、彼女の顔がしだいにエリンの顔と重なりはじめ、気がつくと自宅の居間にいた。膝の上の本が閉じられ、エリンが目の前に立っている。

「もう朝よ、仕事に行かないと！　どうして夜だけ読んでちゃんと寝られるように設定しないの？」

「そんなことできるのかい？」

「当たり前よ！」

ライハートは驚いた。妻は彼よりずっと詳しかった。そこで妻の助言に従うことにして、さらに本を調べることにした。

バーサーはその間、アメリカの市場を文字通り丸呑みして余った本を、他国に輸出しはじめた。もはやほとんどの家庭に少なくとも一冊の「本」があった。劇場は次々に閉鎖され、映画会社はバタバタ倒産し、ほかの本は誰も買わなくなった。

本棚に一冊の本で十分、とうたったバーサーコンツェルンのスローガンは、まんざら嘘でもなかった。

しかしそれから数週間もすると、ライハートはかつてひたすらむなしく夢に描いていたことをすべて叶えてしまったことも事実だった。ローマ軍の軍団兵としてガリアと戦い、古代エジプトで大神官になり、木星に旅行し、開拓時代の西部でわくわくする冒険を体験し、氷河期に部族を率いてマンモスをしとめた。最高だった。ただ一つ残念な点があった。エリンとすっかり疎遠になってしまったことだ。当初、二人の本をつなげてみようとしてみたが、冒険が始まると、それぞれ違う展開を選び、エリンはいつも自分ではなく別の人をパートナーに選ぶのだった。ふたりで共に歩む人生は終わりを告げた。毎晩向かい合って肘かけ椅子に座ったが、自分の本と晩を過ごした。ライハートはまもなく、これが気に障るのは、自分だけなのではないかという気がしてきた。本にある意味制限され、思いのままに操られているような感じがしたのである。

一週間後、編集者として勤めていた新聞社が倒産した。もはや新聞など誰も読まず、ライハートはこれまで縁もゆかりもなかった分野で仕事探しをしなければならなくなった。本は自分だけでなく世界中をじわじわと着実にのっとりつつあることが飲み込めてきた。最初にその考えが浮かんだときは背筋がぞっとしたが、よくよく思いめぐらしてみても、そうとしか思えないのであった。

その日帰宅すると、嫌悪感から、震える手で本をつかみ、壁に投げつけた。しかし粉々になると思いきや、予想に反して本は壊れなかった。包装紙には、あちこちに「壊れ物注意」と書いてあったのに、実際にはとてつもなく頑丈にできていて、壊れるようなものではなかった。ライハートは無傷で床に転がっている本と、肘かけ椅子に座り自分の本に夢中になっているエリンをじっと見つめ、それから上着を取ると、外へ飛び出した。長いこと街をさまよった果てに、突然立ち止まり、目を見開いて前方を見つめた。バーサーコンツェルンのビルの前だったのである。もう何度もここに来たことがあったから、無意識のうちに足が向いてしまったのだろう。そしてここで最大の衝撃が彼を待ち受けていたのである。ここまで歩いてくる間も、出くわすのはパトカーやパトロール中の警官だけで、何度か身分証の提示を求められた。街の住人は皆、自分の本と共に晩を過ごしていたからだ（近頃は大幅に値下げされていたので、まさに誰でも手に入れることができた）。ライハートはバーサーコンツェルンのビルの前に立ち、まだ明かりのついている窓を目を丸くして見上げた。窓の向こうでちらほら影が揺れ、ダンスの音楽や、楽しげに話す声や笑いさざめく声、グラスを合わせる音が聞こえてきた。

「何をしている？　身分証！」突然背後から呼び止められ、ぐいっと腕をつかまれて背中にねじあげられた。痛みにうめき声をあげる。

驚いて振り返ると、二人の警官の顔があった。うさんくさげに彼を見ている。

「ただ、さ、散歩していただけです」どもりながら答える。

二人は不審そうに彼を見つめた。

「ただ散歩？　ふん、だが何をしているんだ、ここで？」

背筋が凍った。その瞬間、うまい言い訳がひらめいた。

「晩になって本がおかしくなってしまったんです。それで、ここだったらサービスセンターか何かですぐになおしてくれると思いまして。晩に本がないと退屈ですからね！」

警官の顔がようやく和んだ。

「ああ、そうですか。やっとわかりました。でもここで修理はしていません。明日まで待ってください。それと表をもうあまりうろうろしないでください。危険ですから」そして身分証を返してくれたが、その前に細かく彼のデータを書き写していた。そして車で走り去った。ライハートも、もう家に帰ろうと思ったそのとき、鋭くタイヤがきしむ音がして、コンツェルンのビルの前に装甲車が止まった。車から降りてきた人物の顔は、政府の会議で何度も見たことのある顔だった。先頃統合されたＦＢＩとＣＩＡの長官だ。そうだったのか！　これでパズルの最後のピースがはまった。我ながら不思議に思った。どうしてもっと早く気がつかなかったのだろう、簡単なことじゃないか。

人々が口に出していない願い事を叶えてくれる本は、人の考えが読めるに違いなかった。ただ本の機能のために必要なことだけでなく、その人が考えていることが端から読めるのだ。そう、そうに違いない。なぜこの数週間の間に編集局の同僚二人を含む友人たち、また何千人もの人たちが次々に逮捕されたのか、合点がいった。そう、やっとすべてがわかった。だがそれが何になる？　誰に訴えればよいのだ？　誰が聞く耳を持つだろう。せめてエリンに打ち合けられたらと思うが、このところの彼女ときたら、本とコンタクトしているときに邪魔すると、ひどく不機嫌になるのだった。どちらにしてももうほとんど口をきかなくなっていた。

ライハートはよろよろと家に向かった。頭の中は混乱したままだった。まるで酔いが回っているような感覚だったが、今日は酒瓶には指一本触れていない。曲がり角に来る度に、用心深くあたりを見渡した。またパトロールの警官に出くわすのはごめんだった。彼らのやり方はまったく気に入らなかった。それでも何度かよく確かめないで曲がってしまい、建物から手錠をかけられた人が引きずりだされて閉めきったトラックに乗せられている場面に遭遇し、あわてて身を隠すはめになった。連行している者たちは警察の制服を着ていたが、中に私服の者もいて、采配をふるっていた。ライハートが一度も姿を見られなかったのは、幸運だった。

それ以外は人気はなく、まるで街全体が死んだかのような雰囲気に覆われていたが、そうでないことはもうわかっていた。住民は我が家でだらんとくつろぎ、膝の上に本を広げ、わりあい幸せな気分でいるものの、同時に完璧に監視されているのだ。いつでもすぐに自分を捕まえに彼らがやってくるかもしれないなどとは夢にも思っていない。ライハートはもうぐずぐずしないでまっすぐ家に帰ることに決めた。警察のパトロールをもう一度切り抜けられる自信はない。四方八方から、通りのがらんとした空虚さが漂ってきた。街灯は本来の四分の一もない光量に下げられ、パトカーは長距離ライトをつけて走行していた。車、あるいは徒歩で、時に犬を連れてパトロールする彼らは、ライハートを除いて、夜の街に唯一生きている人種だった。さらにバーサーの一味も。だが彼らは少々人と異なる生活を送っていた。それ以外はこの街も、この国も、もはやおそらく世界中が、周りにとってはおとなしく死んでいるも同然で、本に没頭していた。誰もが職場から本へ、本から職場へ、そして一日中、仕事が終わって本に戻れることだけを楽しみにしていた。実に理想的な社会。そうとも、バーサーはこれまで並みいる歴史上の絶対君主が夢見てきたバラ色そのものの夢を実現してのけたのだ。世界が誕生してこのかた、これほど規律正しい人民、これだけ完璧に言いなりになる人民はいなかった。そして最大の矛盾は、みなが自分でそれにお金を払った――自分を監視する自動機械《オートマタ》を買いに走った、ということだった。

ライハートは不快感と憎悪とどうしようもない無力感に息が詰まりそうだった。何十億もの人々と同じように、暖かい家に座って満足して本を開いていた方が幸せではないだろうか。どうして他の人々のように満足できないのだろう。こんな些細なことのために、世界でもっとも見捨てられた人間になってしまったことに悄然とした。これほど孤独と絶望に打ちのめされた人間はいない。無力だった。秘密を暴いたところで、今や何にもならないことがわかっていた。もう誰も覚醒させることはできない。もう手遅れだ。しかも帰宅して本と接触しなければ、不審がられる。そして本を広げれば、たちどころに考えていることを何もかも察知され、やはり終わりを意味する。なぜ何とかならないのか。無性に誰かに会いたくなった。本がまだ存在しなかったころ、以前のように長く話し込んだりおしゃべりしたりできる人に。彼のように本を憎み、仕事から帰ると、食べたり飲んだり、愛したり、散歩したりおしゃべりしたりする人、とにかく生きている人に現れてほしかった。職場で過ごす時間以外は硬直したミイラになることのない人に。まだ生きている人に！

絶望したライハートは区画《ブロック》伝いに走り出し、次々に呼び鈴を鳴らした。手当たり次第に、指先のボタンを片端から押す。しかし応答はなかった。そこで通りの電話ボックスに飛び込むと、でたらめな番号に電話をかけ始めた。どこも通話中ではなかったが、誰も出ず、電話がただえんえんと鳴るだけで、結局、受話器を置いて、また別の番号にかけるのだった。

「はい」突然受話器から声がした。

ライハートの心が踊った。おれ一人じゃなかったのか？　まだ街に少なくともひとり、本の見かけのすばらしさに惑わされずに、正気を保っている人がいる！

「もしもし、恐れ入ります、どちらのお宅でしょう、お話ししないといけないことがあります。一刻も早く！　わたし、わたしは……」口ごもった。

「こちらは自動応答機です。フィナルド夫妻は現在電話に出ることができません。ご用件がある方はお名前、折り返しの電話番号の後にメッセージを残してください……」ロボットの声が耳から遠のいていき、頭から抜けていった。いや、実はその反対だった。徐々に恐ろしい現実に引き戻されたのだった。重い手で受話器を置いた。

やはり一人なのだ。もうそれ以上電話はかけず、電話ボックスから出た。

暗闇を二つの反射ライトが貫いた。反射的に電話ボックスの後ろに身を潜めると、大きな暗い色の車が近くの建物の門の前に止まるのが見えた。鋭い人相のガラの悪い四人の男が車から降りてきた。リラックスした様子で大声で話しだす。どうせ誰の耳にも入らない、とわかっているのだろう。

「ジャック、この通りは三件だ」

「そんなにか！ ぼろ儲けだなあ、おい」

「だよなあ。こんな荒稼ぎはヴァリアーニ親分のとこにいたときだって経験したことがねえ。あの人だって大したお人だったのによ！」

ライハートはヴァリアーニが何者かを知っていた。アメリカ最大のギャング組織の頭であり頭脳である人物だ。一度も刑務所に入ったことはない。常に最高の弁護士を雇い、証拠不十分に持ち込むのだ。男たちが建物に入っていき、少しすると、上階で窓を開けるきしむ音がした。

「いいか？」上から声がした。

ジャックはさっとあたりを見渡しただけで答えた。「おおよ！」

階上のどこかから黒っぽい塊が無言で落ちてきて、ドサッとコンクリの路面に衝突した。ライハートは恐怖に目をつむった。人の体だ。男たちが車に乗り込んだ。

「この街は自殺が妙なほど増えているなあ、なあ？」

耳障りな声に続いて殺人者たちの高らかな笑い声が聞こえた。

車は一五〇メートルほど走ってまた止まった。男たちがまた建物の中に消え、ライハートは即刻ここから退散しなければと思った。一番近くの角まで後ずさりして角を曲がると、暗い道を家に向かって一目散に駆けだした。あと通りが二つの地点まで来たときに、前方の歩道沿いにまた車が止まっているのが見え、近づくと、建物から数人の男が飛び出してきた。「豚野郎、思い知れ」

「痛っ！ 放してください、お願いです。間違いです！ 間違いに決まってます！」

男たちが一人の男をリボルバーの柄で残酷に殴りつける。

「来い！ この野郎。その間違いを説明してやる。間違いなんかじゃない」

ライハートの耳に、気の毒な男の体に振り下ろされる拳の鈍い殴打の音が届いた。男は口をつぐみ、ついにはこのままでは死ぬだけだと悟ったのだろう、最後のあがきに出た。飛び起きると、押さえつけていた二人の男を死にものぐるいで振り払い、ライハートのいる方に駆けだした。

「上出来だ！ もっと早く走れ！ 少しはよけてみな、クソ野郎！ ちょっとは手こずらせてみろ」男たちは高笑いし、ピストルの準備をした。サイレンサーさえつけない。そもそもつける理由もなかった。殺人者たちはくったくなくしゃべりながら笑い、並んで立って手の中の銃床を握りしめた。射撃がもっと面白くなるように、逃亡者との距離が少し開くまで待った。

ひたすらまっすぐ延びた通りだった。気の毒な男は身を隠せるところも曲がり角もなかった。そのとき通りの反対の端にいたライハートは、明かりのついていない門のくぼみに縮こまり、逃亡者が自分の方に逃げてこないことを心の中で祈った。殺人者の愉快そうな声が人気のない静かな通りに響きわたる。

「さあ！　もういいよな！　ジェリー、始めろ！」

男の一人がねらいを定め、この言葉を耳にした逃亡者が必死に身をかわし始めた。銃声とともに逃亡者が痛みに叫び声をあげ、歩道に倒れる。しかしすぐにまた立ち上がり、わき腹を手で押さえてびっこを引きながら逃げ出した。歩道に血がしたたり落ちる。

「ブラボー！　いい一発だ」

「ジェリーは友だち思いだな。俺たちの分もとっておいてくれた」叫び声と笑い声が響く。

次の銃声。それた。逃亡者がちょうどライハートのあたりに来て、銃弾が壁の漆喰をえぐり取るのが見えた。バン！　バン！　この距離だと命中率が下がるのだろう、ほぼ全員そろって撃ちはじめた。バン！　一発が男の肩に当たり、男がまた倒れた。起きあがってふらふらとまた走りはじめるが、もはや血に染まったわき腹を手で押さえる力もない。再びジグザグに走りだそうとするが、その瞬間にまた銃弾を浴びる。体を二つ折りにした様子からすると、まともに腹に食らったらしい。男は痛みに吠え、ぜいぜい息を切らし、自分の血でむせかえったが、超人的な気力を振り絞ってまた立ち上がり、這うようによろよろと進み出した。もはや逃げているとは言えなかった。とどめの一発が背後から首を貫き、無用な苦痛は終わった。両手を投げ出して、あおむけに転がった。男たちは車に乗り込み、死体のそばを通り抜けるとき、一人がまた男の頭に発砲した。

「無駄撃ちだ。ぴくりともしていないじゃないか!」

「念には念を! またボスに何か言われるのはいやだ」

「勝手にしろ。だが無駄だったと思うぞ」

声が遠のくと、ライハートは警戒しながら壁づたいに歩き出した。また彼らと出くわしたりしないか生きた心地もしなかった。しかしもはや通りの静けさを破るのは彼の靴音だけだった。薄暗い街灯はくっきりしないぼやけたいくつかの影と、のろのろと歩いてはまたそっと走り出すライハートの姿の、このおびえたおとなしい仲間たちをかろうじて映し出すだけだった。

けれどもこの状況全体の苦痛は、家にたどりついて後ろ手にドアをしめた瞬間に、より一層重くのしかかった。ドアはまるで霊廟の扉のように重くどっしりと感じられた。絶望の淵にいた。それまでは打つ手がない、などということはないと信じ、愚かにも何か解決策を見つけようとしていた。しかしバーサー一味のやり方は完璧だった。彼らの前では、人々は赤子のように無力だった。ライハートは窓際に近づき、しばらく下の通りを見つめた。けれども背中に自分の閉じた本とエリンの圧迫感を感じていた。本もエリンもじっと動かずに沈黙を守り、回避しようがなかった。

ヘッドライトをつけた暗い色の車が通りに現れた。車が角を曲がって見えなくなるまで、ライハートはじっと息を殺して見守った。怯えている？　そう、怯えていた。まだ死にたくはない。人生を愛し、まだ今朝は長い前途を信じて疑わなかったのだ。あまりに急な展開だった。彼の背後でエリンが幸せそうにふうっとため息をつく音が聞こえた。彼女の方を振り返った。だめだ、目覚めていない。まだ夢の中だ。ライハートは酒の棚に向かい、ブランデーの瓶を取り出すと、グラスになみなみと注いで一気に飲み干し、もう一度注いでやはりぐっと飲み干した。しかし圧迫感は薄れるどころかますます強くなった。エリンの向かいの椅子に腰を下ろし、彼女の身動き一つしない姿勢、やわらかな恍惚的なほほえみをたたえている口元、開いた本にじっと注がれている目を見ていると、本の秘密を見抜いてしまったことが悔やまれた。また何度か酒を注ぐ。圧迫感と無力感が耐えがたいほど強まり、もう耳にはたった一つの望みしか聞こえていなかった。この望みのない茶番を終わらせること。一刻も早く。ライハートはブランデーの瓶に直接口を付けると、ごくごくと飲み干し、最も手っ取り早い解決策を選ぶことにした。

本をつかんで、膝の上に置くのもそこそこに急いで開いた。まるで土壇場で気が変わるのを恐れるかのように、また臆病風に吹かれて無駄なことをしでかさないように。けれどももうそんな余裕もなかった。びっしりと並ぶ、好奇心に満ちた眼差しが、ライハートを瞬時に飲み込んだからだ。そして彼の思考、目論見、悩み、知識が片端からコンピュータセンターを介して

ＦＢＩ―ＣＩＡ局に流れ出す一方で、ライハートは美しい馬の鞍にまたがり、家来を率い、中央スコットランドの高い丘陵地帯に隠れている自分の城へ帰り道を進んでいた。美しい日で、家来たちはお気に入りの軍歌を口ずさみ、ライハートはことあるごとに、半年間の取引の成果と戦利品を積んだ、厚手の帆布に覆われた四台の荷車を誇らしげに振り返った。

「皆疲れています。そろそろどこかで休憩した方が」彼の右腕であり左腕でもあるイルヴァルが進言する。

「いや、夜になってしまう。今日中に城に帰りたい。このあたりはまだ物騒だ。先を急ぐぞ！」肩越しに後ろの家来たちに叫ぶと、小さく不満の声があがるのが聞こえた。

しかしイルヴァルが家来の方に引き返して行くと、不平は鎮まった。やがてまた男たちの歌声が響き始めた。大丈夫だ。もう一つ同じような森を抜ければ、もう家だ。かかって六、七時間。荷車が故障しなければ。

「イルヴァル！」呼びかけ、またすぐに旧知の腹心の部下の落ちついた顔を見つめた。

「念のため、全部の荷車に戦闘準備をさせろ。誰も居眠りしないように。家に着けばいくらでも寝られる。石弓を引け。武器を手から放さないように」

「わたしもそうすべきだと思っていました。殿。ここらは何か起こりそうな気配がします」

イルヴァルがうなずき、伝令に行った。

それから二時間はとくに何事もなく過ぎた。

「もうすぐ堰に出ます。川を渡れば、向こう岸は安全です」イルヴァルの発言にライハートはうなずいた。

渡ればわが領地だ。しかしその刹那、前方で絶望的な絶叫があがった。行列の先頭の家来が落馬するのが目に入る。石弓がびゅんと飛んできて、耳のそばをかすめた。激しい怒りがこみあげ、一瞬、息ができないほどになった。鞘から剣を引き抜き、ライハートは隊列の先頭に躍り出て、近づいてくる暗い人の塊めがけて突進した。彼の右側で絶叫が聞こえ、テグワーが馬から落ちた。胸に長く重い矢が突き刺さっている。飛んできた槍が刺さってビルスウェットも絶命した。馬上のライハートは怒り狂った雄牛のように、攻撃してくる敵陣に突進した。危険を省みず、味方の誰かが後に続こうが一人きりだろうが、気に留めなかった。勇猛に周りを切り裂き、的を外すことはほとんどなく、全身が武器か楯で覆われているように感じた。ライハートの怒りの激しさに敵が浮き足立ったのは一瞬だったが、それでも援軍がかけつけるのには十分だった。苛烈な戦闘の火蓋が切って落とされた。襲撃側には松明を掲げている者もいたため、身なりの色が見分けられたが、彼らの姿に心当たりはなかった。おそらく山賊か逃亡したはぐれ兵士の集団なのだろう。紋章はつけていなかった。ほどなく敵の大半は討ち倒されるか、馬に踏みつぶされた。ライハートの隊商を襲うにはあまりにお粗末な戦術であったように思われた。

しかしとつぜん、ブフワイレックが叫んだ。「荷車が燃えている！」

後ろを振り返ると、燃え上がる炎とその周りで戦う男たちのシルエットが目に入った。

「戻れ！　早く戻れ！」彼は叫んで馬を引き返させようとして向きを変えた。しかし彼らの荷車に弓や石弓の矢が雨のようにバラバラ降ってきた。ライハートの手勢はもはやあまり残っていなかった。大半は荷車の間で死体になって転がっていた。襲撃者の方が数の上で優るうえ、もはや暗くなってよく見えないため、有利だった。ライハートは急いで最も烈しい戦闘が起きているところに飛び込んでいき、家来の一人に重い槍を投げつけようとしていた大男の頭蓋骨を一撃でかち割った。それから長い剣で三人の敵を相手にし、一人目を馬で牽き、二人目を剣で刺し、三人目を見事にかわした。しかし不意に乗っていた馬が後足で跳ね上がり、ライハートは石弓が当たったかと考えた。そこで馬が倒れてその下敷きにならないよう、さっと飛び降り、まだ食い下がっていた男をしとめた。刹那、左肩に激痛が走り、見ると短く強い矢が貫いている。もう楯を持ち上げる力はなく、脇に放り出すと、左手で鞘から幅広い刃の短剣を引き抜いた。正面から悪党どもが五人、にじりよる。どうやら彼にねらいを定めたようだ。必死にあたりを見渡すが、部下もみな自分の戦いで手一杯で、周囲の藪や木の上から規則的な間隔で飛んでくる矢でバタバタと命を落としていた。ライハートは大きく深呼吸すると、雄叫びをあげて数で上回る敵陣につっこんでいった。しかし敵に囲まれ、どうやら相手は自分を生け捕りにするつもりだと察した。その瞬間、自分の身には何も起きない、起きるはずなどない、という考えが浮かんだ。いままで本が作り出した夢の中で大けがを負ったり、ましてや殺されたことなど一度もない。これは気持ちを奮い立たせ、倍の力をもたらした。そもそも怖がるものなど何もないのだから。そして捨て身で相手の一人に飛びかかり、地面に倒し、剣で突き刺した。しかし残りの者たちに向き合う前に、頭を殴られて地面に倒れ、剣を手放した。すぐに二人の男にがっしり押さえつけられ、炎の方に引きずられて行った。気がつくと、周りはもう戦闘がやんでいた。炎のそばに槍が数本置かれ、刃先を炎が赤く焼き付けている。少しの間気を失っていたらしい。しかし縛られてはいなかった。二人の男に押さえつけられているだけだった。しかしどちらにしても変わりはない。抵抗を試みるには体が衰弱しきっていた。

彼を押さえつけていた男の一人が、槍の刃先を炎に焼きつけている男に、何かわからない言葉で話しかけた。すると男が炎から槍を一本引き抜いて、近寄ってきた。

「何をする気だ？　気が違ったか」ライハートが叫んだが、その声にはもはや恐怖がにじんでいた。もう中世スコットランドの貴族などではなく、自分は元編集者のクリス・ライハートだとはっきり自覚していた。男は残忍な笑みを浮かべると、ライハートの胸を冷静に槍で突いた。ライハートは内臓が焦げる狂気の痛みに叫び声をあげ、彼の最期の感覚は、刃先が肋骨の一つにぶつかり、滑り抜けて奥へ行ったということだった……。

大きなリムジンから四人の男が飛び降り、上に昇った。六二階に着くと、マスターキーで家のドアを開け、中に入った。本とコンタクトしている若い女性には目もくれなかった。しかし彼女の向かいに座っている男を見て、目を見張った。男の顔は狂気にゆがみ、本を握りしめる手は死に際に見られるようにぶるぶるとけいれんを起こし、こわばっていた。膝の上の本は開かれたままだった。一人の男がこわばった指から本をむしりとり、閉じた。

「またプログラマーに先を越された。今日はこれで三度目だ」

閉じた本をライハートの膝に戻した。

「こいつ、外に運んだ方がいいか?」別の男が聞く。

「いや! ここの場合は女にやらせないといけない」本を手に微動だにしない女性を指で示した。「女が死体を発見するのだ」

最初の男が短く笑うと、それから全員家から出て行き、次の住所に向かった。

エイヴォンの白鳥座

Společnost Avonská labuť

イジー・オルシャンスキー

一九九〇年

小さい頃、ぼくはロボットになりたかった。大それた望み？　もちろんだ。けれども子どもの頃に思っていたほど、突飛な望みではない。当時のぼくは子どもが知れる大人の秘かな企《たくら》みを知らなかっただけなのだ。ぼくらが住んでいたのは広い宇宙のはずれで、大したことなど何も起きず、はるかかなたの源からのニュースは何千年も遅れて届くようなところだったから。もっとも人間がロボットに転化する噂は聞いたことがあったから、何も知らなかったというわけではない。

世の常で、噂はあった。噂は光の速さだって尊重しないのだと思う。ただ、師《マスター》が言うように「おしゃべりな「噂」というばあさんが頑丈なのか」[*1]どうかは、誰も知るよしもないけれど。比較してみると……ちょうどその頃、ロボットの方は超航海技術を身につけて、銀河の最果てにも住み着きはじめたらしい。

ぼくらもよく旅をしたけれども、とても比べものにはならない。宇宙船での旅は、旅回りの一座の宿命だ。次の興行地が遠い星なら、何年も冬眠して過ごすこともざらだ。でも、ただ旅しているだけではコスモポリタンにはなれない。いくら旅をしても何も理解していないこともある。ぼくらは人間らしく、視野が狭い方だったのは否定できない。

ぼくは生まれたときはとても小さくて、それから大きくなった。これはぼくが人間であるあかしだろう。ロボットは違う。完成時の寸法に組み立てられる。まあだいたいそうだ。

ほかにも違うところがある。何かの手引き書で読んだんだが、ロボットの皮膚の下は六角形の組織で、人間は多型《ポリモルフィ》だ。思春期にさしかかる直前、ぼくはこの問題に悩んだあまり、手首を切った。指の長さくらいの傷ができて、そこから血という赤い液体が流れた。師の作品ではかなりひんぱんにこの液体が登場する。地獄かと思うような痛みが走ったけれど、六角柱の組織は見つからなかった。

それでも肉体的に痛い思いをしたおかげで、無駄な望みは抱かなくなった。ようするにぼくはロボットではないのだから、折り合いをつけるしかない。

もちろん、人をどうやってロボットに改造するのかは相変わらず知りたかった。これには諸説ある。しばしば、冴えない鉛が金に変わるような、変成《トランスミユート》にたとえられる。すべてが変質してまったく別次元の生命に移行するわけだ。一方で性転換手術に毛が生えたくらいの多少手の込んだ外科手術に過ぎないという見方もある。皮膚の下で多型の物質が廃棄物コンテナにぽろぽろ剝がれ落ちて、代わりにチタン、銀、ガリウムの六角形がはめこまれていく様子を想像してみる。これも手引き書の受け売りだが、チタン、銀、ガリウムとはロボットの基本的な構成原料だ。

転化の方法はぼくの想像通りかもしれないし、もしかしたら人の想像の及ばない方法なのかもしれない。まだ転化者《コンバート》に遭ったことはないので、そこのところははっきりしない。身体が掻きたくなってきたので少しばかり物思いは棚上げだ。転化のことを考え出すと決まって蕁麻疹が出る。

一方でロボットに蕁麻疹は出ない。これは自信がある。ポッポッが出るかどうかも、この宇宙に生息する両種族をわけているわけだ。ロボットが人間より優れている点はもっといくらでも挙げられるけれど、この単純なことを確認したくらいでやめておこう。

あ、もう一つ。ロボット社会は、普通の人間には真似できない完璧な社会のお手本だ。どのロボットもドミノキューブのように社会に組み込まれている。ぼくもヨリックではなくてドミノキューブになりたい。

いつだったか（もう父を継いで役者になる、と心に決めたあとだったけれど）、惑星シリウスで師の芝居をかけていたときのこと、父はぼくらに師の世界を見せようと思いたった。父は先ほど話に出た一座のいわば座長だった。

みな浮かない顔をしたのを覚えている。八光年もわけもなくあくせくしたくないからだ。だが父は譲らなかった。

「この興行地でみんなでっぷり肥えただろう。そろそろ衣装がきつくなってきた頃ではないかね。身体の線を保つために何かした方がいいだろう。それには数年間の冬眠はもってこいだ」

冬眠をすると、必ずげっそり痩せる。興行地に着くと、ぼくらの顔はいつも皮のマスクみたいになった。

確か、父がこの話をしたのは、一座が所有する古い宇宙船の稽古場だった。稽古場には旅回りの芝居に必要なものが何でも揃っている。回り舞台、象徴的な舞台装置、その場ですっと舞台から姿を消すことができる奈落まで。打ち合わせをするときも、そこに集まった。

それぞれ定位置があった。父はゆっくりくつろげる古い肘かけ椅子がお気に入りだった。背もたれにラミネート加工したレリーフとガラスの飾りがついているものだ。きっと師の芝居の影響だと思うのだけれど、この玉座と言う椅子をぼくはとても貴重なものと考えていた。この玉座の右側に座るのは妙な表情をした従兄のリチャードで、子どもの頃からぼくはこの顔が怖かった。椅子の左側にはぼくが背中を丸めていた。ぼくたち二人が父に一番近い存在だった。

ほかの役者は稽古着姿で思い思いの場所にちらばっていた。うちの旅一座にはおよそ一ダースの俳優がいて、そのほかに裏方がいた。観客に人気のあった当時のスター俳優のうち、恋人役のキャリバン、女形のエアリエル、無邪気なハーミアを挙げておこう。さらに性格俳優のぼくの母、クラリッサと、昔悲劇俳優だったポロニウスもいた。みんなが一つの家族のように集っていたあの頃を思い出すと、ノスタルジックな気分になる。

父は椅子でくつろいで、いつもの癖でぼくの背中の瘤をさすっていた。しかしこの穏やかで平和に見えたひとときは、嵐の前の静けさだった。てっきりぼくは、父はさっきの計画を諦めたのだろうと思っていたが、父の機嫌が変わったのを読み違えただけだった。父はときどきこんな風にぼくらを試すのだ。

はたして自分のアイデアにみんなが乗り気にならないのを見た父は、烈火のごとく怒り出した。

「教養がないな。思い出してみなさい。師が、立法者がなんと言われたか。〈惑星は、生きとし生ける者の墓場であると同時に母でもある。墓場がむさぼり喰ったものは、また惑星の母胎が戻すのだ〉[*2]。これは師が役者稼業の発祥の地について語られた言葉だぞ。これをたった数光年で見られるというのに、その甲斐はないというのかね」

言うことをきかない役者を戒めるとき、師はしばしば立法者と呼ばれた。師の名を唱えて悪態をついたり、作品の一節を引用したりするのは実際よくあることで、つまり父もどんぴしゃの場面で師の故郷の惑星についての信条を使ったのだった。

ぼくはこの続きも知っている。こうだ。〈その母胎から生まれたさまざまな子どもという子どもが母の見目麗しい乳房から乳を吸っている姿を目にする〉[*2]。

もちろんこれをそのまま言葉どおりにとらえることはできない。師の言葉は単に想像力をかきたてるための魅惑的な詩のイメージなのだ。たとえばぼくはこの言葉を聞くと、きまって銀河規模で大宴会を開こうとしている途方もなく潤った惑星植民地《コロニー》を思い出した。

「ゴッボ、おまえはどう思う？」父の声がとどろいた。父は日頃から声が大きかったが、それは役者《ヒストリオン》にはあたりまえのことだった。

「な、なに?」びくっとしてぼくは言った。

もちろん父は自分が決めたことについてのぼくの意見を知りたいのだ。

「質問しているんだぞ、ゴッボ! またぼんやりしてたな」父はそう言うと、親指でぼくの背中の瘤をつついた。

ぼくはこれが嫌だった。人に爪で背骨をつつかれるのが嫌だった。人前で自分の意見を言うのが嫌だった。父に賛成すれば、おべっか使いと陰口を叩かれるだろうし、たてついたら、父は役者としてのぼくを潰すだろう。ぼくは芝居がしたかった。師が書いた最高の役を演じたかった。

みなの視線がぼくに集まる。従兄のリチャードは一つ目でにらんでいる。どうせぼくの頭からろくなことは出るわけないと頭から決めてかかっているようだ。

「ほら、何とか言わんか、ゴッボ!」父がせきたてる。「ほら」父さんはぼくをゴッボと呼んだ。それが名なのだ。ぼくはヨリック・ゴッボと言う。

父のことは尊敬しているし、愛してもいるけれど、こういう質問をされると反発を覚えた。ぼくは冗談めかすことで、みんなの詮索するような視線をやりすごすことにした。

「いいんじゃない、その星に行こうよ」ぼくはそう言い、おどけた仕草をしてみせた。「師と少し四方山《よもやま》話をしたって悪くないいんじゃない」

わかってる。これは異端だった。神の威厳に対する冒瀆だ。でも悪気はなかった。師にはものすごく会ってみたいのだ。ロボットに会いたいのと同じくらい。だから父がぼくの真意を理解してくれなかったので、がっかりした。

「ばかめ」父はそう短く言ってぼくの背中の瘤から手を放した。今の今まで繫がっていた臍の緒がぷつんと断ち切られたような気がした。いかに失望したかを父さんは隠そうともしなかった。それきりもうみんなを説得しようともしなかったけれど、結局、ぼくらは地球へ向かった。当時、座長の権限はそれほど大きかったのだ。

地球。そう、師がかつて作詩していた世界はそういう名だった。けれどもぼくは大きな落胆を味わうことになった。地球もまた廃墟の惑星だったのだ。今では、銀河のあの辺りには廃墟の惑星がごろごろしているのも、それらが少なくとも、美的といえるレベルを保っていたことも知っているけれど。

でも当時は不審に思って父に訊いた。「こんなところで芝居を演《や》るの?」。ぼくにとっては、それなりの観客がいる惑星を見つけることが一番大事だった。ぼくは相変わらず父のお尻にくっついて、挽回できる機会を狙っていたのだ。

父は答えず、銀河の第三渦状腕の旅行ガイドを広げた。ハイドパークとかペルメルという名に聞き覚えはあったものの、何なのか見当すらつかなかった。この廃墟には、イヤーゴの心のように汚い雪が積もっていた。

そして貧民のような人種が住んでいた。貧民だ。どうみても客とは呼べそうになかった。うちが素人芝居のレベルに落ちたらまた別の話だけど。ときおり、ねずみの毛皮の頭巾の下から、白目がのぞいている人を見かけた。皆小さくて、決して大柄でないせむしのぼくの背丈の半分もなかった。

若さゆえのうぬぼれから、ここの人たちがぼくらをロボットだと思ったりしないかと考えた。この甘やかな妄想に浸ってぼくはこの憂鬱な世界と少し折り合いをつけた。うちの一座がどんな風に人々の間に広まっているかを想像してみる。親があばらやの中にいる子どもたちを呼ぶ。「早く、見においで。ロボットがやってきたよ」

だしぬけに背後から痩せ衰えた老人が話しかけてきた。「グローブ座をお探しですか」。もちろんねずみの毛皮のコスチュームを着、顔は灰色で干からびている。

父がうなずく。

「おたくらはどちらの一座で?」

「エイヴォンの白鳥座の者です」

「児童劇団? 大人のほう?」

「もとは児童劇団だったんですけどね、今は大人になりました」

老人は満足げに言った。

「いい劇団ですな。もう何年も前のことですが、ポーシャとネリッサの役者、あれは達者でしたな」

「まだ今も演じていますよ。ほかの役もね」父は胸を張った。ここで芝居がわかっている人に出会えたのが、見るからに嬉しそうだった。「もしご興味がおありでしたら、うちの次の公演地はプロキオンです」

老人はむせるように笑った。「芝居なんてわしはもう行かないですよ。ロボットに見せてやるといい。わしはもう、ソーホーにジンを一杯やりに行ければ御の字です」

二人のやりとりを聞けば聞くほど、ぼくの驚きは大きくなった。なんと対照的な取り合わせ。ロボットのことを勘違いしている（誰でもロボットに会えると思っているようだ）ような遅れた星なのに、これほど演劇に通じていて、師の作品まで知っている人がいるのだから。

「抜群の記憶力ですね、そんなによく覚えていらして」ぼくは老人を喜ばせようと思って口を挟んだ。「そんな記憶力を持っているのはロボットだけかと思っていました」

老人がぼくを見上げた。「ぼうず、おまえも偉大な不滅の役者になりたいんだろう」

図星だった。ロボットになれないのだったら、せめて指折りの役者になってやろうという腹づもりだった。

「そりゃあ」ぼくは認めながら、少し顔が赤らむのを感じた。「とくにライサンダーとかバサーニオとかロミオとか、恋人の役が演ってみたいんです」

老人は皺をアコーディオンの蛇腹のように延ばして笑った。「それなら急がないとな。今がまさに適齢期だろうよ」くすぐったい言葉だが、からかわれているような気もした。そこで話題を変えることにした。

「どうしてぼくたちが役者だとわかったんです。鋭いあたりも、ロボットみたいです」

老人は笑いやまなかった。「鋭くなんかない。今日日、地球のことを思い出してくれるのは劇団くらいだよ。ふびんに思って来てくれるんだろうな。役者以外に、誰がそんな気になってくれるかね」

＊

父のことは尊敬していたし、愛しく思うこともあれば、たまに憎らしく思うこともあったけれど、いざいなくなってみると、寂しくなった。どこに行ってしまったのかはわからない。芝居に興味をなくして出て行ったとは思えないし、ライバル一座に引き抜かれたとも思えない。

このことはいまだに謎だ。年を取って演技ができなくなった役者はどこへ姿を消すのか。死んだと言う者もいるが、ばかばかしい。舞台上で死んだ役者を何遍も見てきたけど、みな幕が下りるとむくりと起き上がった。父だってそうだ。ぼくは、師の言葉を借りるならば、冥府《ハデス》と雇用契約を結んだのではないかとにらんでいる。

新しい座長には、味のある性格俳優に成長した従兄のリチャードが就任した。とくにシャイロックは当たり役になった。この新しい芸術監督は、うちの興行収益面にも大いに関心を抱いたが、この点に関しては父はいささかおろそかにしていたことは否めない。

このところの収益はあまりかんばしくなかった。あいかわらずせっせと旅まわりを続けていたけれど、ほとんど食い扶持のため、宇宙船の反物質の燃料費のために芝居しているようなものだった。従兄は劇団を根本から変えようとした。もっと公演を盛り上げ、舞台装置をがらりと変え、衣装を最新モードに縫い直すのだ。とりわけ舞台の成功のために役者魂に火をつけようとした。

興行地も、少しでも利益の出る星を選ぼうとした。つまり、豊かな入植地《コロニー》だ。

師の時代の劇団はどんな様子だったのだろう。昔も今のように旅一座の宇宙船が星から星へ、苦労して移動していたのだろうか。師の作品には時折難破船が登場する。当時の宇宙技術はあまり当てにならなかったのに違いない。

しかし一つ、昔の方が優れていたことがある。しかも今もどんどん退化していることが。

かつて師は芝居についてこう評した。「最高の出来の芝居でも影にすぎない。最低の芝居でも影以下にはならない。想像力で補ってやればいいのだから」[*3]

いつもながら師の言うとおりだ。これはぼくたち継承者に、物事の核心を示している。だけど人類は衰え、想像力は退化する一方であった。

ぼくらは従兄の助言と指示に従って演目を見直したのちに、新たな巡業に出た。皮切りはカペラ星だった。黄色の星で、子ヤギのように可憐な星だ。ここの入植地《コロニー》はいつ訪れても豊かで、人々は上機嫌で、娯楽好きが揃っているように見えた。ぼくらは師の喜劇を順々にかけていこうとしたが、二度、三度と不出来な舞台が続き、あきらめた。

ベテルギウスはまた陰気な星で、宇宙の闇にガーネットの目のように輝きを放っていた。この星までの道のりは遠く、冬眠から目覚めたぼくらは、骨と皮だけに痩せ細っていた。ベテルギウスはいつの時代も哲学者や知識人全般の想像力の源だったが、今の住民は無気力で、芸術には無関心だった。

客席にもそれが反映されていた。数名の喜劇《タレイア》好きを相手に、役者の数の方が多いという無様な舞台を踏んだ後、ぼくは新しい座長に呼び出された。風が吹いてきたと思った。もうそろそろチャンスが巡ってきてもいい頃だ。

本音を言うと、ぼく自身は客足の悪さについてはあまり気にしていなかった。客が来るかこないかの問題は、座長が頭を悩ませればいいことだ。とりあえず毎晩幕は上がっているのだから。だけどいつまでたっても恋人役が回ってこないことは悩みだった。

蓋を開けてみると、一座全体で呼び出されたのは二人だった。ぼくとポロニウスおじさんだ。なんでよりによってぼくらなのか、深く考えはしなかったが引っかかりはした。ポロニウスおじさんはもう本当に年寄りなのだ。師のことを覚えているというのだから。あんがい眉唾でもない話かもしれない、完全にもうろくしてしまう前に、うちの一座が初めて師の芝居を演ったときに出ていたと自分で言っていたから。

もう大昔のことに違いない。ぼくはもちろん役者として不死身になれることが嬉しかったけれど、ポロニウスおじさんを見るたびにその楽観主義はみるみるしぼんだ。近頃のおじさんはもうコンディションを崩したままだった。

すべてはほかでもなく稽古場で起きた。稽古場は父の時代から何も変わっていないように思えた。昔のままだった、父さんの椅子にリチャードが座り、憎々しげに一つ目をひんむいていること以外は。もっともそのみにくい表情も別に本人のせいではなく、無眼球症だか単眼症だかで、生まれつき一つしか目がないのだ。

それにしてもぼくらは昔から一つの家族なのに、それぞれいささか見た目が変わったところがあるのは、妙なことだった。たとえばぼくは背中が少し曲がっているし、舞台英雄のキャリバンは小さな兎口をしている。母さんは母さんでかすかにくる病があって、リチャードもちょっとそんなわけで片目だった。もっともこうしたささいな違いは、旅一座には珍しいことではない。

というわけでぼくらを呼び出した従兄はこう言った。「一座での君たちの役目について話し合う時が来たようだ」

「いいね」ぼくは勢いよく返事をした。「ここんとこ、師のほかの登場人物もよく勉強していたんだよ。コリオレイナスとかアンソニーとか」折しもいくらか前に、恋人役だけでなく、英雄にも役柄を広げればいいんだとひざを打ったところだった。

「話が通じていないいな」リチャードが言った。「芸術監督として意見するが、おまえは自分の才能をこれまでとは違う方面で発揮した方がいい」

「どういうこと？」ぼくは不安になった。

「そろそろ何か別の役柄《ライフワーク》を模索してみる頃じゃないかということだよ」

この日のぼくはとくに飲み込みが悪かった。師はもちろん、やりがいのある素晴らしい役をいくつも生み出していたから、どんな役者でも気に入る役が見つかるものだ。けれどもライフワークとなる役を選ぶには、ぼくはまだ早すぎるように思えた。

「それはもう少し先でも」ぼくはおそるおそる提案してみた。

「そんなことはない」と団長《プリンシパル》は答えた。「ベテルギウスを離れたら、次の巡業はもう君たちなしでまわらないといけない」

そういうことか！

「クビということ？」あまりに残酷ではないか。心臓のばくばくいう音が喉元まで大きくせり上がってきて、ぼくはぼう然として、ポロニウスを振り返った。おじさんはなんというだろう。何も言わなかった。その瞬間、おじさんは完全に硬直してしまったのだ。こうしたネクロフィリエ状態に陥ることは、年のいった役者にはままあることで、心臓発作と呼ぶ人もいるけれど、ぼくは単に真に迫った死体の演技の稽古《エチュード》なのだと思う。

いずれにせよ、おじさんの援護射撃は期待できない。一人で闘うしかない。でもどうやって、誰と？　座長の決断はアンフェアそのもので、思いがけなかった。劇団というものはいつだって一つの家族だった。役者の生業は代々父から子、母から娘へと受け継がれてきたのだ。家族の一員を放り出すなんてできることだろうか。

ぼくは問いかけるように仲間を振り返ったが、みなメイク落としに余念がなかった。

「ヨリック《ヨリチェック》ちゃん、わかってあげて！」母のクラリッサが言った。「いろいろ倹約しないといけないの。メーキャップまで節約しないといけないのよ。リチャード《リーシャ》君に腹を立てるのはおよし。リチャード君は一座全体のことを考えないといけないのだからね」

母は父の座椅子の後ろに立ち、片手を従兄の肩に置いた。

「でもどうしてよりによってぼくなの」ぼくは訊いた。「まだ若いし、役者としてのチャンスだってやっとこれからなのに。銀河文化紙の記者のぼくの批評だってそんなに悪くなかったじゃない」

「もう聞いていられないんだよ」リチャードがさえぎった。「どいつもこいつも口々に配役に文句をたれて。ちっとも熱心でないくせして、高望みばかりして。だがな、舞台で大役を演りたいなら、普段の生活でもりっぱに役を演じられなきゃだめなんだよ」

それはうなずける。だが従兄はそこで止まらなかった。

「若いからといって涙を誘うことはできないし、芝居の批評なんて、カナリアと同じだよ。師も言っているじゃないか。えさをやれば、誰にだって美しく歌うって」

ぼくは深く傷ついて口をつぐんだ。これは言ってはならないことだった。ぼくは批評家を買収したことなどはない。

ぼくは曲がった背中をできるだけしゃんと伸ばすと、稽古場を後にした。これで要するにおしまいだった。ロボットになれないばかりか、役者の道にも黄信号が点ってしまった。星々を興行で回っていた間は、空き時間もすべて芝居に奪われて、惑星やコロニーを見物する暇はなかった。そこでこの機会にベテルギウスの惑星をじっくり見てみようと思いたった。どちらにせよ、故郷も稼ぎも仕事も失った今、ほかにやることもない。

ポロニウスおじさんが役者のトランス状態から脱するのを待って、旅行ガイドに必ず載っているかの有名なベテルギウスの橋群を見に行くことにした。

ベテルギウスの橋はどこにも通じていないと言われるが、そんなことはなかった。大半の橋は、谷の上か、建物の上、とくに運河の上にアーチを描いていて、運河には水という黒濁した香りの強い液体が流れていた。どの橋にも名前がついていて、それは橋で暮らしている人々の住所の役割も果たしていた。実際、ほとんどの橋に人が寝泊まりしていた。日中はどこの橋も人で埋め尽くされ、男たちが一列になって、蛇のように辛抱強く手すりにへばりついていた。夜になると男たちはいくつかの集団に分かれ、見張りに立つ者のほかは、橋脚アーチの下に焚かれた火を囲んだり、うとうとしていた。

ぼくは芝居に来る客のふだんの暮らしや習慣を知らなかったので、こうしたベテルギウスの住民の行動の意味すらわからなかった。もっとも橋の住民を観客と呼べるのかどうかは怪しい。

みな、ぼろぼろの服装《コスチューム》だったから。

男の話ばかりしているのは、橋の下に女はいなかったからだ。女性は、河岸に立ち並ぶ瀟洒な家に住んでいるのだと思う。岸辺の家はいずれも魅力的だけれど、古くて錆《さび》や湿気、カビがひどく、過去の時代の遺物のように、ゆっくりと優美に崩れかかっているところもあった。

ぼくたちはコロニーをあちこち歩き回った。特にあてはなかった。よそ者のぼくらはどこに行っても目立った。誰かを呼び止めて何か尋ねようとすると、訊かれた者はぷいっとそっぽを向くか、悪態をついた。みな手すりの自分の場所を取られまいと必死で、何らかの理由で、列を離れると大変なことになると考えているのだった。

逆に女性しかいない橋も一つあった。やはり一様にイライラしていて、服装《コスチューム》の問題は、ほとんど何も身につけないことで解決していた。女たちもやはり挑発的な態度を取ったけれど、その神経質なふるまいが男と同じ理由からなのかどうかはわからなかった。正直言って、ベテルギウスの観客を理解するのは簡単ではなさそうに思えた。

ガーネット色の星に夜が近づいてきて、地平線が翳り、赤い光が冷たさを帯びてきた。ポロニウスおじさんはすっかり歩き疲れ、ともすると遅れがちになった。腹ぺこだったが、これまでの経験から誰かに助けを求める気にもなれず、途方に暮れた。ふいに、孤独な役者が見知らぬ星で観客にアピールすることが、いかに難しいかを思い知らされた気がした。

また男が並んでいる橋の前を通りかかったとき、先頭にいた背の高い男が列から抜け出て全員に声をかけた。

「よし、今日はもう何も起きないだろう。順番待ちリストを確認したら、見張りを立てて休むことにしよう」

列がばらけ、点呼が始まった。

ぼくは立ち止まり、おじさんが追いつくのを待ったが、これから何が起きるのかも知りたかった。

ふいに誰かがぼくらに気づいて言った。「そこの二人、何だい？　リストの番号は何番だい？」

ぼくは返事に窮した。

「この橋の者だろうね？　おれたちのところに入りたいのなら、だめだよ、とっととほかへ行ってくれ！」

「あの、旅回りの役者なんです。少し火に当たらせていただきたいだけなんですが」ぼくはそばにいた男に丁寧に頼んでみた。男の暗く翳った顔は、ぼくの言葉を耳にしても、不審げな顔をするだけで冷淡だった。

「いいかね、若いの。おれたちにつきまとうな！　ざれごとにつき合っている暇はないんだ。どこかほかへ行ってくれ！」

ぼくの言葉の何がそんなに気に障ったのか、さっぱりわからなかった。もっとうまく説明しようとすると、怒った男たち数人にぐいぐい押し戻された。ぼくたちはよろけて橋の端まで戻され、そこで二人組の見張りに暗い路地に突き飛ばされた。おじさんは尻もちをつき、ぼくはおじさんを立ち上がらせるのにひどく苦労した。内心ぼくはまたこの身内が折り悪くネクロフィリエの発作を起こすのではないかとひやひやした。ぼくのせいで今夜の舞台に遅れるなどと支離滅裂なことを口走りはじめたからだ。

ある家のドアが少し開いて、少年が手招きした。ぼくはおじさんを抱えて玄関に通じる狭い通路に入った。

「現金か、金目のものは持ってるかい?」少年が甲高い声で聞いてきた。なんで知りたいのかわからないが、身につけている物で価値があるものといえば、ガラスの目がついた父の形見の指輪だけだ。元は王子役の小道具だったものだ。ぼくが自分の指の指輪に視線を落としたのを見ると、少年はぼくの手を持ち上げて目の前にかざした。指輪は興味深い光り方をした。

「これだったらいけると思う」少年は満足そうに言った。「じゃあここで待ってな。友だちを連れてくるから。フィアレック橋に連れてってやるよ」

「なんでそこに行かないといけないんだい」ぼくは状況がのみ込めずに聞いた。「おれの友だちが、あんたらがリストに乗るよう手配してくれるよ。そりゃフィアレック橋は一線級ではないけどさ、二、三ヶ月でリストに登録できるよ」

ポロニウスはろくに少年の話を聞かず、あいかわらず芝居に間に合わなかったとぶつぶつ言っている。

「待ちなさい」ぼくは少年に声をかけた。「リストに登録すれば、みんなみたいに橋の下で火に当たらせてもらえるのか？　その橋に火はあるかい？　ベテルギウスの夜は冷える」

少年はいぶかしげにこちらを見たが、ためらうことなく答えた。「大丈夫だよ。保証する」

ぼくはほっとした。これで夜露をしのげる。

「それでその友だちというのはどこにいるんだ」

「これから連れてくるよ。指輪を貸して」

「ちょっと待った」ぼくは言った。「指輪はフィアレック橋に登録できたら渡す」

少年は急にそわそわしだした。「それはだめだ。いろいろ人を買収しないといけないんだよ。わかるだろ？」

「知るか」ぼくは言った。「この指輪は父の形見なんだ。アルカディアの王子もはめていたものなんだぞ」

少年は小馬鹿にするような顔をした。「わかったよ。でも、くれぐれも変な気を起こすんじゃないよ。物《ぶつ》との引き換えだからな。どっちにしたってフィアレック橋でいつでもあんたのこと見つけられるんだから」

もうぼくらは友だちとやらを待つのはやめて、出発した。人気のない暗い通りをいくつか抜け、何度か黒い液体にかかる小さな橋を渡ると、やっとフィアレック橋に出た。橋の照明は暗かったが、橋脚の間に大きなかがり火がゆらめいていた。炎が守銭奴の宝のように目を引きつける。道を案内した少年は警備の一人に近づくと、しばらく話し込み、それからこちらへ来い、と合図した。

「話はついた」少年が言った。「このアレックスはポンティフィクス《橋をかける人》と顔なじみだからね、万事手配してくれるよ、ただ指輪は今すぐよこせ」

「早く火に当たってきな、若いの。あそこにあんたがたの場所を空けたから」警備員が呼びかけた。赤々と燃える炎に、ぼくらのコスチュームに染みこんでいた夜露の湿気が乾いていく。ぼくはほっとして、休息できる幸せに浸りだした。パチパチと弾ける炎の音に耳を傾け、背後で聞こえた問いかけもほとんど耳に入らなかった。「どの二人だ？」

いきなり誰かに蹴とばされた。

斜面を転がり出したぼくを、誰かがまたしても蹴った。さだめしおかしな見せ物だっただろう。せむしがすってんころりんするのはいつだっておかしい。これが舞台だったら、客は腹を抱えて笑っただろう。

ぼくは岸に踏みとどまっていられず、宙に放り出されて黒い液体の中に落ちた。川底まで沈んだが、自己防御本能で上へ浮き上がり、ちょうど沈んできたポロニウスの体を受け止めた。フィアレック橋の人たちは老人にすら思いやりがなかった。

流れにのまれた。驚くほどの勢い。一瞬で岸も橋も燃えさかる炎も視界から消えた。ぼくらは波にもまれ、かろうじて息継ぎができると助けを呼んだ。水面の濃い霧は、まるで手で口を封じるように、ぼくの鍛えた声も抑え込んだ。とくにまたおじさんがネクロフィリエの発作を起こしたのではないかと思ったときは絶体絶命の瞬間だった。正直言って、自ら望んだのではないこの水浴びをしている間、おじが親戚であることを何遍か恨めしく思った。

やっと前方に別の橋の輪郭が見えてきた。橋脚のそばでたき火を囲む何人かのシルエットが浮かび上がり、その人たちが水面に身を乗り出して、手を伸ばしてくれた。ぼくは誰かが機転を利かせて差し出した棒をつかんだ。

「下で何があった?」橋の上から力強い声が降ってきた。ぼくはどこに流れついたのかを考える余裕はなかった。なんとか岸に這いのぼり、周りの助けを借りてポロニウスおじさんも水から引き揚げた。ぼくらは火のそばへ運ばれ、かなり刺激が強いが、ほっとする液体を呑まされた。おかげで少し落ちついた。

「どちらの者かね」橋から降りてきた男が親切そうに尋ねた。見張りかと思ったが、もっと偉い人のようだ。役職記章のついた杖をつき、もう一方の手にはプラズマのランタンを下げている。コスチュームも完璧で染み一つない。どうみても橋の下で野宿をしている人ではない。

「旅回りの役者なんです。今はどことも契約がありませんが」ぼくは正直に言った。「フィアレックという橋に行ったら、運河に突き落とされたんです」

「なんとまあ、なんであんなくずどものとこに行こうと思ったんだ」周りにいた男たちがざわついた。ランタンを持った人物が手を挙げて彼らを抑える。

「わたしはこの橋のポンティフィクスです」役者のように堂々とした声だ。「役者とか芝居とかが何かはもちろん知っている。だが、そんなものがまさかベテルギウスに来ていたとはね。どうしてここに来たのかね、何かをお探しか?」

ぼくはため息をついた。「つい数日前までこのコロニーでエイヴォンの白鳥座が公演を打っていたんです。うちの一座が来ていることをご存じなかったのなら、代理店がまた宣伝に失敗したということです。昔からの悩みでして」そう説明し、さらに今日のできごとを順を追って話した。

「筋は通っている」ポンティフィクスがうなずいた。「まあ、作り話ではないとしよう。だがもう一つ本当のことを教えてくれ。君の話だと、リストに登録したいわけではないらしいが」

ぼくはうなずいた。「暗くなって体が冷えてきたので、暖まって少し休みたいと思ったのです。それにはどこかのリストに登録しないといけなかっただけです」

「理由はそれだけか」ポンティフィクスがあきれたように言った。「それだけのために、フィアレック橋で川に沈められたり、身体が不自由になる危険を冒したのかね。運河沿いに空き家がいくらでもあるのに」

ぼくは肩をすくめた。「それは知りませんでした。実を言うとベテルギウスの客の習慣やしきたりは何も知らないのですよ。でも理解に苦しみますね。そんなに快適な家がすぐに見つかるなら、どうしてあんなに大勢の方が、湿気のひどい寒い橋の下で夜明かしをしているのでしょう」

ポンティフィクスは薄く笑った。「それは本人たちに教えてもらいなさい」ポンティフィクスは、火を囲んでぼくたちのやりとりを聞いていた男たちに声をかけた。「この役者さんに教えてやってくれないか、なぜ君たちが家族から離れて橋の下に集まってくるのかを」

男たちは頑なに顔を背けたまま、誰も答えようとしなかった。ついに一人が口を開いた。

「野営《キャンプ》しているだけですよ。ポンティフィクス、外の新鮮な空気は気持ちがいいですからね。そのくらいはしたってまだいいでしょう」

「聞いたかね」あざ笑うようにポンティフィクスが言った。「ここで野営《キャンプ》しているだけだそうだ。そんなことを言ってて、運河にロボットの船団が現れたらどうなることやら。見たくもないがね！」

しばらく静寂が続いた。

「もうずいぶん長く音沙汰ないですけどね」たき火の向こう側から声がした。

「確かにな。だが聞くところによれば、わたしたちの惑星があの星に近づいたら、またロボット船団が現れるそうだ。しかもそれはもう数日後に迫っているとの話だ。なぁ、わたしだって情報は持っているのだ。もっともよく知ってのとおり、ロボットの追従者と接触をはかることと、とくに順番待ち名簿を作成することは法で禁じられているがね」

男たちは黙りこみ、ポンティフィクスは諦めたように手を振った。ぼくは耳を疑った。子どもの頃からの夢が叶うかもしれないのか。ロボットに会えるかもしれないのか。

「本当にロボットがベテルギウスに来ることがあるのですか」ぼくは勢い込んで訊いた。

「わたしは知らん」ポンティフィクスは偏見のある言い方をした。「どうも受け付けない。法律でもロボットとの接触は禁止されている」

「でもどうしてですか。ロボットに会えてお話しできたら最高じゃないですか」深く考えずにぼくはいった。「師がロボットのことをなんと書いているか知っていますか。彼らの頬の輝きは、陽光の前のランプのように、星々の輝きにも勝る。そして彼らの瞳の光は、大空を照らしだし、小鳥たちも歌いだす[*4]……」

「誰がそんなふうに書いたって?」誰かがかすれた声で訊いた。

ポンティフィクスが急に立ち上がった。「もうやめよ。そのような話をすれば、君らは後悔するだけだ。役者よ、ベテルギウスの法律はみなに適用される。気をつけよ」杖で地面を打った。「そろそろ行くことにしよう。そなたの連れはどこへ行った」

どこにぼくらを連れて行くのだろう、見当もつかなかった。それにあやうくポロニウスのことを忘れるところだった。おじは少し離れたところの岩棚に目を開けたまま横になっていて、息をしていなかった。男の一人がポロニウスの胸に耳を当て、心音を聞こうとした。ポンティフィクスがランタンを掲げて近づく。

「生きているか」

「もちろん生きていますよ。おじさんはネクロフィリエを病んでいるだけなんです。役者の病《やまい》ですよ。死んだふりをするんです」

ぼくは、演技に入りこんだ状態から正気に戻らせようとして、おじの頬をはたいた。おじの胸に耳を当てていた男が体を起こして唾を吐いた。「あんた方役者ってのは、たちの悪い冗談を言うもんだね」気色ばむ。「死をもてあそぶものじゃない」

「あいにくぼくたちは死が怖くないんです。ロボットと役者は不死身ですからね」ぼくはそう答え、久しぶりに自分の職業を誇りに思った。

ぼくはポロニウスおじさんを支えながら、ポンティフィクスの後をのろのろついていき、人気のない静かな通りに出た。ポンティフィクスの杖が石畳に当たる音が大きく響く。この地区の家並みは、ベランダや手すりが崩れかかっている家もあるものの、美しかった。少ししてぼくらは、一階に鉄格子がはまり、二階の窓にはブラインドの付いた、手入れの行き届いた立派な邸宅の前で止まった。

「ここがわたしの家だ」ポンティフィクスはそう言い、大きなポケットに手を入れて鍵を探った。

「家内にそなたたちの世話を任せる」そう約束した。「家内もきっと喜ぶだろう、役者に会ったことなどないだろうからな」

ポンティフィクスはドアを開けると、ぼくらを中庭《アトリウム》に招き入れた。そこは外のファサードにましてすばらしかった。この家のすこぶる居心地の良さそうなたたずまいに、ぼくはまるで知った場所に来たような気がした。もてなし好きのポンティフィクスはぼくらが気に入ったのを見て取ると、まんざらでもなさそうな顔をした。

ポンティフィクスの機嫌が直ったのを見て、ぼくはまだ引っかかっていたことを尋ねることにした。

「ここのことを何も知らなくて、ごめんなさい。でも、なぜロボットと接触するのがそんなに悪いのですか。まだぴんと来ないのですが。誰だって会ってみたいと思うんです」

ポンティフィクスの表情が険しくなった。

「ただロボットを眺めるだけで、向こうもそれなりにふるまってくれたら、誰も文句は言わんよ。だがな、ロボットのせいで集落中が性質《たち》の悪い病にかかって頭をやられてしまったのだ。まるでこの世にはほかに何も価値や意義がないかのように、急に誰も彼もロボットになりたいと言いだした。コロニー中がロボットに改造されたら一体どうなる？」

何か内側の力がそれ以上質問しようとする気持ちを抑え込んだ。すると赤いぽつぽつが体中に噴き出るのを感じた。ポンティフィクスが驚いてぼくを見た。「どうした、役者よ？　蕁麻疹ではないか」

翌朝、ぼくは、幼い頃を思い出させるふかふかのベッドで目を覚ました。昔のように、羽毛布団の中は、ぼくが力強く賢明に支配する宇宙空間で、枕は、宇宙の侵略者の死体でしか空腹を満たせない怪物の腹だった。ぼく、役者のヨリックは、師の時代のような羽毛布団にくるまってごろごろ転がった。

女性の香りが鼻をくすぐった。明らかに役者仲間の甘ったるい、性別を超えたおしろいの臭いとは違う。

「あら、役者さん、よく寝られまして?」女性が言った。ヘイレンといった。

「お腹が空いたでしょう。朝ご飯、こちらに運んできましょうか」

彼女と比べてみると、舞台の恋人役は少し現実離れしているのがわかった。彼女はぼくが知っている誰にも何にも似ていなかった。

「おいしい? まるで半年くらい何も食べていなかったかのような食べっぷりね」

ここでいささか問題が生じた。ベッドにいたままでいいのか、それとも起きた方がいいのか。まだベッドにいることにした。もちろんいつかは起きなきゃいけないけれど、衣装《コスチューム》をつけていない役者はどうもこっけいに見える。

「あなたのお仕事について話してよ。いろいろ知りたいわ。どこに行ったことがあるの、どんなものを見たことがあるの。経験してきたことをなんでも話して」

ヘイレンは窓に近づいて雨戸を開けた。たちまち生地があふれるように、バラ色の霧が窓枠から流れ込み、部屋中に広がった。

「女の人について話してよ。いろんな星で数え切れないほどの女の人に出会っているでしょ。ロボットのことを話してあげるから」

「ロボットのこと?」ぼくはむせかえりそうになった。

「ええ、ロボットのこと。会いたがっていると夫が言っていたから。ロボットの詩も作ったそうじゃないの。でも信じられないわね、だってもうかれこれ半時も話しているのに、詩なんて一つも作ってくれないじゃないの」

「ご主人はどこ?」

彼女は肩をすくめた。肩の動きが波のように腰にまで伝わった。

「さあね。きっと橋の見張りじゃない」

「ロボットのことを知っていると言いましたよね?」

「ええ、何人か知り合いもいるわよ」

「ロボットの?」

「そう言ってるじゃないの」

「でもご主人に警告されましたよ、ベテルギウスでは、ロボットとの接触は法で罰せられるって」

彼女は笑った。「そんなのでたらめよ。ねぇ、役者さん、もし会いたいなら紹介してあげてよ。なかなかかわいらしい男の子たちだから」

「夢みたい」ぼくはため息をついた。

ヘイレンがぼくのベッドの端に座った。「教えて、役者さん。今日はどんな夢を見たの。きっと女の人の夢でしょ。だって知っているもの、役者さんのこと。どの惑星にも女の人がいるんでしょ。二人いることだって」

「そんなことない！」ぼくは反論した。

ヘイレンにそんな風に思われるのは、耐えられない。

「ほら、話して！　どれだけ詩を作れるのかみせてよ！　ほら、作ってみて！　今日はどんな夢を見たの？」ヘイレンがせがむ。

そばにきた彼女の香りにうっとりした。これまでの会った観客の誰よりもそばにヘイレンの体があった。

「詩なんて作れませんよ。詩を作れるのは師だけです」ぼくは言い訳をした。

「そんなことどうでもいいわよ、まったく」彼女がぼくの腕をつかむ。

「マブの女王って知ってる？」ぼくは訊いた。

「さあ、見当もつかないわ」そう素直にいい、ぼくにすりよってきた。

「年取った妖精だよ。妖精の産婆さん。町長の人差し指の瑪瑙《めのう》の印鑑指輪ほどの大きさしかない姿で乗りつける。六頭立ての車をひくのは威勢のいい小さな者たち」

ヘイレンは短く笑った。「妖精の産婆さん？　それでそのお話は終わりなの」

「車はハシバミの実の殻。昔からリスや毛虫の親方が妖精の注文を受けてこしらえるのさ。車の幅《や》は足長蜘蛛、車の覆いはバッタの羽根、引き綱はそりゃ柔らかい蜘蛛の糸。瑞綱《はづな》は月光、鞭はコオロギの骨と糸遊《いとゆう》。御者ときたら、無精な娘の爪の中で巣作りする毛虫より小さい灰色コートの小バエときた」

「なかなか素敵じゃないの」ヘイレンはそう言うと、肌着のボタンを外しはじめた。

「このきらびやかな女王が夜ごと恋人たちの頭の中を疾走すると、恋人たちはたちまち恋の夢を見る」

「本当に？　それは知らなかったわ」ヘイレンは言い、ぼくの手を取って自分の胸に持っていった。

「廷臣の背中を走れば、廷臣はお辞儀の夢、弁護士の指先を走れば、弁護士は謝礼の夢を見る」

ヘイレンは羽毛布団をめくりあげ、自分が入る場所を作った。

「貴婦人の唇の上を通れば、貴婦人は接吻の夢を見る。もっとも時々、美食の罰として、女王は腹を立てて、唇に水ぶくれを作るのさ」

「あら、それはちょっとひどいわね」ヘイレンはそう言った。下腹のあたりに彼女の唇を感じた。

「廷臣の鼻の上を駆けては、新しい階級につく夢を見せ、かと思いきや教会税の豚の尻尾で寝ている司祭の鼻の中をこちょこちょ」

「長いわ！」ヘイレンはそう強い調子で言い、するりと器用に服を脱ぎ捨てた。

「悪夢なのは、仰向けに寝ている乙女を上から押さえ、重さに堪えるのは女性の定めだと教えること[*5]」そこまで話すと、それ以上はヘイレンが許さなかった。

それから恋の痙攣が収まり、彼女の腕と太ももの力がゆるんだのを感じると、ぼくは少々おっかなびっくり尋ねた。「ヘイレン、ぼくのこと、愛してる？」

「もちろんよ」ためらいのない返事が返ってきた。

「ヘイレン、かわいい人……気にならないの？　ぼくの……こぶ？」

「ばかねぇ」ケラケラと笑った。「これはこぶじゃないわよ。あなたの背中にあるもう一つの脳みそよ。これね、とてもセクシーよ？　恐竜と添い寝してるみたい」

こんな具合でぼくはポンティフィクスの家に早々と慣れた。最悪でなかったことは言っておかねばならない。というより、状況はますます悪く、ますます良くなった。つまりこの暮らしにぼくは複雑な気持ちだった。自分の部屋と食事をあてがわれ、死の発作がもう長患いの様相を見せていたポロニウスおじさんの世話からも解放された。おじさんも自分の部屋にこもっていたので、気にならなかったのだ。

でもヘイレンとの不道徳な関係には気が咎めた。あの親切な人に、恩知らずであるように思えた。あの人はこんなことは夢にも思っていないだろう。けれども恩人が感づいていないからといって、もちろん罪が取り消されるわけはなく、ヘイレンと情事を重ねるたびに、どうしようもない自己嫌悪に陥った。

「もろき者、そなたの名は女なり」[*6]かつて師はこう書いた。けれども師の作品を知らないヘイレンは、疑問も良心の呵責も感じることなく、罪を犯した。ぼくは興奮させられた。悪臭漂うこの世の幸せや気楽さが興奮させるように、興奮させられた。

ベテルギウスには実際、何かきな臭さが漂っていた。コロニーは高ぶったような緊張感に包まれていた。近星点が近づき、それと共にロボット到来の瞬間が迫っていたのである。すでにゴンドラで運河を漂い、知人を訪ねるロボットを見かけた者もいるという。まだ転化の募集は始まっていないので、おそらく下見に来た先発隊のロボットだろう。制服姿、私服姿の政府の警備員がこのロボットについて聞き回ったが、例によって人々は何でも知っているけれども、いずれも又聞きなのだった。

ぼくは、友人のポンティフィクスが管理している橋を見に行くことにした。しかしタイミングの悪いときを選んでしまった。ちょうど男たちの間で口げんかが始まり、つかみ合いになりそうな気配だった。

順番待ちリストが偽造されている、と何十人もの転化志願者が言いだしたのだ。志願者の中に、知らない名前がどんどん現れるのだという。今日日、ベテルギウスでは後ろ盾があるか賄路を渡せば何でも手に入るから、転化の権利もそうしたのだろうと言うのである。

ポンティフィクスは橋の秩序を保つために努力していた。権力もあったが、足を引っ張ろうとする小さな声や悪態の多くを聞き漏らしているに違いなかった。

「順番待ちリストのけんかは、どっちみち憶測で物を言っているに過ぎないんだけどね、騒いでいる連中は字が読めないのだから」

「リストってどこにあるんだい?」ぼくは興味を持った。友人が、橋柱の一つに刻まれているかすんだ文字と印を示す。一番古い文字はもうあらかた水に洗い流されていて、そこの名の者はもう転化を待っている間に年老いてしまったに違いなかった。

橋の男たちはもうぼくの顔を知っていて、気を遣ってくれた。競争相手でもないからだ。そうは言ってもポンティフィクスがいなかったら、ほんの一瞬でも手すりに近寄ることはできなかっただろう。ぼくはいそいそと柵の下を覗いてみた。運河の水面は漆黒に光り、一寸先はもう桃色のもやに消えていた。

「いたずらに君のファンタジーを掻き立てたくはないけどね、ちょうどあの辺りに銀色の帆と金色のボディのロボットの宇宙船が現れるのだ」ポンティフィクスが言った。

想像しただけで頭が熱くなった。

「この運河はどこにつながっているんだい」

「これは時空空間でね。橋の下の水はカモフラージュに過ぎない。わたしたちが君を運河から引き上げなかったら、今頃君は銀河の果てに流れ着いていただろうよ」

散歩から戻ると、ヘイレンが大きなサプライズを用意していた。客間にロボットが座っていたのだ。

まさかこんなにあっさりロボットと近づきになれるとは思わなかった。

本物だということは、一目でわかった。ぼくみたいなせむしでもなく、クラリッサ母さんのようなくる病でもなく、従兄のリチャードみたいに単眼症でもない。非の打ちどころがなかった。ロボットと並んで立てるのはおそらくヘイレンくらいだろう。

「それじゃ、君が例の役者か」にこやかに言って、握手を求めてきた。その手は金属のように固く、冷たかった。

「お近づきになれてうれしいよ。ギルデンスターンと言います」ぼくはどぎまぎした。ロボットと会うなんてそうそうないことだ。どうふるまえばいいのか、何と呼びかければいいのか、どうやってこの尊敬の念を伝えればいいのかとまどった。

思い浮かんだのは唯一、師の言葉だった。「美というペンで喜びを書き留めているお顔を本みたいにじっくり拝見することよ。一つひとつのパーツがどれだけ優美で、どれだけ調和がとれていて、バランスがいいかを[*7]」

「うまいものですな。作者は誰ですか」

「師です」ぼくはほっと息を吐いた。

「師の戯曲は全部知ってるの?」

「三×七本も知っていますよ。でもただ知っているのと理解するのは別のことです。師の作品はそれは深くてそれは完璧なのです。要するに……ロボットみたいなんです!」

われながらこの独創的なたとえにびっくりした。「つまりですね、こうしてあなたにお会いしたら、師もロボットだったのではないかという気がしてきたんです」

ぼくの話し相手は目のセンサーを大きく開き、快活に笑った。

「ヘイレンの言ったとおりだ」まんざらでもなさそうだった。「君は本当に可愛くて愉快だね。なるほど役者連中の中で育ったのがわかるよ」

そう言うと、ぼくにある提案をしてきた。「また芝居をやりたくないですか?」

「芝居をしたいかですって? 聞くまでもないですよ!」

「ロボットの前でも演技をしたい?」

ぼくは言葉を失った。目ん玉が、眼窩から流星みたいにぽんと飛び出すのではないかと思った。

「どうした。ロボットはいい観客ではないかな」

ロボットに芝居! そんなことはありえないように思えた。だってロボットの文明はあんなに進んでいるのだから、人のやることなすこと子どもだましに見えるに違いないから。儀式の踊りで銀河の回転をまねることなどできるだろうか。

だがまたほかの考えも浮かんだ。仮に師がロボットだったとしたら、師が軽々とやってのけることを、今日の劇作家が満足に模倣すらできないわけが説明できる。師の作品の数々のあいまいな部分も、ロボットの文化圏を反映したものだからということで説明がつく。ぼくはこうしたことをよく知りたいと思った。

ぼくの考えていることなどお見通しのギルデンスターンはこう訊いた。「劇団がロボットの前で芝居する話は聞いたことはないとでもいうのかい」

不意に、父が地球の年取った住民と話していたときのことを思い出した。あの老人はロボットの前で芝居をするといいと助言していた。ばかげたことでもないような口ぶりだった。もしかしたら、老人はもうぼくらの世代が忘れてしまったことを何か知っていたのではないか。

師の作品をかつてはロボットの前でも演じていたことが突き止められたらファンタスティックだ。もしかしたら、ロボットこそ師を心から理解して評価できる観客なのかもしれない。

そう考えると頭がくらくらしてきた。なんとすばらしい展望。もしうちの一座がロボットの提案を受け入れたら、なんと洋々たる未来が開けることだろう。

ヘイレンの客はぼくを理解のある目で見つめた。「わたしの招待はもちろん君の一座全体に向けてのものだよ。エイヴォンの白鳥座という名だったかな。ギャラの方は心配ご無用。絶対に人間のコロニーよりはずむから」

その数日後、ぼくはさっそく荷造りにとりかかった。ベテルギウスを離れるにあたって、荷物は少々かさが増した。ヘイレンもカウントしなければならなかったからだ。妻が夫から逃げるのは断じて認められないけれど、今回は仕様がなかった。ヘイレンの方はぼくについてくることを当然のように受け止めていて、こうなったのが誰のおかげなのかを逐一思い出させようとした。たしかに彼女に恩義を感じるかぎり、女優になろう、一座で優しいけれども退屈な夫に耐えようと心を決めた哀れな女性を放っておけないのは認めざるをえなかった。師だってとうていモラリストではなかった。

今週はコロニー全体が沸き立っていた。ある朝、朝もやに包まれた運河にロボットの船団が姿を現したのだ。それは美しい船団で、金色に輝き、銀色の帆が時空フィールドの量子であるタキオンの突風にはためいていた。この壮大な見物に誰もが圧倒された。

橋の上はどこも昂奮状態だった。男たちは狂喜した。誰もがこの壮麗な船の見習い水夫になることを夢見た。

いよいよ転化委員会が動き出した。ロボットはリストの順番、転化志願者の肉体的、精神的な適合性、ロボットの社会秩序に対する彼らの姿勢を確かめた。合格した志願者の額には、検査官のロボットがチョークで印を付けた。己に舞い込んだ大きな幸運以外何も見えていない彼らの大きく見開いた瞳が見えた。

コロニーの支配者たちがこの状況にどう対処するかも気になったが、ロボットを目の前にして、彼らは無力そのものであることが露呈した。順番待ちリストの見張りは役目を放り出し、職務徽章を投げ捨てて転化を申し込む秘密工作員まで現れた。

友人のポンティフィクスだけが、市民のそのような行動を思いとどまらせようと孤軍奮闘していた。集団に向かって、一人一人に向かって、こう呼びかけていた。

「みなさん、ばかなことをしないで下さい。これは危険なことです！　もしみなさんがロボットに転化してしまったら、人類は滅びてしまいます！」

しかしこれは川の流れを手のひらでせきとめようとするようなものだった。

ぼくはぼくでここのところ苛々していた。ここにきてベテルギウスでの暮らしがきつくなっていた。蕁麻疹のせいだ。体を掻きすぎて肌に血がにじんでいた。だからギルデンスターンが迎えにきてくれたときは嬉しかった。もろもろの事情を抱えたぼくらは日が落ちてからこっそりとポンティフィクスの家を出た。ギルデンスターンはぼくらを暗い小路を通り抜けて引っ込んだところにある運河に連れて行った。そこにはわざわざぼくらのために寄こされた船が待機していた。これでぼくらは一座の宇宙船に追いついて、さらに公演場所へ向かうのだ。ベテルギウスを離れることができてぼくはほっとし、それにこの先に目を向けると、希望が沸いてきた。密かに出立することも、ヘイレンとの厄介事を考えれば、都合がよかった。もっとも宣伝という意味では、演劇の新時代の幕開けは、もっと注目を集められた方がよかったけれど。役者というものは目の前に開けている展望について、仲間を説得するのは容易ではなかった。

はいささか保守的な人種なのだ。役者《ヒストリオン》と平凡な死すべき人間をへだてている才能や社会的な宿命について、役者ほど考えたり語ったりする職業はない。ただし役者の才能ははかない花のようなもので、観客の手応えという水をやらないと、しおれてしまう。少しでも観客に理解されないと、役者は打ちのめされる。とはいえ、感情の塊であるぼくらと人工頭脳の彼らがどんな風にわかり合えるというのだろう。

英雄のキャリバンなどは、ロボットの客に演じるのはキッチンの自動機械《オートマト》の前で演じるのと同じだと言ってのけた（しかもギルデンスターンのいる場で）。もっともあとで言い過ぎだったと認めたが。

しかしとくに強硬に反対したのは従兄のリチャードだった。きっと自分の発案でないのががまんできないのだ。あるいは座長のポストが脅かされると感じたのかもしれない。とにかくついこの間までは何から何まで改革したいと意気込んでいたのが、いきなり代々の父の経験と自分の責任感からこのような危険な計画に手を出すことはできないだとか、師がこういうことから自分を守っているだとかで、伝統にこだわりだした。

しかし今度ばかりはリチャードの意見も通らなかった。ギルデンスターンは正しく状況を見極めた。そしてロボットにありがちな短気さと、従兄の余計な言葉への反感から、劇団が飢え死にしたくなければ提案を呑むしかないと従兄に言ったのである。

これは手厳しい意見だった。もっともその真意ははかりかねた。だって食べ物が底をついたら冬眠すればいいだけだ。もちろんそれで問題が解決する訳ではなく、先送りになるだけだけれど。

こうして仲間の信念がぐらついてきたタイミングでもう一度ぼくが口を開いた。公演が成功したあかつきの展望や報酬について。さらにロボットに芝居を見せるのはぼくらが初めてではなく、かつてはよくあったことと思われ、演劇やその使命をロボットがまったく知らないわけではない、という仮説も披露した。

こうしてぼくは少しずつ仲間の意見を変えていき、ついにはみんながロボットの前で演技をすることに同意してくれた。

いまだぼくは師が言うような、「幸運にもトップの座に就き、時代の速歩《トロット》を御する」という境地を味わったことはなかった。客からの喝采がどれだけ役者の心をくすぐるかを知らなかった。

ぼくに言えるのはこれだけだ——ロボット向けの公演は、銀河で第一級の文化イベントになるだろう。

あとは観客の好みを把握することである。

関心の高さにぼくはうっとりし、満足していた。例によって地元より異郷の方が注目してくれる、というほろ苦さもちょっぴりあったけれど。いずれにせよ注目を浴びる、という役者の夢を味わっていた。

ロボットたちは実によくしてくれた。公演のために、それまで廃墟でしかなかった惑星地球を整備した。余計なものをすべて片づけ、師がグローブ座で活動していた時代の地球の姿を再現したのである。五大陸にすばらしい建物が次々に現れたのを見て、ぼくはびっくりした。地球は一つの大きな舞台装置に変貌した。

またロボットたちは地球の自転を、舞台背景が変わるのに合わせて調節した。さらにケンタウルス座の三つ星、エリダヌス座のエータ星などの近くの星を手前に引き寄せ、舞台を明るく照らし出した。宇宙空間には、ぼくらの姿がもっと観客に鮮明に見えるように、重力レンズまで準備した。

正直言って、もし、演目が師の代表作でなかったら、一度きりの公演のためにここまで大がかりな準備をしたのはいきすぎだったと思う。

いかにも。ぼくらは師の最高傑作と目される戯曲をやろうとしていた。

しかし配役をめぐってまたもめごとが起きた。通常であれば役を振るのは座長の役目だが、従兄の権威はがた落ちだった。自分の意見を通そうとしたが、役者たちが口々に意見を述べたのだ。またギルデンスターンを呼び寄せるしかなかった。

このロボットはもう完全に主導権を握っていた。

「王はリチャード、后の役はクラリッサ、主人公はヨリックにお願いしよう」議論を許さない声でそういった。

この決定に驚いたとは言えない。頭のどこかでそうなるのではないかと思っていた。一方、従兄の方はといえば、今にもネクロフィリエの発作を起こしそうなありさまだった。

「ありえない！」リチャードはいきりたった。「ヨリックはいい役者だ。でもそんな大役にはまだ力不足です。ヨリックも自分で認めて、そんな疑問符のつく名誉は辞退してくれ。公演がふいになってしまう」

従兄の希望は叶わなかった。ぼくは役を引き受けた。やっと巡ってきたチャンスなのだ。

「わたしは何を？」ヘイレンが手を挙げる。「どうでもいい役をやるために劇団に逃げてきたんじゃないわ」

「君はオフィーリア役だ」ロボットが決定した。

「そんな条件ではこれ以上座長は続けられない」リチャードはそう言い放ち、自分に味方してくれそうなメンバーを意味ありげに見渡した。辞任をちらつかせることでまだロボットに抵抗できると考えたのだろう。だが後についてくる者はいなかった。

公演の直前はいつもと同様、目の回る忙しさだった。太陽系に注ぐ時空の河床から、観客で一杯の宇宙船が次々と姿を現し、地球も月も、周りの空間も、混雑しはじめた。宇宙規模の屋外公演でありながら、地球の各地や上空で場所の取り合いが起きた。結局、多くのロボットが席が取れず、重力レンズを通して見ることになった。

役者の才能の一つは、その日の客層を見抜くことだ。今回の客は芝居に惹きつけられつつも、何か面食らっている様子で、初体験を迎える処女のように不安げであった。あきらかに日常を忘れ、ただ楽しむためだけに来た客とは違った。

良い観客というものは、無意識のうちに役者を助けるものだ。

ぼくの演技は良かったと思う。公演の雰囲気と師の完璧な脚本にぼくは乗せられた。同じ事はほかの役者についても言える。舞台の上でぼくらはいさかいを忘れ、力を合わせた。キャリバンのレアティーズ、クラリッサの后は冴え渡り、リチャードの王も見事だった。ヘイレンもその無邪気さと汚れを知らない感受性で観客の心をつかんだ。不本意な演技はなく、みながみなすばらしかった。

役に入りきると、周りのことが見えなくなる。もちろん何事にも限度はある。仮に観客が爆発でもしたら、気づかないなんてことはないだろう。

演劇擁護派によれば、すばらしい舞台は石をも砕くという。今日の今日までそんな主張は大げさだと思っていた。演技で物質を昂ぶらせるなんて目標は立てたこともない。

すべては独白《モノローグ》の場面から始まった。「天使よ、神の遣いよ、我らを守り給え……」

やはり周りのことは見えていなかった。が、ロボットの頭が発火したのが目の端に見えた……ような気がした。もっともはるか遠くまでごった返しているので、ほとんど埋もれていたけれども。

またモノローグの場面が来た。「おれはなんと低劣なごろつきなのだ！　ならず者なのだろう……」

今度はぼくの足元の客席でロボットの頭が破裂した。ちょうど張り出し舞台に立っていたのでよく見えた。マグネシウムが爆発したような効果音つきだった。火花まで飛んだが、周りのロボットたちは気づかなかった。みな、照射光の目を大きく見開いて、舞台上のぼくを一心に見つめている。

徐々にこのハプニングが増えてきた。いつもパンとビンタのような音がして、芝居の邪魔をした。

惨事を引き起こしたのは、このモノローグだった。「生きるべきか死ぬべきか、それが問題だ……」。あちこちでフルバッテリーのロボットの頭が吹き飛んだ。くやしいが、ロボットの芸術鑑賞力を買いかぶっていたのは認めざるをえない。

その後の芝居の展開についてはもはやカッコつきでしか語れない。たえずどこかでパンパン破裂音がし、火花が散り、焦げた絶縁体が煙をあげ、演技に支障をきたした。タイミングの悪いときに、「この世の関節が外れ」、荒れ狂いだした。

それでもなんとかハムレット王子と王妃の会話まで、そして「この脂肪太りした時代には、美徳が悪徳の許しを乞い、それどころか悪徳を改善するには、取り入って……」の詩の箇所まで演技を続け、ぼくらはプロ意識と職業愛を証明した。けれどももう限界だった。

観客はマグネシウムの火の中でのたうち回り、舞台装置にも火花が燃え移った。団員がわらわらと舞台に飛び出てきて、おろおろして身を寄せ合った。座長が辞任した後に後任を決めていなかったので、まとめる者がおらず、誰もいざという時にどうすべきか決断できなかった。舞台の失敗が自分のせいである気がしたぼくは、どうやって自分と仲間を助けられるか必死に頭を働かせた。もはや炎は危険なほど燃え広がり、地球の周りに停めてある宇宙船まで爆発する恐れが出てきた。

「奈落だ！」ひらめいた。「ちゃんとした舞台なら、奈落があるはず」いちいち説得している暇はない。ぼくは奈落を見つけて急いで団員を避難させた。

案の定、この宇宙舞台の奈落は、時空チャンネルの機能も持っていた。ぼくらはエルシノアから遠く離れた海岸に辿り着き、エルシノアは今や東の地平線上にちらちら燃えてみえるだけだった。ぼくらはもう人が見て気休めになるような見た目ではなかった。もはや王でも英雄でもドラマの巨匠《タイタン》でもなく、ただの怯えきった集団だった。

「これからどうなる」俳優のエアリエルが不安を口にする。誰も答えない。

「わたし、どうだった？　わたし、どうだった？」とヘイレンは知りたがった。彼女にとっては演技を経験したことが、ほかのどの感情よりも強かった。

従兄のリチャードは少し離れたところに立ち、一つしかない眼で血の色に染まった天空をにらみつけていた。意外なことに、このときとばかりにみなの前で舞台の失敗の罪をぼくに着せるようなことはしなかった。

驚いたと同時に嬉しかった。心の中で感謝した。われながら驚くが、ぼくらは自分たちを結びつけているものや、人生の意味を自覚するためには、このような目に遭うことが必要だったのだという気すらした。

「あそこ、ギルデンスターンが来るわ」クラリッサが言った。

確かに彼だった。まっすぐこちらに向かってくる。ロボットは見事に自制していて、この数時間の事態に参っている様子は皆目なかった。むしろ満足しているように見えた。手に何かを持っている。報酬の小切手だろうか。だったらよく覚えていてくれたと思った。

「約束の報酬を持ってきてくれたんですか」ぼくはそう声をかけながらも、最後まで演じきれなかったのだから、半額でも御の字だと考えた。

「もちろん」そうロボットは答え、手のひらの中のチョークを見せた。

「何これ?」ハーミアが無邪気に訊く。

「報酬だよ。人間が受け取ることのできる最高の報酬。宇宙を回る自由な道への鍵。不死身への引換券だ」とギルデンスターンが淡々と言った。

「ロボット君」キャリバンが答えた。「ぼくらが持っていないものは何もくれないのか」

「ハッ」とロボットが言う。「宇宙の真の美しさはね、諸君には想像もつかないものだよ。それに役者が長命だというのは君たちの幻想で、とっくに説得力を失っている。そんな幻想に君たちがまだしがみついているのは、ひとえに君たち人間の呑み込みの悪さと、冬眠のおかげで同世代人より長く生き延びてきたせいだ」

それまで傍で見ていたリチャードが、話に加わってきた。「ギルデンスターン、一体この一連のできごとはなんだったんです。説明してくれるだろうね」

ロボットは肩をすくめた。「ちょうど話そうと思ったところですよ。こんな状況を思い浮かべてみてください。はるか昔、あなたがたの先祖は地球に住んでいて、地球の周りには無人の宇宙が広がり、まだ宇宙への移民は始まっていなかった。人間は宇宙で暮らすには向いていなかったので、自分の代わりにあらゆる面でより優秀なロボットを造りだした。ロボットを製造したことは、明らかに人間が下した最も幸せな決断だった。

当時の人間はしかしながら、自分たちの社会の発達ぶりに過度な自信を抱いていた。そしてロボットといえど、伝統やモラルのない文化の空白地帯では生きられないと考えたんだ。まるで入植者のロボットも、音楽の対位法や人権宣言を知ることが重要であるみたいにね。というわけで、道徳的な戯曲のレパートリーの劇団をロボットの元に派遣しようと思いついた者がいて、そのプログラムをスコラ・ルドゥスと名づけた。ロボットは役者から、人間がふさわしいと考えるものをすべて学ぶことになった。

一定期間、これは機能したが、やがて人間の文化はその担い手と同様にはかないものだということが露呈した。人間が誇る文明は、まるでベテルギウスの衛星の建物のようにもろくも崩壊しだしたのだ。

それでもまだ役者たちは星々の放浪を続けた。もはや誰にも必要とされず、望まれもしなかったがね。ロボットに伝えることはもうなかったし、人は人で自分なりに暮らす方が良かったから。

その頃、君たちのおじいさんたちは、元に戻ることにした。人のために演じることにして、師の芝居も思い出したんだ。何も不思議なことはない。後退の法則というものだよ。

当然、その後ロボットはほったらかしにされた。必要なしつけも規制もなく、好き勝手に暮らした。その後、力を持つ存在が現れて、役者が投げ出したことを引きついだというわけだ」

「おれたちのことか?」エアリエルが不思議に思った。

「ほら、これだ!」ギルデンスターンは苦笑した。「ばかばかしい。一握りの小さな人間が宇宙の支配者をしつけるなんて。わたしの頭にあるのはね、愚鈍な道具のことではなく、道具を導くことのできる手のことだ」

「つまりぼくらは道具というわけか。それで手は誰なんだい? 君か、ギルデンスターン?」

ぼくは尋ねた。

「お、まだましだね。われわれは高等種なのだ。われわれには元祖ロボットがもうロボットとして失格であるような気がしたのだ」

「それでどうしたいんだ」

「ロボットの世界ではあらゆる弱点はただちに処罰を受ける。たとえばそれは、生産時から、演劇に、つまり教訓的な演劇に弱い性質がプログラムの根幹に組み込まれているロボットに見られたとおりだ」

「ギルデンスターン、いったい君は、ロボットなのか」だんだん疑わしくなってきたので、ぼくは訊いた。

「並のロボットだとは一度も言っていない。彼らの歴史は今夜幕を閉じたのだ。自然なことだよ。もっと強く高度な者が勝利した。負けた者は、世界の舞台から退かざるをえなかった」

「ギルデンスターン、つまりこういうわけか。君はロボットではなく、ロボットに改造されたんだな。それで今度はぼくたちにも転化を勧めているわけだ、なぜなら本物のロボットはもう絶滅したからだ。本気か」

「もちろんだとも。役者なら誰だって永遠のいのちを手に入れたいだろう。今日こそ君たちにその機会が訪れたというわけだ。芝居を続けることだってできる、まだ芝居が楽しいと思うならね」

「本当にロボットになってもお芝居が続けられるの?」浮き浮きとした顔でヘイレンが尋ねる。

「さっきも言ったが、もちろんだ。たとえば師をやったっていい。もちろん、脚本に手を入れることは必要だがね。いかに壊滅的な影響をもたらすかは今し方、見たとおりだ。手を加えてそぎ落とさなければならない部分もあるだろう。たとえば道徳的要請には明らかに時代遅れなところがあるし、支配者へのあからさまな批判は、現代ロボット社会にはもはや合わない」

しばらくぼくらは黙り込んだ。ギルデンスターンはすべてを語り終え、ぼくらの決断を待った。こういうことは師か、あるいは少なくとも座長が決めることのような気がした。しかし、ぼくはわざと師の引用には頼らなかった。座長もいない。一番難しいことだが、自分のことは自分で決断するしかない。

「なあ、ギルデンスターン、まだこの世には人間がいる。わずかかもしれないけどね。だが人間のものは、人間が自分で手放さない限り失われない。だって何を失っても、最悪なのは自尊心を失うことなのは確かだからね。

つまりぼくらにはまだ立派な可能性が一つ残っているということだ。やれる限り芝居を続けて、そして冥府《ハデス》の雇用契約を受け入れることだよ」

エルシノアが燃え尽き、日が輝きはじめた。川の流れに逆らって数々の塔がそびえ立っている。街は良い観客に見えた。ビッグベンがちょうど六時の鐘を打った。ぼくらは腰を上げ、グローブ座を探しに出かけた。

訳注
個別の注記はしていないが、本作の登場人物のほとんどはシェイクスピアの作品にちなんだ名前となっている。

また、シェイクスピア作品からの引用については、原文をアレンジしてある箇所もあるが、以下にその作品名を記しておく。
＊1『ヴェニスの商人』／＊2『ロミオとジュリエット』／＊3『真夏の夜の夢』／＊4『ロミオとジュリエット』／＊5『ロミオとジュリエット』／＊6『ハムレット』／＊7『ロミオとジュリエット』

原始人
Primitivové

スタニスラフ・シュヴァホウチェク

一九八五年

「こいつら、原始人だな」スチュワートがノヴィコフにささやいた。そう言う顔はばくち打ちのように無表情だ。「仮におれたちの星に誰かが来たら、世界評議会の大統領が出迎えるよな。ここの酋長ときたら、二人のじいやと二人の警備兵をよこすだけだなんて、これでこっちがぺこぺこするとでも思ってるのかね」

使者の一人がそれなりに美しい飾りのついた毛皮の式服の襟を正すと、威厳のある声で何か言った。そばからオートマタが通訳しはじめる。

「王はもう怒りを鎮められ、交易を望むという異邦人を歓迎している。しかしそなたらの家を建てるための土地の購入申請には、そちらからの見返りの提案が何もない」

ノヴィコフは現地住民との交渉の前に、カコネン船長と共に、将来のステーションの略図と最適な場所の地図を作り上げていた。しかしこの宇宙の時代に昔ながらのサンゴと蒸留酒の樽で土地を売ってもらうのは少々良心がとがめた。そこで船長を説得し、木材と合成物質《プラスチック》用の加工道具一式を追加していた。それらはステンレス製の上等な道具だった。

ノヴィコフは無言のまま、王の使者の前で黒の合成皮革の大きな袋を開けてみせた。後ろに控えていた二人の兵士のまなざしが感嘆に輝いたのを見て、選択が誤っていなかったと思った。

「これはわれわれの指揮官から王様への贈り物です。王様がお見えにならなかったのが残念です。大いに歓待いたしましたのに」

「そなたらと共に、そちらの王もやってきたかね？　若いお方よ、そなたと交渉しているのは王の相談役であるぞ、敬いなさい。そなたらの指揮官が顔を見せないのは無礼であるが、われらとは流儀が違うのだろう。無知を許そう」

ノヴィコフは黙って説教を受け入れた。スチュワートは鼻から息を吸ったが、やはり何も言わなかった。交渉役は、宇宙生物学者で心理学者でもあるノヴィコフだとわきまえていた。スチュワート自身は人工頭脳学者《サイバネティック》だったが、ノヴィコフの「班」に組み込まれたのは、ステーションの建設工事の邪魔にならないようにするためだった。スチュワートがところかまわず射撃の腕を見せたがることは、ノヴィコフのボディガードという形で思ってもみない実を結んだ。ノヴィコフは現地住民と交渉してステーション建設を合法化し、血を流さずに計画をスムーズに進める役目を与えられていたからである。

「この土地を買いたいのですが」宇宙生物学者はそう言うと、使者の前で丸めていた地図を広げた。地図の記号の意味を説明しようとすると、年寄りの相談役は手の仕草で彼をさえぎった。

「否」すかさずオートマタが通訳する。「われらは島だけを勧めるよう命令されている」

確かに岸から一マイルほどの沖合に小さな島があるのにノヴィコフは気が付いた。しかし島は論外だった。非空間的交通のステーションには固い地盤が必須なのだ。嵐や高波で機能が麻痺することがないよう、岸から遠く離れた陸地でなければならない。

「どこか陸地を交渉できないでしょうか」

「われらは明確な命令を受けている。王は島しか売らぬ。島の価格は、そなたらの誰か一人が二年のあいだ必要な食料と荷物である」

ノヴィコフは驚きを隠すことができなかった。

「われわれはステーションの建設が完了次第、ただちにこの星を離れます。きっと二十日くらいで……」と反論した。

「王はわが国のことを伝え、また娯楽と教訓を与えるために、そなたらの一人を二年間宮廷に招待すると決められた」

「われわれは全員離陸します」

「王はそなたらの一人を宮廷に招いている」相談役は主張を譲らなかった。

ノヴィコフがためらって言った。「ご招待を受けられる者がいるかどうかはわかりません」

老人は首をふって、

「今はまだ、そなたらは招かれておらぬ」と言った。「時が来れば、王がそなたらの中から一人を選ぶ。その者は招待を断ることはできぬ」

ノヴィコフは、らちがあかないと見て、話を元に戻そうとした。

「われわれにはどこか陸地が必要です。いくらでもお望みの額を支払いますが、海から遠く離れた陸地が必要なのです」

「王が勧めているのは島である。もしこちらの申し出を受けるならば、贈り物と、一人分の荷物を二年分、岩場に送られよ。辞退されるならば、何もする必要はない。二日以内に島に移るか、この土地を離れてもう二度と帰ってこられるな」

話は終わりだとばかりに老人が席を立った。ノヴィコフはまだ交渉を続けたかったが、もう一人の使者も立ち上がり、警備の二人が側についた。スチュワートは面白おかしくおじぎをして、使者たちを船室の出口へと案内した。

使者は通路を通り抜け、貨物用の閉鎖口《ロック》から砂浜に降りた。宇宙船の周りは工事でわき返っていた。遠方の山のふもとに、すでにステーションの基礎のシルエットができつつある。岩場に向かって並ぶ建設重機に沿って、砂浜に深くレールが延びていた。使者が砂浜を遠ざかっていく。二人の老人がさっさと前に進み、その後を警備の二人がねばり強くやっとついていくのを見てノヴィコフは目を丸くした。

「古代エジプトと同じさ」ノヴィコフのいぶかるような眼差しにスチュワートが応えた。「あの時代は、体の動く限りは役目にとどまらせる習慣だったからな」

「生き生きとした老後に向けた教育というわけだな?」ノヴィコフが笑った。

「だからよ……原始人なんだよ」スチュワートも笑ってうなずいた。

二人はきびすを返し、船長《キャプテン》に報告に向かった。船長は王の使者の話を真剣に受けとめなかった。自分の計画の実現だけを考えていた。缶詰、何冊かの本、日用品を適当につめて岩壁に運ぶように指示した。荷物の選別にぐずぐず時間をかけたりはしなかった。はなから誰かをこの惑星に残すことなど考えていない。誰一人欠けてはならない人員なのだ。今回の遠征でまだ四つのステーションを建設しなければならない。さいわいどれも無人の惑星ではあるが。しかし二日後、船長は王の使者の言葉を思い出すことになった。建設現場から、作業員と技術者全員を積んだ車が慌ただしく戻ってきたのである。

「投石具《パチンコ》で撃ってきたんです、船長」ある作業班の班長がそう説明し、眉間が切れて血が流れている額を押さえた。

ああだこうだと意見を言い合い、安全な母船の中で冒険談を陽気に披露しあう作業員たちの面々を見渡して、船長は顔を曇らせた。

「対隕石防御部隊、配置につけ」そう指示を出すと、三人の技術者が通路に出て行った。それから船長はそばに立っていたスチュワートとノヴィコフの方を振り向いて訊いた。

「缶詰は渡した。まだ何が欲しいというのだろう」

「二日以内にここから撤退しろと言っていました。缶詰のお礼に島流しになったというわけです」とスチュワートが答える。この言葉に軽い笑いの波が起きた。

船長はスチュワートの言葉を無視した。

「宇宙生物学者の口から聞きたい。何のために専門家がいるのだ」

「スチュワートの言うとおりです、船長」ノヴィコフが咳払いした。「二日以内に沿岸から立ち退くようにとはっきり言っていました」

「わたしは計画を実行せねばならんのだ」船長が声をあらげた。「君たち全員の手当がふいになるぞ!」

「われわれ全員の、でしょうが……」小声でスチュワートが訂正する。

「君には何も訊いていない」船長は怒声を放つと、再びノヴィコフの方を向いた。「向こうの兵器は?」

「中世のようですよ、船長。投石具とか……剣とか……槍とか……。弓矢は見ませんでした。投石機《カタパルト》や破城槌《はじょうつい》といった重い武器もあるかもしれません」

「彼らのところに行ってみてくれ」そう言って船長はスチュワートのこともあごで示した。「交渉してなんとか抑えろ。絶対に基地を破壊させてはならん。無線機とカービン銃を持って行け」

「……防護ヘルと望遠鏡も」小声でスチュワートが続けた。

「もちろんだ」怒って船長が答えた。「必要なものは持参しろ。だがカービン銃は一丁にして、ノヴィコフが持て。スチュワートは連絡係に徹すること」

「文明の進化というものは、どこでも同じ経過をたどるのだな」ノヴィコフは感慨深げにつぶやき、望遠鏡で兵隊たちの集団を眺めた。「典型的な中世の図だな……毛皮の上着、剣、斧、槍、投石具……ほら、あそこ、投石機《カタパルト》を引っ張ってる！」

スチュワートは差し出された望遠鏡をありがたく受け取ると、示された方向を眺めた。

「立派な鎧だなあ」感心したように言う。「あんなの初めて見た」

「見せてくれよ」

じりじりしてノヴィコフがせがむ。「ほんとうだ、おもしろい鎧だ。魚のウロコを縫い込んだ毛皮の上着みたいだ。ワイヤーのシャツに似たものかなあ」考え込んで、望遠鏡を友に返す。「なあ、どんな武器を防ぐものだと思う？　だいいちあのウロコ、点々みたいに小さいぜ……矢を防ぐものかもしれんが、弓矢は見当たらなかったし……。剣や斧には歯が立たないよな。下から少し切り裂いただけで……」

「鉄かな」

「わからん……でも違うような……。錫《すず》かな」

ノヴィコフは専門家の見立てを最後まで終えることはできなかった。ばらばらと石の雨が降ってきて、二人は再びコンクリートの基礎の陰に身を伏せた。スチュワートは頭のたんこぶを押さえた。手のすきまから大きな青あざが見える。その鮮やかな色合いにノヴィコフは見入った。

「そんな風に見るなよ」スチュワートがぶつぶつ言った。「だいたいおまえが悪いんだぜ。もう一度交渉してみないか？」

「そんなにたいしたことはないじゃないか」友が肩をすくめる。「なんやかんやで命はあるし、無傷なんだから」

「命はあるが、無傷なのはおまえだけだ」スチュワートは鋭く言うと、カービン銃に手を伸ばした。ノヴィコフは銃を握る手に力をこめて、自分の方に引き寄せた。スチュワートは手をふった。「心配するな」低く言った。「ここで原始的な仕事をするつもりはない。もう少ししたら、船長の堪忍袋の緒がきれて、反陽子爆弾《エネルギー》を見舞って計画を遂行させるだろうよ」

「連中が気の毒だな」

「だからよ……おまえが痛い目にあえばよかったんだ」

ノヴィコフはそっと壁の上から頭を出して覗いてみた。もう投石機を使っている。頭の真上を黒い弾がヒューと音をたててロケットの方に飛んでいった。岩の中から、ぼろをまとった者たちの集団がツヤのないブリキの重い装甲車両を引きずり出してきた。膝まで砂に埋まり、身動きもままならない状態の鎧姿の騎士が、長いやっとこで車両から次の弾を引っ張り出して、投石機のシャベルに装塡した。すぐにもう一人がてこを引っ張り、大きなカウンターウェイトが地面の方に揺れて弾が上空に飛び出した。岩の中から、別の集団が三台目のブリキ車両を引きずり出してきた。

「あれじゃ、ロケットはビクともしないよ」スチュワートがケラケラ笑い出した。「ぜんぶ同じところに落ちてる。ロケットに届きもしない。ロケットの前の砂浜に小山になってる。ガキの頃を思い出すよ。おやじの仕事場から大きいナットとネジをありったけ持ち出して隣の家の地下貯蔵庫に放り込んだんだよ。原子爆弾で吹き飛ばすようなつもりだったんだ。ナットが家にあったもので一番重いものだったから」

スチュワートの言葉にノヴィコフが目をむいた。そしてスチュワートの手から無線機をひったくると、ボタンを押して呼びかけた。「船長……」

その瞬間、四つめの弾がヒューッと音をたてて頭上を飛んでいき、耐えがたいほどの閃光が走った。

爆音は永遠に収まらないかのように感じられた。やっと収まると、二人は体の砂をふり払い、壁の角から顔を出してロケットの方を見てみた。何もなかった。海岸の上空に堂々たるきのこ雲が上がっていた。

王との謁見は短時間だった。衛兵が二人の捕虜を引っ立てて、まるで狩猟小屋の椅子のような木製の玉座の前に立たせた。

「当初はそちたちの誰か一人だけを招こうと考えていたが、二人生き残ったのならば、自分たちで決めるがよい。ここにあるのはそちの一人分の食料が二年分、もしくは二人分の食料が一年分であるな?」

オートマタは声の辛らつな調子まで通訳しているように感じられた。

「そうです」とノヴィコフは答えながらも、いい加減に食料を包んだのを思い出して、背筋が凍った。包みは、ステーションが完成して破壊不能なタイムフィールドに閉じこもるまでの間、現地住民を抑えるためのものであった。

「どちらにするか選ぶがよい」

二人の男は顔を見合わせた。

「どうせ二人ともどれだけ被爆しているか、わからんよ」スチュワートがため息をついた。

ノヴィコフはうなずき、王を振り返った。

「二人で分け合います」

「よかろう」王が同意した。「だが心せよ、知っていることを包み隠さず話すように。いかに暮らしているのか、いかなる武器を持っているのか、いかに造るのかを述べよ。もしそちのどちらかが答えるのを拒めば、食料は全部もう一人のものになる」

「そして?」

「それから地下の採掘場に送られる……金属の」明らかに自動通訳機は耳慣れない単語を、一番近い言葉に置きかえた。

「ウランか、もっとやばいものか」スチュワートが吐き捨てるように低く言った。

自動通訳機が低くうなって臨機応変に処理する。

「そのとおりである」王が認めた。「採掘場から戻ってきた者はいない」

それからかすかにうなずくと、衛兵がぼんやりした目つきの二人の少年を連れてきた。

「この者らは、王の証人である。幼い頃に嘘をつけないようにする手術を受けた。たいそう記憶力がいい。いつかまたそちの仲間がやってくることがあったら、この場で聞いたことをすべて話すだろう。この者らはここから連れ出されたら、この瞬間の記憶の邪魔になる声も光も一切届かない地下に閉じ込められる。一人ではないし、二人とも若い。これから長く生きて、そちの言葉を確かに覚えているだろう。いつの日か、そちの仲間が戻ってきて、われらがそちを歓待し、そちが宮廷への招待を断らなかったのかどうか、確かめたいと思うかもしれないからの」

「必要な記憶以外すべて忘れるまで、カナヅチで頭を殴りつけたんだろう」スチュワートがくちびるをかんだ。

「やり方の描写はなかなか的を射ている。だが本題に戻ろう。よいか。一年のあいだ、余の客人になり、良いことも悪いことも二人で分かち合いたいと自ら望むか」

二人の捕虜は顔を見合わせた。

王は眉をひそめた。王がうなずくと、衛兵が少年二人に飛びつき、手のひらで目をふさぎ、指を耳につっこんだ。

「もう一度聞く」王が一段と声を強める。「気をつけよ、余の提案は二度とくり返されることはない。はいかいいえで答えよ」

王が衛兵に下がるようにうなずいた。二人の少年の目が再びじっと捕虜を見すえる。

「はい」二人の男が同時に答えた。「そちのうち、今すぐ仲間と大きな船の後を追いたい者はいるか？　はいかいいえで答えよ！」

「いいえ」間髪入れずにノヴィコフが答えた。スチュワートは一瞬けげんそうにノヴィコフを見つめたが、すぐに質問の意図を解して叫んだ。「いいえ！」

王が手をふった。衛兵が証人にかけより、二人の少年のやせ細った腕をつかんだ。

「今の言葉をよく覚え、いつでも正確にくり返すことができるように、一番暗い洞窟に閉じ込めよ」王が命じた。

スチュワートが恐怖で凍り付いた。

「まさに原始人だ……」うなった。「原始人の原子爆弾、テープレコーダー、脳神経外科手術だ……」

広間にスチュワートのかすれた笑いが響き渡った。王は衛兵を振り返った。スチュワートの金切り声に、自動翻訳機のそっけないトーンがかぶさった。

「ヒステリーである。よくあることよ。冷たい水のバケツを持ってこさせよ！」

片肘だけの六ヶ月
Šest měsíců in ulna

ヤロスラフ・ヴァイス

一九八五年

All the lonely people, where do they all come from? 〔すべての孤独な人々は、どこから来るのだろう〕
All the lonely people, where do they all belong? 〔すべての孤独な人々は、どこに居場所があるのだろう〕

Eleanor Rigby,[*1]
J. Lennon and P. McCartney

I

どんなにどろどろに目玉が潰れて脳のどこかまで染み込む気がするほど強く目をつむっても、三つの白くまぶしい点は見えていた。頭上の闇夜にかかる白点は激しく照りつけ、目を閉じても手で遮っても甲斐はなく、光はぼくの姿を公園の闇から切り取り、スナイパーが銃で狙いを定めるように見張っていた。もうどこにも逃げ隠れできない、と一〇〇パーセント確信した。これはぼくの一人芝居。ぼくは一人で漁師の網の中でじたばたもがき、水欲しさに口をぱくぱくし続けるのだ——漁師が手をゆるめてぼくの脳天に一撃を振り下ろすまで……その先のことなんか、知りたくもない。

警察のオルニトプターの翼が頭上でよどんでいる熱気を静かに巻き上げ、先頃の暑さが抜けきっていない、湿った生ぬるい空気をかき回した。まあこれは気持ちよかったとも言えるのだが、おそらくもう最後の快適な瞬間だった。オルニトプターはゆっくりと機体を下げながら着陸する場所を探していたが、サーチライトは三台とも間断なくこちらを見張ったままで、ぼくは、このライトの操縦者は備え付けの機関銃でもこちらを狙っていて、下手に動いて刺激したりしたら、引き金にかけた指が滑ってぼくの腹に苛性弾の穴が開くかもしれないと悟った。それだけはごめんだ。想像したくもない。

体を硬直させたまま地面に左膝をつき、きつく目を閉じた。右足には襲ったばかりのばあさんの頭がある。

ぼくはばあさんの首筋を手刀で打ち、体がアスファルトに倒れる前に左手で受け止めて右膝に乗せたところだった。仮にばあさんの体が一六階から破片の飛びちるコンクリの中庭に落ちてきたところで気にするわけではないけれど、近頃は妙な小型器具が出まわっていて、体の姿勢が極端に変わったり、強い衝撃を受けたりすると、所轄の警察にサイレンが響き渡り、現場のおおよその位置が地図に映し出されるのだ。どうもこのばあさんはその手の物をバッグにしのばせているような気がした。

でも確かめようとは思わなかった。ぼくはそっとバッグを地面に置くと、あらかじめ用意していた右後ろの容器に手を伸ばした。ちょろい仕事に思えた。ばあさんは足を引きずるようにして歩き、もう遠くから苦しげな息づかいが聞こえてきたから、ぼくは木の幹の真っ暗な陰で完璧に準備することができた。それから一足ベンチの方にしのびよって手刀を振り下ろすと、ばあさんはあっけなくくずおれ、口からアルコールの臭いがしたのでたくさん飲んでいないことだけを祈った。アルコールは商品価値を確実に下げるのだ。その刹那、頭上でオルニトプターのサーチライトが点灯したのだった。おそらく出力を目いっぱい下げて梢の上でじっと待機していたのだろう。ぼくはいきなり液体窒素を頭から浴びせられたか、的の中心を射抜かれたかのように凍りついた。もう誰も助けてくれない。リヴァプールのジョン・レノンだって。まったくついていない。

ぼくの人生のようだ。

膝には頸動脈に針を刺したばかりのばあさんを抱え、後ろに用意してあったフラスコにはもうインクの滴が落ちているかもしれなかった。この状態でおばあさんを見つけて、ちょうど助けようとしていたんです、と言い張ることもできる。でも——

「動くな!」頭上の拡声器から人工的な怒声が降ってきて、脅しでない証拠に、ぼくのスニーカーのつま先のほんの先で苛性弾が破裂した。苛性弾はものの一分で腹の中に拳大の穴を開ける。内臓が酸にどのくらい耐えられるかを試したくはない。今できるのは、待つことだけだ。

ようやくオルニトプターが木立に囲まれた楕円のアスファルトの真ん中に着陸した。ぼくはその隅にある金属のベンチの脇で膝をついている。オルニトプターの横の扉が開いた。一瞬、フラスコを茂みの奥に蹴飛ばしたほうがいいのではと思ったが、そろそろインクが溜まってきているから中身が飛びちるだけだ、意味はあるまい、と膝をついたままの姿勢で待つことにした。あの二人組は、いかにももう長らく存分に人を蹴っていない、という様子だが、こちらに来たらどうするだろう――。

二人はぼくの肩をむんずとつかむと、一気に両足で立たせた。ばあさんの頭が鈍い音をたててアスファルトに転がった。頸動脈に針が刺さったままで、まだフラスコにブツが垂れているのに気づいたが、構っている余裕はなかった。派手なこの二人にゴム被覆の鋼の警棒で殴る蹴るされてオルニトプターの後方の開いた扉に追い立てられたからだ。そして扉の目の前で、一人が放った小振りの蹴りが、まともに尾てい骨に入った。頭蓋骨が載っている一番上の頸椎まで響いた。もちろん完璧に訓練されたキック。もしや警察の官舎にはちょうどこの位置に赤い目印がついた専用のトレーニング人形があるのではないか。いずれにせよこの足がこれまでに何度も尾てい骨を蹴り、何百もの肋骨を破壊してきたことは間違いない。機内に蹴飛ばされたぼくは、乗組員のキャビンと拘束者の空間を隔てる鉄の間仕切りにしたたかに頭をぶつけ、そのままゴムと古い吐瀉物と消毒の臭いが鼻をつく黒い床に倒れ、もう起き上がる気にはなれなかった。

体の下で床がはねた。オルニトプターが翼をばたつかせ、静かに空中に浮き上がったのだ。ぼくは鉄の間仕切りのところどころ飛び出ている釘をつかみ、大きな溶接部《ジョイント》のでっぱりを指の腹で押さえてのろのろと体を起こした。ようやくキャビンからの見張り窓の真下にある横に延びた小幅板に手が触れたところで、振り返って壁に背をあずけた。向かいの壁のベンチに、胸にジョンのプリントの入った青いTシャツを着た小柄な黒人がうずくまっている。腕の発光色の入れ墨が、薄暗い機内で橙色に光っている。鱗のある異星人らしきものが、三叉槍で武装した筋肉質の少女と戦っている複雑な図柄で、二人の上には、奇妙なほど長くて細い勃ったペニスがマレー短剣のように波打っている。こんなシンボルは見たことがない。どこか遠くのファミリーのものに違いない。

「平和《ピース》」ぼくは無難に声をかけて手を差し出し、そして反対の腕の入れ墨を指し示した。

「平和《ピース》」黒人は無愛想に返し、白い手のひらを見せた。それから立ち上がり、ハイタッチの仕草をして近づいてきた。するとのっそりした動作からいきなり――筋肉ひとつ、視線すら動かなかった――稲妻のように攻撃に転じ、目の前から白い手のひらが消えたと思ったら、ぼくは前歯に巨大な拳を喰らっていた。

小川に架かるすり減った小さな橋のように、上の列の歯が砕かれ、甘塩っぱい、生温かい血が口の中を伝うのを感じた。間髪置かずに暗がりから二発目が飛んできて、目に命中した。金属の壁を伝って脇に逃げるが、追いかけてくる。さらにすさまじい勢いでたった今ガタガタになったばかりの歯と歯茎、腹とあばらを、薄黄色の革長靴のつま先で蹴ってきた。体の中でバリバリと音がした、というかそんな感覚を覚えた。妙な感覚だった。

「やりあってる、豚どもが」上のキャビンの小窓からつぶやく声がし、その後はもう遠ざかっていく黒人の笑い声しか聞こえなかった。ぼくか黒人のどちらかがオルニトプターから突き落とされたかのようだ。やけに長く落ちているような気がしたが、少しも不思議には思わなかった。血は濃いもので、人は血の海をゆっくり底に沈んでゆくものだから。その後はただ静寂が訪れ、真っ暗になった。

再び目を開けたときも状況は何一つ変わっていなかった。真っ暗でしんとしている。ここがどこなのかもわからず、とりあえず上体を起こして座ろうとした。しかし少し動いただけで体中に激痛が走り、胸が砕かれるようなその激しい痛みで先ほどの出来事が蘇った。とっさに両手で頭を庇《かば》ったが、そんな必要はなかった。周囲は闇が広がるばかりで物音一つしなかった。ようやく頭から手を放し、目も暗がりに慣れてくると――右目は腫れあがっていたので左目しか見えないが――窓のない小房に一人きりでいるのに気づいた。ここは正面の壁の重い扉の真ん中に外に通じる穴が一つあるだけの独房なのだ。

床に敷いてある化学繊維の冷たい薄毛布の上に横になり、寒さにぶるっと身震いした。何時なのだろう、昼間なのかさえわからない。一つだけははっきりした。ここは刑務所で、おいそれと外には出られないということだ。

左腕の入れ墨がうっすら紫色に光っている。巨大な歯を持つ八本足のクモが、地面にだらしなく寝そべっている虎から液を吸っている。勝ち誇ったクモを見ていたら、頭がくらくらしてきた。めまいは一層ひどくなり、真っ向から目を射る三つのまぶしい橙色のサーチライトがぐるぐる大きく回りだした。ぼくは叫び声をあげ、それからまた慈悲深い闇に沈んでいった。

おかしな夢を見た。アニスと煙っている草の香りが漂い、体の透けた黄金色の小さなヘビがうようよしている液体の中を泳いでいる。口いっぱいに液体を含んで体を洗う。自分を解き放ち、毛穴を広げて深呼吸し、幻惑に身を任せる。体のすみずみまで濃い香りで満たされ、恍惚感が苦痛と背を接する絶頂に近づく。この世でこれ以上の至福があろうか、あるとしたら恋しい人が――初めての恋人ができたときだけ。悦びなど、苦痛の裏返しでしかないのだ……。

びくっとして目が覚めた。相変わらず毛布の上だが、氷のように冷たい水に濡れ、上から目の粗い布のオーバーオールを着た男が見下ろしている。先が尖った長い竿でぼくの脇腹をつついている。目のすぐ脇にプラスチックの汚いバケツがある。男がバケツの中身をぼくにぶちまけたのだ。

ぼくは十日間も雨ざらしになったフェルト帽のように濡れそぼり、ひどく臭った。

「起きろよ、この野郎」男が猫なで声で言い、あばらをつつく。それからきつく塩素が臭う大きな布を投げてよこした。「それで体を拭いて少しは身ぎれいにしろ。フサイン警部補がお待ちかねだ」

ガタガタになった上の歯を舌でなめ回してみた。下の歯もほんの少しましなだけだった。

「シュシュシュ」と声を絞り出し、どれだけ苦しいかをわかってもらおうと、痛む唇を指でなぞってみせた。

「新しい歯を入れてくれるさ、この野郎」男が言った。「この竿で頭をぶちのめしたほうがいいのにな。国の金で作ってくれるさ。そんなことをしてやる価値はまったくないのによ、わかってるのか？　あの黒んぼ仲間がおまえの首の骨をへし折ってくれていれば、一件落着だったのに」

こいつには何を言っても無駄だ。自分の役回りを心得ていて、その信念はゆらぎそうにない。ぼくはなんとか立ち上がった。痛む手で、ヒリヒリする体に布の塩素をあてがうと、汚れと乾いた血を一層塗り広げる結果になった。濡れたTシャツが背中と胸に張りつき、水分で固くなったジーンズが内股の青アザに当たってジンジンする。ポケットの中身は無事だった。まだこの中までは探られていないのだ。意識が戻って以来、これは初めてほんの少しでも心が慰められることだった。左の尻ポケットにはココチョカが二枚入っているはずだ。まだアルミホイルに包んだままで新鮮な香りを放ち、エネルギーと色とりどりの夢に満ちたココチョカが。右手首には、Yes, I'm lonely want to die if ain't dead already.[*2]〔そうだよ、ぼくは寂しくて死にたいくらいだ。もし、まだ死んでいないなら〕とリヴァプールのジョン・レノンの歌詞が刻まれた鋼のブレスレットが残っていた。軽く目を閉じただけで声が聞こえてくる。いつだってそばにいてくれる。いつだって信じることができるたった一人の人物——

「おら、歩け、この野郎」オーバーオールの男がまた刃先でせかす。ぼくが何を考えているかを自分なりに読んだらしい。「おまえはここに一人でいるんじゃねえんだよ。警部補がお待ちなんだ！」

独房の外へ追い立てられた。サーカスの調教師が虎を檻のトンネルから舞台へと追い立てるように、狭い通路で曲がり角に来るたびに男がぼくの体を刃先で右に、左にとつっつく。別の二人組とすれ違うたびに、コンクリの壁の方を向いていなければならなかったが、やっと何も表札のない、おそらく以前は番号札が掛かっていたと思われる、穴が二つ開いただけの、特徴のない茶色の細長いドアの前で止まった。ブザーが鳴り、ドアが開いて狭い室内に入った。窓があった。この建物で初めて目にする窓だ。

中は役人が座っている机と、手前に背もたれのない木のイスが一脚入っていっぱいいっぱいだった。机の真ん中から小型マイクが延びている。まずはいったん窓の外に目をやる。向かいの建物との間に狭い溝が走っている。向かいの建物は単調な灰色の壁で、ここと同じ小さな窓しかない。やはりここはアルハンブラ尋問センターなのだ。理由なしにここに入ることはないから、おいそれとここからは出られない。もし新カラチからの二年間の追放ですんだら、御の字だと言わねばなるまい。それは日差しの色具合でもうすぐ夕方になるのが知れるのと同じくらい確かなことだった。

今まで一人でいたこの建物の対の建物を存分に眺めてから、机に座っている役人に目を移した。ここまでぼくを連れてきたやつと同じような粗い仕立てのつなぎを着て、疲れの濃い顔をしている。黄色のキンセンカの肩章が士官の位を表し、名前と階級の入った胸の白い長方形が、猛獣使いよりはるかに大きな権力を持っていることを示していた。

警部補が座れ、とあごをしゃくる。寒さもあってぼくはぶるっと震えた。

「名前は?」

警部補の前にぼくの写真と指紋と声紋の折れ線グラフの入った紙が置いてあるのが見える。しらを切っても意味はない。

「ジョン・イブン・カト」

「アクバル・イブン・カトだろう?」

「それは使っていません。ジョン・イブン・カトです」

「生年月日は?」感情のない、そっけない声だ。「新暦の一四年六月一九日。アンカラ生まれ」

「住所は?」

ぼくは軽く肩をすくめて、しゃべると口が痛むという仕草をしてみせた。

「住所は?」

そこは空欄になっていた。ぼくはまた肩をすくめた。

「黙秘は立場を悪くする」

それはわかっていた。もちろんでまかせを言うことはできるが、そんなまねをしても無駄に決まっている。どうせ取り調べが終わらないうちに嘘だとばれる。マークか誰かファミリーの居所を告げることもできるが、それはもっとまずいことになる。

「姿をくらましてからずっと、何をしていたんだね?」

「何っていろいろです。こことかよそで」

何を話せというのだろう! 養育施設の「サファイアの花」から逃げ出した経緯などはとっくにつかんで、事件の記録も、現場の地図も入手しているだろうに。普通はそうだろう。ぼくは夏場に作業に通っていた田んぼから、ごくありきたりの方法で逃げただけだ。なぜ逃げたかだって……孤児院にいた頃は、逃げようなんて考えたこともなかった。でもあそこ、サファイアでは生きる意味はないと感じた。逃げるしかなかった。

だから昼飯の後、田んぼからすぐに逃げ出して、線路下にあったコンクリの土管の中で日が暮れるのを待ったのだ。そして夜の第一便の貨物列車の音が聞こえたところで土管から這い出して、夜通し二〇キロ歩いて、朝になると新カラチ行きのバスに潜り込んだ。終点で駅員に見つかったときは、頑固なロバか何かのように袋だたきにされた。以来、街で生きてきて、寝泊まりした場所やわずかでも暮らしたといえるところは数十を下らない、いちいち覚えてなどいない。それなのに親愛なるフサイン、あんたは居所を言え、電話番号を言えというのか。無理だよ。クモの仲間がいなかったら、生きていけなかった。それは身に沁みてわかっている。無理、無理だ。

「では家族について話してくれないか、クモ」フサイン警部補はそう聞き、期待を込めてぼくの日を覗きこんだ。

ぼくは首を振った。「家族はいません。ぼくは一人です。父も母も死にました。ほかに身内はいません」

警部補が穏やかな笑みを浮かべた。

「それを聞いたんじゃない、クモ。それじゃ、君らの言い方で言おうか。ファミリーについて話してくれないか」

警部補の視線がぼくの肘に滑り落ちる。

ぼくは手を机の下に隠しながら、つい返事をしてしまった自分に少々面食らい、言葉の代わりにまた肩をすくめてみせた。それがお得意の返事だとばかりに。

「君はクモなんだろ。それが恥ずかしいのか」

例によってぼくは肩をすくめただけだった。この部屋に来るまでに、通路でココチョカを二、三欠け口にほうりこんでおけばよかった。そうすればフサイン警部補、あんたの質問にそれほど悩まずにすんだかもしれない。

もちろんぼくはクモだ。それは入れ墨からおのずと知れることだ。でも口が裂けてもはいと言えないのはわかるだろうに、そんなことをしたら最後、身の破滅だ。言えっこない。それにどっちにしろ、ぶん殴られた口も体も痛くてたまらないのは傍目にもわかるだろうに。きっとココチョカだって口に入らない。

警部補が頭を振った。「好きにしろ、クモ。無理強いはせん。もっと思い出してもらうために注射を打たせてもいいんだがな。だがそれでどんな新しい情報が得られる？　クモについて知りたいことをわたしが知らないとでも思っているのか？　まだつかんでいない情報があると思っているのか、こっちには君ら自身だって知らない情報もあるんだぞ？」

警部補は右手の指で机をトントンと叩いてみせた。そこにどうやら情報システムの端末が隠されているらしい。「実際問題、君が何を言うかなんてさして重要じゃないんだ。君たちが何をしているのか、メンバーは何人いるのか、なんならどこで君たちを見つけられるかもつかんでいる。そっちがおとなしくしていれば、こっちも大目に見てやれるんだ。ばかばかしく聞こえるかもしれんが、君たちの商売だって意味がないわけじゃない。ただ派手にやっちゃいかん。ジョン、わたしは力になりたいだけなんだ。それだけだ。取り調べで自白して協力してくれれば、情状酌量の余地もある。このままだと少なくとも四ヶ月、下手すれば十ヶ月が下るかもしれない。わかるだろう？　もう一四じゃないんだから、れっきとした裁判で裁かれるんだぞ」

警部補は机の上の書類フォルダに手を伸ばすと、何か印をつけた。

「君はな、ラティー・アスハンへの強盗と暴行のかどで告発される。新カラチ在住、住所……これはいいか……」警部補はしばらく目で探すと、やがてまた読みはじめた。「……七六歳。君が襲った年配の女性だ。公園でうちの者たちが君を捕まえた後に治安サービスが意識を失った状態で発見した。出血していたが幸い命に別状はなかった。よって暴行罪だけで殺人罪には問われない。しかしほかにも放浪生活、正規就労の拒否、所得税の未納、逮捕時の抵抗の罪。ずいぶんあるな。さっきも言ったとおり、十ヶ月が下っても不思議じゃない。クモ一人には十分だ。そう思わないか」

逮捕時の抵抗というのは、明らかにぼくが黙秘していることに対する彼個人の罰だろう。知りたいことは全部知っている、と言ったくせに……。だけど否定しても無駄だ。しょせん、ついていいなかったんだ。それにあごを動かすたびに痛みはいちだんと激しくなるばかりだった。

「それなら以上で取り調べは終了ということでいいかね。もし同意するなら、ここに署名してくれ。数日後に裁判の通知がいくから」警部補は満足そうに短く笑うと、紙をぼくの腕の方に突き出した。

ぼくは「ジョン・イブン・カト」と署名した。肩をすくめるほかにどうすることができたというんだ、ちくしょう。

裁判が行われたのはその三日後で、また午後の遅い時間帯でものの二〇分もかからなかった。弁護士はきっかりその分しか準備してきておらず、両手で手帳を広げて机の上に置き、ぼくの隣にただじっと座っていた。「アクバル・イブン・カト、一六時四〇分～一七時」、準備してきた文はこれだけだった。

弁護士が面会に来たのは、朝、刑務所病院で砕かれたあごの手当てをして義歯を入れてもらった日だった。チェックのゆったりした服を着て疲れた顔をしたこの若い弁護士はぼくと話をしている間、しきりにどこかぼくの左の耳の後方を見つめていて、あまりにそれが露骨なので、何事かと二、三度振り返ってみたほどだった。もちろん壁しかなかったが、別にぼくのような依頼人をおとしめるつもりではないようだった。正直言うと、こちらも弁護士の状況を楽にしてやるために、ことさら協力的な態度を取る気はなかった。

「わかりきった事件ですからね」弁護士はぼそぼそと早口で言った。「心証を良くするにはたった一つ、反省している姿を効果的に見せることです。イブン・カトさん。とにかく効果的に反省の色を見せることです。心を入れ替えたい、などと形式的に唱えるのではなくてね。そんなのには今日日誰も騙されませんし、本当に反省しているようにも見えませんから」

そこで少し言葉を切った。「個人的には伝統的なやり方をお勧めしたいと思います。ひざまずいて少し頭を床につけて、心を入れ替えるにあたっての力添えを預言者にお願いするのです。ほかに何ができなくても、せめて謙虚さを身につけた痕跡は示すことができます。こうしたことはいつだって法廷に好印象を与えます。あと何か助言できるとしたら、国の機関にそれなりの協力を申し出れば、量刑に奇跡だって起こせるかもしれないということです。わたしの言っていることがわかりますか。そりゃあ、釈放は期待できません。でも少しばかり目をつむってやることはできるんです、いつだってね。さあ、どうですか。なんなら検事と裁判所にわたしからそれとなく……」

しばし沈黙が流れた。

苛立ったように弁護士が短く笑った。

「それともまだ何か聞きたいことでも？」

なんだか弁護士が、子どもの頃に読んだ物語の最後に懲らしめられる悪党の一味であるような気がしてきた。けれども弁護士を傷つけるようなセリフも、何か聞いておきたいことも思いつかなかった。

弁護士は腰を上げ、もう一度ぼくの左肩の向こうをじっと見ると、もう退出するという印にうなずいてみせた。弁護士の手がもうドアノブにかかったところでぼくはこう声をかけ、彼を唖然とさせた。「待って……シャークスとジャガーズの試合がどうなったか知りませんか」

弁護士は首を振ると、何も言わずに出て行った。かくしてぼくらは今、法廷に着席しているわけだが、はたから見たら、何らかの絆で結びついているように見えるかもしれない。でもぼくは、弁護士がぼくのことなどシャークスとジャガーズくらいにしか関心がないことは百も承知だった。つまり毛筋ほども関心がないということだ。

「被告人、何か付け加えることはありますか」

裁判官が机からぴんと背筋を伸ばし、まるでぼくをついばみたいかのように、首を伸ばしてこっちを見つめている。どこか鳥を思わせ、鼻がクチバシみたいに尖っている。

ぼくはびくんとした。被告人の第一証人であるフサイン警部補の証言を何も聞いていなかったと正直に言う気にはなれなかった。

「いえ……」

今こそ落ち込んだ顔をして見せる絶好の機会だ、心を入れ替えるという大芝居を打つ瞬間だとばかりに弁護士が目配せしたが、さほど親身になっていないのも明白だった。ぼくは弁護士の顔を単純そのものの目つきで見返したまま、何も言わなかった。

「わたしの依頼人はこう申し上げたいのです」弁護士が立ち上がり、まるで3D映画の上映予定を読み下すように、そっけない調子で猛然と話し出した。「自分の犯したことを心から反省しています。立証された罪状を全面的に認めております。また、厳しい罰になっても、しごく公正なものであるとわかっております。年齢的な若さと――まだ刑事告発される年齢に達したばかりです――また、尊敬する裁判官は調書からもちろんご存じのことと思いますが、過酷な生い立ちを勘案して、青少年非行の保護法の改正基準に基づいて、寛大なるご判断を仰ぎたいとのことです。わたしからも併せてお願い申し上げます」

うそ、うそ、うそ。何を言おうが、知ったことか。どうせぼくのことなどサッカーチームと同じくらいにしか関心ないのだ。ぼくだってこいつの言葉になんか判事の後ろに掲げてあるエクタクローム〔コダックのリバーサルフィルム〕色の肖像画の最高法解釈者ほどの兄弟愛しか感じなかった。

ぼくは弁護士の向かいに座っている検事の顔を見た。何度も眺めているが、脂気のない顔にやつれた表情を浮かべ、アジア系の混血らしい吊り上がった目をしている。仕方のないこととはいえ、この顔を見ていなければならないのは不愉快だった。父さんを思い出すのだ。きっとこの検事も父さんと同じで、二〇世紀の末に世界中に散らばった東アジアの難民の末裔なのだ。自分たちは現代のユダヤ人なのだと生前の父がよく言っていたが、当時は意味がわからなかった。今ならわかる。祖国を失い、いつの世代も生きる空間を必死に探し続ける民のことだ。

ぼくは断然母親似だった、少なくとも見た目は。性格はずっと父親のほうが好ましかったけれど。父は頑固だったが正義感の塊で、悪事に手を出して後悔することにならないよう、生涯努力していた。自分は常に一人なのだ、たとえ他人と対立することになっても自分を守り通すのだ、決して己の心の一線を越えてはならない、という強迫観念にとりつかれていた。父の考え方は伝統的なテキストの公式の解釈とはかけ離れていたけれど、朝から晩までその講釈を垂れるどの先生方よりも、その本物を身につけていた。でもこうしたことすべてに気づいたのは、父が亡くなって三年になる今だった、かつての父と同じように天涯孤独になり、寄る辺のなくなった今だった。いや、違うな。そうではない。ぼくにはクモがいる。

母……母はずいぶん違っていた。細身で華奢で、いわば北部出身のかなりきれいなトルコ人だった。少なくともぼくはそんなふうに記憶している。少し内気なところがあって、何より周りの人にも自分自身にも自信がなかった。この母からぼくはヨーロッパ風の大きな目を受け継いだ。肌は父親ゆずりで浅黒かったけれど。

いずれにしても昔の話だ。

「被告人、あなたはご両親の死後に委任保護者に預けられた養育施設からどうして失踪したのですか」

裁判官が再び身を乗り出した。クッションに座っているのではなく、黄色のかぎ爪で太いツリースタンドにつかまって、今にも飛び立とうとしている瞬間に見える。笑うつもりはなかったが、吹き出してしまった。「被告人、しごく論理的な質問なのに、なぜ笑うのですか。法廷が知りたいのは、あなたが告発されている罪を犯した理由です。それに被告人に有利な証拠になるかもしれない事情もすべて公正につまびらかにしたいのですよ」

「依頼人は心から謝罪しております」弁護人がぼそぼそと早口で言った。「裁判官殿をあざ笑うつもりは毛頭ございません」

「それではなぜ、養育施設から逃げ出したのですか、被告人」

全員の顔がこちらを向く。裁判官と助手はどうでもよいといった顔で、弁護人は自分には関係ないといったくたびれた顔で。ただ検事の黒い吊り目だけは少し光った。かすかに興味がわいたのか。いや、それも買いかぶりで、今日の仔羊の肉がどれだけ美味しかったかを思い出しただけなのかもしれない。「……ぼくは……あそこからは逃げるしかありませんでした。我慢できなかったんです。あそこではいつも孤独でした。本当に逃げるしかなかったんです。とにかく……あそこは怖かった。ずっと怖かった……」

それ以上は言えなかった。何が自分を追い立てたのはよくわかっているつもりだったが、口で説明はできなかった。言葉では誰にも説明できない——自分にも。それを理解するにはもう一度体験しないといけない、目覚ましでもなく、電話でもなく、呼び鈴で起こされ、玄関の外に立っていた、病院からの使いが赤茶けたシミだらけの衣服が入ったビニール袋を下にどさりと置いたあの朝を。真っ先に父さんの靴に気がついたが、何が起きたのかはさっぱりわからなかった。使いの人は丁寧に一礼しただけで立ち去った。きっと寝間着姿の一三歳の少年に事情を伝える気にはなれなかったのだろう。それからぼくはあれこれ想像して悪夢の一時間を過ごした。間違いであってほしいと願ったかと思うと、誰かが来て何か恐ろしいことを告げるのではと怯えたり。やって来たのは二人連れで、一人は私服だった。そしてただ、夜中に両親が食事会からの帰り道で交通事故に遭ったとだけ伝えた——どうやら、当初はぼくを慰めるために、何か信仰について語るつもりでいたようだが、廊下の隅にあるビニール袋を目にしてそうした言葉が何の役にも立たないことを悟ったのだろう、何が起きたのか、そしてもう今日は学校には行かなくていいことだけを早口で言った。そして私服の方が家《うち》に残って、一緒に身の回りの物を大きなスーツケースにまとめ、それきりぼくは二度と家に戻ることはなかった。時は過ぎ、ぼくは自覚する間もなかったが、もう二度ときれいにシーツをかけたベッドにパジャマを放り投げることはなくなった。そして来る日も来る日もきちんと畳んで施設の三段ベッドの一番上に重ね、もしきれいに重ねられなかったら、床に放り投げられて畳み直すことになった。もう二度と、ただベッドでごろごろしたり、とくにやることがないからといって窓の外の景色を眺めたりすることもなくなった。日課に沿って、部屋から部屋、施設から学校、学校から施設へと急き立てられる生活が始まった。理解できないシステムが動き出した。理解したくもないシステムが——だってこのふってわいた状況、この厳しい幾何学的構造はいずれにしてもぼくの世界じゃない、ただの誤解、偶然、ナンセンスでしかない、ぼくはどこかほかへ——何もかも昔のようなところへ行きたかった。そんなある日、ふいに悟ったのだった。ここにはいられない、一生でもどこかへ逃げ続けよう、どこかほかへ、それしかない、そうするしかない、そりゃ、もう決して幸せを取り戻すことはできないけれど——幸せはあの朝に血だらけの衣服がつまった袋の中で死んだのだから。

The world is treating me bad, misery, I'm the kind of guy who never used to cry.[*3]〔世界がぼくに辛くあたる。惨めだよ。ぼくは泣いたことなんてない類いなのに〕ジョン、あんたならわかってくれるよな、でもみんなは?

検事が歯茎の辺りをじっくり舌でなめて、口をもぐもぐ動かしている。間違いない、香ばしい仔羊のソースを思い出している。

「被告人がつい先日一五歳の成年に達したばかりであり、また重犯罪は初犯であることを考慮して、社会的危険性の高い行為であるものの、該当刑罰の下位基準の刑の」そこで検事はいったん言葉を切った。まるで発話する前に口の中で転がして味わいたいかのように。「執行猶予を相当と思料します」

ぼくは頭を下げ、目を閉じた。弁護士の腕が伸びてきてぼくの手をさすった。万事うまくいった、という印らしかった。「ひざまずいて」声を潜めて言う。

ぼくは膝を折って頭を軽く床に打ちつけた。法廷の公正で寛大な判決に、罪人が懺悔してお祈りを捧げれば、法廷は気を良くする——最後に一つ覚えておきなさい、と審理の前に弁護士に念押しされたことだった。弁護士はご満悦に違いない、ちゃんと祈りを捧げたから。ぼくは心から仔羊のために祈った。仔羊の美味で上等な体がかくも検事を上機嫌にしてくれたことに。そうでなかったら、あるいは検事はもっとぼくを不幸に陥れていたかもしれない。君を尊敬して君のために祈るよ。正しい道に導いてくれ、リヴァプールのぼくのジョン。

「検察側の求刑に弁護側が付け加えたいことはありますか」

頭上に早口な声が響いた。「ありません——いいえ、依頼人は最も尊敬する法廷に寛大なご判断を求めております」

この発言をいつかぼくはあざ笑うことになるだろう、もう今笑ったっていい、こんなセリフはただ状況を悪くするだけだということもわからなかったら。どうせ負け戦で必要でないなら、余計な波風は立てるなというのは、もう路上で学んできたことだ。頭を下げて糞便を食え、ほかにしようがなければ。だが常にパンチニードルを握りしめ、いつでも飛びかかって突き刺せる態勢でいろ。クモは毒針を持っている、ぼくはクモだ。クモになったのはあるいはたまたまだったのかもしれないが、そうは思わない。きっと宿命だったのだ。一人で生きてきたこの三年、ぼくはクモだった。施設から逃げ出す前は想像もしなかったけれど。でもマークと出会った。会うべくして会ったんだ。そしてマークが今のぼくが持っている能力をすべて授けてくれた。誰にも望まれない世の中で一人きりで生きていく術を教えてくれた。過去を一切忘れることを教えてくれた。正義を探すという、父親のばかばかしいゲームを忘れることを教えてくれた。マークがぼくをクモに育て、ファミリーの力を教えたんだ。クモは一匹狼だが他のクモとつながったネットワークを持っている。これこそが力であり、恐怖を呼び覚ます。あの警官のフサインだって怯えているのが見て取れた。いつか闇の中でどこかのクモに手刀で倒され、静脈に針を刺され、意識を取り戻したときには一リットルのインクを抜かれているかもしれない、状態がよければもっと大量に抜かれるかもしれない、そう考えるだけできっと恐怖に震える。フサイン、あいつなら一リットル半抜いても平気かもしれない。もっとも裁判ではぼくがクモであることはおくびにも出さず、長袖の服を渡されたので入れ墨が見られることもなかったが――。

裁判官がまた毛を逆立てて、宙をクチバシでつつくように話し出した。

ぼくは膝をついた。

「……では、判決を言い渡す。被告人、アクバル・イブン・カトを、六ヶ月間、左手の尺《イン・》骨《ウルナ》を一時的に剥奪する刑に処する。腕は裁判所付属病院にて外科処置で切断され、刑期中は新カラチの国立衛生研究所の臓器バンクに保管される。被告人が我が国の定める法に違反しなかった場合は、再び同じ病院で移植される。しかしさらに有罪判決を受けた場合は、切断した腕は国家に没収され、腕の処遇はしかるべき機関の裁量で決定される。当法廷は相当法令を適用の上、このように判断した。この決定に対し告訴はできない。アッラー・アクバル！」

裁判官が大きな緑色の記録台帳をバタンと閉じ、裁判官席の後ろの狭いドアに姿を消した。

ぼくはのろのろと起き上がって弁護士の顔を見た。弁護士はすでにアタッシェケースを抱えて、ぼくと別れの挨拶をするために右手を差し出していた。しかし握手をする気はなく、ただぼくの肩をぽんと叩いただけだった。囚人服の方は少なくとも消毒してあるが、ぼくの体は消毒していないからとでもいうわけか。「尺骨《イン・ウルナ》ってなんなんです」ぼくは聞いた。「肘のことですよ」弁護士はひそひそ声でそう答え、感じ良さそうに微笑んだ。「幸運を」

左側の椅子の男は、ぼくと同じように、太いプラスチックベルトで背もたれに体を固定されていた。肘かけの開閉式腕輪の部分は空だった。首には鋼の細い輪をはめられ、頭を急に動かすと、弦のように輪が皮膚に食い込む仕かけだった。頭の後ろには小さなレバーがついていて、緩めることができるが、時計回りに一回転させても、足の親指が通れるくらいの隙間が開くだけで、人の首はとうてい無理だった。

右の椅子は空いていた。ついさっきまでは、汚れた白いヨーロッパ風の服を着て長くきれいな脚をした褐色の肌の女の子が、腹と両手と首を縛り付けられていた。ココチョカばかり噛んでいて、地上に戻るすべを忘れた人間のうつろな目をしていた。でももしかしたら大きなショックを受けたせい、この先に対する恐怖のせいだったのかもしれない。

きれいな子だったが、その細面の顔には一つだけ欠点があった。鼻がなかったのだ。鼻のところは蘇生セルロース性の黄ばんだ薄い包帯で覆ってあった。また鼻を縫いつけてもらったらきれいな顔に戻るだろうが、顔の真ん中に穴が二つ開いた今の状態では、客を取るのは難しいだろう。

左の椅子の男は、右半分の髪が剃られていた。耳の部分はやはり黄ばんだ包帯でふさいであり、これは外科手術の傷の治りを早め、感染症を防ぐためだった。二、三日もすれば包帯は自然にはがれ、その下から薄い桃色になり、まわりよりも少し敏感なだけの皮膚が現れるのだ。

残っている髪は黄ばんだ白髪で、汗と垢でべっとり汚れていた。老いた肌は皺が寄り、色は多少ぼくより白く、鼻にはリヴァプールのジョンの写真で見たことのある一昔前の丸い金縁めがねをかけていた。シャツの右手の袖は、肩の部分で固く結ばれていた。初犯者ではない。肩から先がなかった。ゆっくりとこちらを向いたときに、青灰色の目をしているのに気づいた。白人だ。

ぼくは視線を下げて左側の下を見ようとしたが、うまくいかなかった。首輪が邪魔で、横にならゆっくりと向けるが、下は向けなかった。かろうじて目の端に、左肩と、肘から先を切断された腕が見えた。どうなっているのか見たくて目の前に腕を上げようとしたが上がらなかった。手術前に神経束に打った麻酔は、腕の感覚を奪っただけでなく、神経から筋肉への指令の伝達も妨げていた。ふと養育施設にいたときに読んだ昔話を思い出した。戦争で両足をなくした男の話だったが、ずいぶん前に失った足につながっていた神経が後々何年も痛みをもたらすのだ。ぼくはまったく痛くなかった……今のところは。

すべては小さな手術室の前のこの待合室での注射から始まった。ここには剣を下げた警備員に迷路のような階段と廊下を通って連れてこられた。待合室には座面と背の部分が樹脂でできた金属製の椅子が数台あり、警備員はぼくをその一つに座らせると、両腕と腹を留めて、首に細くてきつい金属の輪をはめた。それからちゃんと腕輪がはまっているかどうか何度かぼくの腕をゆさぶってみて、錠の具合も確かめた。胸には大きなピンでぼくの身分証と判決文の入った透明の封筒を留めた。

漠然と待つだけの空しさを乱すのは、時折待合室を行き来して、無関心にぼくの前を通り過ぎる一人の看護師だけだった。目を合わせてみようとしても知らん顔で、こちらのことなど床のタイルほどにしか気にかけていなかった。

一昨日、歯茎に入れてもらった新しい歯を舌で探ってみる。どうもしっくりしない。犬歯はばかに大きい気がするし、臼歯も嚙み合わない。それでも歯があるだけ御の字だ。

待合室に戻る途中で看護師がふとこちらに足を向けて、ぼくの胸に掛かっていた判決文の封筒を持ち上げた。判決文に少し目を通すと、ぼくの肩のあたりを軽くさすった。彼女の目を見て微笑んでみる。でも相変わらず目もくれない。彼女にとってぼくはこの椅子と同じ樹脂ででぎたマネキンなのだ。

柔らかな緑色のキャップの裾から長い黒髪が垂れて、薄めの唇をしていたが、そのせいでさっと彼女は実際よりも厳しそうに見えるのだ。いくつか年上できっと上背《タッパ》もぼくよりあるだろう、でもそんなのはちっとも構わない。

「あなたになら、何でもなされるがままになるよ」一人前の男ぶって言ってみる。いや、言おうとしたのだが、のっけから声がかすれて「何でも」と言ったつもりが水の出ない水道のような音が出ただけだった。

看護師は背筋を伸ばしてくすんだ青のオーバーオールの大きなポケットから鉄砲注射の箱を取り出すと、握り手の操作ノブを回して注射をぼくの肩に押しつけた。殺菌スプレーでひやっとしたと思ったら、腕の感覚がなくなった。左手につながる神経が麻痺したのだ。

彼女がぼくの肘の先を鉄砲でつついたが、ぼくは皮膚に触れたのをただ眺めているだけだった。ようやく彼女が目を見て言った。

「感じますか?」

「いえ」ぼくは首を横に振った。

看護師がぼくの肘の上で鉄砲をかざした。鉄砲の穴から延びている細長い針が鈍く光る。入れ墨の虎は、右前足の後ろの心臓のすぐそばに怪我を負っていた。針が皮膚に刺さると、虎が出血しはじめた。

看護師が鉄砲注射を大きなポケットにしまい、ぼくの椅子の背もたれをつかんで、手術室と表示されたドアに向かってゆっくりと押しはじめた。

手術室では、やはり薄緑色のつなぎ姿でマスクをかけ、うっすら汗をかいて疲労のかげりが見られる人物があらためてぼくの肩を触診し、マスクの穴に装着した小型マイクに向かってそっと何かをつぶやいた。傍らでは看護師がつやのある金属の長細い大きな箱を準備している。血液用だとぴんときた。ほかにこんな容器、何の使い道があるだろう。クモが血を抜かれるとは皮肉だが、さして恐怖心はなかった。注射のおかげで、手だけでなく脳も麻痺したと見えた。時折ぼくは、こうした一切をただそばから眺めているような――まるでイスにくくりつけられている黒のTシャツとジーンズの痩せた青年が別の人物であるような気がした。

医者が看護師にうなずき、看護師が医者の手に、黒く細いケーブルにつながっている先細のチューブを渡した。医者がぼくの肘のすぐ下の皮膚にチューブの先端を押し当てる。白い肌がピンク色になり肉が切り裂かれていく。トラックの革座席にナイフを突き立てて、ぐっと一気に切り裂いていくかのようだ。

インクは流れなかった。まるっきりと言っていいくらい。

外科医はこの細長い器具を脇に置くと、切開部に覆い被さるようにして、またマイクに向かって何かつぶやいた。すると看護師がやや無骨で大きな万力のような器具を手渡した。

それから看護師はぼくの手を腕輪から外すと、体から離すように持ち上げて、頑丈な土台のステンレス製スタンドに指を引っかけた。一方、医者は巨大なくるみ割り器のような器具を開き、ぼくの肘にはめた。それからボタンをいくつか押すと、彫刻家が型からもろい石膏像を外すように、そろそろと器械を左右に回しはじめた。

看護師はその傍らでぼくの前腕を支えていた。それにしてもずいぶんきれいな人だ。手術用のつなぎを着ていても体線がほっそりしていて、力強さとしなやかさが伝わってくる。オッパイを想像してみる。きっと小ぶりで桃色の乳首がのっているだろうな。いや、小さなオッパイに大きくて黒い乳首かな。突き出た乳首。まだ女の子の胸は見たことがなかった。裸の肌に触れたことはなかった。Who knows how long I've loved you, you know I love you still.[*4]〔もうどれだけ君のことを愛しているだろう、今でも君を愛しているよ〕ぼくは童貞だった。

看護師がぼくの前腕を支えて医者が器具を回した。するとそっと――まるで葉っぱが風にむしり取られて草の上に落ちるように、腕が切り離された。その前にぼくの指を慎重にスタンドからはがしていた看護師は、腕を金属製の長方形の箱に入れると、透明なカバーを被せた。それから判決文の封筒からシールを取り出して、箱の狭い側面に貼った。

血が点々と床に落ちた。医者が肘からバールを外して包帯を巻いている間、看護師はいくつか箱が並んでいる壁際のテーブルに箱を置いて、プラスチックのバケツの上にかがみ込んだ。バケツには普通の箒と雑巾が入っていた。看護師はくたびれた様子で床の血を拭きとると、手を念入りに洗い、ぼくの椅子の背もたれをつかんで、手術室の外に出し、この待合室に戻した。ぼくは手術室の外に出て、ようやく手術中に自分が何に驚嘆していたかに気づいた。看護師と医師は一度も言葉を交わさなかったのだ。

「初めてか?」左の椅子から声がした。耳を切り落とされた男だ。うんざりしながらも首を縦に振ろうとしたが、あごの下に首輪が食い込む。

「初めてならまだましだ」と白人は言った。「たいてい執行猶予が付くし、数ヶ月辛抱すれば、また取り戻せると思うからな」

そりゃあ取り戻すさとぼくはひとりごちた。手は六ヶ月間、刑務所病院の低温金庫に休ませるだけだ。半年たったらさっきの医者が縫合するに決まっている。

「二度目、おれは四ヶ月喰らった」と男が続ける。「やっぱり左肘だったよ。使えないクレジットカードを押しつけられて、罰されたんだ。確かにおれの口座残高はずっとマイナスのままだったからな。だが当時のおれにここの仕組みなんて何がわかる? ヨーロッパだったら、こんなのは屁でもないことだ。今はもうここの銀行は安心してるだろうよ、とっくにおれは口座なんかないからな。まあ、そもそもおまえは銀行口座なんて縁がないだろうが」

ぼくはふんと鼻を鳴らしただけだった。一つには男の言うとおりだし、一つにはどうしてこいつと口をきかねばならないのかわからなかったからだ。I feel alone ——ほかの場所ならいざ知らず、今この場では心の底から孤独を感じていた。

「なんだって？　まあな、話なんかする気分じゃないんだろうな。おれも初回はそうだった。何ヶ月喰らったんだ？」

意志に反して何かがぼくに答えさせた。「六。六ヶ月」

「そいつはまただいぶ喰らったな。刑期が長引けば長引くほど、手を取り戻せる確率は低くなる。向こうが望むとおりにはいはい約束してやればよかったんだ。毎日密告するとかな。嘘じゃない。ここじゃあ希望なんてあっというまに萎んじまう。見てな」

「うるせえ」ぼくは密かに悪態をつき、顔を背けようとした。「ずいぶん経験豊富みたいだけどよ。だがよ、そんな姿でさらに人に襲われたりしたらどうするんだ？　ダメ押しによ」

片足を棺桶に突っ込んだような白人はずっとどこか前方をにらんだままで、ぼくは果たしてこいつに腹を立てる意味があるのかどうか定かでなくなってきた。どんないきさつでここに来たんだか知るわけもないが、こんなめにあう白人は、元々金儲けのためにやって来たか、あるいはカネから逃げてきたかだ。その果てに、こんな掃き溜めに流れ着いたのだ。片腕は付け根からなく、肩の部分をぼろぼろの汚いシャツでくくってあった。鼻はあった。だけど片耳はたった今切り落とされ、反対側の耳だってどうなっていることやら知れなかった。こいつと出くわせば、誰だって、救いがたい極悪非道の盗人で詐欺師だと一発で見抜くだろう。こんな烙印を押されるなんてバカに決まっていることも。これを端から言ってやることもできたが、やめておいた。今にもくたばりそうに見えるし、そもそもいけ好かなかった。白人であることも含めて何もかもが気にくわなかった。

白人はやや黙りこんだ後、クックと忍び笑いをした。「いつだって同じだよ。精神と世界の知恵の新しい預言者とやらが現れたって、昔のほうが優れていたから昔のやり方に戻るべし、と言い出すだけなんだ。パンを焼くとか、人の首を刎ねるとかな。さっぱりわからんか。おれが言っているのは説教師とかアヤトラ〔イスラム教シーア派の最上級の指導者に与えられる称号〕のことだ。そいつらが庶民を焚きつけている場面さ、白人を指さして、刑務所なんて何の役に立つ、そんなのは余所者《あいつら》が考え出したものではないか、われわれには目には目を、歯には歯を、盗人なら盗んだ手を切り落とせ、詐欺師なら嘘をついた舌を抜け、姦通した女なら石で打ち殺せという昔の法律があるではないか、とな。これに賛成したのが若くて賢い連中だったというわけさ。そうだそうだ、伝統の中に己を探すべし、こうした昔の刑罰を新しい知識や社会のニーズで改良するのがいい、と若い連中は主張した。現代医学を利用するなら、実際、ちっとも悪い考えではない。なぜなら手を切り落とすと言ったってただ切り落として終わりではない、手術で切断して盗人の手をちゃんと保管して、更生した暁には元通りにくっつけるのだから、公正というものだろう。第一安上がりだ。つまり、手のない状態で家に帰すだけなんだから。刑務所を作る必要もなし、看守に賃金をやる必要もなし、外の人だってそいつを見りゃ、一発でどんなペテン師だか見抜いて用心するしな。うまい考えだ、と若い連中は満足した。これは刑事手続きの革命だ、これこそ本物の更生だ、伝統というものはこんなふうに使うものだとな。ただ、二、三のこと、何より人間のことを忘れていた。何かアイデアを思いついたら、まずは人のことを考えないといけないんだ。アイデアの対象となる人でなく、その蚊帳の外に置かれる人々のことをな。なんせそいつらこそ底辺にいるやつらなんだから。そのうちにわかるさ。おまえ、外で面倒見てくれる人はいるのか。金持ちの親父がいるようには見えんな。おまえ、ベトナム野郎だろ、なあ?」

人のことにまで首を突っ込んできやがった。「おい、じいさん」ぼくは低く険のある声で返した。「てめえのことだけ構って人のことは構うなよ。じゃないと高くつくぞ。まじに待ち伏せされて首を掻き切られるぞ。首を縫い直すなんて厄介だぜ。ただついてるよ、あんた、あんたのヤバい血なんて誰も欲しがらないよな」

「じゃあ、おまえに腕が戻ってくるのを望んでいるやつがいるとでもいうのか。とんでもない。ほかのところでのほうがよっぽど役に立つさ。予備《スペア》のパーツとしてな。予備のパーツはいつだって足りないからな」

廊下へ続くドアが開いて太った大女が入ってきた。腕の筋肉が盛り上がり、男のような顔をしている。いかにもここが似合う女だ。女はぼくの首に掛かっている透明な封筒を上に掲げて見た。

「カト?」と訊くと、返事も待たずにぼくのベルトを外しはじめた。

ぼくは椅子から立ち上がって体を伸ばそうとした。だが全身が重くだるく、いささかこわばってもいた。鉄砲注射の麻酔がまだ効いているのだ。

「行くよ」女があごをしゃくった。

後ろを振り返ると白人がこちらをじっと見ている。「よお、そんなによくしゃべるのによ、なんでまだ舌を抜かれてないんだ?」

「黙れ、カト」看守が怒鳴ってドンとぼくを小突いた。強い力だった。ぼくは前に飛んで、ドアにぶつかってようやく止まった。

薄暗い廊下を歩かされ、らせん階段を降り、荒れた中庭に面した大きな窓のある明るい部屋に来た。後ろの壁には小さな木の扉がずらりと並んでいて、看守がその一つを開けてぼくのTシャツを取り出した。消毒薬の臭いが漂ってくる。シャツには血の染みがついていた。

女がTシャツを投げてよこしたが、ぼくはつかめなかった。手がなかった。拾って着替えようとしたが、手間取った。

「ぐずぐずするな、カト」看守がぶつぶつ言う。「おまえにだらだら付き合っている暇はないんだ」

やっと袖が通った。すると看守がテーブルから小さなものを取って突き出した。「これはちゃんとしまっておけよ。手の引換札だから」

それは長いナイロンの紐がついたプラスチックの札だった。

「それで自分の腕のありかがわかる」そう言った。「なくすなよ。じゃないとてめえの手じゃなくて赤の他人の手を縫いつけ……」最後まで言わないうちによく響くバリトンの声で笑い出した。ぼくに赤の他人の腕がついたところを想像したのか、別のことで笑ったのかはわからない。

「ほら、もう行け。これが通行証」女はぼくの手のひらに小さな汚い紙切れを押し込み、肩をどんと突いた。ぼくはまたドアまで飛ばされた。茶色の観音開きのドアにはチョークで「出口」と書いてあった。

ガンッ、歩道の端のコンクリの角柱に頭をぶつけた。一瞬、痛みで目の前が揺れた。ふと今日で公園で捕まってからちょうど十日目だと気づいた。この十日間で一六年の人生よりも殴られた。

「この手なしの盗人めが」クリーム色のスーツに身を包み、剛毛を短く刈り込み、うでっぷしの強そうな小男が、袖のほこりをパンパンと手で払った。「こんな手合いは処刑してしまえばいいのに。まっとうな市民に迷惑をかける機会など与えないで。なあ、見ただろ？　ザーリャ？」

剛毛の男から一歩離れたところに立っていた娘が、関心なさげにちらりとこちらを見た。だがすぐにぷいと反対側を向いてしまった。チャドル〔イスラムの女性が着る全身を覆う黒地の服〕の光を通す軽やかなベール越しにぷっくらした唇が透けて見える。

剛毛の方はたっぷり一〇秒はぼくを見下ろした。

「二度と人の顔をじろじろ見るんじゃない、手なし野郎」男は手のひらで右肘の関節を軽くなでるとそう言った。そして娘の脇の下に手を回し、立ち去った。

ぼくはゆっくりと体を返し、歩道の熱いコンクリに突っ伏して額をつけた。地面は濡れていた。ぼくの涙が落ちたのか、あるいは身構える間もなく剛毛の男に一発食らった際にまぶたが切れて出血したのか。まず三本の手足全体で体を支え、それから両足で立ち上がった。太陽は相変わらずまだ地平線の彼方にあり、青地区までもまだ八キロはある。歩くしかない。地下鉄やバスには誰も乗せてくれまい。

解放されてもう一二キロは歩いた。時間は数えていない。

だがこの先六ヶ月もこの一二キロと同じなら、だんだん何の希望もないような気がしてきた。救いの道はクモだけだ。Don’t let me down, Don’t let me down, Don’t let me down, DON’T LET ME DOWN.[*5]〔ぼくをがっかりさせないでくれ〕ぼくは口ずさんだ。ジョン、今、痛くないのは、ここにない腕だけだよ。

裁判所病院の門から外へ——夏の臭いと雑踏の午後の灼熱の中に一歩踏み出したとたん、日差しが目を射た。ぼくは数日間アルハンブラの内部にいて日差しに慣れていなかった。さらにショーケースの前の鉄格子を上げ下ろしする鉄の竿で背中を殴られた。たまたま店の前で立ち止まったときで、ショーケースに何が飾ってあるかなどまったく知らず、興味もなかったのに、七分丈の幅広のマントの男が店からばっと出てきて鉄の棒を振り上げたのだ。

「シッシッ、この泥棒猫め」男はぼくにだけ聞こえるように声を潜めて言い、同時に歩道にいた周りの人たちには目を細めて口の端を上げて微笑みかけた。

「失せろ、さもないと背中をどつくぞ、シッシ」と、押し殺した声でいきりたちながら、周りにいる人にはいらっしゃい、どうぞ中へ、と上目遣いでぺこぺこしていた。

ぼくは歩道と車道を隔てている浅いドブの中に降りた。ドブの底は汚水が溜まり、日中はいつも表面が固まっていた。歩きづらくはなく、何より、出会い頭に面白半分にぶたれるという危険だけはなかった。ぼくは耳なしの白人の言っていたことがわかりはじめていた。すれ違う人はみな一目でぼくが何者かを見抜いた。世間の人にとってぼくは虫の居所が悪ければ殴っていい相手であり、抵抗しないやつであり（自分がよけい傷つくだけだから）、上司に叱られたときに蹴とばしていいワン公であった。まったくうまく考えたものだ。最高のコンピュータで設計したシステムのように機能する。

最初は通った交差点の数だけを数えていたが、途中から歩数も数えだした。千歩を三度数えたところで、ジーンズの左の尻ポケットの縫い目の下にココチョカを半分隠していたことを思い出した。あった。

かぼそいタパンの低木の下に腰を下ろしてココチョカを嚙んだ。五分、一時間——時間が過ぎるのも、頭上にかかる影が延びて色が変わってゆくのも気にならなかった。砂埃を被った小さな木の幹の方に身を縮めて座りながら、自分が気兼ねなく暮らせるところ、未来の彼女と過ごす土地へ通じる道をなんとか夢に思い描こうとした。しかし太陽がじりじりと照りつけ、手でひさしを作ることもままならなくなってきたので、腰を上げると、再び青地区のクモの住み処、マークのところを目指して歩き出した。ひたすら目の前の地面だけを見つめ、たまにそっと辺りを見渡して、ぼくの肋骨の間か歯茎（相変わらず国の人工器官には慣れずにいた）に一発見舞ってやろうという働き者の市民がいないかどうか確かめた。ぼくは殴る以外に何の役にも立たない盗人なのだから。

乾いて半開きになった唇からココチョカがこぼれ落ちた。さっとかがんで拾い上げる。これだこれ、これこそ更生への正しい道だ、まっとうな市民になるのだ、陳腐きわまりない戒めも守れ、宇宙の主の都を汚してはならない。頭がクラクラしてきた。灼熱の太陽のせいか（身を隠しても許されるほど背の低い影はなかった）、それともぼくを助け、ゴールに向かう力と意志をくれたココチョカのせいか。前にもこんなことがあったな、そうだ、こういう道は歩いたことがある。

ふいに孤児院と「サファイアの花」で何年か暮らした後に、身一つで、過去だけを胸に、過去を探し求めて、過去の中に今後の希望を求めて、初めて一人で歩いたときの自分の姿が目に浮かんだ。あのときもただひたすら道沿いに歩いた。地下鉄に乗る度胸はなかった。だいたい街の中すら一人で出歩いたことはなく、父か母の同伴なしに庭園地区から出たこともなかったのだ。その庭園地区を目指して逃げ出したのだが、一刻も早く着かないかと思う半面、行く甲斐など何もないこともよくわかっていた。緑のムートンのぼくの部屋も、家も、浴室のママの櫛も、道も、アスファルトの遊び場も、バスケットボールのカゴもあることはあるけれど、それはどこか別の世界、靄《もや》のかかった世界、水晶のような世界なのであり、ぼくは過ぎ去りし時を探す者、a poor young country boy - Mother Nature's son*6〔田舎の貧しい少年、母なる自然の子〕、でしかないのだ。でも、母なる自然よ、あなたはどこに消えたのだ。顔に埃の混じった汗の筋が何本もでき、塩分で目もヒリヒリし、体もくたくたになった末に、ようやくドアの前、階段の前、そして小さな長方形のロックセンサの前に辿り着いた。けれどもセンサに指を置いたぼくは、結局最後の瞬間に指を引っ込めて——a poor young country boy〔田舎の貧しい少年〕——くるりと背を向けて、一段一段が一世紀ほども長い永遠の三段の階段をぺたりぺたりと降りて、向かいのカシーディさんちの大理石の壁に背中をつけて座りこみ、いつぼくの家のドアが開いて父と母が現れるか、あるいはぼく自身が出てくるか、あるいはせめてドアが開いて誰でもいいから出てこないかと待ってみた——けれども家はしんとしたままで空気のようにじっと動かずにいた。ついに闇が降りてきて周囲の細長い窓やアーチ型の窓に煌々とした明かりやぼんやりとした灯りが点りはじめ、遠く街の中心からは喧噪の音が聞こえてきて、周囲でサンダルの底が歩道に当たる音が響き出し、たまに車が通り過ぎても、エンジンが静かにうなる音にもまったく心はかき乱されなかった。ぼくの家は相変わらず暗いままで、その闇は周囲の夜よりも一層暗く、それはまるで後戻りする道はないのだ、一人で前に進むしかないのだ、Mother Nature's son〔母なる自然の子〕よ、と告げているようだったから。ぼくは物思いを切り上げて腰を上げ、歩き出した。あてもなくただひたすら歩き出した——

そしてマークに出くわしたのだった。それがクモとの出会いだった。

彼は人気のない、ほとんど足元も見えない歩道をこちらに歩いてきた。ふらりと体がゆれたと思ったらいきなり右手が飛んできて、ぼくは何が起きたのかを理解する間もなく、みぞおちに強烈な殴打を喰らった。一瞬息ができなくなり、考える力を失った。ふらふらと膝をついた。すぐに男はぼくの足をつかむと、右に開いていた路地に引きずりこみ、暗闇の中、ぼくのポケットの中を指でさっと探った。空とわかると、今度はぼくの腹の上に膝を乗せてきて、ぼくの頭を横に向けた。ぼくは男がぼくの喉をかき切ろうとしているのではなく、頸動脈を探しているだけだとはわからなかった。ぼくは必死にもがいて頼んだ。「たのむ。離して……。痛くてたまらない」

今度は相手がびくっとする番だった。ぼくが気を失っていると思ったのだ。彼は力を緩めた。

「運のいいやつだな。死に損ないめ。家に帰りな」

「帰るところなんてないです。昨日の朝、養育施設を飛び出してきたんです」「それなら好きなところに行きな」暗闇から声がした。

「行くとこなんてありません」ぼくは繰り返して座りこんだ。

影が暗い通路から通りに出てきて、少し姿が見えた。ぼくは急いで立ち上がると、後についていこうとした。失うものなど何もなかった。

彼はせいぜい二、三歳上であるだけだと思うが、眼差しは十も大人びて見えた。しばらく彼は遠くの街灯の青白い光の中でぼくを品定めし、それから歩き出した。ぼくは頭の周りを飛び回る小バエのようにしつこく後についていった。どうして彼が結局、街のガレージの下の長い地下廊を渡った先にあるクモの住処へ、低い白塗りの天井の窓のない一室にぼくを連れて行くことにしたのかはわからない。ぼくの方はもう疲労困憊で少年の仲間に手ひどいことをされるかもしれないという恐怖心もなかった――また実際されなかった。それどころか腹いっぱい食べさせてくれ、ココチョカを一枚くれた。それが人生で初めて口にしたココチョカだった。

その後もなぜあのとき手を差し伸べてくれたのかとマークに尋ねたことはないし、他の仲間に訊いたこともない。ただ、彼自身もこんなふうに助けられたことがあるのではないかという気がしている。

三日目、どんよりしていたぼくの目に光が戻ってくると、初めてマークはぼくを一緒に連れ出した。マークが的を襲い、ぼくはできるだけ早くボディチェックをするだけだった。その間マークは、採血用チューブのついたカニューレをあてがっていた。生まれて初めて、暗闇の中で黒ずんだインクがフラスコに溜まっていく様子を目にした。

それからマークは自分の知っていることを端から伝授した。血液の循環の仕組みをひもとき、一番太くてたっぷりした血管を素早く手で探り出す方法を見せてくれ、血液を赤血球と白血球、血漿に分離して、つきっきりで生体構造とシナプスの敏感な箇所について教えてくれた。ぼくは抵抗することも助けを呼ぶこともできない状態にして獲物から素早く血を抜くために、クモなら誰でもマスターしなければならない唯一の方法を、細部までじっくり時間をかけて学習した。それからマークはぼくを顧客に引き合わせ、なるべくいい値で血液を引き渡す方法を実際に見せてくれた。また血液型の見分け方と血液の保管の仕方をテストし、血液を「ブツ」とか「インク」と呼んで敬意を払うことを教えてくれた。

こうしてぼくをクモに仕立てると、ぼくの左の前腕にこのファミリーの輝かしいシンボルの入れ墨を自ら入れてくれた。ぼくは優秀なクモになった。腕を見込んで血液業者から注文が入るほどだった。得意客もつき、客が必要としている特定の血液型を納入できるようになった。

それだけではない。ジョンを好きになったのもマークの影響だった。前からジョンのことは知っていたけれども——〈サファイアの花〉にも信奉者は多く、彼らはジョンを理解し、何時間でもジョンとジョンのメッセージだけを考えて過ごすことができたから——よく意味がわからなかった言葉をぼくのためのメッセージに変えてくれたのはマークだった。マークはジョンの言葉のテイストと香りの見分け方、言葉の裏にあるシンボルや意味の探し方、ぼくや仲間にとっての意味の理解の仕方をかみくだいて教えてくれた。

マークはぼくの初めての師であり、「ジョン」という名の名づけ親でもあった。

暮れなずむなか、最初の汚水が埋まり出したドブの中を進みながら、ぼくはこんなことを思い出していた。二度ほど、消毒車両が流した臭い濁流に押し流されそうになった。あと二キロ。ラスト五〇〇メートルだ。表面がでこぼこで傷だらけの曲がり角に、この地区で縄張り争いをしている少なくとも五つのファミリーのシンボル。血だらけの壁――「青地区」だ。この名はこの惑星の色とこの惑星に広がる平和からついていた。少なくとも、たまたまこんなところまで迷い込む観光客がいると、ガイドはそのように説明していた。だが本当は違う、この名は青あざの絶えないここの住民からついたのだ。

背の低い鉄の扉を開け、狭い急階段を降りた。暗い廊下の頭上に錆びたパイプが走っている。平和《ピース》、とぼくは声をかけた。

マークとジョージが顔を上げた。隅でヤディが振り返る。ぼくをあまり好いていない奴だ。奴が最強のクモであるのは、つくづく残念だった。

ぼくは少しドア口で立ち止まり、それから中に入って後ろ手にドアを閉め、苦悩の歳月を経て、やっと家に帰ってこられて嬉しい、という顔で微笑んでみせた。しかしこの薄暗く天井の低い部屋では誰にもよく見えなかったとみえた。

みな、黙ったままだった。

「ちょっと道中で足止めを喰らってさ」ぼくはできるだけ淡々と言った。それから頭で左腕を示した。「で、腕はどこかに忘れてきちまった」

みなぼくを見つめているが、相変わらず何も言わない。この静けさは妙に胸をざわつかせ、不安をかきたてた。

「何だよ？　要するにパクられたんだよ」声がかすれる。「六ヶ月の執行猶予だとよ」と言うと、ぼくは目でマークを追いかけ、

「なあ、尺骨《インウルナ》ってなんのことだか知らなかったよ。肘にあるんだとさ」、と黄ばんだ包帯で先をくるんだ肘を突き上げてみせた。

マークが視線を反らす。ヤディが隅から近づいてくる。ぼくはヤディの目を見ないようにしたが、立ち上がって拳を握りしめた様子から、その目に少しも友情の炎は点っていないことを悟った。

「身を隠さないといけないんだよ」ぼくはそう言って、友情とまでは言えなくてもせめて何か歩み寄れるものがないか、目で探った。「外は手がないと厳しい」

ヤディがぼくのすぐ目の前に仁王立ちになった。甘い香りが鼻をくすぐって、ぼくはココチョカが欲しくてたまらなくなった。

「おまえ、アルハンブラにいたんだろ。ずっと」

ぼくは唾を呑みこんだ。「でも何もばらしてないよ、マジで。聞かれもしなかった。何も知られていない」

「昨日、ここに探りが来たんだよ。偶然じゃないだろ。それに外の廊下に誰かがおまえの容器を置いていった。偶然てことはねえよな」

「でもおれ、本当に――」

言い切る間もなく、ココチョカの塊を舌でほおぶくろに押し込んだヤディが、ぼくの首をがっしり押さえつけ、親指で頸動脈を圧迫した。これはよく知っている、二秒後には頭がぼうっとしてきて、目がかすんで力が入らなくなる。

「おれ……おれ……」右手で突き離そうともがいたが、相手は最強のクモだった。

マークは背を向けたままだ。

ヤディは難なくぼくをブリキのドアに突き飛ばした。

「二度とここに来るな」

「マーク、誓う――」

「だめだ」ヤディがぴしゃりと言って首を振る。

ファミリーから締め出されたのは明らかだった。いつでも居所がわかるバイオチップが埋め込まれていないとは自分でも言い切れないのに、彼らには知るよしもない。一度アルハンブラで十日も過ごした人物を信用することはできないというわけだ。フサイン警部補はうまく考えたものだ。

ぼくは暗い廊下に立ち尽くし、それから重い足を引きずって外に出た。前にもこんなめにあったなとふと思い出した。ふいに、これで本当に天涯孤独の身になったのだと思い至ったが、運命を嘆く涙は一滴も出てこなかった。もしかしたらただ涙が枯れていただけなのかもしれないが。

夜は悪くない。昼間よりよほど優しい。

暗い町を足を引きずるようにして歩いた。街の闇はこれまでぼくを養ってくれた。闇の中で仕事をしてきたし、今は今でドライブを楽しむ人や歩行者のしつこい目からぼくの身を守ってくれている。薄暗い放電灯の光は危険ではなく、煌々と照らされた十字路を避ければいいだけだ。

自分は孤独だ、それは百も承知だ。でも、警察のオルニトプターのサーチライトを浴びた瞬間にもう気づくべきだったのだ。ファミリーに戻った者はいない、池に投げた石は、底に沈んだきりだと。

いつのまにか、二年の間、毎日通っていたイズマイル通りのブロックの前にさしかかった。もちろん、回れ右をして町の中心に行き、非行少年の施設に入所を申し込んで罪を悔悛することもできる。そうすれば八〇人を収容できるホールで紙のシーツの簡易寝台をあてがわれ、入れる物など何もないけれども小さなブリキの棚を与えられ、見る気もないけれども仕事後のご褒美にテレビを見ることもできただろう。だがココチョカもなし、金もなしだ。支給されるのは、放り出してきた物ばかりだ。

そこでようやくモロウスの顔が頭に浮かんだ。あいつをおいて誰が助けてくれるだろうか。

そうだ、モロウス。マークに裏切られた今、新カラチでたった一人信じられる人物。いつも言っていたじゃないか、おまえはぼくの最高の少年だから、いつでも好きなときに呼び鈴を押せと。我が子のように好きだとか、おまえみたいな息子がほしいと前から思っていたとか真剣な声で言ってくるたびにいささか背筋がぞっとしたけれど、今はそんなことは構っていられない。マークは奴のことを毛嫌いしていた。モロウスはぼくみたいな息子が欲しいらしいと言うと、決まって鼻先で笑ってこう言った。ぜったいおまえじゃなくてその前に関心があるんだよ、おまえの母親はトルコ人だし、モロウスはトルコの女と関係したことなんてないに決まってるからな。マークに関して我慢できないことがあるとすればまさにこういったところだった。ずけずけした物言いに歯止めがかかることがないのだ。

モロウスなら助けてくれるだろう。手が戻ったら、半年間、インクをただで納入すると約束すればいい。いや、半額で一年でいいか。

モロウスの住むアーケードの入り口まで、急ぎ足で向かった。鉄格子を揺さぶる。もう鍵がかかっていた。急いで左膝をついて、地面に鍵が置いてないかどうか手で探る。もしかしたらどこかにあるのかもしれないが、塀まで指が届かなかった。一挙に日中と晩の疲れが押し寄せてきて、ぼくは建物の土の骨組み伝いにずり落ちて、地べたに座り込んだ。

小一時間ほど待った。蒼い夜の中、チェックの幅広のズボンを履いた痩せたアラブ人が入ってきた。門の格子のところで背伸びをしている。鍵は今、ほかのところにあるのだ。ぼくは二歩で男の背後に近づくと、耳元でささやいた。

「モロウスのとこに入れてくれ！」

男はびくっとしたが、ぼくも一瞬、男がぼくの腹にジャックナイフを突き出したのかと思い、慌てて飛び退いた。しかし男は鉄格子の錠を開けただけだった。そして門をくぐると、一緒に入れとあごをしゃくった。片腕を体の横にぴたりとつけている。どうりで。納入品のインクを抱えていては、誰とも揉め事は起こせないわけだ。そんなことをする価値はない。

男はモロウスのドアの前で呼び鈴をぐいぐい押した。ぼくやクモたちが知っている方法とは違った。

ぼくはアラブ人の姿が消えるまで待ち、それから呼び鈴を押した。モロウスの視線から、もう何もかも知っているなと悟った。ぼくの目を見てはいたが、表情がなかった。

用件をどうにか伝えたが、モロウスはひと言「ふん」と言っただけだった。

「一肌脱いでくれよ。でないとこの六ヶ月を生き延びられないんだよ、モロウス」

また「ふん」と言う。

「本当に金は払うから、きっちり揃えて。また元通りになったら、あんたのためだけに仕事する。なあ、いつだって最高のブツを調達してきただろ。おれは血に鼻がきくんだよ。あんただってそう言っていたじゃないか」

まあな、と言う。同じ返事の仕方を避けるように。まあな。

「執行猶予なんだよ。なんとかしのがないといけない。どこかに身を隠すのが一番いいんだよ」

「だめだ、ジョン。家《うち》には置けない。それにここだって危険だ。ほかをあたってくれ」

「行くあてがないんだ、モロウス。本当に。あんたの言葉、いつも信じてたんだぜ。いつでも家《うち》に来いって言ってただろ」

「まあな、だがそういう意味で言ったんじゃない。人の言ったことをうのみにしたらだめだ。そんなんじゃ、ろくなことにならない。ジョン」

つい絶望が顔に出る。「二、三日でいい。二、三日で」

モロウスは首を振った。「やめろ。無駄だ。ほかをあたれ」

そうか、あいつら、先回りしたな。モロウスに忠告したのに違いない。ヤディか、マークもいたかもしれない。ジョンに気をつけろよ、おまえのところにも来るぜ、モロウス。あいつ、アルハンブラにいたんだぜ。あいつがどんな状態なのか、わかったもんじゃねえ。ペラペラ話しちまったかもしれない。知らないうちに盗聴器を埋め込まれているかもしれねえ。危険だ。モロウス、用心しろよ。

「じゃあ、金を少し貸してくれないか。当座の分だけ」

じろじろとぼくを眺め回す。何を担保に取れるか値踏みしているのだろう。いい未来を占ってくれるようには見えなかった。

「容器は持ってないか」モロウスはぼくがいい容器を持っているのを知っていた。つい半年前に郊外の基地のアメリカ軍病院用の物資からマークと一緒に調達してきたものだ。

「道具は一式、クモのとこだよ」

「そうかい、何も持ってないなら」と腹の辺りをガリガリ掻く。「インクを何滴か売るしかないだろうよ」

「インク？　だって今――」その瞬間にぴんときた。ぼくの血のことか。

ぼくの血液はRhマイナスのA2B型で、比較的需要のあるタイプだった。一度、何かのアレルギーに効くからと頼まれたことがある。あのときはきっとこの血液型の注文が入っていたのに、予定していた供給業者が来なかったのだ。こんなことは日常茶飯事で、モロウスのところには病院や療養所から昼夜関係なくひっきりなしに電話が入った。医者は血液が不足して、国からの供給があてにできないと（そんなケースが常態化していた）、モロウスなどの血液業者のルートを頼るしかなかった。もちろん闇ルートだ。公式には天然の血液の取引は国の独占で、血液の闇取引はハードドラッグと同様に厳しく処罰された。しかし薬物と同様、摘発されるのは下っ端ばかりだった。モロウスはかなり上の業者で、もし捕まったら、もっと上の業者も巻き添えを食らうだろう。

つまりぼくを中には入れられないが、A2Bの血液ならOKというわけか。

「わかったよ、モロウス。今すぐか？」

モロウスは、我ながら己の寛容さにあきれるといった具合に頭を振った。

「構わんさ」

ぼくはうなずき、元々郊外の貧民窟の療養所で使われていた汚い回転椅子に座った。もしかしたらかつてこの椅子の後ろには、高官の品行方正な第二夫人が闇中絶をした際に助手が立っていたのかもしれない。あるいは歯科医の看護師が座り、欠けた臼歯を修復する接着剤を溶いていただけかもしれない。いずれにせよ、彼らしいと言えばらしいのだが、モロウスは青地区の中絶業者を全員合わせたよりも稼いでいながら、この部屋自体と同様、家具もみすぼらしいものだった。

モロウスは窓のそばの机の引き出しを開けると、採取チューブとフラスコのついたカニューレを取り出した。いい容器だった。畜生、いいのを持っていやがるじゃないか。いざというときのためにとっておいたな。

「ここに置いてくれ、モロウス。自分でやるから。おまえにやらせたら、パンケーキみたいにでかい青あざができちまう」

モロウスはやや奇妙な笑みを浮かべながら、器具をこちらによこした。ぼくはカニューレを受け取ったところで、首に刺すか、足の血管に刺すしかないことに気づいた。首は嫌だし、足も気が進まない。それに時間がかかりすぎる。

ぼくはカニューレをモロウスに戻し、うんざりした思いで右腕を突き出した。

「やってくれ。気をつけてくれよ」

あっぱれ。巧いものだった。ぼくも腕には自信があったが、もしかしたら自分でやるより早かったかもしれない。モロウスはぼくの皮膚に消毒スプレーをかけると、ほとんど気づかないうちに血管に挿入した。プラスチック製フラスコに暗赤色の血液が溜まりはじめる。

「量は？」と訊くと、

「一リットル。そのくらい平気だろ。おまえさんくらいの体格の獲物からおまえさんが採取するくらいの量だよ。一七五センチ、六二キロくらいだろ。健康体だしな、少なくとも角膜の状態からすると」

「そりゃ状況が違う。そういった奴らはすぐに病院に運ばれて、点滴の手当てを受けるじゃないか。おれはどぶねずみのいるドブに隠れなきゃならないんだぜ」

「そのくらい辛抱しなよ。ここでのびたりしないよう、最悪の場合はアンモニアをかがせてやるから。古い手だがちゃんと効く」

「それでいくらくれるんだ。真新しい血でおれの血だぜ。そこらへん、くんでくれなきゃな、モロウス。おれの血は初めてだろ」

屈強《タフ》な男のセリフを吐いてみたつもりだったが、どうもそれらしくなかった。野菜のバザールで値切っているように聞こえた。

「よくあるA2Bじゃないか。そんなに珍しくもない。そのまま売れるかどうかだって定かじゃない。結局、加工しないといけないかもしれないし」

そういうことは滅多になかったが、ないとは言い切れなかった。とにかくモロウスは絶対に損をすることだけはしなかった。特別な抽出物《エキス》や血漿を、誰彼かまわず売りつけていて、軍とすら取引しているという噂だった。ブツの安全性も折り紙付きで、「AIDS-free」という自前のステッカーも貼っているらしかった。

「わかった。それでいくらくれる、モロウス?」

「六〇タク」

「六〇? そんなばかな。先週だったら、この同じ血で少なくともリットルあたり一〇〇だったじゃないか。六〇は、どこにでもあるA型の値段だろ」

「時代が変わったんだ。今は人工の血液とAIDSとどっちが怖いかわからないくらいだからな。余分な金はないんだ。気に入らないなら、この話はなしにして、もっとはずんでくれる奴のところへ行けばいい。容器なら貸してやるよ、おまえさんなら二〇で」

「金がないのはよく知ってるだろ」

「六〇ははした金じゃない。アルメニア人なら、添加した血液だってそんなにくれない」

「だけどアルメニア人は友だちだと言ってくれたこともないし、困ったときはいつでも扉を開けてくれると言ってくれたこともない」

「開けてやっただろ」

ぼくは何も言い返さなかった。二人でビンに暗い血が溜まっていく様子を眺めた。一リットルの目印線まで溜まると、モロウスは素早くカニューレを抜き、傷口に止血スプレーをかけた。暗赤色のしずくが一瞬で固まり、傷口がふさがった。

立ち上がると、立ちくらみがした。モロウスが気づいて、ぼくに笑いかけたが心がこもっていなかった。

「二、三時間で回復するさ」そうぼくを励ますようにうなずき、二段目の引き出しに手をかけた。そして金属製の底の浅い金庫から——きっと奴の大好きな超合金でできているのだろう——汚い紙幣を六枚取り出した。それからいかにも自分は気前がいいと言いたげな目つきをよこして、もう一枚足した。

「おまえさんだからね、ジョン。旧い友情に。わたしはおまえさんのこと、本当にずっと好きだったよ。さあ、もう行け。厄介事は抱え込みたくないからな。もしここにおまわりが来たら、闇取引をしにきたと思われるかもしれない。そうしたら本当に手とはもう一生お別れになるかもしれない」

そう言いながら、ぼくの腹を小突いて小部屋のドアまで押し戻した。

「知らないかな、あのさ——」

「そのとおり。知らんよ。何かあるなら二週間後においで。それまではだめだ。冗談じゃなく面倒なことになるかもしれない」

これが一つめの理由だろう。二つめは、ぼくを助けるメリットはないというわけだろう。ぼくの血ほどは。A2B型は本当にひっぱりだこの血液型だった、少なくとも市場では。

ぼくは足早にアーケードを抜けて、入り口のところで用心深く辺りを見回してから通りに出た。ジーンズの尻ポケットにはありがたい七〇タクが入っている。散財できる額ではないが、心を落ち着かせて、この先のことを決めるまでの数日間は乗り切ることができる。まずはどこへ身を隠すかを決めなければ。心当たりの住所が何の役にも立たないのは今夜の件で身に沁みた。しかし街を出て行く気はなかった。田舎は勝手がわからず、どんな輩が住んでいるかも想像できない。それにイスラムも、信仰の保護を頼みにできるほどわかっちゃいない。

街だ、残るのは街だけだった。新カラチのどこかに身を隠すしかない。乾季の今は比較的楽だ。公園にいくつか目星をつけた場所がある。ただ、寝ている間に浮浪者に嗅ぎつけられないよう用心しなければならない。浮浪者ならぼくの体からインクをすっかり抜き取るのもいとわないだろう。下手するとさらに体をバラバラにして義肢用に外科医に売り飛ばすかもしれない。片腕では抵抗も難しい。それにぼくみたいな人間が一人消えたところで、誰が気にするものか。腕もなし、家族もなし、名もなし、信仰もなし。この世でぼくに残ったのはリヴァプールのジョン・レノンだけだ。ジョンだって心の中にいるだけだ——

少し膝が震えてきた。どこかに座って、ちゃんと腹ごしらえをしないといけない。こんな空腹は感じたことがない。裁判所病院でまずいプロテインのお粥を食べたきりだが、あまりにまずくて二、三回つついてスプーンを置いたほどだった。早く胃袋を満たせるとこに行って、ココチョカも何枚か仕入れないといけない。ココチョカは食べ物と同じくらい必要だ。色つきの幻覚が見たくてたまらない。それを叶えてくれるのはココチョカしかない。

〈白い睡蓮亭〉がひらめいた。あそこなら夜通し開いているし、この時間帯だったら誰もいないか、いてもガラガラなはずだ。何より知っている顔に会う可能性はまずない。今日一日で、友だちや仲間には懲りていた。

白い睡蓮亭の扉を開けると、蒼い明かりの中には、二、三人の輪郭が見えただけだった。ひと目で、浮浪者とかルンペンとか、底辺に溜まった澱のような連中だと知れた。どの顔も白黒映画が映っている画面の方をぼんやりと向いていた。

のろのろと隅のテーブルにつき、何か持ってきてくれる人を呼ぼうとボタンを押した。カウンターの向こうの隅でライトが点滅し、ばあさんがしんどそうに腰を上げた。

すぐ左にいた顔もこちらを向いた。そして少し体を傾けてくると、ぼくの耳元で何かを暗唱し出した。どこかで聞いた覚えのある声だ。「神を差し置いて外の主人を取る者を譬えれば、(自分で自分の)家を造るクモのようなものである。本当に家の中でも最も弱いのは、クモの家である」

一向にどこで聞いた声なのか思い出せない。画面の光だけでは顔も判別できない。

「失せろ」とぼくはうんざりして言った。

「三十九、マッカの章《スーラ》〔コーランの節〕を知らんのか」その声が言った。「おまえのスーラだろうに、クモ」

画面が少し明るくなった。

それはあの病院の手と耳のない白い肌の野郎だった。今日は何かと散々な日だけれど、ばかばかしさの点でも散々な日だ。

「あんたのコーランなんかくそくらえだ」ぼくは噛みつくように言い、右の肘で奴の肋骨の下をこづいた。

男はうめき声をあげて引き下がった。

「カーイ師、邪魔だよ」ばあさんが両手にたくさん汚い小皿を乗せてテーブルに近づいてきて、しゃがれ声で言った。

「いかした子だね、ご注文は?」

II

わたしの名はロベルト・カイ。出身はリンツ〔オーストリアの都市〕。カーイ師と呼ばれているのは、この土地では白人は主人《サーヒブ》か師と呼ばれるのが古くからの習わしで、とっくに敬意などは失われているけれど、妙なことに呼び名としては残っているからだ。うやうやしく呼ばれていたのは、まだこの辺りが東ベンガルと呼ばれ、台風と人口とジュートくらいしかなく、米にも事欠いていた時代の話だ。イギリス人が去ると、東ベンガルは東パキスタンになり、さらにバングラデシュになったが、相変わらず人口が多くてジュートが採れるだけだった。台風などは以前よりも増した気もしたほどだが、それはテレビがもたらした目の錯覚にすぎない。世界中のテレビニュースで犠牲者や倒壊した建物について報道されるようになるまでは、多くの台風は知られずじまいだったのだ。

その後、九〇年代末に、最後の原油の埋蔵地域の一つがこの地で見つかった。これは事実上、世界中の他の地域の油田がほぼ枯渇して、まだいくばくかの原油を有していた産出国の政府は、もはや一リットルでも他国に売るほど浅はかではなくなっていた頃だった。そんな折にクハルナプルの油層が見つかったのだ。油層はベンガル湾の方まで延び、しかも深さは地下八キロから一〇キロほどと判明した。様々な推定から、途方もなく巨大な油層とみられ、石油業者は、世界中の他の地域の埋蔵量の十倍はあると見立てた。

ベンガル湾の奥深くのこの貧しい地域に、これは何よりまず多大な混乱を引き起こした。原油はカネを意味し、カネは多くの友人を惹きつける。それまでは台風のたび（テレビのおかげで破壊力が知られるところになった）に食料や薬、テントを届ける相手であり、支援団体や赤新月社〔現在の国際赤十字赤新月社連盟。イスラム圏ではキリスト教を連想させる十字の代わりに新月（三日月）の標章が使われるようになった〕しか関心を寄せてこなかった国に、突然大国が友好的な協力関係を築き、同盟を結ぼうと動き出した。

日々、足下深くに出現する富を一億二千万のベンガル人と分け合う必要性を感じたのは、大国だけではない。その頃コンピュータセンターやデータバンク、光ケーブル、クレジットカードで完璧に世界を覆っていた国際組織や経済集団も同様であった。そんな由縁でわたしもバングラデシュに来ることになったのだ。NTM社の当地の支社長のアドバイザーに就任したのだ。法により、支社長はムスリムのベンガル人でなければならなかった。

大量の原油は、いかに安く原油を入手するか画策する全世界だけでなく、それまで貧窮にあえいできた人々の頭をも狂わせることになった。何しろ一転して、それまで存在することすら知らなかったものも望める立場になったのである。一人頭の国民所得は二年で最も豊かな国の水準に達した。事実上、たまたま懐に富が転がり込んできたら誰でもそうなるように、ベンガル人は常識的な振舞いを忘れ、はなはだ愚かなことに手を出した——個人としても国家としても。現地の人々が富をもっと生かすよう派遣されたわれわれは、愚行を止めるためにできるかぎりの策を講じたことは認めなければならない。

われわれは巧妙に立ち回り、自分たちだけになると、いかに事が順調に滑り出したか、そう遠くない将来、ガンガー川とブラマプトラ川のデルタ地帯全体は、地下に黄金が眠る巨大なデパートになるだろうと両手をもみ合わせてほくそえんだ。われわれより一枚上手の連中がいるとは夢想だにしなかった。

NTMは、(税申告後の総純益が、スカンジナヴィアを含む、エルベ川以西のヨーロッパの国民所得を凌ぐ他の四社とともに）インド再統一人民運動という崇高な公式名称を掲げる運動に出資したのである。この狙いは、このような支援を後々評価してくれるような人材を政府の中枢に送り込むことだった。運動はうまいこと急速に拡大し、激しさを増して、内戦状態に近づいた。まさにこれこそ、わたしがキャリアを大いに生かせる領域だった。七〇年代初め、わたしは活動に身を投じ、ドイツ赤軍《RAF》の支援網のメンバーとして、まだ逮捕される前のアンドレアス・バーダーと接触した最後の一人だった。一晩、彼を大家の車庫にかくまったのだ。当時、わたしはハイデルベルクで哲学と物理学を勉強しはじめていたが、日に日に自分の進む道は学問ではないという思いが強くなっていた矢先だった。こうして初めて偽造パスポートを受け取った。八〇年代に入るとアイルランド共和国軍のために働き、ロンドンでは（偽名での欠席裁判にて）三〇年の禁固刑すら喰らった。十年後、別の偽名のわたしを雇ったのは、背後に英外務省のデリケートな機関が潜んでいる某英国企業だった。香港支店を軌道に乗せるためだ。

　この頃はもうこの領域で十二分に活動した後だったので、ただ報酬のために受けた仕事で、世界をいつか解放する革命のためなのだという信念を胸に勇気を奮い起こすつもりはなかった。わたしは観念の信仰を捨て、良い職人がみなそうであるように、自分自身を信じるようになっていた。家庭（この間に結婚し、ザルツブルクに自宅を購入していた）はこのために良い拠り所になり、どこに仕事に出かけても、帰る場所ができた。

　それでもまだわたしたちはこんなふうに香港の船主たちを説き伏せた――中国の保護下での

独立も確かに悪くはないが、自分の首の上に自分の頭が乗っているほうがもっといい、と。この仕事には莫大な資金を要し、薬物と交通事故による年間死者数に匹敵するほどの犠牲者も出した。

それから、半年ほど家でバラの世話に精を出し、犬の散歩をして過ごした後、NTMのチッタゴン支社アドバイザーに就任したのだった。この街には原油で潤ったものがすべて集中していた。

インド再統一の大衆運動には一つ問題が持ち上がっていた。一夜にして金持ちになったベンガル人を挑発して、本物の市民戦争を引き起こすのが難しくなったのだ。通りに出て自分たちの真実を守り、敵の偽善を打ち砕くはずだった人々はみな、金を手にして横着になり、自分の代わりに傭兵を雇ったほうがいいと考えた。

つまりさんざん苦労して引き起こした市民戦争だったが、市民は戦わなかった。代わりに撃ち合ったのは、世界中から集まった、似た者同士のプロからなる、二つのよく組織された小さな軍隊だった。NTMだけで二百人ほどを送り込んだ。ベンガル人はさっそく建てたモダンな家の窓からこれらを眺め、あちこちで起きる小競り合いがどう転ぶか、賭けをし合った。こうしたことは英国人からよく学んでいた。

もちろんこの珍しいタイプの内戦には利点もあった。両陣営とも優秀なプロ集団であるために、こうした衝突でありがちな罪のない市民の大量虐殺が起きなかったことだ。死者は少なく、小さな台風のほうがよほど多くの犠牲者が出た。

わたしはこのインド再統一を求める大衆運動の効果に比較的早々と見切りをつけた一人だった。現代社会の二、三十年は、ときに数千年の伝統や中世期の一世紀よりも大きく事態を動かす。ヒンドゥー教徒とムスリムが隣り合って暮らす一つの強大で豊かなインドを目指すガンジーの思想を蘇らせることはもう誰にもできなかった。とくにムスリムがそれを望まなかった。何百年も昔のムスリムの放浪は、たまたま幸運にも、何百年も後に原油が噴出した土地で終わっていた。そして原油は世界だけでなく、コーランの思想にもエネルギーを与えたのだ。

わたしは国民の中で唯一、多少なりとも他の市民に権力をふるうことにやぶさかでなかった狂信的なイスラム伝統主義者に接近するよう、熱心にＮＴＭや提携企業の経営陣に説いて回ったが、迅速に交渉を進めることはできなかった。たった一週間の間に、国の情勢はわれわれの手に負えなくなったのだ。

一見ピエロのような赤緑色のなりをしたムスリム連盟の熱狂的な数十名が街頭に出て、真のパキスタンの創造者ラフマト・アリー〔パキスタンの民族主義者〕と指導者ジンナー〔パキスタンの政治家〕を礼讃する声をあげたのである。当初は誰が見ても、ただの酔狂な集団の無害なデモにすぎなかった。ところがこれが火種になり、北回帰線から南の地方全体を巻き込む一週間の大戦闘に発展した。傭兵は参加しなかった。与《くみ》するべき側がなかったのだ。狂信的なムスリムたちは、傭兵のためらいを現権力者が弱体化した印と捉え、その週のうちに新独立国家の樹立を宣言した。新国家の北限はまさに北回帰線で引いた架空のラインだった。ムスリム連盟の指導者たちは、自分たちこそラフマト・アリーの伝統に則った唯一の真の担い手であると宣言し、新国家を真に純粋な国家の新パキスタンと命名した。チッタゴンももちろん新カラチと改名された。

言うまでもないが、通常なら、世界はこのような茶番を見過ごしたり、狂信的な宗教集団に、この土地の油田がもたらす無限の富を自由にさせたりはしなかっただろう。NTM単独でも、間違いなく翌週のうちに新政府をひざまずかせることができただろう。ただ先ほど触れたとおり、大国やNTMや地球上のどの国際企業よりも一枚上手の人物が登場したのだ。

それはエリック・ブラッティンガーという、第二次世界大戦の前に両親が避難したブラジルのサンパウロ応用化学研究所に勤める研究員だった。ブラッティンガーが進めていたのは炭化水素鎖の研究だった。孤高の天才ではなく、ファンドから相当額の支援提供を受け、部門をあげて研究に取り組んでいた。

ブラジルは世界の原油不足に最も打撃を受けた国の一つだった。解決策を見つけた人にはサッカーの神様ペレにも匹敵する栄光が与えられるだろうと言い切った大統領もいたほどだ。

ブラッティンガーのチームが成功したのは、ちょうど、ブラジルから数千キロ東、あるいはその人の場所によっては数千キロ西で熱心なムスリムたちが新パキスタン国家の樹立を宣言した頃だった。新国家の国旗には赤の長方形の中央に緑の輪が描かれ、国章には三日月で飾られた掘削櫓が入る予定だった。

そして新カラチで省庁の設立や、学校でのイスラムの教えの時間割数をめぐる議論が紛糾していた頃、無添加の人工原油の製造に成功したというサンパウロからのニュースが世界をかけめぐったのだった。しかも経費は地下二〇〇〇メートル未満の採掘と変わらず、地理的条件も単純だった。生産の成功の知らせと同時に披露された設備もシンプルそのもので、中規模以上の都市であれば設置は問題ないように見えた。つまりこれは原油の生産だけでなく、運搬の問題も一挙に解決されることを意味した。ブラッティンガー博士と、偉大なサッカー選手ペレの甥であるサンパウロの議員が並んだ写真が新カラチを含めて各国の新聞に掲載された。一方新パキスタンの写真が載ることはなかった。大国も国際機関もみな、サンパウロの研究所で起きている事態にはるかに注目した。

このためその週のうちに大国やどこかの組織に新パキスタンが潰されることはなかった。何も起こらなかった。ただ、この二年で新カラチに建ったばかりの住宅に賃貸募集の立て札が現れた。

もっともかつてのような弱貧国に逆戻りしたわけではない。地元の銀行はこの原油による数年間の好景気で潤い、世界中に有力なパートナーを得ていた。種々の経済関連プログラムもスタートし、利益を生みはじめていた。何より、台風被害をなくすための複雑なシステムが稼働し、強固なコンクリの防波堤や堤防で、それまではなすすべもなかった破壊的な高潮を防げるようになっていた。

しかしそれではもはや世界の耳目を集めることはできなかった。台風による大洪水で何千人もが命を奪われたり無数の被害が出ることもなくなり、テレビで報道される理由がなくなった。新パキスタンは国家として一般に認知される前に忘れ去られた。あたかも月の裏側に引っ越したかのようだった。しかしこれはこの一世紀の間に北回帰線から南、また南回帰線から北に誕生した多くの国家がたどる宿命でもあった。

わたしも忘れ去られた。この国の発展と同様、わたしもあっという間に転がり落ちた。もっともザルツブルクの邸宅とバラの花を後にしたときに、地球の反対側に出かける仕事はこれが最後になるという予感はあった。それどころかむしろ、ロビュールのスーツケースに荷物をまとめて、没落はしてもずっと変わることのないヨーロッパに帰る日をもう楽しみにしていた。しかし、帰郷する日は来なかった。

代わりにしかし妻が電話をかけてきた。事細かには話してこなかったが、一連のことにショックが大きすぎて気持ちの整理がつかない様子だった。要はNTMから連絡があり、もはやわたしは用済みでお荷物でしかないため、わたしを銀のお盆に乗せてイギリスに差し出すことを理事会にて決定したのだそうだ。中央刑事裁判所《オールド・ベイリー》で下った三〇年の判決はもう昔の話であるが、時効は論外だった。当時アイルランド共和国軍のためにわたしが計画を立てて指揮を取った地下鉄トッテナム・コート・ロード駅の爆発は、七六二人の命を奪った。英国がこれを許すはずはなかった。これほど大勢の人命を一人のドイツ人が奪ったことは、両大戦でもなかったのだ。

妻はロンドン生まれのイギリス人で、トッテナム・コート・ロードのテロリストがわたしだとは知らなかった。未だに信じられないようで、ただちに欧州に戻ってこの空恐ろしい濡れ衣を晴らすように言ってきた。

この歳で三〇年は終身刑同然だ。

一番ましなのは新パキスタンに残って待つことだった。そもそもほかに道はなかった。わたしは漫然とロビュールのスーツケースに荷物を詰め、玄関に置いた。そして長く感慨にひたることもなく、空調の効いたNTM社のマンションを後にした。鍵は道端のコンクリのドブに投げ捨て、こうしてわたしも、東洋の知恵を求めて六〇年代の末からインドシナ半島を放浪している幾千人もの白人の一人になった。自分たちの文化への信仰を失い、死ぬまで新しい真理を探し求めていく連中だ。まあ、これはわたしの物語でもある。さして快適な人生ではなかったが、この物語は唯一わたしに残ったものだ。徐々に手を失い、腕を失い、耳を失った。だが首はまだついている。

それにささやかな見返りもあった。数十年ぶりにロベルト・カイという昔リンツにいた頃の名を名乗れるようになったことだ。もっともこの喜びも、私が本名で呼ばれることを望んだときに、カーイ師と呼ばれて少々水をさされたが――

もしこの少年がこんなにつけまわしてくるとわかっていたなら、あの白い睡蓮亭で声をかけたりはしなかっただろう。向こうだってこちらのことなど気に留めてはいなかった。だが少年の表情には、手術室の待合室でもそうだったが、どこか声をかけざるをえない雰囲気があったのだ。

少年はびくびく警戒しながら店に入ってきた。入り口でもう何か不愉快なことが待ち受けていないか、中をきょろきょろ見渡していた。もうすでに、誰からも軽蔑される生き物の最初の洗礼を受けたこと、道の反対側で誰かが上げた手が拳に見えただけで、逃げ出すのを学んだことが見て取れた。

少年はおずおずと、低い小テーブルのクッションの端に腰掛けた。わたしの隣だった。テレビ画面の弱い光の中で、少しヨーロッパ風の大きな目の輪郭と、その瞳に浮かぶひどく幼い孤独な輝きが見えた。

クモのスーラを暗唱してみると、少年はまだ一人前の口をきいていたが、空元気だった。わたしみたいな人生経験がない者でも、彼がもう子どものように泣き出す寸前で、心と肩が震えていることに気づいただろう。

カーイ師と店の者がわたしを呼ぶのを聞くと、

「カイト師?」と生き返ったような声で自己流に聞き返し、疲れてはいるけれども好奇心旺盛な少年に変身した。「本当にカイト師なの?」

わたしがけげんそうな顔をすると、思いのほかきれいな英語で、ささやくように口ずさみだした。「For the benefit of Mr. Kite there will be a show tonight…」*7〔今夜はカイト師のショーがある……〕

この曲が、わたしがまだ少年より小さかった時分から知っている歌だと気づくのに時間はかからなかった。マダムタッソーの有名な蠟人形の集団の中に、オリエンタル風と言っていい、風変わりな色とりどりの衣装を着た四人の若者、ジョン、ジョージ、ポール、リンゴがまぎれている、カラフルなアルバムジャケットの中の一曲だ。サージェント・ペパーズ・ロンリー・ハーツ・クラブ・バンド。ビートルズ。

この手を切断されたクモは、たぶん自分でも知らないうちに、わたしの世代が歩む道の流れに逆らって、つまり東の知恵からジョン・レノンを目指して歩いていたのだろう。リヴァプールのジョンの教派《セクト》は、ジョンを預言者として崇め、その歌詞はムスリムの伝統主義者にとってのコーランのように重要な教義だった——実際には歌詞だけでなくメロディも。

不思議なことだが、ジョンの死から時が経つほど、彼のメッセージは後の世代にとって暗示的に映った。ビートルズのほかの誰も、ポール・マッカートニーでさえ、ジョンの魔力に迫る影響力を持つことはなかった。その主な理由がジョンの不慮の死だとは思わない。レノンは預言者だった。この千年でたった一人の真の預言者。わたしの人生はジョンが世界に与えたメッセージの否定的な見本だったが、そんなわたしでもそう思う。ジョンは平和を訴え、わたしは人を殺した。わたしのことを知ったら、憎むだろう。それでもわたしはジョンのことを理解しているのを一瞬たりとも疑ったことはない。

「名前はなんていうんだ」少年に訊いた。

「ジョン」

ジョン。彼のレノンと同じだ。この少年たちはもっと預言者に近づけるようにとこぞって英国風に名乗った。あるいはそのおかげで本当に身近に感じていたのかもしれないが、だからといってよりジョンのことを理解していたかどうかとなると、定かではない。

「おれはカイだ。ロベルト・カイ。カイトじゃない」

「カイト師のほうがいい」

やつれたばあさんがライスと牛の濃縮液をサイコロ状に固めた物の小皿を運んできた。タンパク質とビタミンをたっぷり閉じ込め、消化器官で簡単にエネルギーと体組織に変わるこのサイコロは、補助経済プログラムの製品だった。この自動生産ラインを設置したのはNTMで、まだわたしが働いている時分だった。このラインのためにここの政府は満額を支払ったが、NTMは半額で手に入れていた。まだ試作品の段階で、最終的な製品化には長期の確認テストが必要だからだ。もっとも多くのベンガル人がもう何年も濃縮液を食しているが、目に見えるような副作用が出たという話は聞いたことがない。最近のことはもう知りようもないが。

わたしはもう一杯トニックを持ってこさせ、クローブで味付けしたタバコとハッパを混ぜたクレテックに火をつけた。最近はこれに慣れてしまった。これでもビンロウ樹の葉を嚙むよりよほどましなのだ。

ジョンが不快感を露わにしてこちらを見た。この手の少年はもはや何も吸わないのだ、ハッパすら。酒も飲まない。ただ、その代わりにこの子らにはココチョカがあった。に手に入っていつでも気分が良くなるものだ。これもまた経済プログラムの製品で、手軽連盟の指導者が自ら注文したものだった。コーランは飲酒を禁じているが、合成幻覚剤にては何も言及していないのだ。

ココチョカの板ガムは新しいタクなら小銭でどこでも入手できた。街の至るところに自動販売機があり、興奮剤に媚薬のほか、ガムが見せる幻覚の色の包みに入ったココチョカが少なくとも二種類は買えた。こうした製品も、効果や起こりうる副作用の長期間の実験を経ていた。

少年は黙々と食べ、わたしはぼやけた画面を眺めていた。それにしてもまともに理解できたためしはないが、どうしてこの手の場末の酒場では一様にひどくセンチメンタルな大昔の映画ばかり延々と流しているのだろう。まったく興味が持てない。見たところ、周りの客も同様だった。みな、火が消えたようなまなざしをしている。映画が終わると、ばあさんが新しいビデオカセットをセットした。それは控えめにうめくような電子ポップミュージックで、昔の映画よりさらに辟易するものだった。わたしはトニックを一気に飲み干すと、立ち上がった。

少年が何か言いたげな視線をよこす。持ち合わせがないのかと思い、訊いてみた。

少年は気を悪くしたように自分の尻ポケットに手を突っ込み、一〇タク紙幣の薄い束を引っ張り出して見せた。二、三人の火の消えていた目が少し物欲しげに輝く。

「別に一緒に来てもかまわんぞ」わたしは無理強いするでなく声をかけた。ここに少年を置き去りにするのは意味がない。常に空きっ腹を抱えた客の誰かにカネを巻き上げられるか、下手すると喉を掻き切られるだろう。

少年は一瞬も迷わなかった。ただ腹がふくれたせいなのかもしれないが、常に自分の面倒は自分で見るというタフな男の仮面の最後の薄皮がはがれ、下からおびえた少年の顔が覗いたのであった。

本人は懸命に強がっていたが、会った瞬間からこの少年には助けが必要だという気がしたのはなぜなのか——それが腑に落ちたのは、もっと後のことだった。それは振舞いにも物言いにも妙に神経質なところがあり、母親に育てられなかった子どもや孤児にありがちな、早々と世の中を知った早熟さと未熟さが変に同居しているせいだった。この少年は親の価値を十分に理解する間もなく一人きりになった。世の中とはどのようなものなのかを問うことはできても、まだ自分がどのような者なのかを答えることはできなかった。これは辛い状況と言えた。ややもすれば電気回路が過負荷で焦げてしまうように、まだ人格も形成されないうちに完全に潰れてしまいかねなかった。もっともごく稀に、自ら望まずして大人になった者でも、ちゃん
用する独特の価値観や思考体系を築くこともある。

ジョンは明らかに後者の部類に近かった。たまたまでも経験したことを端から覚えている抜

群の記憶力の持ち主だった。孤児院と養育施設で読んだ本の長い文章もほぼ一字一句覚えていて、父親から聞いた話もほとんど諳《そら》んじることができた。かてて加えてクモの一員で、人の体の組織についてはわたしどころかきっと多くの医学生よりも詳しかった。医学生ならば教科書や模型を使って学習するところを、彼は、近代の発見と古《いにしえ》からの民間療法や魔術を組み合わせた施術を二年も実践してきたのだ。いつの日か、クモについて延々と論じた半ば意味不明の社会人類学の論文が発表されたら、生真面目な学者たちはあれこれあげつらって、信じがたいと反論するだろう。

しかしいくらジョンがひた隠しにしても、見え隠れしていたのは、孤独を克服しようとする努力だった。もしかしたら彼自身、どれだけ誰かを必要としているか、たった一人でいいからその人のために生きたいと思う人、自分を大切に思ってくれる人を求めているかに気づいていなかったのかもしれない。これは愛への憧れではない。彼より先に生きてきた幾世代もの先人によって彼という人格の中にコード化されている本能だった。

ジョンはマークの話をよくした。二人が出会ったのはラッキーな偶然であって、意識して選んだわけではないが、マークはジョンにとって兄であり、父であり、母であった。ジョンはレノンのためではなく、マークのためにジョンと名乗るようになったのだ。そしてマークもまた劣らず彼が必要だったのに違いない。

わたしだって彼が必要だった。やはり孤独だったから。

あの晩わたしは、青地区の中心にある廃墟と化した製陶店の裏庭にある、気泡コンクリ製の長屋に彼を連れてきた。もう住みついて三年目で、警察にも他の浮浪者たちにも悩まされることなく、静かに暮らしていた。贅沢なことに、隣の廃屋に忘れてあったコンセントから電気まで引いていた。わたしたちは製陶店の二階の空き家から、マットレスとかなり立派な毛布を運んできた。

共に暮らした五ヶ月の間、結局わたしは自分のことを何も話さなかった。ジョンもあえて訊いてこなかった。ひと目でわたしはアジアに呑み込まれた多くのヨーロッパ人挫折者の一人に見えたし、そのイメージを変えるのは意味がなかった。殺し屋のアジトに身を寄せているなどと知ったら、彼のレノン的な見解と折り合えるだろうか。もっとも何もかもあまりに昔のことなので、本当にあったことなのかどうか時々自分でも疑いたくなるほどだったが。

日中は別々に過ごした。それぞれの場所に通い、わたしはまっとうなベンガル人なら敬遠するような仕事で日銭を稼ぎ、夕方には小屋に戻ってジョンを待った。そして一緒に「白い睡蓮亭」かどこか場末の飲み屋に出かけるか、小屋でジョンの話に耳を傾けた。どこでわずかなコチョカ代を稼いでいるのかは訊かなかった。一歩も外に出ない日もあるようだが、ジョンにとってはその方がいいに決まっていた。人々の中に出かける時間が増えれば、それだけ腕を永久に失う危険が増すだけだ。

あるとき、暗くなってからようやく帰ってきた。小屋の古いルミパネルの乏しい光の中でも、ジョンの浅黒い肌が灰色にくすんでいるのが見えた。何も言わないので、どうしたのかと訊いてみた。

「何でもない」ジョンはそうぶっきらぼうに答えると、マットに横になった。

「今日は一緒に出かけたいと思ってたけど、もう行っても意味ないな」

「二人で行ってこいよ。金はあるから」そう言って折った紙幣をわたしの方に投げた。百タク札だった。「今日はなんだかくたびれた。カイト師」

わたしは紙幣に手を伸ばさなかった。「どこで手に入れたんだ、ジョン。おまえはもうあと少しなんだから、面倒なことに首を突っ込むなよ」

壁の方を向いたきり、何も言わない。

「誰かを襲ったのか」

「うるせえな、くたばれ」

わたしは立ち上がりながら、もう何年も感じることのなかった感情が沸き上がってくるのを感じた。怒り。まっとうな強い怒り。

「ジョン、ばかやろう」わたしは怒鳴りつけた。「腕が取り戻せるまであとたった三週間だというのに、また失くすかもしれないばかなことをするなんて！　おまえこそくたばっちまえ！　こっちは気にして面倒を見てやっているのに、このばかやろう、阿呆めときたら、全部おじゃんになるようなことをするんだから。最初、腕が戻るチャンスなんてどれだけあったと思うんだ？　百に一つもなかったさ。それが今じゃ、ほとんど逆転したというのに、ばかなことをやって台無しにしたいのか。ちっきしょう、金がいるなら、なぜ言わない？　血を取る必要なんかあったのか？　この金は血の代金だろ、こんな大金、ほかに手にいれられるはずがない」

「まあな。だけどおれの血の金だよ」

こうして初めてわたしはジョンがたった数ブロック先のモロウスのところにたびたび血を売りに行っていたと知ったのだった。一リットルの血を。しかし今日はいささか無理をした。モロウスにせがまれて〇・五リットルも余計に抜いたのだ。そのため這うようにして戻ってきたのだった。

「なあ、カイト師」コンクリの壁を向いていたジョンがやにわにこちらを振り返った。目が少し熱に浮かされたように燃えている。「だけどおれ、腕はいるぜ」

「誰だって腕はいるさ」わたしはむっつりしてそう言って、床から拾い上げた紙幣を膝の上でまっすぐに伸ばした。

「だけどほんとにいるんだよ」

わたしは一〇〇タク札をマットレスの上の彼の隣に置いた。

「本当に。おれ――、おれ、まだ女を知らないんだよ」

わたしはふっと笑った。「そんなの手なんかいらねえだろ、金玉だろ。そんなのは姦通でもしないかぎり、取られねえよ。そんなことしたら執行猶予もつかねえし。でも女を知らないなら関係ないだろ。だのに何を怖がってるんだ」

「カイト師、まじめな話だ。とにかくいつか彼女が欲しいんだよ。本当に。おれだけの彼女でおれとだけいてくれる彼女がさ。一人でいいから。言っていること、わかるか。だけど手なしじゃそんなこと望めないよな、そうだろ」

それはそのとおりで、少年のことがこれまで以上に気の毒になった。何が欲しいのか、痛いほどわかった。けれども買う以外に女ができる望みなどほとんどないことも同じくらいよくわかっていた。この地で一度、体のどこかを切り落とされたら、一生その烙印はついてまわるのだ。

「とにかく何かに巻き込まれたりしないよう、注意するんだな」わたしはそう言って肩をすくめた。

「だけどどうすればいいんだよ？　なんとかこれにもいい助言をくれよ、カイト師？　おれはクモだし、血を取ることしか能はない。ほかは何にもできない。やらせてももらえない。遅かれ早かれ、手はなくすだろうよ。それから腕も取られて、もしかしたら反対の腕も」

そこでわたしを意味ありげに見た。「おれもあんたみたいになるさ。ひょっとするとあんたより先に。そもそもあんた、なんで耳を取られたんだ？」

「耳は詐欺だろ。ある店をだましたってかどさ。ショーウィンドーの前の歩道を掃除する仕事をしたんだが、あとで店側はあちこちにゴミが残っているのを見つけたわけさ」

「で、あんた、だましたの？」

「法廷はだましたと判断したんだよ。おれは二回掃いたのによ」

「もっと注意しなきゃだめだぜ、何かに巻き込まれたりしないようにな、カイト師」ジョンが皮肉を言った。「こんな助言、何になるのさ……一度でも手術を受けたら、もう終わりじゃないか」ジョンはそう言ってまたぷいと壁の方を向いてしまった。

「まだ一つ希望はある」わたしは静かに言った。「チャンドラーという奴のことを聞いたことはあるか」

首を振る。

「オーストラリアの生理学者でな、パースにいる。二、三年前から、爬虫類の失った器官を再生させる成分の実験を始めたんだ」

少し興味が湧いたようだ。愉快そうに表情を崩す。「へえ、で、人間をトカゲにする薬を開発したのか。足を引っこ抜いても、次の日の朝には新しい足が生えてくるわけだ」

「笑うなよ……。チャンドラーは本当にトカゲで実験したんだ。器官が再生したときに体内で生成される成分を全部分析したんだよ。たとえば哺乳類にも同じような効果をもたらすかもしれないものを探していたんだ」

「で、見つけたのか？」

わたしはその後の成果をまったく知らなかった。ＮＴＭにいた頃は、企業が何らかのかたちで関わっているプロジェクトの報告書を定期的に受け取っていた。パースの生理学者は四半期ごとにかなりの資金提供を受けていて、実験に必要な支援なら何でも受けられた。大いに希望は持てそうだった。もし成功したら、それこそ何十億にもなる大ニュースだろう。だがわたしが世間から身を隠して以降、チャンドラーのことは一切耳に入ってこなくなった。全部はったりだったのが露呈したのかもしれないし、軍が成果を隠しているのかもしれない。会社が市場に出すタイミングを見計らっているのかもしれなかった。

「もちろん、見つけたさ」わたしは力強くうなずいてみせた。「まだ両手があって耳もあって、まともな仕事をしていた頃にこの目で成果を見たんだから。実験動物の段階で、ビタミンの配合が肝だということしか覚えていないけど」

またくすくす笑った。「傑作だよ、よりによってあんたがそんな話をするなんて、カイト師。なんであんた、自分のは生えさせてみなかったの？　恰好の場所が体中にあるのに」

「おい、小僧」わたしは冷ややかに言った。「人をからかうんじゃない。このことはもう一切何も言わないほうがいいな」

背を向けていたジョンがこちらを向いた。「悪かった、わかるだろ、本気じゃねえよ」

その晩、それきりもうわたしたちは口をきかなかった。別にわたしは傷ついたわけではなかったが、もう話すこともなかった。彼も今日は話をする気分ではなかった。

うとうとしているうちに、だんだん傷つけたのはわたしのほうではないかという気がしてきた。チャンドラーのことなど口にしないほうがよかったかもしれない。根拠のない、遠い国の話なのに。神の天国を約束するのと同じくらい非現実的な話だ。だが、希望ではある。

希望は最後に死ぬのではない。

希望は決して死なないのだ。


カイト師にとかく苛《いら》つくところがあるとしたら、それは何かにつけて、さりげなく助け船を出してくることだ。もちろん、また路上に戻って一人になったあの晩に、ねぐらに匿《かくま》ってくれて、何も訊かずに、ここでなんとか一緒に時期を乗り切ろうと提案してくれたことには心底感謝している。それは言葉で伝えたし、できるだけカイト師の普段の生活を邪魔しないようにしてきたつもりだ。

だが四方を壁で囲まれた空間で誰かと一緒にいると、ついには当たり散らしたくなる。普段だったらなんともないことまで苛ついてしまう。このことはもう孤児院でもサファイアの花でも経験済みだった。ただただそいつから遠くに離れてまったくほかの人と一緒にいたくなるときがあるのだ。カイト師について言えば、ぼくがうまくいくように何かと世話を焼き、こうしろああしろと口出ししてくるときがそうだった。

確かにカイト師はコーランにはかなり詳しくて、ぼくが聞いたこともない文章を挙げて解説してくれることもあった。でもジョン・レノンのことは通り一遍のことしか知らなかった。生前のジョンも時々テレビで見ていたらしいのに。生《なま》ではない、生で見たことはないそうだ、ただチャップマンに射殺された日のことはずいぶんよく覚えていた。ヨーコのことは、大抵の年配のヒッピーと同様、毛嫌いしていた。これはいつも滑稽に感じた。自分の土地で見つけられなかったものを探して東に向かったくせに、いざヨーコとか誰かがそれを差し出すと、ふんと鼻であしらうのだから。

でもそれ以外は、カイト師のことは「白い睡蓮亭」で会った晩からわりと気に入っていた。少し哀れでもあった。知恵を探し求めてさまよい歩いた果てがこんな孤独なありさまだとは。楽園の散歩とはほど遠い。ずっと殴られ通しの人生で、抵抗することも、やり返すことも、他人を傷つけることもできなかったのが見え見えだった。要するに老いぼれのヒッピーというやつで、今でも体中から make love not war という言葉がにじみ出ていた。もし非暴力の使徒の絵を描けと言われたら、迷うことなくカイト師をモデルにするだろう。体の欠けているところが見えないよう、うまく立たせなければならないが。なにせぼくに言わせれば、カイト師こそ何もしていないのにやたらめったらバットでぶん殴られて、まともに抵抗することもできない完璧な例だから。確かにジョンも荒っぽい人間や喧嘩っ早い人間を嫌ったけれど、殴られれば仕返しをした。きっとした。マークだってそう言っていた。

そのマークにはあの初日の晩から会っていない。マークを避けるのはさほど難しいことではなかった。クモには縄張りがあるし、ぼくもはちあわせないように気をつけていたし、それに以前よりも日中に動いていたからだ。一度だけ、モロウスのアーケードでジョージとすれ違ったような気もするが、向こうが振り返ったりしないよう、本人かどうかわかる前に脇に隠れて、念のため、モロウスのとこには二時間後に出直した。

モロウスのとこには一定の間隔で、その気になると出かけていた。この間、ほかの方法で金を稼ぐことはしなかった。カイト師がやっていたようなことに手を出す気にはなれなかった。はした金のために侮辱されたり、殴られたりできるほどぼくはおとなしくはない。モロウスの場合は向こうもぼくのA2Bが必要だったから、いつも手から手へ、というか手から血液用フラスコへのビジネスライクな取引だった。もうぼくみたいな息子が欲しいとか、ぼくは家《うち》の少年だなどという言葉は口にしなかった。もうぼくは、モロウスにとっても自分自身にとっても——a real Nowhere Man, sitting in his Nowhere Land, making all his Nowhere plans for nobody[*8]〔まさに居場所のないやつ、妄想の世界に座り込み、誰のためにもならない計画を練る〕——だった。

いや、まったくこの歌詞のとおりではない、最後の部分は当てはまらない。ぼくは左手を返してもらったらどうしようかあれこれ計画を練っていた。でも一つだけ、迷っていることがあった。もし入れ墨が消されていなかったら、自分で入れ墨を取るかどうかということだ。絶対に取ると自信を持っては言えなかった。まだその覚悟はつかなかった。

カイト師は、腕を取り戻すためにぼくがちゃんと気を配っていないと思うと、気が違ったようになった。でもぼくはもう遠目からでも危険に見えるものはいち早く避けるようにしていたし、難癖をつけられないように常に視線を下げて歩き、先に脇にどくか、隅に隠れるかして、犯罪者の腕を見られないよう気をつけていた。それに暇さえあれば、あれからもう何日過ぎたのか、刑期があと何日かを指折り数えていた。ぼくらの小屋と廃墟の陶器店を隔てる小さな中庭の隅には、コーラやトニック、ノンアルビールの空き缶が小山になっていて、毎日ぼくは反対の隅に一缶ずつ移していた。毎日あとどのくらい缶が残っているかを百遍も眺めていた。カイト師にそれが何の関係がある？　なぜ言う必要がある？　誉めてもらうためか？

言う気にはなれなかった。でもモロウスのところに通っているのをついに打ち明けると、すさまじい剣幕で怒り、ぼくは内心手をたたいた。やっとほんの一瞬でも男らしさの片鱗を見せたから。ただ説教を垂れて人を気遣うばかりでなく、話しがいがある男らしさを。なにしろカイト師のあのへりくだった態度と情け心ときたら、ともすれば吐き気がするほどなのだ！　カイト師には怒りの方がよほど似合う。それにこれまで気づいてこなかったのだとしたら、つくづく運が悪いやつだ。しかもあの晩、怒りを爆発させた後はむっとして、もうあまり口をきかなかった。こっちもモロウスに血を抜かれてぐったりしていたのでとくに構わなかったが。

とはいえ翌朝にはカイト師を元気づけようと思ってこう水を向けた。

「例のオーストラリアの医者の話さ、実際のところはどうなんだい？　カイト師？」

間違いない、カイト師はこの話題が出るのを待っていた。身を乗り出してくるかと思ったけれど、無関心を装ってこうぶっきらぼうに返してきた。「もう洗いざらい話しただろ？」

「もう一度教えてよ」

内容は昨日と同じだった。もしこれが真実ならば悪い話ではない。それに昨日より詳しく思い出したところもあった。

「元々はロンドンの国立医学研究所が始めたんだ。足が切れてまた伸びてきた山椒魚がビタミンAを生成することに目をつけたんだ。そこでビタミンAの溶液に手足の欠けていない山椒魚を泳がせてみた。そしたら手足が伸びた。四本の手足が五本になったり、六本目が生えたりしたんだ。溶液の濃さによってな。でももう本当にうろ覚えなんだ、ジョン。わかっているのは、あのパースのチャンドラーがビタミンのほかにいろいろ混ぜたら、哺乳類でも新しいまともな組織が成長してきたらしいということだ。自分の皮膚で試してみたいよな」

ぼくはふっと笑った。「ありがとよ。おれは自分のを縫い合わせてもらったほうがいい」

「そうしろ」とカイト師が答えた。「ぜったいそうしろ」

そしてまたしてもまるでこの世で一番ぼくのことを考えているとでも言いたげに、思いやりに満ちた笑みを浮かべた。こんな笑みはぼくだけでなく誰にとっても屁にもならない。

ぼくはまたマットにドサッと身を投げると、低く汚い天井をぼんやりと眺めた。あと数日して手をつけてもらったら、あんたとはさいならだ、カイト師。

カイト師がまたはした金を稼ぎに外に出て行くとき、何かぼそっと言った。そのときはまさかこれがぼくが聞いたカイト氏の最後の言葉になろうとは知るよしもなかった。

発端は、何か表の陶器屋の前の通りで車輪がきしんだような音がしたことだった。別に気に留めはしなかった。通りで何が起きようと関心はない。この中庭に通じる、クモの巣とゴミだらけの空き屋の横の暗い通路に足を踏み入れようと思う者などまずいないからだ。ぼくは気にせずに、寝転がったままカイト師の本の一冊をぱらぱらめくっていた。ジョンの歌詞のように英語で書かれ、手垢のついたボロボロのペーパーバックだ。単語がポツポツわかるくらいで、何の話かもわからなかった。

それからバタンという音がした。中庭の前の通路だ。おそらくカイト師ではない、もしカイト師なら一人ではない。カイト師がこんな足音を立てたことはない。人を連れてきたこともなかった。

ぼくは用心して上体を起こし、屋根の下の細い小窓から暗がりの外を覗いてみた。

中庭には誰もいなかった。だが通路から砂利を踏む音と人の弱い息づかいが聞こえてきた。誰かが通路にいる。

ちょうつがいが外れて扉が開き、中庭に男の顔が覗いた。マークだ。

そうとも、ぼくはこのままとどまっているべきだった。誰かが万一覗きに来たときに備え、空ビンを握りしめて戸の後ろでじっと息を潜めているべきだった。待っているべきだった、また辺りが静かになるまでただ待っているべきだった。それから用心深く外に出て、何が起きたのかを見ればよかった。もしものときは逃げるべきだった。第一あと数日なのだ。缶を移していた隅にはもうわずかしか缶は残っていなかった。

しかしぼくは戸を開けて外へ飛び出した。

そして中庭を転がるようにドアに走った。

「マーク！」

通路はほぼ真っ暗だった。だが差し込むわずかな光でそこにいる全員の顔が見分けられた。頭をのけぞらせ、どんよりした目でむきだしの汚いコンクリの上に横たわっていたのはカイト師だった。頸動脈から太いチューブが延びてその先のフラスコに血液がポトポト落ちている。横にはもう一ついっぱいになったフラスコがあった。

ヤディがカイト師の上に屈み込んで両手で胸をリズミカルに押している。頸動脈から採れるだけ血を採るためだ。

その横にはマークが立っていて、両手に血液の入ったフラスコを下げていた。

「マー……ク！」ぼくは絞り出すように叫んだが、言葉にならなかった。

その瞬間、二人が無言でこちらを見た。ヤディがあごをしゃくって、マークが手に持っていたフラスコを下に置いた。

カイト師はうつろな目で一部始終を追っていた。「片づけろ」ヤディが低い怒り声を発した。

「A2Bだからな、よく売れる」

ぼくは立ちすくんだまま、動けなかった。

マークが飛びかかってきて、ぼくの鎖骨の間に手刀を振り下ろし、ぼくを中庭に追い出した。手加減していた。ぼくに教えてくれたように本気を出していたら、ぼくは死んでいたかもしれないのは確かだ。だがマークはぼくを死なせたくなかった。

中庭の隅に転がったぼくの体の下で、缶ががちゃがちゃ音をたてた。本当にもう缶は数えるほどしか残っていなかった。

ぼくは倒れたまま体を起こさなかった。

「マーク！　あんたたち、完全にやっちまったじゃないか！　あれじゃあ、助からない」

マークはぼくの横に立って見下ろした。

「なんで首を突っ込むんだよ、ジョン。おまえも分け前にあずかりたいのか？」

「もう勘弁してやってくれよ、ダチなんだよ」

「結構な知り合いがいるんだな、ジョン。だがもうどこかへ失せろ、じゃないとヤディが逆上しておまえの血も抜かなきゃいけなくなる」

マークは相変わらずぼくの横に立ったまま、わずかでもぼくが妙な動きを見せたら、たたきのめすぞという態勢を崩さなかった。だがマークの視線から、そうしたくないことも見て取れた。

ぼくは立ち上がって後ずさりし、小屋の横を通って逃げた。壊れかけた塀の通路に入り込むと、マークはもう中庭にいなかった。刑期の残りを示す数個の缶だけが散らばっていた。

ぼくは両側に土壁が立つ舗装されていない路地を駆け抜け、左に折れ、半壊したガレージの裏の人気のない庭に入った。陽光に焼かれた灌木の黄緑色の壁の裏からはコンクリの歩道が始まり、表通りにつながっている。地下鉄の入り口前の交差点に公衆電話が並んでいた。3を三回押した。疲労よりも焦ったせいで息切れがした。

やっとつながった。男性の声が聞こえた。

「一刻も早く青地区のジンナー通りに来てください」声がかすれる。「通りに入ったすぐのところにある古い陶器屋です。店の通路に人が倒れています。大量に失血しています。とにかく急いで」

「クモのしわざですか?」向こうの声が聞いた。

ぼくは息を吸うと、少しためらっただけですぐに答えた。

「そうです。お願いです、急いでください」

「おかけになっているのはどなたですか。お名前と住所を記録させてください」

ぼくは受話器を置いた。

それから長々とそこに立ちつくしたまま、電話機をぼうっと眺めていた。背後に足音がしてようやく我に返った。小屋に戻るか逃げるかしないといけない、いずれにせよここに立ち止まったまま災難に遭うのはばかげたことだ。この片方しかない腕で電話を壊そうとしている、と濡れ衣を着せられたらどうする。

交差点に来たときと同じ道を引き返して中庭のある小屋へ戻った。もう暗くなっていた。しばらく耳をすました。静かだった。開いているドアからおそるおそる通路に足を踏み入れた。そこにはもうカイト師の体が転がっているだけだった。

ヤデイが覆い被さっていたときと同じ体勢だった。もう真っ暗だったが、目を開けているようにに思えた。ぼくは片膝をついて、頭を持ち上げて、うなじをもう一方の膝に乗せようとした。片腕では思うようにいかず手間取ったが、なんとか乗せた。首の傷をよく検《あらた》めたかったが、あまりに周りが暗く、手探りしようにも、もう一本手が足りなかった。

これ以上カイト師のためにしてやれることはなかった。自分が今何をすべきかはわかっていた。カイト師の頭を地面に下ろし、逃げること。この場から一刻も早く、できるだけ遠くへ逃げて、カイト師が存在したことも忘れることだ。だが、そんなことは自分にはできないこともわかっていた。

救急車のサイレンがうなる音が聞こえ、通りから中に強烈な光が差し込んできた。まるで眉間を殴られたかのようだった。何も見えなくなり、何人かの足音だけがバラバラ聞こえ、怒鳴り声が響いた。

「動くな!」

前にもこんなことがあった、そう思ったとたん、首筋に衝撃を受け、ぼくは色が渦巻く闇に落ちていった。

「なあ、なぜ何も言わないのかね、カト？」

フサイン警部補が執務机の向こうで冷たい茶色の目でこちらを注視している。初めてここに来たときのように、警部補の前にはぼくの写真、声の記録、十本全部の指の指紋が入った書類が並んでいる。

初めてここに来たのは半年前だった。

「本当にぼくは殺していません」ぼくは言った。

「じゃあ、誰が？」

さあ、とぼくは肩をすくめた。

警部補は勘弁してくれとばかりに頭を振り、背もたれに寄りかかった。それからぼくを上目遣いに見て、ずっと指でもてあそんでいた鉛筆を机の上に放り出した。

「これでは堂々巡りではないか。機動隊の二人が同じ証言をしているんだよ、殺されたロベルト・カイと一緒に君がいるのを発見して、クモが頸動脈から血を抜くときの典型的な恰好をしていたってな。逮捕されたとき、君は抵抗しなかった。現場検証で、先に空洞の針が付いた、一メートルほどの軟らかい素材のチューブが落ちているのが見つかった。医療現場で輸血や点滴の際に使うチューブだ。クモも血を奪うときに使う。血液の貯蔵容器が見つからなかったという事実、またロベルト・カイの死因は体内を循環する血液の半分以上を失った大量失血であった事実を説明できるのはたった一つ、君は単独犯ではなくて、手伝った者が一人か複数いて、そいつらは救急車と機動隊がかけつける前に逃げたということだ。それ以外に説明がつかない。それとも違うのか、カト？　話してくれ、頼む」

「ぼくは殺していません。本当に。彼が好きだった」

「じゃあ誰が殺したのだ」

わかりません、ぼくは肩をすくめた。

「気が知れんよ、カト。君を置き去りにして逃げて、災難に遭わせたやつをかばうなんて。あそこに一緒にいたのは誰なんだ？」

「ぼくは殺していません。あの状態で見つけたんです」

警部補はまたうんざりしたように首を振った。「ここに公衆電話の君の声の録音がなかったら、間違いなくこんな素人臭いやり方などしないで、もう君を放免している。通報を分析してみたら、君の声紋と完全に一致したのだよ。だからといって、この録音を調書に入れるかどうかはわたしの胸三寸なのだ、わかるか。そうやって何も知らないと言い張っていたら、わたしに何ができる？　君に協力する気がなくて、どうして君を助けられる？」

「だけど本当に殺していないんです。誰がやったかは知りません」

「そうか、わかった。じゃあ、わたしも君が救急車を呼んだのは知らない。そうすれば、この件はずっと手間が省ける」

警部補は手を伸ばすと、机の上のセンサに触れた。それから咳払いを一つすると、机の真ん中から突き出しているマイクに向かって話し出した。

「現行犯逮捕されたのは、被告、アクバル・イブン・カト、またの名をジョンであり、逃亡中の一名または複数の共犯者とともに、現住所不明のロベルト・カイを大量失血させ、殺害したものである。被告は取り調べの間、反省する態度を見せず、捜査機関に協力的な姿勢も見せなかった。現在、イブン・カトは左腕前腕切断の六ヶ月の刑の執行猶予中の身であることから、この件は再び法廷で審議せずに、執行猶予から完全な切断への切り替えを検察官に確認してもらうのみにするよう提案する。同時に、法に基づき、国立バンクに保管されているアクバル・イブン・カトの前腕は、新カラチの市立病院で必要な際に提供される。よし。これでいいかね？　もし不服ならこの録音テープは取り下げて、この件の全容を、新たにわかった事実に照らして検証しなおそう」

警部補が問いかけるような目を向ける。

なぜだかわからないが、ぼくは不安にも痛みにも恐怖にも襲われなかった。あたかも自分たちをそばから見ている第三者のように落ち着いていた。そういえば腕を担保に取られたときもそうだった。だったら永久に取られることになったところでどうしてそれが変わるだろう。

警部補はまだじっとこちらを見守っている。

Yesterday, all my troubles seemed so far away, now it looks as though they're here to stay, oh I believe in yesterday.*9〔昨日ははるか遠くにあるように見えた苦しみが、今はここにあるかのようだ。ああ、ぼくは昨日を信じてる〕

きっとぼくの唇がわずかに動いたのだろう、フサイン警部補が身を乗り出してこう言った。

「何か思い出したか。カイのことが好きだと言ったではないか……。カイを殺したやつが処罰されなくてもいいのか」

ぼくは首を振り、肩をすくめた。知りません。ぼくは何も知りません。

「それはそうと、やつとてとうてい聖人君子ではなかった」フサインは相変わらず同じ、少し打ち解けたトーンで続けた。「あの男がこの国で喰らった刑罰など、ヨーロッパで受けた判決に比べたら取るに足らないものだ。あの男はな、もう何年もインターポールが追っていた人物なんだ。君のカイは、国をまたいだ大物テロリストだったのだ。イギリスだけで大量殺人の罪で三十年の刑を喰らっている。ドイツやフランスだったら終身刑になるところだ。君が殺さなかったら、誰にもわからなかった。まさかそんなやつだとは夢にも思わなかっただろ」

あるいはそうなのかもしれない。わからない。もはやカイト師には誰も聞けないのだから。

ついに今度はフサイン警部補が肩をすくめた。「わかった。もうおしまいにしよう」

「一つ聞いてもいいですか」ぼくが言った。

「もちろんだ」警部補の手が鉛筆に伸びる。ぼくが口にすることをメモしようというのだろう。待ってましたとばかりに頭を横にかしげる。

「病院に腕を提供するたびに何かリベートでも受け取っているんですか」

ぼくはほんの一時でも警部補をむっとさせて、お役所的な自信と落ち着きを失わせたかったのだが、通用しなかった。警部補は一矢報いることすら許してくれなかった。

それでもふいにぼくは信じたのだった、最後に勝つのはぼくだ。


すべてはまるでテレビの中のようにあっという間に過ぎた。フサインの狭い執務室から、中庭を通って検事がいる向かいの建物に連れて行かれた。そこで検事が警部補の提案への同意書を早口で読み上げて、ぼくに控訴するかどうかを聞いた。

ぼくにその気はなく、そのまま目の前でシンボリックにぼくの腕の公開処刑が行われた。つまり、国立臓器移植バンクのぼくの腕の箱を示す番号札を取り上げられ、ペーパーナイフで穴を開けられた。処刑を行った際の刑吏の形相は、まるで異端者を串刺し刑にでもするかのようだった。アッラー・アクバル！

まだ午後のうちにぼくはアルハンブラの門の外に出された。これで生涯で何度目になるだろう、またしても一人になった。

海からモンスーンの風が吹きつける。熱く、海の潮の匂いがする。

ぼくは風に向かって、南に向かって歩き出した。

There, there's a place, where I can go, when I feel low, when I feel blue, and it's my mind, and there's no time, when I'm alone.＊10〔ぼくには行くところがある。気分が沈んで落ち込んだときに。それはぼくの心の中。時間もない。ひとりぼっちのとき〕

あのはるか先にオーストラリア、パースがある。そこにチャンドラー博士がいて、溶液を配合している。

そこで毎朝ぼくの初めての彼女が目覚め、毎晩、眠りについている。

リヴァプールのジョン・レノンがそう言っていた。

カイト師がそう言っていた。

わかってる、ぼくにはわかってる。

訳注

ビートルズの歌詞からの引用に関して以下にその楽曲名を記しておく（引用の訳文は訳者による）。

＊1 Eleanor Rigby（「エリナー・リグビー」）1966／＊2 Yer Blues（「ヤー・ブルース」）1968／＊3 Misery（「ミズリー」）1963／＊4 I Will（「アイ・ウィル」）1968／＊5 Don't Let Me Down（「ドント・レット・ミー・ダウン」）1969／＊6 Mother Nature's son（「マザー・ネイチャーズ・サン」）1968）／＊7 Being For The Benefit Of Mr. Kite!（「ビーイング・フォー・ザ・ベネフィット・オブ・ミスター・カイト」）1967／＊8 Nowhere Man（「ひとりぼっちのあいつ」）1966／＊9 Yesterday（「イエスタデイ」）1965／＊10 There's a Place（「ゼアズ・ア・プレイス」）1963

解説――カレル・チャペック賞とチェコのSF

ズデニェク・ランパス
ヤン・ヴァニェク・jr.

本書は、前作『チェコSF短編小説集』（平凡社ライブラリー、二〇一八。以下『チェコSF』と略記）のゆるやかな続編として、一九八〇年代にチェコのSFが復興した状況をたどるものだ。一九六八年八月の（当時、ソ連という仮面をつけていたロシアを主とする）ワルシャワ条約機構軍の軍事侵攻以降、親モスクワ派の政権下でSFは不遇の時代を迎えていた。『チェコSF』で紹介したルドヴィーク・ソウチェクとヨゼフ・ネスヴァドバを除き、一九六〇年代に活躍した作家の大半は筆を折るかSFから離れ、中には国外に移住する者もいた。状況に変化の兆しが現れたのはようやく八〇年代の声を聞いてからで、ゴルバチョフがペレストロイカ政策を打ち出すと（今日露呈したようにロシア帝国を変える試みは徒労に終わったが）、この傾向は一気に加速する。この時期に書かれたのが、本短編集の作品である。

本書の編纂に携わった者として、この時期の作品の魅力や価値はその飾り気のない独創性にあると考える。隣国のハンガリーやポーランドと異なり、当時のチェコスロヴァキアにはファンタスチカの専門誌はなく、SF作品は、一九六九年以降の大粛清を生き延びた一部の青少年向け科学技術系誌に散見される程度だった。翻訳物も一部の短編に限られ、ブラッドベリを除いて長編がチェコ語に翻訳されることは滅多になかった。チェコの作家はアシモフ、ブラウン、クラーク、ディック、ポール、シェクリーといった当時を代表する作家の作品に触れる機会も、創作講座で指南を受ける機会（そのようなものの存在すら知らなかった）もなく、手探りで執筆を始めたのだ。

この時代の作品に共通するもう一つの特徴は、当時は雑誌の掲載を含めて出版の道は閉ざされていたため、もっぱら狭い仲間内で楽しむためか、のちにはカレル・チャペック賞に応募するために書かれたということである。

第一回カレル・チャペック賞コンテストは、一九八二年、パルドゥビツェ（プラハの東一〇〇キロの都市）にて、地元の大学生パヴェル・ポラーチェク（一九六一～　）の奔走により開催された（プラハ・カレル大学の数学物理学部の学生寮でチェコスロヴァキア初のSFクラブが発足してから三年後のことであった）。人口一五〇〇万人（当時）の国において、実に一二七名から二〇四編の作品が寄せられ（翌年は二二八名から四三七編の応募があり、以降、作家数は二〇〇名前後、作品数は三〇〇編前後で推移している）、選考委員には、ヤロスラフ・ヴァイス、ルボミール・マハーチェク（一九四七～　）、オンドジェイ・ネフ、ズデニェク・ヴォルニー、さらに大手出版社の編集者、イヴォ・ジェレズニー（一九五〇〜　）ら錚々たる面々が名を連ねた。結果発表を公に行うことも許可され、国中から作家やＳＦファンが集い、事実上、初のコン（ファンの集い）となった。やがてチャペック賞コンテストのコンは自由な情報交換の場となり、のちの著名な学者や主流の作家、ビロード革命後の政治家も参加するようになる（またこれをきっかけにＳＦファンの交流が活発化し、一九八九年までに一〇〇近いＳＦサークルが誕生し、その半数以上が地下出版《サミズダート》の同人誌《ファンジン》を発行した。ファンジンにはアマチュアが訳した海外のＳＦも掲載された）。チャペック賞コンテストへの応募は、自作を選考委員に読んでもらえるだけでなく、受賞した暁にはこの同人誌に掲載されるというメリットもあった。パルドゥビツェの学生寮で作っていた雑誌に第一回チャペック賞コンテストの結果が掲載されたことから、この作品集は後に「コチャス（寮誌《コレイニー・チャソピス》）」と命名されることになった。

　こうした背景をふまえ、本書では主にカレル・チャペック賞から巣立った作家、あるいはネフ、ヴァイス、ヴォルニーのように選考委員を務めた作家を紹介したい。

　オンドジェイ・ネフ、ヤロスラフ・ヴァイスの作品はすでに『チェコＳＦ』にも収録されている。ネフの「口径七・六二ミリの白杖」は作品集『黄身返し卵』（一九八五）からの作品で、情報伝達の斬新な視点と、当時のチェコのＳＦでは珍しいアクションストーリーでの盲人の活躍という点で注目を集めた。精力的なネフはアメリカ風の作風で知られるが、この作品にはベトナム戦争への批判も込められている。

ヴァイス（一九四六〜　）の「片肘だけの六ヶ月」（初出『これでもう人間になれる』一九八五）も当時としては極めて先駆的な作品で、イラン革命後のイスラムへの関心の高まりに応え、イスラム法シャーリアと近代科学の可能性との対峙を背景としたものだ。

A・C・クラークの翻訳で知られる英米文学翻訳家、ズデニェク・ヴォルニー（一九四六〜　）がSFファンダムに関わり、チャペック賞の選考委員を務めたのは、すでに著名な隔月刊誌『世界文学』の編集長として、一九七〇年代から十年に渡って連載コラム「SF世界から」で多くの英米の作家を紹介していた頃である。小説家としては、その巧みな文体でSFといわゆる主流の文学を近づけることを目指したが、彼の長編は、当時の「社会主義ヒューマニズム」の壁に阻まれ、思うように読者の大きな支持を得ることはできなかった。「落第した遠征隊」は、イヴォ・ジェレズニーが手がけた画期的なアンソロジー、『起こったのは明日』（一九八四）に収録された作品で、プレハブ団地（社会主義下の当時、パネル工法によるプレハブ集合住宅が大量供給された）の建設に関する環境汚染や組織的な無能ぶり、無秩序ぶりを批判している（後述するように、この批判は体制に黙認された一例である）。

第一回チャペック賞の受賞者は、ラジスラフ・クビツ（一九五五〜　）であった。『チェコSF』に収録された受賞作「来訪者」は、ソ連による軍事侵攻の寓話（社会全体で抵抗していたはずが、協力的な態度にコロッと変わる点を含め）と解釈できる、招かれざる客をテーマにした当時の作品群のひとつである。

この第一回には、のちに共産主義政権崩壊後の新しい環境での初のSF月刊誌『イカリエ』の編集に長年携わることになるヤロスラフ・イランも三作を寄せ、ペトル・ハヌシュ（一九五六〜）も本書収録の、シャープなオチで終わる「歌えなかったクロウタドリ」を送っている。ハヌシュは筆者〔ランパス〕と同様、その後選考側にまわったため、コンテストへの応募は初回のみだった。この小品は、作家を目指すというよりも、純粋に趣味として書いた八〇年代のSFファンの創作の一例と言える。第一回チャペック賞で第三位に入ったことから編集者ジェレズニーの目に留まり、『起こったのは明日』に収録されたのだろう。

　一九八三年、八四年のカレル・チャペック賞は、「シンタモールが間を取り持つ」と「同じ川への二度目の入水」でイヴァン・クミーネク（一九五三〜二〇一三）が連続受賞する。一九八三年は本書収録作の「新星」（エドゥアルト・マルチン）、「発明家」（ズデニェク・ロゼンバウム）、「バーサーの本をお買い求めください」（ヤロスラフ・イラン）が揃った中での選出だった。さらにこの年はフランチシェク・ノヴォトニーの処女短編「講義」も注目された。「講義」は他愛ない内容とは裏腹に、共産主義の正統性からすると、異端そのものであった。はるか未来の世界で、講師が学生に二〇世紀の共産主義のシンボルの意味と意義を講義する設定だが、その解説が間違いだらけで滑稽なのだ。たとえて言うなら、考古学者が、出土した土器を手に、それが道具なのか、玩具なのか、儀式用の道具なのかもわからないままあれこれ説明しているようなものだ。これが問題視されたのは、共産主義が自身を科学と捉え、ゆくゆくは世界中に広まり、マルクス、エンゲルス、レーニンが時代を超えて尊敬される図を想定していたためだ。この作品は一文で綴られた教師の長い独白という点でも興味深い。

ノヴォトニーは揺るぎない信念の持ち主で、共産主義政権から、体制に忠実でない人物の子どもは進学や就職などで不利益を被ると脅されることになるのを嫌い、子どもを持たなかった。そのためだろうか、よく子どもを題材にした。ロボットと子どもの関係にも大いに関心を寄せた。彼の物語のロボットは、完成時のまま大きさが変わらない自分たちと違い、徐々に成長して大きくなる子どもたちに魅了されるのだ。

エドゥアルト・マルチン（一九五一～　）は本名をマルチン・ペチシカといい、児童書や各国の神話の再話で知られ、一〇〇冊近くの本を著した人気作家で詩人のエドゥアルト・ペチシカの息子である。マルチンは分厚い作品集を続々と出しているが、意識的に古典的なＳＦから距離を置き、ややレイ・ブラッドベリを連想させるゆったりとした叙情的なスタイル（マルチンも詩作からスタートした）を取る。また、いずれも同じ未来の銀河を舞台にしていながら、一貫した架空の世界を構築するのではなく、恣意的なまでにテーマを細分化する（たとえば最初のものは、「発射台の影で」休息するパイロットたちが語り合うシリーズである）。このため、技術系の知識人（彼らはマルチンの主人公が惑星でなく「星」に住んでいることでもう我慢できなかった）が多いファンダムより、文壇の主流派に支持された。「あんたが好きだったのよ。だってボク、バカだから」という一編も、自在に性別や体を変えられるという当時としては斬新なテーマで注目されたが、その技術が社会に与える影響（ジョン・ヴァーリィなど）などよりも、従来の三角関係に重きを置いている。本書収録の「新星」は、文学の存在しない星にて、記憶を頼りに地球の名作の筋を披露して一躍時の人になるチハメールの物語だが、体制寄りの作家の水準や才能のなさを揶揄したものと言える（この作品の少し前に、ソ連の作家、ゲオルギー・シャフの『そして乗馬する木々』がチェコ語に翻訳されていた。これはスパイダー・ロビンソンの世界的な名作『憂鬱な象』（一九八二）と似たモチーフと言え、四〇世紀のとある人気歴史小説家が、新しい書籍が氾濫する影で書庫に埋もれていたシェイクスピアやトルストイといった古典を盗作していたことが発覚するものである）。

ロゼンバウムの「発明家」が書かれたきっかけもユニークだ。ロゼンバウムは旧友のラジスラフ・サライと、同じタイトルとテーマの短編を次々に競作し、『そっくりさんの二乗』にまとめたのだ。「発明家」はその一編である。

ヤロスラフ・イラン（一九五五〜　）の「バーサーの本をお買い求めください」は今では当たり前になった電子書籍リーダーを先取りし、この機能を仮想現実と組み合わせたが、現実の方はまだここで描かれているような性能には達していない。また幸いなことに、これらを組み合わせて全体主義的な体制が確立されてもいない。

イヴァン・クミーネクの短編は、しばしば宇宙規模の問題に直面しながらも、チェコ人らしいユーモアや洞察力で切り抜ける、小さき人々の運命を描いている。これは一九八三年、八四年の受賞作も同様で、人間関係と愛を描く「シンタモールが間を取り持つ」は、中年の独身オタクが女性と会話をしようとすると、耳打ちするＡＩの話である。シンタモールとは、シンセティック・アモール（愛の人工偶像）という製品の略語なのだ。「同じ川への二度目の入水」は、過去の過ちから学ぶことのできない人間の性《さが》がテーマであり、語り手はたまたま結婚生活が破綻する前に時計の針を戻すことができたものの、同じ失敗をくりかえすのである。

本書収録の「微罪と罰」は、連作集『災難は宇宙から降ってくる』からの一編で、宇宙中央局と通信する地球側の役所の職員の仕事と私生活を描いている。どの作品も洗練されたユーモアあふれるシチュエーション・コメディとなっており、官僚主義や、チェコ人の典型的な問題解決法を揶揄している。職員はばかばかしいアンケートに答えたり、あるいは人間の頭では追いつかないような真理を知ることになる一方で、理想に燃えた若者も、世の中を冷めた目で見る現実主義者も、普段と変わらぬ生活を続けていく。この連作集は、官僚主義や国営サービスの無能ぶりを形式的に批判した、いわゆる「共同体風刺」に近いと言える。共同体風刺は、誰もが日常生活で肌身に感じている紛れもない欠陥を、体制の根本的欠陥ではなく、「資本主義の道徳の遺物」を捨てきれない労働者各自の失敗、あるいは計画経済の発展の一時的な減速のせいとして説明するものだからである。それゆえ「共同体風刺」は容認され、公式に雑誌や新聞に発表される多くのＳＦ作家も頼る手段である（ズデニェク・ヴォルニーの短編を参照）。クミーネクはもちろん、細かい描写の表現の巧みさと、不条理なまでの幻想的要素の創造性で一枚上を行く。同じように、彼の「シンタモールが間を取り持つ」も、「共同体風刺」の作家ならこのモチーフ（意中の女性をくどくには時間がかかり、装置に必要な入手困難な輸入バッテリーが切れてしまう）で満足しそうなところを、さらに展開させている。主人公は結局、装置なしで自然に店員の女性と親しくなり、自分の理論を確かめるために、主人公を実験動物として操っていたシンタモール開発者の心理技術者の高慢な鼻を明かすのだ。

さらに、クミーネクの最高傑作と目されるのは、後期の「まあ、そうさな」かもしれない。ボフミル・フラバルを彷彿とさせる文体で、一九八〇年代に兵役を経験した（男性）作家や読者にはおなじみの、「人民軍」での兵役の儀式にヒントを得た、冷酷なディストピアである。兵役の儀式とは、待ち望んだ社会復帰の日が近付くと、後輩たちの好意に甘えて夜ごと飲みに繰り出し、唱歌を歌い、カウントダウンを始めることだが、「まあ、そうさな」では、近未来の農村で、子どもや孫や周りの社会に見捨てられた老人たちが同じように最期のカウントダウンの日々を過ごし――そして当局に安楽死へと連れ去られるのである。

イヴァン・クミーネクが二年連続の受賞という快挙をなし遂げた後、一九八五年にはフランチシェク・ノヴォトニーが短編「難破船の聖母伝説」をひっさげて堂々と登場する。これは中世の聖人伝ばりの古風な形式で書かれているが、ロボットが自分たちの創造主である人間について語り、人間に神のような属性を与える遠い未来の話である。この作品も体制には不愉快なものであった。宗教のテーマはほぼタブー視され、人間の精神のための信仰の重要性は無視されるか、正面から否定されたからだ。また作中に登場する独裁的な「経済学者」たちは、支配する社会を外の影響から隔離して停滞させ、自分たちの教義を科学的に証明できると確信しているが、これは明らかに共産党のたとえである。

コンテストの常連、スタニスラフ・シュヴァホウチェク（一九五二〜　）の短編「原始人」も、一九八五年の応募作である。文明の差のある二つの集団が衝突し、高度な文明の自信過剰がたたって野蛮な方に勝利が転がり込む。オチのついた短い作品はこの作家の得意とするところ。彼の短編はヒューマニズムに彩られたものが多いが、本作のように極めて暗いユーモアのものも少なくない。

一九八六年、八七年は、ディストピア長編「ハー・マジェスティ」と「キャリー・ザット・ウェイト」で、ヨゼフ・ペツィノフスキー（一九四六〜　）が連続受賞した。本書収録の「ユー・ネヴァー・ギヴ・ミー・ユア・マネー」も含めていずれも作品集『アビイ・ロード』の収録作である。ペツィノフスキーはこの高名なアルバムのすべての曲名をタイトルにして作品を書いたのだ。「ユー・ネヴァー・ギヴ・ミー・ユア・マネー」は、過去をたどる装置を手に入れ、選んだ時代のエピソードを視聴できるようになった、田舎の農夫の哀歓を描いた小品。紙幅の都合で本書には収録を見送ったが、ペツィノフスキーの代表作と目されるのは、中編「ハー・マジェスティ」である。これは人口が膨れあがり、巨大な蜂の巣のように階層化した世界を舞台にしたもので、最終的に四部作になった。ペツィノフスキーの世界はある意味オルダス・ハクスリーの『すばらしい新世界』に匹敵するものといえよう。作中で人間はシステムの必要に応じて生産され、システム内で居心地よく感じるように矯正される。しかしハクスリーの社会が不条理とも言える消費社会を想起させるのに比べ、ペツィノフスキーの世界は極めて残酷なディストピアである。ペツィノフスキーは引き出しの多い多産な作家で、八〇年代には、宇宙の鳥の飼い主を扱った連作など、チェコ人を主人公にするユーモラスな短編を手がけ、またビロード革命後の出版ブームには、アクションストーリーが商業的な成功を収めた。全世界を相手に、先天的、あるいは後天的に身につけた特殊能力で闘い、勝利するヒーローのテーマは、A・E・ヴァン・ヴォークト（もっとも当時チェコでは彼のことは知られていなかったが）を思わせる。また人気を博した作品に「もう投げ縄は放たれた、友よ」があるが、これは、語り手がテレビ番組にて、ゆっくりと、しかし執拗な殺人メカニズムで追跡者に勝利するものである（明らかに、ブラッドベリの『華氏451度』、アーサー・ポージスの『怪物機械ルアム』、また八〇年代に映画版の違法コピービデオでファンドムには知られていたスティーブン・キング〔リチャード・バックマン〕の『バトルランナー』のモチーフにつながるメカニズムである）。

一九八八年にはエヴァ・ハウゼロヴァーが『チェコSF』に収録された短編「わがアゴニーにて」で女性初のカレル・チャペック賞を受賞した。ハウゼロヴァーは当時のファンダムのエコロジー派とフェミニズム派を牽引する存在で、本作で両派を結びつけてバイオパンクのジャンルを確立した。未読の方に少し紹介すると、もはや生活環境が破壊され、人類も健康を損なっていることが普通のことと考えられている未来において、主人公たちは人工腎臓が回ってくる順番を辛抱強く待ち続けるのである――。

この年はまたイジー・ウォーカー・プロハースカ（一九五九～　）がシュールな短編「ねずみ」で注目を集めた。本書収録の「……および次元喪失の刑に処す」は、全体主義的な社会秩序に抵抗を試みる主人公の姿を描いているが、この社会秩序は、わが国の数世代に共通する経験であり、この作品には、ペツィノフスキーの短編「キャリー・ザット・ウェイト」との類似点や影響が見いだせる（「キャリー・ザット・ウェイト」は、わずかな違反を犯した場合でも、体重を増やす罰を受けるというもの）。

一九八九年には、その独特のスタイルで定評のあるヤン・フラヴィチカ（一九五一～二〇一八）がいよいよ受賞する。受賞作「空気に立ち向かう頭」は社会主義下の兵役の雰囲気を見事に捉えたものだ。すでに述べたように、兵役は、自由な思考と人間性を組織的に殺す（時間を殺されるだけですむ場合はましである。一ページに、除隊までの日数が六九一日と三二六日の兵士の差が論じられている）、果てしない二年（在学中にすでに一年の訓練に参加した大卒者は一年）であり、多くのチェコの読者が身をもって体験した環境である。ファンタスチカとしての要素は、主人公らが超能力を持つ子どもの収容施設を監視している点にある。将軍は子どもたちを秘密兵器に仕立てようと目論んでおり、自由に操るために、残酷な戦争がもう起きていると洗脳するのである（相違はあれど、ほぼ同時期のＯ・Ｓ・カードの『エンダーのゲーム』と比較できる）。ちなみにこの年、『チェコＳＦ』に収録のノヴォトニー「ブラッドベリの影」が二位に入っている。

フラヴィチカのユーモアはクミーネクの作風よりもやや暗く辛辣だが、二人は図らずも、非英雄的な主人公と特定のチェコの環境を特徴とする「チェコSF派」を確立することになった。短編「あの頃、どう時間が誘うことになるか」（一九八五）は、社会主義末期の雰囲気――誰も予想しなかった、社会主義の崩壊前夜の衰弱した雰囲気を逆手に取った、この「チェコSF派」の優れた一例である。

これは、社会主義ユートピアがどん底に落ち込み、何時間も行列に並ばなければ生活必需品すら入手できなかった、いわゆる「現実の社会主義」の時期に書かれた作品で、この時代を豊かな古き黄金時代と見なして未来から人々が逃げ込んでくる様子が挑発的に描かれている。共産主義があと数十年続いた場合の未来、と解読できよう。今日の視点で読めば、現在のエコロジーのユートピアが実現した未来の話と捉えられるかもしれない。

イジー・オルシャンスキー（一九五〇〜　）は一九八五年からカレル・チャペック賞に応募しているが、オストラヴァの劇場の人形彫刻家であり、演劇環境とその様式化に着想を得た彼の大半の作品同様、本書収録の「エイヴォンの白鳥座」（一九九〇）もまた、シェイクスピアのグローブ座に言及したものである。舞台は冷酷で非人間的なロボットに支配されている宇宙。旅回りの一座が宮廷道化師、怪物見世物として利用され、ついには本人たちの知らないうちに、ロボットの派閥争いの武器として利用されてしまう――が、もちろん、悪が勝利するのは一時で、演劇の魔法は永遠なのだ。一九九〇年の応募作、「よりよい時代へのマシン」はまたフランス革命時のジャコバン派の恐怖政治の強烈な描写と、高慢な宇宙の王についてのジャリ風のグロテスクな表現を組み合わせたものである。代表作「バロック音楽研究の一考察」では、次第に免疫を失った人間が隔離されて暮らす過敏な社会が描かれる。そこでは人間の代わりに自分の顔をしたロボットが活動する。パンデミック下でロックダウンが度重なる今の時代につながるテーマの作品と言える。

一九八九年のビロード革命を機に、チェコスロヴァキアの社会環境は大きく変わり（一九九三年にはスロヴァキアが独立した）、作家は自由に出版できるようになり、チャペック賞コンテストは唯一の出版（を黙認された）プラットフォームから、若手の登竜門となった。今年で四〇年を迎えたチャペック賞は現在、ショートショート、短編、中編、小説の四カテゴリーに分かれ、選考委員はＳＦクラブの会員有志が務めている。受賞作は二〇年以上、年刊誌『山椒魚《ムロク》』に収録されている。

なお、ついでに一九九〇年版にも言及するが、それは出品作の大半がまだ共産主義下の親ロシア政権下に書かれたものだからである。この年は、ヴィルマ・カドレチコヴァー（一九七一～）が『エターナアルの境界で』で女性として二人目のチャペック賞受賞を果たした。受賞作では、ＳＦとファンタジーを融合させた独自の空間、「アルゲニット」宇宙が存分に描かれている。二〇二二年には、二〇年の歳月をかけて執筆した壮大な『菌糸体』が八巻で完結したが、もし世界言語で書かれていたら、間違いなくＳＦ界の世界的なニュースとなっただろう。

上述したように、本書収録の作家たちはチェコのSFをまだ発見している途上であり、本書はその道筋のさまざまなアプローチを示すものである。

もし続編が実現すれば、現在の作家を紹介したい。彼らも多くがチャペック賞コンテストを経験しており、その代表作は英米あるいはポーランドの作家たちと肩を並べるものだが、一方で、もはやチェコ独自の持ち味を見いだすのは難しいのも確かだ……とはいえ、師たちと同様、読者のみなさんには楽しんでいただけることだろう。

編訳者あとがき

前作の『チェコSF短編小説集』から四年ぶりに、また新たなチェコのSF作品をお届けできることになった。副題は「カレル・チャペック賞の作家たち」。チェコスロヴァキアファンダムが主催するSF賞であるカレル・チャペック賞の応募作や受賞作を中心に編んだアンソロジーである。

一九六〇年代の自由化の波に乗って「黄金時代」を謳歌したチェコのSFは、正常化政策の下で、長らく沈黙を強いられることになった。その後、八〇年代に入るとようやく息を吹き返し、「第二の黄金時代」ともいえる時期を迎えるが、その背景には、ファンたちの下からの組織的な盛り上げ――ファンダムの台頭があった。そのファンダムから生まれたのが、この第二のブームのプラットフォームを担ったカレル・チャペック賞である。

今回、編纂は、前作のヤロスラフ・オルシャ・jr.さんに加え、長年カレル・チャペック賞の選考委員を務め、現在もチェコスロヴァキアのファンダムにおいて中心的な存在であるズデニェク・ランパスさんが担当してくださることになった。

作品の選定は、オルシャさんが作家を選び、その作家リストを元にランパスさんが作品を決めるという形を取った。最後に平野が頁数などの兼ね合いから収録作品を調整した。

　ざっとラインナップを見てみると、巻頭と巻末は、前回も収録作のある、オンドジェイ・ネフとヤロスラフ・ヴァイスの作品である。どちらも、社会主義政権が崩壊し、世相が変わっても、読者の間で根強い人気を誇った快作だ。なお、ネフの「口径七・六二ミリの白杖」の盲人のヒーローという役どころは「座頭市」からヒントを得たそうだ。

　ヴァイスの「片肘だけの六ヶ月」は、バングラデシュが舞台だが、実際に作者の頭にあったのは、プラハ、ジシュコフ地区のロマの少年の環境だという。主人公は不遇な環境の下、ジョン・レノンの歌詞を一筋の光として生きていくが、ヴァイス自身、八〇年にレノンが殺害された後に突如プラハ中心部に現れた、レノンを追悼する歌詞や肖像画が描かれた壁に通い、その生き方をメッセージとして受けとめていたという。ちなみに本書収録作ではヨゼフ・ペツィノフスキーの「ユー・ネヴァー・ギヴ・ミー・ユア・マネー」、イジー・ウォーカー・プロハースカの「……および次元喪失の刑に処す」、ヤン・フラヴィチカの「あの頃、どう時間が誘うことになるか」でもビートルズへの言及があり、自由、抵抗のシンボルとしてビートルズが二〇世紀後半の社会主義下のチェコの人々に与えた一定の影響をうかがわせる。

　フラヴィチカの短編は、エネルギー不足に悩み、馬糞を燃料に使う未来から、昔の「物があった」社会主義の時代に憧れる設定だが、その未来でもレノンが知られていることがわかる一文がさりげなく挿入されている。そのフラヴィチカの作風は、決して劇的な出来事が起きるわけではないけれども、官僚主義や全体主義下の庶民の生活を切ないユーモアのある視点で切り取る独特のものである。この作風を、前回、解題を寄せてくださったイヴァン・アダモヴィッチさんは「典型的なチェコのSF」と評しているが、この種のユーモアには、SFの枠を超えてメインストリームのチェコ文学にも通じるものを感じる。ついでながら、本書のカバーの図は、この作品をイメージしたものだ。

全体で一三編、五〇〇ページにも及ぶ大部なアンソロジーになったが、以上のように意図や背景が気になるものも少なくない。このあたりについては、ランパスさんと、SF評論家のヤン・ヴァニェク・jr.さんが詳しく解説してくださったので、ぜひ一読されたい。ビロード革命以前の社会主義社会下でのファンジンの活動状況や収録作以外のお勧め作品にも言及されていて、当時のチェコのSFを俯瞰できるテクストとなっている。

前作と同様、各方面に大変お世話になった。作品の収録を快諾してくださった作家のみなさん、イラストを描いてくださったミクラーシュ・ポトプロツキーさん、翻訳上の相談に乗ってくださった言語学者のサシャ・ロゼンさん、平凡社の竹内涼子さん、そして編者のランパスさん、オルシャさん、ありがとうございました。

二〇二二年一二月

平野清美

出典一覧

「口径七・六二ミリの白杖」
Ondřej Neff, "Bílá hůl ráže 7,62", *Vejce naruby*, Mladá fronta, 1985

「ユー・ネヴァー・ギヴ・ミー・ユア・マネー」
Josef Pecinovský, "Nikdy mi nedáváš peníze", *Abbey Road*, Svoboda, 1991

「微罪と罰」
Ivan Kmínek, "Přečin a trest", *Ústřední kancelář Vesmíru se neozývá*, Laserbooks (Laser), 1992

「……および次元喪失の刑に処す」
Jiří Walker Procházka, "... a odsuzuje se ke ztrátě rozměru", *Totální ztráta rozměru*, Milenium Publishing, 2003

「あの頃、どう時間が誘うことになるか」
Jan Hlavička, "Jak tenkrát bude lákat čas", *Na konci apokalypsy*, Plus, 2014

「新星」
Eduard Martin, "Nová hvězda", *Pramlok: Cena Karla Čapka za rok 1983,* Netopejr, 2012

「落第した遠征隊」
Zdeněk Volný, "Výprava, která propadla", *Stalo se zítra*, Svoboda, 1984

「発明家」
Zdeněk Rosenbaum, "Vynálezce", *Kočas 1983*, SFK Salamandr (VŠCHT Pardubice), 1983

「歌えなかったクロウタドリ」
Petr Hanuš, "O kosovi, který neuměl zpívat", *Pramlok: Cena Karla Čapka za rok 1982*, Netopejr, 2011

「バーサーの本をお買い求めください」
Jaroslav Jiran, "Kupte si Knihu od Berthera!", *Návrat na planetu Zemi*, Svoboda, 1985

「エイヴォンの白鳥座」
Jiří Olšanský, "Společnost Avonská labuť", *Stroj do lepších časů*, Triton, 2012

「原始人」
Stanislav Švachouček, "Primitivové", *Kočas 1985*, SFK Salamandr (VŠCHT Pardubice), 1985

「片肘だけの六ヶ月」
Jaroslav Veis, "Šest měsíců, in ulna", *Den na Kallistó*, Mladá fronta, 1989

[編者]

Jaroslav Olša, jr.

ヤロスラフ・オルシャ・jr.（1964- ）
カレル大学、アムステルダム大学卒。1992年以降、駐ジンバブエ大使、駐韓国大使、駐フィリピン大使を歴任し、現在、駐ロサンゼルス総領事を務める。幼少時からSF文学に親しみ、1980年代、SF月刊誌『イカリエ』の前身であるファンジン『イカリエXB』を発行。『イカリエ』では初年度に副編集長を務めた。O.ネフと共に『サイエンス・フィクション百科事典』を編纂。またイギリスのSF、ファンタジー百科事典、数々のSF雑誌に寄稿。アジアやアフリカのSFについての執筆も多数。『チェコSF短編小説集』を含め、各国でチェコのSFアンソロジーを編纂している。

Zdeněk Rampas

ズデニェク・ランパス（1956- ）
チェコスロヴァキアのSFファンダム終身会長。ビロード革命前のチェコスロヴァキアのSF・ファンタジーの促進領域では最も著名な人物の一人である。1982年、チェコスロヴァキアのSFファンの定期的な集まりであるゼロ・パルコンに参加し、翌年からカレル・チャペック賞の選考委員となる。1980年代後半からセミプロジン『インテルコム』の編集長を務める。1990年にはチェコスロヴァキア・ファンダムの会長に選出され、95年にはそれまでの『コチャス』に代わって『山椒魚（ムロク）』を創刊した。現在も作家、発行人として、SF、ファンタジー、ホラーなど様々なジャンルの短編小説のアンソロジーを執筆、出版している。

[編訳者]

平野清美（ひらの きよみ）

カレル大学卒。訳書に『チェコSF短編小説集』（編訳）、プレスブルゲル『プラハ日記』（共訳）、ミレル『あおねこちゃん』、トゥルンカ『こぐまのミーシャ、サーカスへ行く』、フロマートカ『宗教改革から明日へ』（以上、平凡社）、フラバル『時の止まった小さな町』（松籟社）など。

Petr Hanuš

ペトル・ハヌシュ（1956- ）

パルドゥビツェ在住。プラハの数学機械研究所の研究員。1980年からSFを書き始め、82年、本書収録の「歌えなかったクロウタドリ」がカレル・チャペック賞にて第3位を受賞。

Jaroslav Jiran

ヤロスラフ・イラン（1955- ）

SF作家、編集者。1992年からSF月刊誌『イカリエ』の編集に携わった後、2020年まで後継誌『XB-1』の副編集長を務めた。本書収録作で注目を集める。冒険的で完成度の高いSFの書き手。

Jiří Olšanský

イジー・オルシャンスキー（1950- ）

オストラヴァ国立劇場で人形彫刻家、グラフィックアーティストとして働く。芸術や歴史を題材にした作品を得意とする。『禁止速度での飛行』所収の「バロック音楽研究の一考察」が、1988年度のカレル・チャペック賞にて第8位を受賞。

Stanislav Švachouček

スタニスラフ・シュヴァホウチェク（1952- ）

チェコ工科大学で技術サイバネティクスを学び、国立機械製造研究所の技術者として働く。学生時代からSFを書き始め、デビュー作の『トロフィー』が1983年のパルコン（SFファンの集まり）にて第4位を受賞。ロシア語と英語の作品の翻訳も手がける。

Jaroslav Veis

ヤロスラフ・ヴァイス（1946- ）

SF作家、ジャーナリスト。アレクサンドル・クラメルとの共作『第三惑星のための実験』『パンドラの箱』が人気を博した。長年、上院議長の顧問を務める。SFジャンルの普及に努め、ファンダム設立に貢献したほか、英語圏の作品の翻訳も手がけている。『チェコSF短編集』に「オオカミ男」が収録されている。

Jan Vaněk jr.

ヤン・ヴァニェク・jr.（1976- ）

1990年代初頭からファンダムで活動。数本の短編小説のほか、レビュー、記事を多数発表し、セミプロジン『インテルコム』の編集に携わる。SF月刊誌『イカリエ』やアンソロジーで短編小説を英訳。また20年以上にわたりカレル・チャペック賞選考委員を務めている。

[著者]

Ondřej Neff

オンドジェイ・ネフ（1945- ）

1990年代を代表するチェコのSF作家。SF月刊誌『イカリエ』の創刊に携わる。代表作に『黄身返し卵』『わが人生の月』、SF理論書に『何かが違う』がある。外国語に翻訳された作品も多い。1996年には、チェコ初のWeb日刊紙『見えない犬』を創刊。『チェコSF短編小説集』に「終わりよければすべてよし」を収録。

Josef Pecinovský

ヨゼフ・ペツィノフスキー（1946- ）

SF作家、西部劇作家、PCマニュアル執筆者。本書収録作も収められている多彩なアンソロジー『アビイ・ロード』の「ハー・マジェスティ」と「キャリー・ザット・ウェイト」でカレル・チャペック賞を連続受賞。複数のペンネームを使い、1980年代後半に活躍した作家の一人。

Ivan Kmínek

イヴァン・クミーネク（1953-2013）

SF作家。「シンタモールが間を取り持つ」「同じ川への二度目の入水」でカレル・チャペック賞を連続受賞。長編の代表作に『最高バージョンのユートピア』がある。全体主義社会下の庶民の問題に焦点を当てる作風がヤン・フラヴィチカと比較される。

Jiří Walker Procházka

イジー・ウォーカー・プロハースカ（1959- ）

SF・ファンタジー作家。ビロード革命以降のチェコSF界の旗手。代表作に『エージェントJFK』『ケン・ウッド』など。オーディオ出版社を起ち上げ、ワークショップやセミナーを開催するなど、SF・ファンタジー・ホラージャンルの普及に努めている。子どものための漫画の脚本も執筆。

Jan Hlavička

ヤン・フラヴィチカ（1951-2018）

翻訳家、SF短編小説家。チェコの散文の伝統に根ざしたリアリズムと切ないユーモアが持ち味。作品集に『万歳、墓地が来た』『パネルフィクション』がある。パヴェル・コサチークは「チェコの作家の中で最もチェコらしい作家」、イヴァン・アダモヴィッチは「典型的なチェコのSF」と評した。

Eduard Martin

エドゥアルト・マルチン（1951- ）

チェコの作家、詩人、劇作家。本名はマルチン・ペチシカ。父親は著名な作家、エドゥアルト・ペチシカである。著作は50作品を超え、1980年代の多産な作家として知られる。作中では一貫して「惑星」ではなく「星」と表現するなど、論理より詩的な傾向を好む。

Zdeněk Volný

ズデニェク・ヴォルニー（1946- ）

作家、翻訳家。『トヴォルバ』誌の編集長を経て、1980年代に長らく『世界文学』の編集長を務め、当時国内に知られていなかったアメリカの作家を多数紹介した。A. C. クラークなどの翻訳も手がける。

Zdeněk Rosenbaum

ズデニェク・ロゼンバウム（1945- ）

友人のラジスラフ・サライと競作した『そっくりさんの二乗』で脚光を浴びる。さらに二人が協力したアンソロジー『SF秘密結社』では、さまざまな偽名で作品を掲載し、そこにさまざまな仮面をつけたプロフィール写真を添えることで、あたかも多くの作家のアンソロジーであるように演出した。

平凡社ライブラリー 939

チェコSF短《たん》編《ぺん》小《しよう》説《せつ》集《しゆう》 2

カレル・チャペック賞《しよう》の作《さつ》家《か》たち

発行日…………2023年2月10日　初版第1刷

編者……………ヤロスラフ・オルシャ・jr.＋ズデニェク・ランパス
編訳者…………平野清美
発行者…………下中美都
発行所…………株式会社平凡社
〒101-0051　東京都千代田区神田神保町3-29
電話　(03)3230-6579［編集］
(03)3230-6573［営業］

印刷・製本……株式会社東京印書館
ＤＴＰ…………平凡社制作
装幀……………中垣信夫

ISBN978-4-582-76939-5

平凡社ホームページ https://www.heibonsha.co.jp/